『十四五』国家重点图书出版规划项目

国家社会科学基金重大项目『中国近代日记文献叙录、整理与研究』（项目编号：18ZDA259）阶段性研究成果

中国近现代稀见史料丛刊 【第九辑】

傅肇敏日记

张剑 徐雁平 彭国忠 主编

（清）傅肇敏 著

邱明 整理

本辑执行主编 彭国忠

凤凰出版社

图书在版编目（ＣＩＰ）数据

傅肇敏日记 / （清）傅肇敏著 ； 邱明整理. -- 南京：
凤凰出版社，2022.10
（中国近现代稀见史料丛刊. 第九辑）
ISBN 978-7-5506-3748-1

Ⅰ．①傅… Ⅱ．①傅… ②邱… Ⅲ．①日记—作品集
—中国—清代 Ⅳ．①I264.9

中国版本图书馆CIP数据核字(2022)第175164号

书　　　　名	傅肇敏日记
著　　　　者	（清)傅肇敏 著　邱　明 整理
责 任 编 辑	孙思贤
装 帧 设 计	姜　嵩
出 版 发 行	凤凰出版社(原江苏古籍出版社)
	发行部电话 025-83223462
出 版 社 地 址	江苏省南京市中央路165号, 邮编:210009
照　　　　排	南京凯建文化发展有限公司
印　　　　刷	江苏凤凰通达印刷有限公司
	江苏省南京市六合区冶山镇, 邮编:211523
开　　　　本	880毫米×1230毫米　1/32
印　　　　张	9
字　　　　数	234千字
版　　　　次	2022年10月第1版
印　　　　次	2022年10月第1次印刷
标 准 书 号	ISBN 978-7-5506-3748-1
定　　　　价	88.00元

(本书凡印装错误可向承印厂调换,电话:025-57572508)

存史鑒今

袁行霈題

袁行霈先生題辭

「音实难知，知实难逢，逢其知音，千载其一乎！」（《文心雕龙·知音》）今读新编稀见史料丛刊，真有恰逢知音之感尔。

傅璇琮谨书

二〇一二年

傅璇琮先生题辞

殚精竭虑旁搜远绍

重新打造中华文史资

料库

王水照 二〇二三年一月

王水照先生题辞

《中国近现代稀见史料丛刊》总序

在世界所有的文明中,中华文明也许可说是"唯一从古代存留至今的文明"(罗素《中国问题》)。她绵延不绝、永葆生机的秘诀何在?袁行霈先生做过很好的总结:"和平、和谐、包容、开明、革新、开放,就是回顾中华文明史所得到的主要启示。凡是大体上处于这种状况的时候,文明就繁荣发展,而当与之背离的时候,文明就会减慢发展的速度甚至停滞不前。"(《中华文明的历史启示》,《北京大学学报》2007 年第 1 期)

但我们也要清醒看到,数千年的中华文明带给我们的并不全是积极遗产,其长时段积累而成的生活方式与价值观具有强大的稳定性,使她在应对挑战时所做的必要单新与转变,相比他者往往显得迟缓和沉重。即使是面对佛教这种柔性的文化进入,也是历经数百年之久才使之彻底完成中国化,成为中华文明的一部分;更不用说遭逢"数千年来未有之变局"、"数千年未有之强敌"(李鸿章《筹议海防折》),"数千年未有之巨劫奇变"(陈寅恪《王观堂先生挽词序》)的中国近现代。晚清至今虽历一百六十余年,但是,足以应对当今世界全方位挑战的新型中华文明还没能最终形成,变动和融合仍在进行。1998 年 6 月 17 日,美国三位前总统(布什、卡特、福特)和二十四位前国务卿、前财政部长、前国防部长、前国家安全顾问致信国会称:"中国注定要在 21 世纪中成为一个伟大的经济和政治强国。"(徐中约著《中国近代史》上册第六版英文版序,香港中文大学 2002 年版)即便如此,我们也不能盲目乐观,认为中华文明已经转型成功,相反,中华文明今天面对的挑战更为复杂和严峻。新型的中华文明到底会怎样呈现,又怎样具体表现或作用于政治、经济、文化等层面,人们还在不断探索。这个问题,我们这一代恐怕无法给出答案。但我们坚信,在历史上曾经灿烂辉煌的中华文明必将凤凰浴火,涅槃重生。这既是数千年已经存在的中华文明发展史告诉我们的经验事实,也是所有为中国文化所化之人应有的信念和责任。

不过,对于近现代这一涉及当代中国合法性的重要历史阶段,我们了解得还过于粗线条。她所遗存下来的史料范围广阔,内容复杂,且有数量庞大且富有价值的稀见史料未被发掘和利用,这不仅会影响到我们对这段历史的全面了解和规律性认识,也会影响到今天中国新型文明和现代化建设对它的科学借鉴。有一则印度谚语如是说:"骑在树枝上锯树枝的时候,千万不要锯自己骑着的那一根。"那么,就让我们用自己的专业知识与能力,为承载和养育我们的中华文明做一点有益的事情——这是我们编纂这套《中国近现代稀见史料丛刊》的初衷。

书名中的"近现代",主要指 1840—1949 年这一时段,但上限并非以一标志性的事件一刀切割,可以适当向前延展,然与所指较为宽泛的包含整个清朝的"近代中国"、"晚期中华帝国"又有所区分。将近现代连为一体,并有意淡化起始的界限,是想表达一种历史的整体观。我们观看社会发展变革的波澜,当然要回看波澜如何生,风从何处来;也要看波澜如何扩散,或为涟漪,或为浪涛。个人的生活记录,与大历史相比,更多地显现出生活的连续。变局中的个体,经历的可能是渐变。《丛刊》期望通过整合多种稀见史料,以个体陈述的方式,从生活、文化、风习、人情等多个层面,重现具有连续性的近现代中国社会。

书名中的"稀见",只是相对而言。因为随着时代与科技的进步,越来越多的珍本秘籍经影印或数字化方式处理后,真身虽仍"稀见",化身却成为"可见"。但是,高昂的定价、难辨的字迹、未经标点的文本,仍使其处于专业研究的小众阅读状态。况且尚有大量未被影印或数字化的文献，或流传较少，或未被整合，也造成阅读和利用的不便。因此，《丛刊》侧重选择未被纳入电子数据库的文献，尤欢迎整理那些辨识困难、断句费力、裒合不易或是其他具有难度和挑战性的文献，也欢迎整理那些确有价值但被人们习见思维与眼光所遮蔽的文献，在我们看来，这些文献都可属于"稀见"。

书名中的"史料"，不局限于严格意义上的历史学范畴，举凡日记、书信、奏牍、笔记、诗文集、诗话、词话乃至序跋汇编等，只要是某方面能够反映时代政治、经济、文化特色以及人物生平、思想、性情的文献，都在考虑之列。我们的目的，是想以切实的工作，促进处于秘藏、边缘、零散等状态的史料转化为新型的文献，通过一辑、二辑、三辑……这样的累积性整理，自然地呈现出一种规模与气象，与其他已经整理出版的文献相互关联，形成一个丰茂的文献群，从而揭示在宏大的中国近现代叙事背后，还有很多未被打量过的局部、日常与细节；在主流周边或更远处，还有富于变化的细小溪流；甚至在主流中，还有漩涡，在边缘，还有静止之水。近现代中国是大变革、大痛苦的时代，身处变局中的个体接物处事的伸屈、所思所想的起落，藉纸墨得以留存，这是一个时代的个人记录。此中有文学、文化、生活；也时有动乱、战争、革命。我们整理史料，是提供一种俯首细看的方式，或者一种贴近近现代社会和文化的文本。当然，对这些个人印记明显的史料，也要客观地看待其价值，需要与其他史料联系和比照阅读，减少因个人视角、立场或叙述体裁带来的偏差。

知识皆有其价值和魅力，知识分子也应具有价值关怀和理想追求。清人舒位诗云"名士十年无赖贼"（《金谷园故址》），我们警惕袖手空谈，傲慢指点江山；鲁迅先生诗云"我以我血荐轩辕"（《自题小像》），我们愿意埋头苦干，逐步趋近理想。我们没有奢望这套《丛刊》产生宏大的效果，只是盼望所做的一切，能融合于前贤时彦所做的贡献之中，共同为中华文明的成功转型，适当"缩短和减轻分娩的痛苦"（马克思《资本论》第一卷第一版序言）。

　　《丛刊》的编纂，得到了诸多前辈、时贤和出版社的大力扶植。袁行霈先生、傅璇琮先生、王水照先生题辞勖勉，周勋初先生来信鼓励，凤凰出版社姜小青总编辑赋予信任，刘跃进先生还慷慨同意将其列入"中华文学史史料学会"重大规划项目，学界其他友好也多有不同形式的帮助……这些，都增添了我们做好这套《丛刊》的信心。必须一提的是，《丛刊》原拟主编四人（张剑、张晖、徐雁平、彭国忠），每位主编负责一辑，周而复始，滚动发展，原计划由张晖负责第四辑，但他尚未正式投入工作即于2013年3月15日赍志而殁，令人抱恨终天，我们将以兢兢业业的工作表达对他的怀念。

　　《丛刊》的基本整理方式为简体横排和标点（鼓励必要的校释），以期更广泛地传播知识、更好地服务社会。希望我们的工作，得到更多朋友的理解和支持。

2013 年 4 月 15 日

目　录

北京师范大学图书馆藏《傅先生日记》作者考（代前言）

《傅肇敏日记》十四卷（以下简称《日记》），今藏于北京师范大学图书馆，2002年《北京师范大学图书馆古籍善本书目》著录为"《傅先生日记》"，署"傅监印（撰）"，2011年编入《北京师范大学图书馆藏稿钞本丛刊》影印出版（第一九、二〇册）。

《日记》十四卷每卷一册，每册书衣墨书"光绪××年 岁次××"，钤"北京辅仁大学图书馆藏书 Catholic University of Peiping"椭圆形章，每卷卷端、卷末钤"北京辅仁大学圕藏书"方印。前十二卷连续记光绪十八年、十九年、二十年、二十一年、二十二年、二十三年六年事（每年两卷），后两卷记光绪二十七、二十八年事，其中光绪二十八年事仅至四月二十一日止，基本是逐日而计。

《日记》前后并无题署，亦无序跋，其著者为谁，难以直接知晓。按日记所钤藏书印，稿本原藏于北京辅仁大学。北京辅仁大学创建于1925年，与北大、清华、燕大并称北平四大名校，在1952年新中国高校院系调整中，大部分专业并入北京师范大学，其旧藏也成为北师大藏古籍的基础。或许《日记》在入藏时有著录依据，但目前难以确考，只能从《日记》本身入手查证撰者。《北京师范大学图书馆古籍善本书目》称撰者为"傅监印"，或许是因为在两千六百余日的记事中，"监印"一词出现了一千余次。显然，"监印"并非著者姓名，而是其工作（"到臬署监印"）。监印，顾名思义，即掌管印信之意。臬署，即提刑按察使司，清承明置，掌一省刑名按劾之事，兼具司法和监察职能。

又《日记》中出现了粤、广府、番禺、南海等广东地名,则作者于光绪十八年至二十七年间任职于广东提刑按察使司。当然,仅凭这模糊的履历,仍无法判断作者是谁,需要将《日记》中相关记录与地方志、文集等资料相比对,从多个方面论证,才能确凿落实其身份。

一、从家族成员查考作者身份

日记以第一人称写作,一般不会出现作者姓名,而是有大量的他人名姓,其中与作者身份最相关的莫过于亲人姓名。如《日记》中云:

> (光绪十八年)正月初一日……大、三两儿叩头行拜年礼。
>
> 初八日……偕维桢、维熙两儿于十点钟登舟游花埭。
>
> (八月)十五日……接二儿维垣由关打到电报一件。
>
> (光绪二十一年二月)二十三日……往关发电报,内称"山海关南街傅维桢垣携眷速来粤"。
>
> (光绪二十七年五月)二十五日……夜访傅柄熙(字辰生)。
>
> 十八日……本家辰生弟来谈约伊到□□茶园吃点心吃茶。

作者电报中称长、次子为"傅维桢垣",又称"傅柄熙"为"本家",可知日记作者姓氏的确如《北京师范大学图书馆古籍善本书目》著录,作傅。

傅先生育有三子:维桢、维垣(后称维城)、维熙(后称维燮)。借助目前较为便利的文献检索系统,检得民国《临榆县志》卷三清光绪举人表中有一位"傅维桢",云为"知县肇敏子"。《日记》光绪二十三年九月十八日云:

> 十八日……接维垣由营口来电报,云"维桢中举,桢已到上海"等语。

又《临榆县志》同卷清光绪例贡监生表中有一位"傅维燮",云"监生,候补知县"。《日记》:

> (光绪二十七年十月)二十九日……何少如来取与维城、维燮捐衔、翎银。

（光绪二十八年正月）十七日，戊寅，晴、暖。到邮政总局，寄多与三致葛立山信，内有三儿维燮监照二张、通判照一张，为托葛君取结。

继而检得"傅肇敏"，同在光绪例贡监生表中，云"监生，广东陵水县知县"。

临榆县，古县名，又称"榆关"，位于今河北省秦皇岛市海港区、抚宁区、山海关区。明代洪武十四年置山海卫于今山海关，清乾隆二年（1737）撤消山海卫，改置临榆县。1954年8月，临榆县撤消，小部分划归秦皇岛市，大部分归抚宁县。《日记》中除了上文所引光绪二十一年二月二十三日电报明确称"山海关"外，仍有：

（光绪十八年正月）二十五日……沈阁臣、黄幼陔拜会……托附入家信寄关。

（光绪十九年八月）二十九日……作家书二件……托王、赵二公寄关。

（光绪十九年九月）初十日……接三十二号家书……当即作家书一件，同昨所作之家书托璧臣一并寄关。

临榆（即山海关）显然是傅先生的家乡。此外，《日记》光绪十八年六月记事云：

二十三日……接临字第十八号家书。

"临字"，可能就是"自临榆发出"的标记，或可为旁证。

那么《临榆县志》中的傅肇敏，是否为《日记》作者傅先生本尊呢？显然，仅凭长次子姓名相同、家乡相同，仍难以确证。

又《日记》：

（光绪十八年正月）初二日……到各同寅处拜年，除到瑶峰舅处登堂叩贺外，余皆未见。

（光绪十九年八月）十三日……接电茂场瑶峰舅信。

（光绪二十一年三月）十七日……母舅张瑶峰同表弟兰坪移进署内借住数月。

可知,傅先生与张瑶峰为甥舅关系。检《李鸿章全集》奏议中有一《查办山海关被参书吏折》,上于光绪九年正月二十一日,略云:

> 张瑶峰即张宝臣……同治十三年役满赴部候选,加捐盐大使,分发广东试用,补电茂场大使,现在本任供职。傅履中即傅肇敏,光绪二年充补经书,以随办通商事务保奖六品衔候选巡检,嗣于天津劝办晋赈案内加捐知县。……据吴中彦访闻,张国英前充经书,公事较熟,张瑶峰系其胞侄,傅履中系其族侄外孙,潘作枢、龚锡恩、龚锡九籍隶临榆,皆与伊同乡认识。

电茂场,海盐产场。场署驻广东电白县城。清乾隆三年(1738)由电白县博茂场、茂名县茂名场合并而成。《日记》中张瑶峰为傅先生母舅,李鸿章奏折中张瑶峰与傅肇敏(履中)亦为甥舅关系。而奏折又称二人为临榆同乡,又与前文《临榆县志》的线索相合,则《日记》作者傅先生、《临榆县志》之傅肇敏、李鸿章奏折之傅履中肇敏很有可能是同一个人。

二、从仕宦履历确证作者身份

前文已论及,傅先生光绪十八年至二十八年间任职于广东提刑按察使司。按《清史稿·职官志》:

> 提刑按察使司按察使,省各一人。正三品。其属:经历司经历,正七品。知事,正八品。

而《日记》云:

> (光绪十八年)正月初一日……随到督、抚、藩、臬、道拜年,皆见。

> 初四日……到臬署监印。

> (三月)初五日……祭先农坛。寅刻前往供事臬台耕耤,臬台执鞭,余播种,五斗司捧箱,其大小各官皆往供事。

傅先生既到"臬台"处拜年,则肯定并非按察使司主官,并供事按察使祭先农坛,那他只能是广东省按察使司中仅次于按察使的属员,如经历司经历或知事。

检光绪十八年春《爵秩全览》，时任广东按察司经历正是傅肇敏；再检光绪二十七年春《缙绅全书》和光绪二十七年冬《爵秩全览》，经历亦为傅肇敏。

此外，光绪二十七年册中夹有一张纸片，云：

> 按察司经历司傅大老爷二十七年大计考语。考语：办事细心，克尽厥职。操守谨，才具稳，年力壮，政事达。

这应当就是傅先生在光绪二十七年的考语，其职司正是按察司经历司，与前文的推测可以互相印证。

又《日记》：

> （光绪二十七年三月）十八日……奉藩台札，开升补陵水县知县缺。奏折抚台会同制台于正月二十日拜发。

此札今存中国第一历史档案馆，档案号 03－5403－053，题名《奏请以傅肇敏补授陵水县知县事》，正是时任两广总督陶模于光绪二十七年正月二十日所上。

而且《日记》：

> （光绪二十八年二月）二十三日……是日奉到饬知准升陵水县知县。

这正与《临榆县志》所记傅肇敏曾任陵水县知县的履历相合。

三、从历史档案补充作者身份

除了上引奏补傅肇敏为陵水知县的档案外，中国第一历史档案馆还有四条与傅肇敏有关的材料，其中三条可与《日记》记事关联：

> （光绪二十三年正月）二十七日，丁巳，阴，微冷。区老官来，议历俸六年期满验看甄别保荐事。

> （三月）初三日，壬辰，晴，稍冷。禀见臬台，回公事。赴抚辕验看，呈履历。

中国第一历史档案馆存有两份与之密切关联的档案，其一题为

《奏为按察司经历傅肇敏六年俸满才具优长堪膺保荐事》，乃时任广东巡抚许振祎上于光绪二十三年七月十一日，档号 02 - 01 - 03 - 12741 - 044；另一份题为《奏为议准广东按察司经历傅肇敏俸满保荐事》，为时任大学士、管理吏部事务徐桐于光绪二十四年二月初六日所上，档号 02 - 01 - 03 - 12794 - 007。

又《日记》：

（光绪二十八年二月）二十六日，丁巳，晴，凉。到多与三处核兑捐册公文，在此吃晚饭。奉藩札委解京饷差。

（三月）初五日，乙丑，阴，雨，冷。到臬署监印。奉藩台札委搭解刑部饭食银二千两。

（四月）初九日，己亥，晴，热。到多公馆访毓荫臣借印。到运署投解饷禀结领各件，并到运库兑饷六万五千四百两。

中国第一历史档案馆存有一份题为《奏为委派傅肇敏等员汇解东北边防经费进京赴部投纳事》的档案，与此相关，乃时任两广总督陶模上于光绪二十八年四月十七日。显然这次解往北京的银两除了东北边防经费，还有刑部的伙食费。

由此，借助地方志、《缙绅录》、历史档案等不同方面资料的互相印证，我们已经可以基本确定《日记》作者傅先生为光绪十八年至光绪二十七年的广东按察司经历傅肇敏。

整理凡例

1. 日记以 2011 年李永明主编、国家图书馆出版社出版之《北京师范大学图书馆藏稿抄本丛刊》第 19、20 册《傅先生日记》为底本，原为繁体，今以通行简体录文，个别异体字径改为通行字，如绸—捆、悮—误、輓—挽等。

2. 日记中有作者删去之段落、乙正之字词，录文以最终删改结果为准。

3. 日记双行小字一般照录为注文，用（）标示，惟有因日记本纸张不足正文亦作双行小字者（如光绪十八年十二月初六日起至当年除夕记事），仍录为正文。

4. 日记有夹注者，亦据文意，或录为正文，或录为括注。

5. 日记有因避讳而平阙处，录文不空，其他空字处则以□表示。

6. 日记有明显讹字、衍字处，一般予以径改。

7. 日记有明显脱字处，一般不补，若影响文意，以〔 〕补出。

8. 日记有以苏州码子记数者，均转换为汉字。

光绪十八年(1892年),岁次壬辰

卷　一

正月初一日(公元1892年1月30日)　辛酉,微风,甚暖。子正二刻,迎神接灶,拈香行礼。寅初一刻,到万寿宫,穿朝服,随督、抚、司、道行朝贺礼毕。随到督、抚、藩、臬、道拜年,皆见。至午初时回署,在关帝、土地、灶君、祖先各神位前拈香行礼,众书差、家人等叩头拜年,大、三两儿叩头行拜年礼。是日来拜者共三十五人,皆挡。广东拜年拜客,官场一概皆挡,非是主人有话真不愿见,实门房照例挡之,使拜客者直犹之乎拜门耳。

初二日(1月31日)　壬戌,晴,甚暖。到各同寅处拜年,除到瑶峰舅处登堂叩贺外,余皆未见。是日来者共六十九人,皆挡。

初三日(2月1日)　癸亥,晴,暖。忌辰,未能拜年,终日无事。是日来拜者共二十一人,皆挡。

初四日(2月2日)　甲子,晴,暖。到各同寅处拜年,皆未见。到臬署监印,接连山绥猺厅福兰亭、阳江厅县丞闾永安、番禺沙湾司覃各贺年信。是日来拜年者共八十五人,皆挡,仅会李云峰一人。

初五日(2月3日)　乙丑,晴,甚暖。到广府前保安钟表铺坐,看迎春。到臬署监印。是日来拜年者共三十八人,皆挡。粤俗迎春,出土牛于东较场,顽民多礓石以投之,谓击中则吉利,此俗虽官长严禁亦牢不可破。今首府偕两县以下各官彩仗、銮舆、戈戟、鼓乐至于东郊,顽民投石击牛,纷如雨下。勇役恐误伤人,诃之不止,继之以鞭,受鞭者怒,投石击勇,勇放枪吓众,轰伤二人。众拥如山,推倒芒神坛厂,烛燎茅篷。胆敢将銮舆投火毁之,拥入三司厅,拆毁门窗,飞石击破南海潘明府头颅。广府李太尊由后门徒步而出,另雇肩舆绕道旋署。督抚提各标以及安勇,闻报列队齐出弹压,拿获滋事者四人,众惧始散。

初六日(2月4日)　丙寅,晴,暖,夜风。到各同寅处拜年,皆挡。接第十二号家书。是日来拜年者共三十四人,除晤瑶峰舅外,余皆挡。

初七日(2月5日)　丁卯,阴,微雨,冷。竟日无事,看书静坐。是日来拜者五人,皆挡。

初八日(2月6日)　戊辰,阴,午后细雨,冷。偕维桢、维熙两儿于十点钟登舟游花埭,到各花园观看。到大通寺游,至申正时旋署。是日来拜年者共二十人,皆挡。

初九日(2月7日)　己巳,阴雨,冷。众首领公余雅叙第十九集,吴子敬约饮。是日来拜年者共八人,皆挡。

初十日(2月8日)　庚午,晴,大风,冷。皇后千秋,穿花衣一天。答拜顺德县魏传熙、新会县刘少裕、即用县张燕堂、候补县冯灼孝,皆未遇。接新宁县郑守昌贺年信。是日来拜年者八人,皆挡。

十一日(2月9日)　辛未,阴,冷。与姚月如发电信,为问大女病何如事。到臬署监印。于纯甫(名元澧,津门人)约饮春酒,同座者皆同乡。是日来拜年者六人,皆挡。

十二日(2月10日)　晴,冷,壬申。到臬署监印。答拜香山县杨文骏、东莞县董汝砺、新孝廉桂坫、张成德,皆未见。臬署书吏春季换班,奉臬谕前往点名。是日来拜者二人,皆挡。

十三日(2月11日)　癸酉,晴,冷。早九点钟接姚家来电,云大女病愈。到臬署监印。发第十四号家书。袁荣五之母故,在善庆庵打斋,送奠仪,命维熙往吊。夜访胡子能,把盏畅谈。是日来拜年者共四人。

十四日(2月12日)　甲戌，微阴，甚燥。到臬署监印。胡子能来，与二女诊脉。是日周晓岚来拜，未遇。

十五日(2月13日)　乙亥，晴，暖。到臬署关帝、土地、六毒大王、榕树神、东树神、皂君大仙各神位前行礼。禀见臬台，并贺上元。同何镜如在吴次梅屋谈天。回署到关帝、土地、皂君、祖先各位前行礼，众书差叩贺。到臬署监印。答拜广府之弟李珍。各大宪皆差人禀贺。偕维熙随步西门外，到华林寺并十八甫等街闲观。进太平门、归德门返署。

十六日(2月14日)　丙子，微阴，暖，夜风，冷。吴子敬拜会，晤谈。偕维熙带家人乘小艇过河南，游海幢寺。发致任星海信。方功惠、符辑回拜。拜年皆挡。

十七日(2月15日)　丁丑，微阴，大风，冷。地方、盐务众首领在藩经署团拜，席罢而归。接署南雄直隶州州同李子乔信。

十八日(2月16日)　戊寅，阴，冷。接署会同县贾兰西贺年信。陈益泉备席备舫，约众首领游花埭。巳刻前往登舟，早晚两餐皆在舟中，至亥初时方归。

十九日(2月17日)　己卯，阴，微雨，冷甚。穿朝服，出大堂，望阙谢恩，行三跪九叩礼，拜印，行三跪九叩礼，毕，进二堂，换花衣，坐大堂，开印、用印，众书差等叩头禀贺毕。随到臬署伺候开印，并禀贺。又到抚宪伺候开印，禀贺。督、藩、运、道，皆差人禀贺。署运库大使林耀如得子，前往道喜，挡。访志仲辅，往梧州，未遇。与韩东元谈。王钟祥、王宝元、俞恩泽先后回拜。拜年皆挡。

二十日(2月18日)　庚辰，阴冷。督宪堂期，禀见。与蒋韵笙拜生，挡。胡子能来，与二女看脉。林耀如道谢，范鼎回拜，俞士标来拜，均未见。

二十一日(2月19日)　辛巳，阴，微雨，冷甚。到臬署监印。

二十二日(2月20日)　壬午，阴，微雨，冷甚。到臬署监印。同乡诸君在一品升备席团拜，旭亭承办，众人均摊，共十八人，余亦在其

中。饭罢,随拜福兰亭,晤谈。接王子翮、任星海公信一件,并监照二
张、卷票一张。此信由京寄广,交王鹤生转致,即日鹤生作书加封遣
人送到。

二十三日(2月21日) 癸未,阴雨,冷。到臬署监印。陈福骐
孝廉来拜,辞行,送朱卷;蒋韵笙来谢步,皆挡。到臬署收呈拾张。

二十四日(2月22日) 甲申,阴雨,微冷。到臬署监印。夜偕
维熙到藩司前一带闲观买物。

二十五日(2月23日) 乙酉,早阴午晴。禀见臬台。督宪堂
期,禀见。徐应奎委署海山场,邓景临委署海丰县,前往道喜。拜会
王鹤生,答拜陈福骐并送行,皆未晤。到臬署监印。沈阁臣、黄幼陔
拜会,并交到韩观察致李盛圃信一件,托附入家信寄关,专人送至宁
远界大狼洞子投交。

二十六日(2月24日) 丙戌,阴,微雨,冷。王鹤生拜会,晤谈。
闲步华宁里、藩台前、西湖街各处,买物观看。刘小峰约饮,二更后
归。卸澄海县黄维清来拜,未遇。

二十七日(2月25日) 丁亥,阴,微雨。竟日无事,静坐。

二十八日(2月26日) 戊子,阴,稍冷。抚宪堂期,挡,差人禀
上衙门。臬台审案两起,前往伺候。福兰亭、陈旭亭先后拜会,未遇。
到臬署收呈五张。夜访用之、平阶、兰亭,皆未遇。

二十九日(2月27日) 己丑,阴。闲步四牌楼各估衣店观看。
到高第街佑兴隆、和昌各绸缎店买宁绸、湖绉、纺绸等物。进正南门,
到双门下街书铺观书。福兰亭差人送黑糯米、白糯米、香草、草菇各
一盒,领。

二月初一日(2月28日) 庚寅,阴,午前细雨,微冷。到臬署各
神位前行礼。禀贺臬台,见毕。答拜黄维清,与史继泽道署茂名喜,
皆未见。到臬署监印。在本署关帝、土地、皂君各神位前行礼,众书
差等禀贺。督、抚、藩、运、道各处,皆差人禀贺。

初二日(2月29日) 辛卯,晴,土地诞辰。到臬署土地祠拈香

行礼。到臬署科房内土地庙,随臬台拈香行礼。回本署,到土地前行礼。到臬署监印。访福兰亭谈。遇葛柏堂,约在最宜楼便酌,在座兰亭诸人。

初三日(3月1日) 壬辰,阴雨,夜大雨,雷。文昌诞辰,寅初赴文昌庙,伺候列宪祭毕。到臬署科房祭文昌,随臬台拈香行礼。回本署吃饭后,到臬署监印。申刻又到臬署收呈十一张。福兰亭约饮于阿义艇。酉初刻,兰亭与仲辅到署,约同到天字马头,驾快艇往谷埠,至五更后归,同座者格幼溪、宝伯萱、葛柏堂、阮子祥诸人。

初四日(3月2日) 癸巳,阴,微冷。到臬署监印。接沈阁臣来信,荐家人,当即复信,未收用。

初五日(3月3日) 晴,甲午,渐暖。到藩台禀上衙门,见毕。督宪堂期,禀见。拜秦旭堂,晤谈。拜陈旭亭,未见。到臬监印。闲步西湖街观看砚石。到高第街买物。

初六日(3月4日) 乙未,晴,暖甚。众首领公余雅叙。胡子能约饮,前往一聚。

初七日(3月5日) 丙申,晴,暖甚。项慎斋约沙基酒馆吃番菜,兰亭来署,约会一同前往。饭后同兰亭、慎斋、柏堂、子祥缓步大新、小市、高第等街闲看买物。晚阮子祥约饮于广荣升。夜大风,冷甚。

初八日(3月6日) 丁酉,阴,冷甚。祭祀孔夫子,寅初往文庙,卯正回署。申刻到臬署收呈四张。约福兰亭、阮子祥、德佩如、葛柏堂、项慎斋、荣敬远吃便饭,三更后食罢而散。

初九日(3月7日) 戊戌,阴,冷。祭社稷坛,寅正前往,卯正回署。午后无事,睡。夜访齐笏臣、李平阶,全未遇。

初十日(3月8日) 己亥,阴,冷。督宪堂期,挡,差人禀上衙门。督宪悬福字,差人禀贺。作致王子翾信一件,并复子翾、星海公信一件,以及寄还代考誊录费六金,托蔚泰厚寄京。夜访徐用之谈。

十一日(3月9日) 庚子,阴,微雨。臬台考同通州县月课,辰正往臬署监场监印,申正回署。仲辅约饮于阿胜艇,酉初同兰亭到天字马头,乘快艇往谷埠,至丑正回署,在座柏堂、子祥、柏萱、幼溪、述卿。

十二日(3月10日)　辛丑,阴雨,冷。到臬署监印。到天字马头送兰亭回绥猺行。夜偕维熙到双门底买物。

十三日(3月11日)　壬寅,阴,夜微雨,冷。到臬署监印。夕到臬署收呈九张。抚宪堂期,挡,差人禀上衙门。李慕白来拜,未遇。

十四日(3月12日)　癸卯,阴,早冷午暖,夜大风。臬台考佐杂各官月课,辰正往臬署监场,并监印,申初回署。史继泽答拜,辞行,未遇。

十五日(3月13日)　甲辰,阴,微雨。到本署关帝、土地、皂君各神位前行礼,众书差禀贺。臬台考佐杂各官月课,辰往臬署监场、监印,申正回署。

十六日(3月14日)　乙巳,阴,冷甚。臬台考佐杂各官月课,辰正往臬署监场,酉初回署。众首领公余雅聚,备席约诸人来署毫饮。

十七日(3月15日)　丙午,阴,冷甚。秦煦堂拜会,未见。李九波拜会,晤谈。

十八日(3月16日)　丁未,阴,冷甚。祭祀关帝,丑正二刻往关帝庙,伺候各大宪。辰初回署。申刻往臬署收呈五张。夜访志仲辅、格幼溪长谈。抚宪挡堂,差人禀上。

十九日(3月17日)　戊申,阴,冷。仲辅约吃便饭,在座幼溪、柏萱、东园。新署南海捕徐庆椿来拜,未见。

二十日(3月18日)　己酉,阴,冷,夜大风,微雨。督宪堂期,禀见。答拜慕白,未遇。拜旭堂,晤谈。

二十一日(3月19日)　庚戌,阴,早微雨,冷甚。粮道韩明日寿辰,送礼六色,仅收桃、面,余皆璧。辰刻前去预祝,未见。午后到臬署监印。葆伯萱拜会晤谈。

二十二日(3月20日)　辛亥,阴,早晚微雨,冷。与粮道拜寿,晤面，登堂行礼。答拜李九波，未遇。吊温少雨，拈香行礼。夜访齐笏臣，未遇。到臬署监印。

二十三日(3月21日)　壬子，阴，冷。午后到臬署监印。接和顺长、天来福各信一件，家书一件，维垣由营口寄信一件。到臬署收呈十一张。

二十四日(3月22日)　癸丑，阴，微暖。到臬署监印。闲步高第街、大新街买物。

二十五日(3月23日)　甲寅，阴，天气潮湿。督宪堂期，禀见。答拜葆伯萱，与蔡光岱、徐庆椿道喜，皆未遇。到臬署监印。

二十六日(3月24日)　乙卯，阴，冷。作家书并致和顺长信。众首领公余雅聚，倪星葵约饮，前往赴席。

二十七日(3月25日)　丙辰，阴，冷。发家信，交福兴润寄营口。闲步西湖街、华宁里各处观看买物。

二十八日(3月26日)　丁巳，昼晴，夜阴，微雨，暖甚。臬台审案，前往伺候。接余少云信，为关照家人陈大庆事。到臬署收呈五张。

二十九日(3月27日)　戊午，晴，暖甚，夜阴雨。闲步状元坊定绣补子。周晓岚调署九龙司，首领诸人假番捕署备席，与其公钱。

三月初一日(3月28日)　己未，阴雨昼夜。到臬署禀贺臬台，见。回本署谒关帝、土地、皂君行礼，众书差禀贺。午后到臬署监印。周晓岚辞行，未遇。

初二日(3月29日)　庚申，阴，昼夜微雨，稍冷。到臬署监印。答拜贾兰溪之子，晤。访周晓岚，晤谈。秦煦堂约吃合页饼，同座慕白，暨煦堂之亲戚李公。

初三日(3月30日)　辛酉，阴，微雨，稍冷。到臬署监印。访齐笏臣，未遇。到臬署收呈七张。抚宪因病挡堂，差人禀上。

初四日(3月31日)　壬戌，阴，微雨。到臬署监印。送周晓岚行，未遇。新选大浦县典史耿锡龄(滦州人)拜会，晤谈。

初五日(4月1日)　癸亥,阴雨,风,冷。祭先农坛。寅刻前往供事臬台耕耤,臬台执鞭,余播种,五斗司捧箱,其大小各官皆往供事。辰刻回署,未刻到臬署监印。申刻南捕徐庆椿假广雅书局约饮,戌刻席罢而归。

初六日(4月2日)　甲子,暖,晴。仲辅、东园来署闲谈,约同到高第街苏乐轩吃鸭腿面,随到大新街闲观。归署坐谈许久。

初七日(4月3日)　乙丑,晴,暖。备水饺,约仲辅、东园、幼溪来吃,幼溪未到。饭后,同仲辅、东园到卫边街照相。晚吴子敬备席约饮。

初八日(4月4日)　丙寅,晴,暖。闲步西湖街,出大南门,高第街、濠畔街闲观买物。归进归德门回署。到臬署收呈九张。接任星海由京来信。众首领雅集,陶朴臣约饮。

初九日(4月5日)　丁卯,晴,暖。晾皮衣服。到母舅公馆坐谈。并访荣五、子良闲谈。夜访齐笏臣闲谈。

初十日(4月6日)　戊辰,晴,暖。督宪堂期,禀见。随禀见藩台,见毕。拜张燕堂,晤。答拜耿锡龄,未见。约徐用之来署看房子。李平约吃便饭,在座首领诸人。饭罢同诸君闲步藩司前洋货店买物。作致胡汝鸿信,为荐家人温昌事。其人系王升之朋友,王升叩求。

十一日(4月7日)　己巳,晴,暖甚。到臬署监印。约秦煦堂、李慕白、张燕堂、王子功来署吃便饭。

十二日(4月8日)　庚午,阴雨,暖。抚宪刘于初十日晚病故,即日午时入殓,前往抚署行礼。督、藩、臬、道暨大小各官皆到抚宪灵前行礼。到臬署监印。

十三日(4月9日)　辛未,阴晴屡易,微雨阵阵。电报督宪李兼署抚台,前往禀贺,挡。到臬署监印。晚到臬署收呈四张。

十四日(4月10日)　壬申,阴,大雨。督宪接署抚台印,前往禀贺,呈履历。到臬署监印。

十五日（4月11日）　癸酉，阴，昼夜大雨大风。到臬署各神位前行礼。禀贺臬台。拜王雪臣太尊，未遇。回署在关帝、土地、皂王各神前行礼，众书差禀贺。督、藩、运、道各处，皆差人禀贺。到臬署监印。拜李九波，未遇。幼溪、仲辅、东园约同到河南美生照相馆观看。归到靖海门，幼溪约至艇上吃饭，二更后冒大雨而归。

十六日（4月12日）　甲戌，阴，凉。众首领公余雅集，李平阶约饮，前往赴席。

十七日（4月13日）　乙亥，晴，暖。与仲辅道喜，就便约同仲辅、幼溪、东元并夏师爷到添福斋吃羊肉。饭罢，同步城隍庙、藩司前、双门底、高第街、濠畔街、小新街各处铺户闲观买物。进归德门回署。瑶峰舅来坐，闲谈。

十八日（4月14日）　丙子，晴，暖。到臬署收呈五张。夜到洋货店买物，遇平阶、秋潭，约同到城隍庙看建醮。

十九日（4月15日）　丁丑，晴，暖。温少雨之弟温昕来拜，未见。夜访格幼溪、仲辅、东元闲谈。访李九波，未遇。

二十日（4月16日）　戊寅，阴，微雨。督宪堂期，禀见。闲步大新街买物。

二十一日（4月17日）　己卯，阴，微雨阵阵。余寿辰，到祖先前行礼，儿辈亦到祖先前叩头。书差禀贺，家人叩祝。到臬署监印。是日赏众家人、把衙、号房面吃。

二十二日（4月18日）　庚辰，晴，暖。郭蔼生送一品锅点心。到臬署监印。陶朴臣、吴次梅来谈。夜访齐笏臣，谈。（作复任星海信。）

二十三日（4月19日）　辛巳，阴，夜微雨。到臬署监印。仲辅衣冠拜会，李九波便衣拜会，皆晤。到臬署收呈八张。赵鹤琴署吴川县，前往道喜，未见。

二十四日（4月20日）　壬午，昼夜大雨。到臬署监印。访笏臣，未遇。访煦堂谈，遇鹤琴、季声。夜母舅约到公馆讲话。作致任星海信。

二十五日(4月21日)　癸未,阴,夜微雨。督宪堂期,禀见。答拜新选从化县李、刑部郎中吴景淇,拜会王鹤生,皆未遇。发致星海信。到藩台前买铜锁。到臬署监印。

二十六日(4月22日)　甲申,早阴雨,午后晴。东岳神像出游。到状元坊迎龙衣,圣驾前执事、銮架、伞扇、旗帜、亭楼,具是缎子平金,紫榆贴金,青色数样系童男童女装伴,或骑马,或人抬,鼓乐丝弦,抑扬错杂。惟有许多对头戴绣花草帽,身穿五色湖绉汗衫,扬眉吐气,摇头摆尾,自以为美,实在叨人闲。此会粤东省城可称第一,各处巡游,观者人山人海,称赞不已,究竟不堪入目矣。访韩质轩谈,托其递高绍良信。众首领公余雅聚,陈澄甫约饮,前往赴席。接臬台札并试卷、银单,当日陆续发给各员。

二十七日(4月23日)　乙酉,晴阴、雷雨、凉热无定。发给各员奖赏、试卷。访陈澄甫,未见。访仲辅长谈。伊约同幼溪、东元联玉斋扶□,到添福斋吃羊肉。饭后同仲辅、东元三人到东岳庙看建醮。建醮者,广东敬神之盛事也。其庙搭数丈高彩棚,内挂数百个五色玻璃洋灯,并设丈余高锡五供一堂,坐咔戏一班。庙内排列仪仗、花盆等物,皆是金碧辉煌,耀人眼目。而庙内挂鸟笼约百余个,百舌、画眉、想思、白玉等鸟,皆好者所养,特令其灯下叫,名曰唱灯花,此乃好奇之意也。

二十八日(4月24日)　丙戌,晴,热。沐浴剃头。到臬署收呈八张,发给各员奖赏、试卷。积案局委员王秉恩太守、温树菜、李钟珏、杨荫廷各大令、宁国提二尹在广雅书局公园备席约饮,在座者俞少甫(名煐,现委署澄迈县)、吴次梅,四主三宾,温公因病未到。其广雅书局在文明门外桥西,坐北南向,昔三君祠故址。经张香涛制军重修其祠,阔充其地,建有楼台亭阁、曲榭回廊、池沼桥梁、山水花木,真广而且雅,令人游目畅怀。有大小委员数人,校刻书籍数十种,售世以教民耳。

二十九日(4月25日)　丁亥,晴,热。访旭亭谈。发给各员奖赏、试卷。夜齐笏臣来,长谈。

三十日(**4月26日**) 戊子,晴,热。袁荣五来,长谈。格幼溪拜会。发给各员奖赏、试卷。

四月初一日(**4月27日**) 己丑,晴,热。禀见臬台,并禀贺。答拜道库大使唐寿祺、巡检张瀚,与郭树榕道署新会喜,与俞煐道署澄迈喜,均未见。回署到关帝、土地、皂君各神位前行礼,众书差禀贺。到臬署监印。督藩运道各处皆差人禀贺。何镜如来访,未遇。

初二日(**4月28日**) 庚寅,晴。闲步高第街买物。接家书第十四号,并常佐庭信一件。到臬署监印。发给各员奖赏、试卷。俞少甫谢步辞行,未见。

初三日(**4月29日**) 辛卯,阴、晴、风、雨屡易。接和顺长信。接李子侨由南雄州寄来信。旭堂、慕白、润之同来谈。到臬署监印。发给各员奖赏、试卷。

初四日(**4月30日**) 壬辰,晴、阴、雨屡易。臬台审案,前往伺候,就使监印。葛柏堂、葛季贤来谈。到母舅公馆叙话。同袁荣五、王子良谈。在卫边街宝晋斋门前摊子上买旧册页十三张。发第十六号家书,并致和顺长信。发给各员奖赏、试卷。

初五日(**5月1日**) 癸巳,早晴,午后阴,雨两大阵,夜雷雨,风甚大。到藩宪禀上衙门,见。到督院上衙门,禀见。到臬署监印。仲辅约饮于阿胜艇。申刻同仲辅、幼溪、伯萱乘轿到五仙马头,坐沙艇至谷阜,同座者蒋叔明、聂松云、施列仙、郑正之、宗济生、葆伯萱、格幼溪、润雨田诸人,四更后饮罢归署。

初六日(**5月2日**) 甲午,晴,凉,早微雨。到母舅公馆,韩质轩托荐余世芳(号香圃,浙江嘉兴秀水人),李子乔托荐其侄,名长秩,号起元,晤母舅荐此二人。众首公余雅集,何仪卿约饮。郭树榕谢步辞行,未见。

初七日(**5月3日**) 乙未,晴,凉。到西门内古玩铺买旧画四扇。随步西关各街,进太平门、大新街一代闲观,进归德门回署。夜访仲辅，未遇。晤韩东元，谈。何镜如来访，未遇。发给各员奖赏、试卷。

初八日（5月4日）　丙申，晴，微凉。督宪审案八起，前往督署官厅顺各犯供。顺毕，伺候督宪审案。审完到臬署销差。到藩署拜郑正之、宗济生，均未遇。回署吃饭后，到臬署收呈七张。随到一品升，赵鹤琴约饮，同座者煦堂、慕白、燕堂、旭亭、济生、笏臣、唐某。

初九日（5月5日）　丁酉，晴，稍热。备面席，约秋审供事各委员一叙，以免临事周章，齐集之意也。带审官，县丞梁有为、宝骏，从九吴金铎、张先焌；提南海监犯官，主簿张瀚；提番禺监犯官，巡检郑孝良；禀请院宪亲审官，县丞葛朝模；料理人犯钱文、葵扇、点心及轿夫赏赐官，典史傅万青、巡检王善师；巡查街道官，从九刘裕坤；院宪伺茶官，从九章润；巡逻南海监犯官，从九刘凤楼；巡逻番禺监犯官，从九王绍华，共十三员，皆到。除傅万青隔教，张瀚患病未吃外，余俱饮罢而去。

初十日（5月6日）　戊戌，阴雨阵阵。到番禺监内将入秋审人犯四名提到公案前，将各犯身上逐一搜查，毋许夹带片纸只字藏匿呈词，并有无事故。又到南海监内将入秋审人犯十六名，提到案前，亦如是搜查完毕，到臬署禀复。徐遐年移到衙门，拜会道喜，晤。南海绞犯严亚胜提出搜查时，供词狡展，居心诈银，告南捕转回南海潘令，将该犯提堂复讯明白。晚间徐捕厅来署回复此事。

十一日（5月7日）　己亥，忽雨忽晴。到臬署监印。看洋篇，乃用机器所照各省景致人物百五十余篇，以显微镜看之，甚属可观，系商人出赁，每天六毫洋银。

十二日（5月8日）　庚子，忽雨忽晴。清晨到督署伺候。督宪兼署抚宪，秋审人犯共二十名。余先在仪门搜查各犯有无夹带呈词，并将各犯点清名次，差役带进，督宪升堂，提犯委员持牌将各犯分两班提上跪下点名，领赏叩谢带下。余伺候督宪堂事，并预备供事各员点心茶水毕。到臬署禀见，销差禀谢。回本署吃饭。赵鹤琴拜会辞行,未见。到臬署监印毕。回本署,陈旭亭来谈,仍托见母舅代讨凤宅利银事。伊走后,又到臬署点夏季书吏换班名。

十三日(5月9日)　辛丑,早阴雨,午后晴热。徐遐年因移衙内,备席约饮,在座仪卿、平阶、朴臣、用之、星葵、子敬、澄甫诸人。到臬署收呈十一张。拜赵鹤琴,晤谈,并商荐家人李均、梁钊事。夜访韩东元谈。

十四日(5月10日)　壬寅,早晚阴雨,午间晴爽。到臬署监印。闲步西湖街各砚台铺闲观,在端华砚台铺买东洞老坑鱼脑冻砚台一对,价四两四钱。

十五日(5月11日)　癸卯,晴,微凉。到臬署关帝庙、土地祠、六毒大王、榕树神、东树神、皂王各神前行礼。禀贺臬台,见毕。回署到关帝、土地、皂王各神前行礼,众书差等禀贺。何镜如来拜,谈。徐遐年谢步,未见。到臬署监印。齐笏臣之母故,今日成服,往吊。拜李九波,晤谈。夜答拜葛柏堂、葛季贤昆玉,皆未遇。访仲辅,亦未遇。

十六日(5月12日)　甲辰,阴,夕雨,夜又雨,稍凉。葆伯轩约饮于阿义艇,在座许慎初、陈子龄、郑正之、廷雨生、志仲辅、世桂堂、韩东元诸人。众首领公余雅聚,徐用之约饮,辞。是日仲辅来辞行,未遇。

十七日(5月13日)　乙巳,晴,微凉。闲步高第街、大新街、状元坊各处观看买物。

十八日(5月14日)　丙午,晴,微热。到臬署收呈十二张。遣人送与程某画四扇。夜到一本楼访仲辅、桂堂叙话,伊等在此吃便饭。

十九日(5月15日)　丁未,晴,热。备席约赵鹤琴、于纯甫、李幼田、李茂堂、耿阁卿、胡汝鸿,皆到。约秦子雨、韩质轩、张干臣、吴次梅、崇兰圃、陈旭亭、李润之、张瑶峰、王子良、袁荣五,皆未到。世桂堂来拜,因沐浴未见。沈阁臣来访,晤谈。刘宗锟、叶长增先后来拜,未见。

二十日(**5 月 16 日**)　戊申,阴,昼夜微雨,凉。禀见臬宪,见毕。督宪堂期,禀见。随到藩署,预祝太太寿。到文案访正之、济生谈。与鹤琴、幼田送行,未遇。答拜世桂堂,晤,并晤仲辅、东元谈。作致任星海信,托幼田寄京。夜在阿胜艇为仲辅饯行,为桂堂迎风,还正之、慎初之遇,其四人皆到,济生、伯萱、又溪皆未到。

二十一日(**5 月 17 日**)　己酉,阴,凉,终日微雨。到藩署与太太拜寿,挡。抚台刘开吊,前往行礼。接王允亭由京来信,又接第十五号家书。与仲辅、东元、桂堂送行,晤谈。访幼田叙话。作复王允亭信,托幼田寄京。到臬署监印。

二十二日(**5 月 18 日**)　庚戌,晴,午热,早晚凉。到臬署监印。闲步西湖街刻图章,到青缃楼修理团扇。

二十三日(**5 月 19 日**)　辛亥,晴,热。到臬署监印。与周绍堂道回任喜,未遇。到臬署收呈十一张。

二十四日(**5 月 20 日**)　壬子,晴,热。到大新街、高第街各处买物。到臬署监印。访旭亭谈。到母舅公馆叙话。访又溪、志仲鲁,皆未遇。拜张小帆太尊,晤谈。小帆太尊答拜,未遇。郑正之拜会,未遇。

二十五日(**5 月 21 日**)　癸丑,阴,竟日微雨,凉甚。督宪堂期,禀见。答拜刘宗锟、叶长增,均未见。与宗济生道移徙之喜,未遇。到臬署监印。周绍堂答拜谢步,未见。

二十六日(**5 月 22 日**)　甲寅,阴雨昼夜。众首领公余雅集,吴子敬约饮。

二十七日(**5 月 23 日**)　乙卯,阴雨终日。海关库厅文复安娶儿妇,前往道喜,在此吃面。访幼溪、正之,皆未遇。同旭亭、樾峰、慕白、燕堂、汝鸿公送张小帆太尊席一筵,收。

二十八日(**5 月 24 日**)　丙辰,早晴热,午后阴,雨大而暴,风雷交作。前抚宪刘中丞灵枢落船航海回籍,前往抚署送殡。由抚署步行到大马站,乘轿往大马头一送。众首领公备紫冻艇,停于大马头,众人在此小歇、点心,事毕回城。送张小帆太尊行,未见。返署办公事。夕到臬署收呈五张。

二十九日(5月25日)　丁巳,晴,热,夕大雨大雷,夜又晴。郑正之约饮于阿松艇,到五仙马头登小舟往谷阜,丑刻饮罢,乘小艇返五仙门,坐轿进大南门回署。同席者志仲鲁、格又溪、润雨田、许慎初、姚廷桥。

五月初一日(5月26日)　戊午,晴,热,夜阴雨。到臬署禀见臬台,并禀贺。与批验厅陈杙道接印喜,未见。回本署到关帝、土地、皂王各神位前行礼,众书差等禀贺。到臬署监印。接闾永安贺节信。督、抚、藩、运、道,皆差人禀贺。志仲鲁来拜,未遇。

初二日(5月27日)　己未,晴,热。到臬署监印。访陈澄甫、格幼溪、志仲鲁,皆见。访荣五,见。夜访沈阁臣谈。并粮道韩观察托代寄李盛圃信,接家书云信已送到,伊云四月内起身回片一张,回复韩观察。接第十六号家信,得悉小孙双寿于三月廿九日因搜疯病死。南海送节礼,璧。

初三日(5月28日)　庚申,阴雨,热。接任星海由京来信。到臬署监印。又到臬署收呈六张。夜到母舅公馆,坐谈许久。张伯龙来信借印。旭亭送节礼,未收。

初四日(5月29日)　辛酉,晴阴屡变,微雨阵阵,热。答拜蔡际昌、熊兆鼎、李鸿春,与杨廷荫道署阳江同知喜、耿锡龄道署新宁立将司巡检喜,皆未见。李鹏道署南澳游击喜,晤。到臬署监印。接贾兰西贺节信。李鹏答拜,未见。

初五日(5月30日)　壬戌,晴,热。禀贺臬台,见。禀贺督、藩、运、道,皆未见。往各处见贺,皆穿补褂,不穿蟒袍。回署到祖先前叩头行礼,众书差、家人叩头禀贺。已刻,率内子、大儿、三儿、大媳、二女到天字马头登舟,在河内观看龙船,并到各处游赏。未正,坐小艇返大马头,乘轿到臬署监印毕。又到五仙门买小艇回,大艇观龙船。

酉正,志仲鲁雇鸿儒航备酒席约饮,内子率儿女等回大马头登岸返署。仲鲁所约,伯萱、又溪、正之、济生、述卿、续芝山、沈凤楼诸人。龙船长四五丈,宽五六尺,上设旗伞锣鼓,打锣鼓者七八人,搬篙者数拾人,行之甚快,在河内来往游玩。凡此舟一过,无论民船官船,皆放炮迎接。此船约十余只。是日观看者无数人,乃河内之盛事也。

初六日(5月31日)　癸亥,晴,热。接福兰亭贺节信。接沙湾司吕恩湘贺节信。接张伯龙信,为借印事。

初七日(6月1日)　甲子,晴,热。闲步大新街买物,在均安订做帽镜一架,梳装二个。到桂香街,在巨源订做红漆皮箱四支。陈益泉约饮,在座者众首领诸人。

初八日(6月2日)　乙丑,晴,热。接韩东元由博罗来信。李慕白来谈。拜孙璧臣,晤,为维桢拜老师事。访陈旭亭,为母舅账目事。到臬署收呈十一张。夜宗济生约饮于阿丛艇,在座者志仲鲁、格又西、葆伯萱、陈子龄、廷雨生诸人。

初九日(6月3日)　丙寅,晴,热。到母舅处,为旭亭账目事,并晤子良、荣五谈。陈德常(名仲良,本地人,河南住,善通英文、算学,水师学堂洋学生出身)来拜,晤谈。余拟同此人习学洋话洋字。黄幼陔来信借印。

初十日(6月4日)　丁卯,晴,热,午后雨。督宪堂期,禀见。答拜宋荫云。齐笏臣老太太开吊,往吊,行礼。陈德常来教洋文。耿阁卿来拜,未见。

十一日(6月5日)　戊辰,晴,热,夕大雨。到臬署监印。访仲鲁、幼溪谈天。

十二日(6月6日)　己巳,阴雨竟日,夜晴,凉甚。到臬署监印。郝述卿约饮于靖海门外六嫂艇,同座仲鲁、伯萱、幼溪诸人。

十三日(6月7日)　庚午,晴,夕微阴,雨。到臬署科房祭关帝,随臬台行礼。臬台穿花衣,余穿补褂,未穿花衣,究应穿否,未能细查。去岁祭祀,亦记不清是穿何服色。回本署祭关帝,行礼。午后,到臬署监印。访吴子敬、志仲鲁、格幼溪,皆未遇。陈德常来教洋文。夕到臬署收呈八张。

十四日(6月8日)　辛未,晴,热。访幼溪、仲鲁,拜志伯时,皆晤谈。到臬署监印。耿阁卿约饮于一品升,在座旭亭、济生,犹有两人皆不认识,不记姓名。

十五日(6月9日)　壬申,晴,热。早到臬署关帝、土地、六毒大王、树神、东树神、皂君各神位前行礼。禀见臬台,并禀贺。回本署,在关帝、土地、皂君各神前行礼。众书差禀贺。午后到臬署监印。夜访齐笏臣长谈。

十六日(6月10日)　癸酉,晴,热。臬台审案,前往伺候。刘小峰备席,陈澄甫备艇,约至西关广庆戏院,自备戏价观京戏。未正,到大马头落船,至戌初行到。在舟吃饭毕,随步入戏院看剧。孙璧臣答拜,未遇,维桢晤见。部锡恩来拜(滦州人,在曼浓公馆寓,子乔亲家,来广就亲),未见。

十七日(6月11日)　甲戌,晴,热甚。四点半钟由戏院起身,六点多钟到大马头,下船乘轿回本署。陈德常来教洋文。孙璧臣备席备艇,约到西关观四喜京班。申正,携维桢到大马头落船开行,酉正始到,吃饭毕即到院观看,尤有母舅同座。是日李茂堂约饮一品升,辞。陶朴臣来访,未遇。

十八日(6月12日)　乙亥,晴,热。辰正由大马头乘轿返署。陶朴臣、胡汝鸿、陈旭亭先后来,有事议,皆晤。到臬署收呈十五张。

十九日(6月13日)　丙子,晴,热。与陶朴臣公同备席,假广雅书局约积案局委员王秉恩、杨廷荫、李钟珏、温树荣、陈廷蔚、彭翰蓄、宁国禔诸人。王、李、陈、彭、宁皆到,杨、温未到,辞。闲步大新街,在小古玩铺买古铜文昌帝君像,价洋银四元半。此像与角山寺所失落之像一样,买此以供角山之文昌阁。此乃巧遇之事也。张燕堂来访,未见。接仲辅由博罗来信。

二十日(6月14日)　丁丑,晴,热,午后阴雨大阵,夕又晴。督宪堂期,禀见。拜王济夫,晤谈。答拜部锡恩、彭翰蕃,皆未遇。夜访格幼溪、志仲鲁,有事谈。

二十一日(**6 月 15 日**)　戊寅,早晴,午后阴雨。臬台考候补同通州县各官月课,在臬署监场,并监印。考课题目:当今言治之道者,皆以洋务为急,究竟洋务应从何处下手,始立于不败之地?

二十二日(**6 月 16 日**)　己卯,阴雨终日。臬台考候补佐杂各官月课,在臬署监场,并监印。考课题目:贪与廉,孰得孰失,可能道其是非欤?

二十三日(**6 月 17 日**)　庚辰,阴雨昼夜。臬台考候补佐杂各官月课,在臬署监场,并监印。收呈九张。二十六日雅集之约,徐遐年因有事改请即日,晚前往赴席。除各首领外,同座者另有顾树斋(湖北人,新过班知县、报销局委员)。考课题目:耕与读并重,若务农者少,大为人心风化之忧,闻各州县荒芜之地甚多,可能举其大概欤?昨十六日盛立亭名廷英送东莞县土糖两沙塔,全收。十七日接徐昆生由关来信,为其丁忧,在运署请领咨文,并领商帮银两事。

二十四日(**6 月 18 日**)　辛巳,昼夜阴雨。王子功拜会,未见。到臬署监印。

二十五日(**6 月 19 日**)　壬午,阴雨终日。督宪堂期,禀见。答拜陈廷蔚、王子功,与史支源道署南海县丞缺喜,皆未见。到臬监印。访齐笏臣谈。

二十六日(**6 月 20 日**)　癸未,阴雨终日。臬台考候补佐杂各官月课,在臬署监场。题目:向闻广东粮米不足,半赖广西接济。现在右江等处种植罂粟,转赖广东接济,是东西两省皆以洋米为命也,嗣后应如何设法积谷以备不虞?即午陈德常来,未遇。

二十七日(**6 月 21 日**)　甲申,晴,热。陈德常来教洋文。李平阶、杨秋潭、曾会泉同来谈。晚平阶约到伊署吃便饭,同座子敬、秋潭、甄公,畅饮带醉而归。李云峰来辞行,新到省县丞周瑞霖来拜,皆未见。

二十八日(6月22日) 乙酉,晴,热,风。格幼溪来谈。到臬署收呈十三张。送李云峰行,未见。

二十九日(6月23日) 丙戌,晴,微风。闲步西湖街,到端华斋看砚台。到双门底文宝斋买印色。夜偕维熙到藩台前一带买物并闲观。

六月初一日(6月24日) 丁亥,早晴,午后阴雨。到臬署禀贺,禀见。答拜周瑞霖,未见。回本署,在关帝、土地、皂王各神位行礼,众书差禀贺。何镜如拜会,谈。到臬署监印。

初二日(6月25日) 戊子,晴,热。到臬署监印。访仲鲁、幼溪闲谈。访齐笏臣,有事议。夜到母舅公馆闲谈。

初三日(6月26日) 己丑,晴,热。到臬署监印,又到臬署收呈七张。昨初一日,换葛纱袍。

初四日(6月27日) 庚寅,晴,热。访张干臣谈,伊往江苏接刚抚台,托其由上海买物。到臬署监印。陈德常来教洋文。王子良、袁荣五来谈。夜闲步双门底、藩司前一带买物。

初五日(6月28日) 辛卯,晴,热,午间暴雨大阵。督宪堂期,禀见。到藩署禀上衙门,禀见。到臬署监印。与史松泉道喜,未见。王中之儿子双寿来拜,送朱卷。

初六日(6月29日) 壬辰,时晴时阴,大雨阵阵。终日无事,观书。

初七日(6月30日) 癸巳,时雨时晴,稍凉。陈旭亭来谈。志伯时,仲辅之兄,广西庆远府知府,拜会晤谈。闲步高第街、大新街、濠畔街各处闲观买物。

初八日(7月1日) 甲午,昼夜阴雨。到臬署收呈十五张。清闲无事,观书。昨夜风雨非寻常之大。

初九日(7月2日) 乙未,早阴雨,午后晴。备席约孙陞臣、袁荣五、王子良、张燕堂、陈旭亭、李慕白、瑶峰舅,皆到。

初十日(7月3日) 丙申,阴,早雨夕晴。到臬署禀见臬台。督

宪堂期,禀见。答拜王中之并伊子,未见。答拜志伯时,晤谈。葆伯
萱约饮于阿义艇,同座者志伯时、志仲鲁、绪芝山、宗济生、王中之、聂
松云、郝述卿诸人。余同伯时、中之、济生未待终席,即十一钟坐快艇
先归来。是日述卿来拜,未遇。

　　十一日(7月4日)　丁酉,晴,热。到臬署监印。访胡子能,未
遇。接第十七号家书一件。

　　十二日(7月5日)　戊戌,晴,热,午间微阴,雨一阵。到臬署监
印。在两和舫约志伯时、志仲鲁、绪芝山、王中之、宗济生、葆伯萱、郝
述卿、聂松云、陶朴臣,皆到,约格幼溪因病、郑正之因出差皆未到。

　　十三日(7月6日)　己亥,晴,热。到臬署监印。晚到臬署收呈
十五张。

　　十四日(7月7日)　庚子,晴,热。吴子敬来拜,为商量公余雅
集之会因胡子能病从此终止事。闲步南关、西关各处闲观买物。

　　十五日(7月8日)　辛丑,晴,热。禀见臬台,并禀贺。到华宁
里答拜客。回署在关帝、土地、皂君各神前行礼,众书差等禀贺。到
臬署监印。督、抚、藩、运、道,皆差人禀贺。志仲鲁来辞行,晤谈。宋
寿嵩道谢,未见。

　　十六日(7月9日)　壬寅,晴,热,午后微雨大阵,夜晴。与瑶峰
舅及王子良、袁荣五送行。夜同伯王诸人到河南大观院看戏。王济
夫拜会,谈。

　　十七日(7月10日)　癸卯,晴,热。新到巡检颐年来拜,未见。

　　十八日(7月11日)　甲辰,晴,热,微风,午间细雨数点。袁荣
五、王子良来辞行,晤。内子率三儿、二女到观音山顶观音庙烧香,随
到三君祠瞻望,余亦闲步其祠游览纳凉。晚聂松云约饮于阿丛艇,同
座者伯时、仲鲁、芝山、济生、述卿、顾榭斋、王中之、姚公(南海师爷,
住西关)、房台山(系协成乾老板)。到臬署收呈十一张。

　　十九日(7月12日)　乙巳,早晴,午后阴雨,晚又晴。于纯甫来
闲谈。

二十日(7月13日)　丙午,晴,热,午间阴雨小阵,晚晴。督宪堂期,禀见。粮道销假,前往禀见禀安。到天字马头落船,同众首领往黄浦迎接刚抚台。同寅诸人坐紫冻艇,广捷小火轮拖带。至未正到黄浦,即登抚台火船,上手本,皆挡,嘱到署见。赶即回天字马头,乘轿到抚署等候。酉正,刚中丞传谕"本日不入署",于是大众皆各回各署矣。

二十一日(7月14日)　丁未,晴,热。刚抚宪辰时入衙,巳时接印,前往伺候接印,并禀贺,禀见,呈履历,见毕。返署,饭后到臬署监印。访仲鲁说话。晚宗济生约饮于阿丛艇,同座者仲鲁、中之、白星五(协成乾老板)、朱殿香(广东候补官)、张干臣(武弁,湖南人,带缉私火船)。丑刻饮罢而归。

二十二日(7月15日)　戊申,晴,热。到抚署禀上衙门。到华宁里东升栈答拜新禀到之颐年。志伯时来,借洋银三拾大元。到臬署监印。访伯时交银,并与仲鲁送行。因候仲鲁,拜客未回,伯时留晚饭,同在此吃饭者尤有绪芝山、田亦峰二人。在此遇聂松云,约到谷埠送仲鲁行,辞。孙少华来辞行,未见。

二十三日(7月16日)　己酉,晴,热。到抚署禀上衙门。到臬署监印。访齐笏臣闲谈。到臬署收呈十六张。

二十四日(7月17日)　庚戌,晴,热甚。到臬署监印。访张干臣谈。魏柄森来拜,未见,据云直隶开州人,员外郎。

二十五日(7月18日)　辛亥,早晴,午后阴,大雨。督宪堂期,禀见。抚宪往文庙、文昌、武庙、龙王、火神、天后、城隍、风神行新任香,往文、武各庙伺候。冒大雨往天后宫,行大南门,将轿绊断,扶轿翻倒地。抚宪轿随后亦到南门,无法,赶紧搭入布店屋内回避,然后将绊绳敷衍结接连,返回署内。未刻,到臬署监印。伯时来访,未遇,伊因中吕宋票,将前借款还。

二十六日(7月19日)　壬子,晴,热。二十八日万寿,正值斋戒之期,遵照礼部咨行,于二十六日行庆贺礼。寅刻往万寿宫,穿朝服,随各大宪行三跪九叩礼毕,回署。志伯时约一本楼便酌,在座贾聘九、邱聘三、龙子杰、廷雨生、幼溪之子。而胡子能来与二女看脉,未遇,维桢陪见。余偕内子、大儿、三儿、二女、大媳酉正时到五仙门马头,雇紫冻艇往西关广庆戏院观剧。是夜所演《大香山》,观者人山人海(在楼上往地下看,真如人海;在地下往楼上看,真如人山),座位皆满,无处容身。幸遇西关之绅士郑君代为设法加添座位,始得将就坐观一夜,辛苦之极。

二十七日(7月20日) 癸丑,早晴,午后阴雨,晚晴。清晨六点多钟,由西关戏院回到五仙门马头,登岸返署。无事高眠。

二十八日(7月21日) 甲寅,昼晴夜雨。抚宪堂期,前往禀上衙门。与孙承泽字少华送行,答拜魏柄森,皆未见。新到府经邹植来拜,未见。胡子能来与二女看脉,晤谈。到臬署收呈七张。

二十九日(7月22日) 乙卯,晴,热,夜阴雨。闲步大新街一带观看。魏柄森送送肉桂、厚朴、法帖、对联等物,收对联,余璧回。

三十日(7月23日) 丙辰,晴,热甚。胡子能来与二女看脉,陪谈许久。访于纯甫,未遇。

闰六月初一日(7月24日) 丁巳,早晴,午后阴,微雨。到臬署关帝、土地、六毒大王、树神、东树神、皂王大仙各神位前行礼,禀见臬台,并禀贺。回本署,在关帝、土地、皂王各神前行礼,众书差等禀贺。魏柄森辞行,未见。张干臣、王莱峰前后拜会,晤谈。到臬署监印。访宗济生,未遇。访何镜如,未遇。访郝述卿,晤谈。接仲辅由博罗来信,并银叁拾元,代还伯时借款,而伯时借而未用已缴,仲辅不知,此银尤得与仲辅寄回。督、抚、藩、运、道,皆差人禀贺。用之、子敬、澄甫同来访,未遇。

初二日(7月25日) 戊午,早晴,午后阴雨。到臬署监印。访格幼溪谈。胡子能来与二女看脉,晤谈。作致志仲辅信一件。

初三日(7月26日) 己未,晴,热。抚宪堂期,禀上衙门。到臬署监印。晚又到臬署收呈十六张。

初四日(7月27日)　庚申,清晨阴,大雨,午晴,晚又阴,微雨。到臬署监印。夕间复到臬署监印,缘紧要公文立候封发,派人来请,遂又监印一次。

初五日(7月28日)　辛酉,晴,午后阴雨,晚晴。禀见藩宪,禀上衙门。督宪堂期,禀见。抚宪审案六起,到抚院官厅顺各犯供。伺候审毕,随到臬署承知伺候审案毕,并缴批回六张。回本署吃饭,格幼溪拜会,晤谈。伊约夜间听戏,辞。到臬署监印。晚间预备枫叶饼、煮饺子、八盘菜,约平阶、用之、澄甫、子敬皆到,约朴臣、遐年未到。

初六日(7月29日)　壬戌,早晚大雨,午晴。臬台审案五起,会同周道台审两起,前往伺候。

初七日(7月30日)　癸亥,阴,晴雨时变。夜自到南关同乐戏院观剧,丑正回署。

初八日(7月31日)　甲子,晴,热。抚宪堂期,禀上衙门,挡。晚到臬署收呈八张。

初九日(8月1日)　乙丑,早晴,午后阴雨,夜仍阴雨。李茂堂约饮于一品升,同座者宗稷生、李慕白、王子功、姚小山、颐寿全诸人。

初十日(8月2日)　丙寅,阴雨竟日。到臬署禀上衙门,禀见臬台。督宪堂期,禀见。

十一日(8月3日)　丁卯,晴,热。到臬署监印。到南关同乐戏院观戏。

十二日(8月4日)　戊辰,忽雨忽晴。齐笏臣来谈。到臬署监印。访王子功,晤谈。到厘务局访李慕白谈,到南海膏牌局访格幼溪谈,皆晤。

十三日(8月5日)　己巳,晴,热。抚宪堂期,禀见。格幼溪来拜,晤谈。到臬署监印。夕又到臬署收呈十张。

十四日(8月6日)　庚午,晴,热甚,微风。到臬署监印。夜到藩署访郑正之,未遇。随到双门底城隍庙前一带闲观,买扇面一个。

十五日(8月7日)　辛未，晴，热甚。到臬署禀贺，禀见。到电报局拜盛立孙(江苏人，直隶州用知县，该局委员津海关道杏孙之弟)，晤谈。回本署，到关帝、土地、皂君各神位前行礼，众书差禀贺。督、抚、藩、运、道，皆差人禀贺。到臬署监印。闲步双门底买画绢，为求德大头画罗汉用。钱局委员陆勋送花露二瓶，收下。是日鲁班诞，花梨木、酸枝木各行办会神像出游，甚属热闹。城内外大小街男女观看者成千累万矣。昨十三日亦曾出会，然不如今日之热闹故事多耳！

十六日(8月8日)　壬申，晴，热甚。访宗继声，遇陈旭亭，闲谈。李茂堂来闲谈。闲步黄黎巷，订做挂匣，收拾砚、水壶，坐。到藩经署访平阶，略谈。是日立秋。

十七日(8月9日)　癸酉，晴，热，微风。闲暇无事，天气晴爽，率儿辈、家人等晾画，打扫画。

十八日(8月10日)　甲戌，晴，热。抚宪堂期，禀见。到臬署收呈十张。晚宋颖云约饮于一品升，在座者平阶、朴臣、遐年、子敬、用之、星葵、澄甫、何仪卿，余同主人，共十人，雅集会从此又起矣。

十九日(8月11日)　乙亥，晴，热。午间平阶、用之、澄甫三人来署，约同到沙面大马路李务瑟洋行观看拍卖洋器皿者，到此买圆式藤心洋椅四把，价共六元四角。看毕，随步沙基西约之茶楼，饮茶食点心，六点多钟回署。

二十日(8月12日)　丙子，晴，热甚。到臬署禀见。督宪堂期，禀见。二女忽患喉痛之症，痛极，请关医生看脉。据云喉痹之症，开方服药。余又抄治《白喉方》内吹药方，配药吹之，立刻痛渐止渐轻。接格幼溪来函，令将志仲辅所存之三十元交伊之家人徐福赴闽用，当即交该家人持去矣。

二十一日(8月13日)　丁丑，晴阴无定，午间雨。到臬监印。肇庆府张小帆拜会，挡。

二十二日(8月14日)　戊寅，晴，早阴雨大阵。格幼溪约小市街品珍斋便酌，在座者王休园(仲辅处老夫子)、绪芝山、葆柏萱。到枭署监印。胡汝鸿、蒋韵笙先后来访,未遇。访旭亭、笏臣,皆晤谈。

二十三日(8月15日)　己卯,晴,热,稍有风。拜张小帆,晤谈。抚宪堂期,禀见。接临字第十八号家书。到枭署监印。晚又到枭署收呈八张。

二十四日(8月16日)　庚辰,晴,热甚,微风。到枭署监印。余同陈旭亭、孙韵山、王越峰、胡汝鸿公送张小帆太尊酒席一桌,收下。

二十五日(8月17日)　辛巳,晴,热甚。督宪堂期,禀见。到枭署监印。胡子能来,与二女看脉。谢彭发拜会,未见。

二十六日(8月18日)　壬午,晴,微风爽快。王稚莲之父预祝寿日,前往拜寿。到枭署代陶朴臣监印。夜微雨。

二十七日(8月19日)　癸未,阴雨终日。枭台审案,前往伺候。作第十七号家书。到枭署点书吏换班卯。

二十八日(8月20日)　甲申,早晚阴雨,午晴,天气甚爽。抚台堂期,禀见。午间到五仙门马头,雇沙艇到河南鳌洲中,约乌阿轩打酒店内观看洋式桌椅等物,观毕返署。晚到枭署收呈九张。众首领雅集会,徐遐年在其署内备席约饮,在座仪卿、半阶、颖云、朴臣、用之、星葵、子敬、澄甫诸人之外,伊另请宋公,亦本省候补官。是日齐笏臣来访,未遇。

二十九日(8月21日)　乙酉,晴,天气甚爽,颇有秋意。笏臣来访,有事晤商。作寄大女信附入家书内封,固托信局寄营口交和顺长转寄山海关。

卷　二

七月初一日(8月22日)　丙戌,晴,热。到枭署禀贺,禀见。遇何敬如,同访吴次梅稍谈。回本署,在关帝、土地、皂君各神前行礼,众书差禀贺。绪芝山拜会,晤谈。午后枭署监印。到沙基西马路洋行,观看拍卖洋器一切,买紫榆贵妃床、石面圆桌、石面机凳四个,共洋银拾捌元四角。归,到蔚泰厚有事叙话。夜访齐笏臣,有事叙话。

初二日(**8月23日**)　丁亥,晴阴无定,微雨。王子功来谈,借印。到臬署监印。花翎郎中马绳武拜会,未见,送团扇、对联,未收。

初三日(**8月24日**)　戊子,晴,热,早晚渐凉。抚宪堂期,禀见。到臬署监印。晚到臬署收呈十三张。夜齐笏臣来谈。

初四日(**8月25日**)　己丑,早晴,午后阴雨。臬台审案,前往臬署伺候,并监印。接王子翻由京来信一件。接瑶峰舅并袁荣五由电茂场来信各一件。作致志仲辅信,托人寄博罗县。

初五日(**8月26日**)　庚寅,早晴,午阴雨,晚晴。到藩署禀上衙门,禀见。答拜绪芝山,未见。督宪堂期,禀见。与孙璧臣道署碣石通判喜,并回拜马绳武、程锦慈、郭寿鋆,皆未遇。蔚泰厚母挟敏拜会,晤谈。到臬署监印。吴子敬约吃便饭,同座者李平阶、陈澄甫、宋颖云、王蓬山诸人。

初六日(**8月27日**)　辛卯,晴阴雨雷交作。到大新街买珊瑚记捻两付,价洋银三元半。众首领雅集第三次,徐用之备席约饮,并在伊处观看摆七节。何谓摆七节?用桌子数张,排设中堂,上面陈设者,或用芝麻粒,或用灯草,做成楼台殿阁、山水人物、花草树木、玩物器皿,并用木做桌椅床杌、伞扇官衔牌等物,另外罗列许多种新鲜瓜果、香烛供品各样,其一切物件工精样巧,皆妇女自做。是日请亲朋眷属观看,以献其巧,此乃粤东俗风,究许七夕陈瓜果之意也。无论大门小户,凡有女之家,未有不摆者,而富户尤其甚焉者耳!

初七日(**8月28日**)　壬辰,晴阴无定,风雨时作。无事,高卧。孙陛臣答拜,未会。

初八日(**8月29日**)　癸巳,早阴大雨,午后晴。抚宪堂期,禀见。到臬署收呈七张。海康县李恩元(奉天盖平人)拜会,未遇。冯鋆来拜。

初九日(**8月30日**)　甲午,阴,微雨。葆伯轩拜会,晤谈。

初十日(**8月31日**)　乙未,早晚晴,午阴,微雨。到臬署禀见,并禀上衙门。督宪堂期,禀见。拜会孙陛臣,答拜李恩元,皆未遇。
到南关戏院看京班戏。

十一日(9月1日)　丙申,晴,微风。卯正由南关戏院回署。陈
旭亭拜会,晤谈。到臬署监印。子功、煦堂、旭亭、慕白公同约饮于一
品升,在座者孙陛臣、李恩元(海康县)、李达三(新选南雄直州同)、宗
济生诸君。

十二日(9月2日)　丁酉,晴阴风雨,一日数易。到臬署监印。

十三日(9月3日)　戊戌,早阴,大雨,午前晴,热。抚宪堂期,
禀见。到臬署监印。晚到臬署收呈十三张。

十四日(9月4日)　己亥,晴阴风雨,一日数易。到臬署监印。
到大新街闲观买物。发臬署月课试卷,并奖赏银两。

十五日(9月5日)　庚子,晴,热甚。到臬署关帝、土地、六毒大
王、榕树神、东树神、皂君大仙各神位前行礼,禀贺禀见臬台。答拜葆
伯萱、冯鋆,皆未遇。回本署,到关帝、土地、皂君各神前行礼,众书差
禀贺。督、抚、藩、运、道各宪,皆差人禀贺。到臬署监印。发同通州
县、佐杂各官月课试卷,并奖赏银两。檀家琼来拜,送朱卷,木见。

十六日(9月6日)　辛丑,晴,微风,稍凉。格幼溪十八日生辰,
余同郝述卿、葆伯萱公同在靖海门阿赵艇备席约幼溪饮,公同预祝,
借以畅谈,四更后始归。发同通州县、佐杂各官月课试卷,并奖赏
银两。

十七日(9月7日)　壬寅,晴,微风,颇凉,午尚热。访王莱峰,
晤谈。访孙陛臣,因病未见。发同通州县、佐杂各官月课试卷,并奖
赏银两。是日白露。

十八日(9月8日)　癸卯,阴,微风,凉甚,清晨微雨。抚宪堂
期,禀见。与格幼溪拜寿,挡。答拜檀家琼,未见。程明甫(名伟,新
署藩库)来拜,未见。发同通州县、佐杂各官月课试卷,并奖赏银两。
到臬署收呈十二张。

十九日(9月9日)　甲辰,晴,稍凉。格幼溪母亲寿辰,前往拜

寿吃面。闲步大新街以及西关各街闲观买物。

二十日(**9月10日**)　乙巳,晴,早晚微凉,午尚热。换穿蓝亮纱袍。到臬署禀见。督宪堂期,禀见。抚宪审案四起,前往官厅顺各犯供,伺候过堂毕,随到臬署禀知伺候审案毕。答拜新署藩库程明甫,未见。众首领雅聚第四集,陶朴臣约饮,前往赴席。发臬署同通州县、佐杂各官月课试卷,并奖赏银两。

二十一日(**9月11日**)　丙午,晴,热。访济生,晤谈。访伯萱,未遇。到臬署监印。发同通州县、佐杂各官月课试卷,并奖赏银两。夜访笏臣闲谈。

二十二日(**9月12日**)　丁未,晴,热,早晚微爽,颇有秋意。接第十九号家书,并姚大女信一件,得悉均以平安。周晓岚来拜,有事托,晤谈。到臬署监印。闲步大新街买物观看。发同通州县、佐杂各官月课试卷,并奖赏银两。龙子杰来拜,未见。

二十三日(**9月13日**)　戊申,晴,早晚凉,午尚热。抚宪堂期,禀见。郑正之拜会,晤。到臬署监印。格幼溪来谈。到臬署收呈十一张。吴子敬约吃饭,同坐平阶、韵生、颖云、澄甫、遐年、星葵诸人。饮罢,同平阶随步城隍庙看打地气。何为打地气?明日廿四,为城隍灵诞。是夜城乡妇女皆诣庙,席地而坐,以待明晨参神。竟坐一夜,谓受地气,即能求福,乃俗风如此。因男女混杂拥挤生事,屡禁弗遵,此风实在恶极耳!

二十四日(**9月14日**)　己酉,晴,尚热。访周晓岚讲话。宋颖云来访,未遇。到臬署监印。程明甫约饮,在座蒋韵笙、李平阶、文复山、陈湘甫、陶朴臣、周绍堂诸人。访郝述卿,未遇。

二十五日(**9月15日**)　庚戌,晴,尚热。督宪挡堂。到臬署监印。备席为孙陛臣、宗济生饯行,约幼溪、伯萱、兰圃、正之陪客,皆到,惟约吴次梅未到。

二十六日(**9月16日**)　辛亥,晴,早晚凉,午尚热。众首领公余雅聚第五集,备席约饮,平阶、用之、星葵、子敬、遐年、澄甫、颖云,另约子能，皆到，惟义卿、朴臣皆未到。督宪明日寿辰，前往预祝，挡。

二十七日(9月17日)　壬子，晴，微风，早晚凉，午尚热。督宪寿日，穿蟒袍补褂前去拜寿，皆挡。答拜龙子杰，未见。郝述卿廿九日寿日，正之、伯萱、幼溪约同在靖海门外阿赵艇备席，公同预祝述卿之寿，夜十二点钟饮罢而归。

二十八日(9月18日)　癸丑，晴，稍凉，微风，午间阴雨，夜大风。抚宪堂期，禀见。到臬署收呈十张。

二十九日(9月19日)　甲寅，阴雨，凉。澄甫约饮于寿康斋，同座者韵笙、子能、平阶、颖云、用之、星葵、子敬、遐年诸人。王化成来拜，未见。

三十日(9月20日)　乙卯，阴，微雨，稍凉。新到从九石作宾(直隶人)来拜，未见。郝述卿道谢拜会，晤谈。余耳内肿而且痒，大半火气上冲。吴子敬谈及一方，用竹筒插入芭蕉内取出水来，点入耳内即愈。如法办理，甚属效验。

八月初一日(9月21日)　丙辰，阴，微雨，稍凉。到臬署禀见臬台，并禀贺。回本署，到关帝、土地、皂君各神前行礼，众书差等禀贺。督、抚、藩、运、道，皆差人禀贺。家人王升请假回家。婆妈阿喜辞工。吴子敬荐家人冯升，今日上工。到臬署监印。

初二日(9月22日)　丁巳，阴，秋分，凉。寅初赴文庙，随各大宪祭丁。午后到臬署监印。余耳内以及两腮肿痛，乃火气上冲之故。夜齐笏臣来谈。

初三日(9月23日)　戊午，阴，稍凉。抚宪、臬宪祭社稷坛，寅正刻前往伺候。到臬署监印。陶朴臣来署，约同到四牌楼各估衣店观看。到臬署收呈十三张。晚蒋韵笙约饮，前往赴席，同座者平阶、颖云、子能、松泉、子敬、遐年、澄甫、用之诸人。夜耳腮肿极，痛甚，用犀角水灌耳，用熊胆水灌耳，用金丝吊芙蓉加冰片灌耳，皆不渐效。后服清宁丸，微觉火由大小肠下，其肿痛渐轻。

初四日(9月24日)　己未，晴，尚微热。寅初往文昌宫，伺候各大宪祭文昌。到臬署监印。与孙陞臣送行,未遇。

初五日(9月25日)　庚申,晴,稍热。禀见藩宪,见毕。督宪堂期,禀见。答拜石作宾,未见。到臬署监印。送孙陞臣行,晤谈。郑正之约饮于金财艇,在座者芝山、伯萱、幼溪、述卿诸人。

初六日(9月26日)　辛酉,晴,尚热。臬台审案六起,前往伺候。绪芝山拜会,晤谈。访幼溪,稍谈。众首领雅聚六集,陈澄甫约饮,前去赴席。

初七日(9月27日)　壬戌,晴,热。闲步大新街各处闲观,买竹面团扇一柄。晚到臬署有事讲话。接瑶峰舅来信。

初八日(9月28日)　癸亥,晴,热。抚宪堂期,禀见。接赵鹤琴由吴川县来贺节信。接福兰亭由绥猺厅来贺节信。到臬署收呈九张。夜作复瑶峰舅信,并袁荣五信各一件,以及维桢与母舅所书之团、折扇各一柄,均交电茂场马差寄去。

初九日(9月29日)　甲子,晴,微风,夜阴细雨,稍凉。闲步藩司前、双门底各处观看。王莱峰送节礼,璧。

初十日(9月30日)　乙丑,晴,早晚凉,午尚热。到臬署禀见。督宪堂期,禀见。闲步大新街各处买物。夜访齐笏臣谈。

十一日(10月1日)　丙寅,晴,早晚凉,午尚热。到臬署监印。闲步归德门外大新街,太平门外十八甫、上九甫各街观看买物,进正西门返署。众首领拟公同与蒋韵笙钱行,辞。

十二日(10月2日)　丁卯,晴,尚热。发致肇庆府张小帆太尊贺节禀一件。蔚泰厚送节礼,璧。到臬署监印。闲步城内外各街买物观看。接项慎斋贺节信,由绥猺厅衙内发。南海县送节礼,璧。

十三日(10月3日)　戊辰,晴,尚热。抚宪堂期,禀见。到臬署监印。荣敬远辞行,未会。在对门裕安估衣店买蓝实地纱袍一件,价四两二钱。到臬署收呈十四张。

十四日(10月4日)　己巳,晴,早晚凉。午尤热。到臬署监印。到大新街买翠首饰。

十五日(10月5日)　庚午,晴,甚燥热。到臬署关帝、土地、六毒大王、榕树神、东树神、皂君大仙各神前行礼,禀见臬台,并禀贺。同何镜如到吴次梅房内拜节坐谈。各老夫子以及积案局各委员等处差人持片前往拜节。督抚藩运道各衙门,皆差人禀贺。回本署,到关帝、土地、皂君各神前行礼,众书差、家人等叩头禀贺。接二儿维垣由关打到电报一件,内云子铮信九月初六日在天津娶等语。到臬署监印。到大新街买翡翠物,取翡翠物。夜祭祀祖先,率儿等叩头行礼。同陈澄甫搭买武会试围姓二十五元,即日在臬署亲身将银交澄甫手。广协送节礼,璧。是日所有来拜节者,皆差人持片回拜。

十六日(10月6日)　辛未,晴,尚热。到大新街买物。荣敬远辞行,并托与傅仲安写信,托其招呼起服事。众首领雅聚,倪星葵约饮,前往赴席。

十七日(10月7日)　壬申,晴,尚热。访荣敬远,托其由海关请护照,并托代见鸿安栈招呼家眷赴津事。到大新街买物。昨格幼溪在膏牌局约饮,辞。即日阮子祥约饮于阿义水榭,辞。

十八日(10月8日)　癸酉,晴,早晚稍凉,午尚热。抚宪堂期,差人禀上衙门。到臬署收呈四张,照料收拾东西,捆打箱支行李等物。申刻,内子携三儿、大媳、二女、婆妈老赵、家人谭升登佛山火轮渡,余携大儿亦登该渡,于酉初三刻开行往港。荣敬远、毓荫臣解饷入都,亦搭该渡赴港。夜十二点钟到香港停泊马头,一点多钟上岸,寓鸿安栈。

十九日(10月9日)　甲戌,晴,尚热。内子等拟同敬远、荫臣结伴搭广利轮船往上海,据云即日礼拜日,不能开船,大众皆住鸿安栈等候,余同敬远、荫臣闲谈。携维熙、谭升到香港各街闲游观看买物。该栈臭虫多极,一夜之间,大众皆未能睡觉。接李子铮由天津来电信,云伊"携子已到津,住盐佗郭宅,定九月初六迎娶,请速来,何日登轮,即复李"等语。此电署中接到,命冯升连衣箱搭渡送港,即差人到臬署禀感冒假一天。

二十日(10月10日)　乙亥,晴,尤热。众人皆在鸿安栈闲寓,等候广利轮船,传云廿一日始能开行,余携维熙并谭升到博物园观看,并在街上买物。该栈东家梁仙槎约余并敬远、荫臣、维桢、维熙等吃饭,余同维熙辞,维桢搅之。余本拟在港候送眷属登轮,不意该轮廿一不定能开否。余廿一须到臬署监印,无法等送,只得搭佛山夜渡回省,于五点钟登渡,内子、大媳、二女皆在该栈楼上目送,三儿携谭升到渡亲送,彼此皆洒泪而别。余在渡船,一夜未眠,心中焦躁之至。差人到臬署续禀假一天。

二十一日(10月11日)　丙子,晴,稍凉,微风。清晨六点多钟抵海关马头,上岸回署换衣,到臬署禀销假。晤臬台时,缘请感冒假,伊问愈否。伊派人送避瘟丹二十块。拜吴子敬,未见。与陈澄甫补拜寿,晤谈。与何仪卿老太太补拜寿,未见。回署复子铮电信,云“内人携女廿一开轮”,复维垣电云“汝母廿一起身,命李升带两箱衣服衣料三十到津等候”。到臬署监印。写信并避瘟丹交鸿安栈伙计寄港,交维熙查收。于纯甫来访,未见。接博罗县志仲辅、五斗司陆子和各贺节信,又接署会同县贾兰溪贺节信。

二十二日(10月12日)　丁丑,晴,早晚微凉,午尚热。辰初时维桢回署,系昨晚五点钟由港搭夜渡而来,据云伊母等昨日三点钟由栈乘小艇登广利轮船,传云当日许开。到臬署监印。访于纯甫未遇。格幼溪约饮于谷埠绣菊艇,在座者顾树斋、赵兰甫、王锦书、葆伯轩、沈恒斋、阮子祥、葛柏堂诸人,三更后归来。

二十三日(10月13日)　戊寅,晴,尤热。抚宪堂期,禀见。到臬署监印。发致营口和顺长信。到臬署收呈九张。

二十四日(10月14日)　己卯,晴,尤热。抚宪明日寿辰,前往预祝。到臬署监印。到河南乌阿轩打酒店看拍卖洋家具。到大新街张文记还账。于纯甫来访,晤谈。

二十五日(10月15日)　庚辰,晴,尤热。抚宪寿辰,前往拜寿,挡见。督宪堂期,禀见。大厅凤之女子入翻译生员,道喜,答拜韩敏忠,皆未见。到臬署监印。收什房屋东西,结算账目。鸿安栈来人要账,云广利轮二十二日四点钟开行,此话未知确否。

二十六日(**10月16日**)　辛巳,晴,午间雨数大点,尤热。无事,收什屋子,安排东西。吴子敬来访,闲谈。

二十七日(**10月17日**)　壬午,晴,尤热,夜微风。访伯萱、述卿、镜如,皆未遇。到十八甫等处闲观买物。

二十八日(**10月18日**)　癸未,晴,尚热。抚宪堂期,禀见。到粮道署拜李盛圃(名毓华,奉天宁远狼洞子人),晤谈。访李平阶、齐笏臣,皆晤谈。徐用之得孙女弥月,前去道喜,挡。到臬署收呈九张。夜到顺直赈捐局访胡汝鸿叙话。

二十九日(**10月19日**)　甲申,晴,尚热。李平阶来访,未遇。于纯甫、郑正之二人解饷十八万余两入都,由藩署领饷之红白禀一件,领六张同乡官申显曾、张叙宾结回,张前来借印,当日印发。访格幼溪,谈。二次访笏臣,未遇。众首领公余雅聚,平阶补请,前往赴席。夜笏臣来访,晤谈。昼访史松泉叙话。

三十日(**10月20日**)　乙酉,晴,微风,稍凉。到顺直赈捐局访胡汝鸿说话。李盛圃来拜,未遇。

九月初一日(**10月21日**)　丙戌,晴,午尚热。禀贺臬台,禀见毕。回署,到关帝、土地、皂君各神前行礼,众书差禀贺。到臬署监印。夜访齐笏臣未遇。到藩台前闲观。

初二日(**10月22日**)　丁亥,晴,夕微风,稍凉。臬台审案六起,前往伺候。到臬署监印。何镜如来谈。昨二十九日接维熙等由上海来电信,云"念五到沪,念八起身往津"等语。夜访笏臣,未遇。

初三日(**10月23日**)　戊子,晴,凉,微风。抚宪堂期,禀见。与蒋韵笙道喜送行。拜王化成(徐闻捕,乐亭人,号雨人),晤谈。到臬署监印。访笏臣谈。到臬署收呈七张。接袁荣五信并洋银百元、油纸包一件、伊家书一件、郝成银一包、家信一件,均托余家眷寄关,现在未能赶寄,将银物信件交原差赍回电茂,作复荣五信一缄,亦交该差寄去矣。

初四日(10月24日)　己丑,晴,稍凉,微风。接谭升由上海来禀,内云"眷属等八月廿一日八多钟由港展轮,廿五日晚九点多钟抵上海,住泰安栈,除老赵外,皆未晕船,一路平安,拟廿七日登新遇轮船往津"等语。到臬署监印。到桂香街口小古玩店买《快雪堂帖》一本,价银六钱。其帖是原板初拓,后有朱笔跋,是翁覃溪先生所书,实在不可多得也。葆伯萱来访,未遇。

初五日(10月25日)　庚寅,晴,稍凉。换戴暖帽。禀见藩台。督宪堂期,禀见。答拜葛心堂、葛老五,皆未见。到臬署监印。闲步濠畔街观看,在对门古玩铺买旧瓷碟带木架,价三钱。夜访徐用之,长谈。昨王雨人来访,谈。

初六日(10月26日)　辛卯,晴,早晚凉,午尚热。奉督办顺直赈捐总局、广东布政司成札委,劝办是捐等因,葆伯萱约在靖海门阿三舫小酌,在座者正之一人,宾主共三人。

初七日(10月27日)　壬辰,晴,早晚凉,午尚热。早访胡汝鸿讲话,未遇。访伯萱谈。同伊乘轿到招商局码头雇妈郎艇往花埭赴郑正之之约。余二人到此,伊并未去,候之许久,不见到来。余二人略游,驾小舟回靖海门,乘轿返署,实在可笑之至。绪芝山来拜,未遇。夜步到素波巷顺直捐局访汝鸿叙话。遇报销局委员丁篆泉,归同一路,到报销局稍坐谈。

初八日(10月28日)　癸巳,晴,微风,早晚稍凉。抚宪堂期,禀见。访笏臣谈,遇新禀到藩经李达久叙话。到臬署收呈十张。

初九日(10月29日)　甲午,晴,微风,尚热。到顺直赈捐总局拜提调王秉恩太尊、坐办李华甫太尊、帮办盛莉孙、文案胡汝鸿、核兑张钟、萧三君,皆晤。携维桢缓步观音山,到观音庙瞻仰,上五层楼,登高四望无际,游目畅怀。夜访笏臣谈,遇苏允之、李达久,三更始归。李又田由京回,送神曲、印色、木梳、《缙绅》,领木梳、《缙绅》,余璧谢。

初十日(10月30日)　乙未,晴,稍凉。禀见臬台,并禀上衙门。督宪堂期,禀见。送于纯甫行,答拜王敬湖并道喜,皆未见。吴次梅来谈。到顺直赈捐局,具印领请领空白实收十张。晤汝鸿,叙话。郑正之约靖海门耳珠艇小酌,在座者芝山、伯萱。陶子贞夫人开吊,前往吊纸。

十一日(10月31日)　丙申,晴,早晚凉,午热。臬台考候补同通州县,在臬署监场,并监印。题目:粤东省城宜积银,不宜积谷;外府州县宜积谷,不宜积银,果何说欤?四点钟散。夜到顺直赈捐局领实收十张。同汝鸿谈。又访笏臣谈。接上海和顺长来信,知家眷(卅由沪行)。

十二日(11月1日)　丁酉,晴,早晚凉,午热。臬台审案三起,前往伺候,并监印。笏臣、雨人来谈。夜访用之闲谈。发致京都傅仲安信,交福兴润寄京。

十三日(11月2日)　戊戌,晴,尤热。禀见藩台,并谢委劝办顺直赈捐。抚宪堂期,禀见。到臬署监印。到厘务局访慕白、颖云谈。到臬署收呈四张。

十四日(11月3日)　己亥,晴,午尚热。王雪臣老太太寿辰,送礼,未收,前往拜寿,挡。臬台考候补佐杂各官月课,在此监场。题目:防守虎门、黄埔兵力,若敷分布,省城可保无虞否?在臬署监印。三点钟散场,回署换衣。到马鞍街轿店买轿杆。夜访李又田、齐笏臣,未遇。到华宁机器店,买研墨机器,价二元。到同古斋坐谈。何贻孙(名)厥禧,粮道韩观察女婿,来拜,未遇。作第十八号家书,交信局寄营再转关。

十五日(11月4日)　庚子,晴,尚热。月食未,奉部文,不救护。是日不谒庙行香,不受贺。到臬署监印。史松泉来,为抚辕武巡捕王应熊捐花翎事。答拜何贻孙,未遇。闲步桂香街,在裱画店买汤金钊八言对一付、何子贞八言篆字对一付,价六大元。到归德门外买上海花布。到马鞍街买轿杆。夜到同古斋访梁星堂看字画。访齐笏臣,遇陈寅初、张云程谈。绪芝山辞行，未遇。

十六日(11月5日)　辛丑，晴，尚热。臬台考佐杂各官月课，在此监场。题目：士农工商如有专业西法，除牛豆而外，其他尚有迫不及待之应学者乎？未正散场。访笏臣谈。早晚两次访史松泉叙话，并与王应雄填实收，银尚欠交。李慕白、阮子祥前后来拜，未遇。

十七日(11月6日)　壬寅，晴，热。臬台考佐杂各官月课，前往伺候点名毕，到抚署顺各犯人供，伺候抚台审案毕，回臬署见臬台禀销差，并在此监场。题目：武营缴饷，赌馆林立，碍难封禁，其枪摊之匪，何法以杜之？众首领雅集会，何仪卿约饮，前去赴席。

十八日(11月7日)　癸卯，阴，微雨小阵。抚宪堂期，禀见。到捐局叙话。到大新街、西关、上九甫各处闲观。到臬署收呈十二张。访史松泉，伊捐花翎，在彼与其填写实收，当即交银。幼溪来拜，未遇。李又田来拜，亦未遇。

十九日(11月8日)　甲辰，阴，微雨数点。胡汝鸿母寿辰，送礼六色，仅收桃面。前往拜寿。督宪审案，到督署顺各犯供，并伺候审案，到臬署禀知伺候审案毕。晚到汝鸿处赴席。

二十日(11月9日)　乙巳，燥热。禀见臬台。随到督宪禀上衙门，见毕。禀见粮道，并拜会何贻孙，晤谈。访笏臣叙话。访王雨人闲谈。遇陈旭亭，伊到署来拜，未遇。夜携维桢到同古斋访梁兴堂，看《九成宫》《皇甫碑》《佛遗教经》各帖，并出梁同书字联、《丹青引》帖，求伊以辨其真伪。随到布政前买墨。

二十一日(11月10日)　丙午，晴，热。陶朴臣生日，众首领公送酒一大坛、席一桌，前往拜寿，未见。约早辰吃面，未去。徐用之来谈。到臬署监印。王雨人来谈。晚到陶公馆赴席。夜访笏臣叙话。

二十二日(11月11日)　丁未，晴，大风，凉。徐遐年代徐承煜报捐十成监生、林瑞廷报捐从九品职衔，与其二人填写实收文书，差人送交遐年。到臬署监印。访格幼溪,未遇。答拜阮子祥,亦未遇。到协同庆访邓老板,有事相商。苏允之拜会,辞行,未见。

二十三日(11月12日)　戊申,晴,风,凉。抚宪堂期,禀见。回拜林含青,未遇。徐遐年生日,众首领公送大绍酒一坛、鱼翅席一桌。前往拜寿,留吃面,辞。到臬署监印。到督署访朴臣、子雨谈。协同庆邓老西来拜,晤谈。到臬署收呈十一张。到徐遐年处赴席。夜笏臣来,代捐减成监生一名,填写实收文书。

二十四日(11月13日)　己酉,阴,凉,夜微雨。抚标参将凤娶儿媳,前往道喜。署南海左史松泉之父母冥寿,前往拜寿,在此吃面。到臬署监印。访新选河源县刘,未遇。

二十五日(11月14日)　庚戌,阴,微凉。督宪堂期,禀见。吊邓庆沂。到臬署监印。访陈旭亭谈。在督署遇李子华之子名赓唐,余力劝其报捐花翎,并有子雨、朴臣帮劝。回署与其填写实收,派号房送去。王子功代同乡广西候补知府王翰卿之长媳出殡无力求各同乡帮助,余助银一大元。

二十六日(11月15日)　辛亥,早阴午晴,凉。臬台审案一起,前往伺候。何贻孙拜会辞行,刘孚京拜会,倪星葵来访,皆晤谈。众首领雅聚会,宋颖云约饮,前去赴席。

二十七日(11月16日)　壬子,晴,尚热。访田益丰谈。到西关晓珠里买花洋布。夜访笏臣长谈。

二十八日(11月17日)　癸丑,晴,甚热。抚宪堂期,禀见。李平阶之老太爷由家乡来省,前往拜候。李承绪拜会,晤谈。到臬署收呈九张。备席约盛荔孙、何贻孙、李盛圃、李平皆、徐用之、王雨人、齐笏臣、胡汝鸿诸人,盛、何未到,余皆到。

二十九日(11月18日)　甲寅,晴,尚热。闲步西关上陈塘各处察看摊馆。在扬巷买蓝洋泥布八尺,送祭幛用。

十月初一日(11月19日)　乙卯,阴。到臬署关帝、土地、六毒大王、榕树神、东树神、皂王各处行礼。回署在关帝、土地、皂王各神位前行礼,众书差等禀贺。余禀见臬台,并禀贺。督、抚、藩、运、道五处,皆差人禀贺。到臬署监印。到鸿安栈送郑正之行,伊已于廿九日起程。闲步双门底一带观看。在清风桥执事店买红油伞一把。

初二日(11 月 20 日)　丙辰,晴,尚热。到臬署监印。访幼溪谈。闲步藩台前,买次《多宝塔帖》一本,为送人用,买翁方纲字帖一本。夜访笏臣谈。将到伊庭,余腹痛,勉强少坐即回。将进本署,大痛难忍,随倒在床,连翻作痛,实难支持。维桢派人请张伯龙,未来。又紧派人请胡子能来署诊脉,看系寒症,开方服药,并用炒盐运腹,痛始渐止,方得睡着。维桢心忙手乱,直至一夜未得消停耳。

初三日(11 月 21 日)　丁巳,晴,尚热。抚宪堂期,因恙未去,差人禀上衙门。仍照昨日之药方服药一剂,并用炒盐再运。到臬署监印。格幼溪来拜,未见。到臬署收呈九张。差人与施观察送祭幛。

初四日(11 月 22 日)　戊午,晴,尚热,夜微风。访胡子能,看脉拟药方。到臬署监印。格幼溪来谈。徐用之备席约饮,在座者何贻孙、李盛圃、胡汝鸿、俞桂陔、李平阶诸人。午间与贻孙送行,未遇。作致仲安信,交福兴润轮船信局寄京,此信同前月十三所寄者一样,缘恐前信失落,故照录又寄之。

初五日(11 月 23 日)　己未,晴,尚热。禀见藩台,见毕。督宪堂期,禀见。到连新街拜客。回本署吃饭。到臬署监印。访笏臣长谈。访葆伯萱,看脉开方。陈旭亭来拜,未遇。夜服药。

初六日(11 月 24 日)　庚申,晴,大风,凉。藩宪成方伯之三弟成孚开复原官,前往禀贺,挡。臬宪审案四起,伺候堂事。与河源县刘道喜。访张燕堂谈。夜服药。

初七日(11 月 25 日)　辛酉,阴,大风,冷。发致志仲辅、赵鹤琴、闫永安、周晓岚各信。接袁荣五来信,取存之银,当交马差持去。葆伯萱来,与余看脉开方。崇兰甫约一品升饮,在座者,乌小云、李湘雯、刘培生、吴次梅、傅少梅、廷雨生诸人。夜服药。

初八日(11月26日)　壬戌,晴,大风,冷。抚宪谒南海神,早去,午后归,差人禀安。闲步各街观看,在抚院前古玩铺内买铁保、董诰所书白折各一扣,价银二钱五分二厘,物真价廉,实不易得之物也。到臬署收呈十一张。夜访笏臣长谈,三更归来,服药。

初九日(11月27日)　癸亥,晴,大风,冷。陈旭亭来访,长谈。访史松泉叙话。

初十日(11月28日)　甲子,晴,大风,冷。皇太后万寿,卯刻到万寿宫,穿朝服,随各大宪行朝贺礼。督宪堂期,挡,差人禀上。作复袁荣五信。访王雨人叙话。笏臣来,未遇。

十一日(11月29日)　乙丑,晴,大风,冷,午尤暖。郝述卿来拜,晤谈。到臬署监印。夜访笏臣叙话。

十二日(11月30日)　丙寅,晴,大风,冷,午微暖。到臬署监印。访葆伯萱谈。臬署书吏换冬季班,前去点名。到仙羊街拜客。夜闲步藩司前各处买物。

十三日(12月1日)　丁卯,晴,大风,冷。抚宪堂期,禀见。与张蔓农道喜。答拜乌尔经额、姚广誉承勋并黄李二公,均未见。到臬署监印。回署办公事。晚到臬署收呈十二张。夜王雨人来谈。

十四日(12月2日)　戊辰,晴,微风。到臬署监印。陈澄甫、齐笏臣来谈。同笏臣步出归德门,到濠畔街协同庆票庄,有事叙话,在此吃饭。夜步进大南门回本署。

十五日(12月3日)　己巳,阴,夕微雨,稍冷。禀见臬台,并禀贺。本署关帝、土地、皂君各神前行礼,众书差等禀贺。到臬署监印。督、抚、藩、运、道各处,皆差人贺禀。

十六日(12月4日)　庚午,阴,微冷。午后闲步五仙门外,雇坐沙艇到河南登岸,缓步西至漱珠桥,东至新庙一带大街观看,访查摊馆,仍雇坐沙艇到靖海门登岸,缓步大新街游观,进归德门回署。

十七日(12月5日)　辛未,阴,微冷。缓步定海门、永兴门、东便门、小东门各街闲观,并查看摊馆。夜笏臣来谈,捐从九衔二名,填写实收二张。接孙璧臣信并课文。

十八日(**12月6日**)　壬申,大雪,晴,微冷。抚宪堂期,禀上衙门,禀见。与平皆拜寿。谭升由津回粤,今辰到署。接维垣信,并得悉维垣赴津候家眷,家眷诸人到津平安,办喜事甚顺,同李家相处亦好,并悉家眷拟十月初一起身回关等事。收到寄来苹果、鸭梨、葡萄、小菜等物。到顺直赈捐局访汝鸿叙话。何镜如来谈。到臬署收呈十三张。到平皆处赴席。

十九日(**12月7日**)　癸酉,阴晴无定,微冷。抚宪审案三起,前往顺各犯供,并伺候审案毕,到臬署禀销伺候审案。访笏臣叙话。

二十日(**12月8日**)　甲戌,阴,微冷。到臬署禀见臬台毕。督宪堂期,禀见。幼溪来谈。夜笏臣来叙话,并办捐项换实收。

二十一日(**12月9日**)　乙亥,阴,微风,夜微雨大阵,冷。到臬署监印。答拜何镜如、郝述卿,皆未遇。

二十二日(**12月10日**)　丙子,阴,冷,夜微雨。笏臣来,说几句话就走。余到协同庆开银单壹千两,系赈捐捐项。到捐局访汝鸿,投解赈捐千两文批并银,以及印领请领实□等事。到臬署监印。粮道韩太太寿,差人禀预□。

二十三日(**12月11日**)　丁丑,阴,冷甚。抚宪堂期,禀见。与粮道太太拜寿,挡。到臬署监印。革出差役陈芳一名。到臬署收呈十张。众首领雅聚,徐遐年约饮,前去赴席。

二十四日(**12月12日**)　戊寅,阴,冷甚。督宪审京控案一件,前往督署顺供,并伺候审毕,到臬署销差。回本署吃饭后,到臬署监印。访徐遐年叙话。到赈捐局领实收五十张、文书五十件、简明章程、履历单等件,并领解银批回。夜访笏臣长谈。伯萱来访,未遇。

二十五日(**12月13日**)　己卯,阴,冷甚。督宪堂期,禀见。与沈阁臣道喜,未遇。到臬署监印。夜齐笏臣来,为陈光池捐未入流衔并捐赀封填写实收事。

二十六日(**12月14日**) 庚辰,晴,冷甚。王雨人、沈阁臣、徐用之先后来访,谈。接志仲辅由博罗县来信。

二十七日(**12月15日**) 辛巳,晴,风,冷。陈旭亭、胡汝鸿先后来□,皆未遇。闲步高第、大新各街闲观,在大新街遇旭亭,同到各铺观看,进归德门,到锦隆稍坐,回署。

二十八日(**12月16日**) 壬午,晴,冷,风。抚宪堂期,禀见。回拜内阁中书史,未遇。到臬署收呈七张。陈旭亭约饮,前去赴席,在座王雨人、张伯龙、陶宗濂。

二十九日(**12月17日**) 癸未,晴,冷。笏臣来谈。王燮臣太尊生日,差人持帖拜寿。到太平门外各药材行看肉桂。众首领雅聚,徐用之约饮,前往赴席。

三十日(**12月18日**) 甲申,晴,早冷甚。作第十九号家书,并栏杆廿八尺、宪书二本,以及李盛圃家信一包,另致和顺长信一件,均交福兴润信局寄营口外,有徐堪先致江西徐积堂一信,亦交该信局寄去。作致瑶峰舅一信,交该马差寄电茂场。胡汝鸿同祝伦望来谈。夜访笏臣长谈。

十一月初一日(**12月19日**) 乙酉,晴,稍冷,夜微风。到臬署关帝、□地、六毒大王、榕树神、东树神、皂君大仙各神位前行礼,禀贺禀见臬台。答拜联太史名泉、张太史名元济,均未遇。回本署,到关帝、土地、皂君、祖先前行礼,众书差禀贺。督、抚、藩、运、道等处,皆差人禀贺。赈捐总局约吃便饭,在座者皆局中委员,并交捐员史支源、王应熊、李承绪三人履历局中,为咨部用。到臬署监印。

初二日(**12月20日**) 丙戌,晴,微冷。葆伯萱来访,谈。到臬署监印。郝述卿拜会辞行,未遇。到濠畔街各皮铺闲观。

初三日(**12月21日**) 丁亥,冬至,晴,微冷。寅初到臬署禀贺臬台,并禀见。到万寿宫,随各大宪穿朝服行朝贺礼毕,到督抚两院禀贺,未见。到藩台禀贺,禀见。到粮道,未见。到运台,未遇。回本署,在祖先前上供行礼,维桢亦行礼。到臬署监印。访齐笏臣叙话。接仲安信。到臬署收呈九张。众差禀贺叩头。尚欣之(名承勤,顺天人,新禀到,仲安亲戚)拜会,未见。

初四日(12月22日)　戊子。张兰坪由家来广,到署来拜,晤面畅谈。并接第廿号家信一件,随带笤帚六把。郝述卿辞行,晤谈。到臬署监印。晚留兰坪吃饭。张元济太史送扇对。

初五日(12月23日)　己丑,晴,暖。抚宪会同督宪,率藩、臬、运、道四司道坐大堂,审丰顺县逆犯,审毕即请王命凌迟,两县监斩,府厅首领等皆伺候坐堂。余在官厅,先顺该犯供,然后伺候堂事。事完,随到臬署销差。答拜客数家,回本衙吃饭。到臬署监印。兰坪来叙话。陈佩亭妻开吊,送祭帐、宝烛。

初六日(12月24日)　庚寅,晴,暖。成藩台生日,前往禀祝,挡。访旭亭、笏臣,皆晤面叙话。约兰坪偕维桢到一本楼吃便饭。饭后,送兰坪于双门下街,话别,偕同维桢回署。兰坪明日清晨起程往电茂,伊盘川不足,借银十金。联泉太史送扇对,收下。

初七日(12月25日)　辛卯,晴,暖。臬台审案七起,前去伺候。闲步濠畔、大新各街观看买物。王雨人来访,晤谈。张干臣、盛立亭、宋颖云先后来访,皆未遇。

初八日(12月26日)　壬辰,晴,暖。抚宪堂期,禀见毕,禀见藩台。回拜王凯平、尚欣之,皆未遇。陈澄甫拜会,未见。众首领雅聚,陶朴臣约饮,前往赴席。到臬署收呈词六张。

初九日(12月27日)　癸巳,晴,暖。王子功拜会辞行,晤谈。答拜盛立亭,与郝述卿送行,答拜户部主事张联骏,皆未见。夜访笏臣闲谈。

初十日(12月28日)　甲午,晴,暖。禀见臬台。督宪堂期,禀见。胡汝鸿约顺直赈捐总局吃早饭,在座者皆局中委员。崔镜湖拜会,未遇。闲步西门直街古玩铺观看。

十一日(12月29日)　乙未,晴,暖。到臬署监印。访幼溪晤谈。拜尚欣之,与王子功送行,皆未遇。赵鼎仁太史来拜,送对联。
答拜镜湖,晤谈。

十二日(12月30日) 丙申,晴,暖。尚欣之来谈。到臬署监
印。与联泉、张元济两太史送公分,每分六大元,皆收,系首领诸人
公送。

十三日(12月31日) 丁酉,晴,暖。李乾三来拜,陶宗濂拜会,
先后晤谈。到臬署监印。抚宪堂期,禀见。到臬署收呈十张。夜笏
臣来谈,并缴捐款廿金。沈阁臣来访,未遇。余到藩台前闲观。

十四日(1893年1月1日) 戊戌,晴,暖。到臬署监印。

十五日(1月2日) 己亥,晴,暖。到臬署禀见臬台,并禀贺。
回本署关帝、土地、皂君、祖先各神前行礼,众书差禀贺。督、抚、藩、
运、道各处,皆差人禀贺。到臬署监印。夜访笏臣长谈。

十六日(1月3日) 庚子,晴,暖。早约笏臣来署吃合乐。晚慎
初约谷埠水榭小饮。夜沈阁臣查夜,顺便来访,未遇。

十七日(1月4日) 辛丑,晴,暖。王雨人来谈。众首领雅聚
会,余备席约饮,何仪卿、徐遐年皆未到,余皆到,豪饮皆薰薰然矣。

十八日(1月5日) 壬寅,晴,暖。抚宪堂期,禀见,答拜王、陶
二巡检,未遇。访笏臣叙话。到臬署收呈十六张。夜沈阁臣来谈。
接闰永安信,并送阳江博古花黑漆花翎甬一件。内阁中书史悠咸送
朱卷。方政来拜。

十九日(1月6日) 癸卯,晴,暖。笏臣早晚三次来署,皆晤面
议事。荣敬远来拜,晤谈。夜访伯萱闲谈。笏臣领去空白实收四十
张、空白札文四十件,交广东绅士、广西候补州吏目张光裕(字德臣),
持赴广西南宁府劝办赈捐。发臬台考候补各官月课银、卷。

二十日(1月7日) 甲辰,早阴雨,午晴,晚又阴。禀见臬台毕,
督宪堂期,禀见。吴子敬得子,今日洗三,前往道喜吃面。发臬台考
候补各官月课试卷并奖赏银两。夜访笏臣闲谈。

二十一日(1月8日) 乙巳,晴,暖甚。人皆换夹。到臬署监

印。夜访张干臣谈。发臬台考候补各官月课试卷并奖赏银两。

二十二日(1月9日)　丙午,晴,暖甚。到臬署监印。答拜荣敬远,访王雨人,皆未遇。缓步高第街各绸缎店看褂料。格幼溪来访,未遇。发臬台考候补各官月课试卷、奖赏。

二十三日(1月10日)　丁未,晴,暖甚。抚宪堂期,禀见。答拜赵鼎仁太史、李光襄县丞,皆未见。周晓岚拜会,晤谈。到臬署监印。接张兰坪由电茂寄还银十两,并致维桢信一件、洋银四大元,托其代买物件。到臬署收呈十二张。曹乃猷、李信昭先后来拜。发臬署月课银、卷。

廿四日(1月11日)　戊申,微阴,夜微雨,暖甚。笏臣来访,谈。到臬署监印。秦旭堂来拜,未遇。王化成来访,长谈,留吃晚饭。发臬署月课银、卷。夜闲步双门底一带观看。

廿五日(1月12日)　己酉,阴,微有雨意。督宪堂期,禀见。粮道韩观察赈捐加二品顶戴,禀贺。回本署吃早饭。抚宪审案两起,到官厅顺各犯人供,伺候过堂毕,到臬署销差。回拜曹乃猷,与王凯平道喜,答拜周晓岚,皆未遇。到臬署监印。发臬署月课银、卷。作致张兰坪信,并捐级请封银数单。

二十六日(1月13日)　庚戌,阴,昼夜雨,夜大风。张亮臣之父开吊,送祭幛一件。访李慕白、宋颖云谈。众首领雅聚会,陈澄甫约饮,前往赴席。作第二十号家书,交信局寄营再转关。

二十七日(1月14日)　辛亥,阴,大风雨,午微晴,夜又阴雨大风,冷甚。徐遐年之子过礼,徐用之捐五品衔,前往道喜。拜王凯平、吴子敬,答拜秦旭堂、荣敬远、毓荫臣,皆未见。拜李乾三,访齐笏臣,皆见。徐用之约饮,前去赴席,同座者平皆、冠峰、明甫、颖云、朴臣、星葵、澄甫诸人。格幼溪来访,未遇。

二十八日(1月15日)　壬子,昼夜阴雨大风,冷极。抚宪堂期,禀见。到臬署收呈九张。

二十九日(1月16日)　癸丑。终日闭门静坐,与大儿论纲史。

昨夜朔风凛冽,雨雪交加,瓦面闻有渐沥之声,空中宛似撒盐之状。今早开门一望,积水皆冻,无处不冰,俨若琉璃世界。雨虽止而晴未开,风虽微而冷依旧,冻未消尽,寒气更严。早晚两膳,皆围炉以食焉。粤东地处炎荒,如此冰雪严寒,人皆罕见者也。(据本地人传云:六十年前曾见过冰雪一次。)

三十日(1 月 17 日)　甲寅,阴,微风,冷甚。张蔓农乃兄伟儒故于浙江,蔓农在光孝寺成服,同尚欣之公送祭幛一件。闲步高第、大新各街观看。

十二月初一日(1 月 18 日)　乙卯,晴,微风,冷。到臬署各神前行礼。禀见臬台,并禀贺。回本署各神前并祖先前行礼,众书差禀贺。尚欣之来访,晤谈。抚宪在大北门外阅南海民团练勇,前往伺候。到臬署监印。夜闲步藩司前买物。

初二日(1 月 19 日)　丙辰,阴,冷,微风。到臬署监印。夜访笏臣谈。

初三日(1 月 20 日)　丁巳,晴,冷。抚宪堂期,禀见。答拜新到通判方君。雨人来谈。到臬署监印。访吴次梅谈。到臬署收呈九张。

初四日(1 月 21 日)　戊午,晴,早晚冷,午稍回暖意。到高第街买褂料。到臬署监印。夜到藩台前买物。

初五日(1 月 22 日)　己未,晴,早晚微冷,午稍暖。督宪堂期,禀见毕,禀见藩台。到华宁里答拜客。到臬署监印。到靖海门外访正之。

初六日(1 月 23 日)　庚申,晴,微风,早晚微冷,午稍暖。葆伯萱来访,谈。众首领雅聚会,倪星葵约饮,前往赴席。作致孙璧臣信,并送束脩廿金,交伊家人王柱寄梅录。

初七日(1 月 24 日)　辛酉,晴,暖。臬台审案五起,会营务处周观察会审一起,前去伺候。徐遐年娶儿妇,前往道喜。访秦煦堂、陈旭亭,皆晤谈。李子乔来拜,未遇,在臬署官厅以及陈秦公馆,三次相遇。夜访笏臣，未遇。闲步藩台前买物。

初八日(1月25日)　壬戌，晴，暖。到臬署禀见臬台。河泊所鲁接印，前去道喜。抚台堂期，禀见。藩经李平皆老太太寿日，番左杨冠峰寿日，前往各处拜寿。早在冠峰处吃早面，晚在平皆处赴席。午后陈旭亭访，谈。到臬署收呈十五张。格幼溪差人送腊八粥，甚好，颇有京城风味。

初九日(1月26日)　癸亥，晴，暖。访笏臣谈。遇陈寅初，叙话。

初十日(1月27日)　甲子，早晚阴，午晴，早微雨，午暖，晚风，冷。督宪堂期，禀见。回拜客。毓荫臣拜会，晤谈。笏臣来，稍坐。同伊闲步大新街。到富贵堂舒星垣坐谈，到油栏门外百福堂买肉桂半斤，出安澜门走眼镜街，进太平门，到濠畔街协同庆坐谈，留吃晚饭。饭罢进大南门回署，在高第街遇尚欣之，同行一路。作致湖北藩台王爵堂贺年并贺寿禀。

十一日(1月28日)　乙丑，阴，细雨，冷。到臬署监印。照料成衣，裁灰鼠脊皮褂。

十二日(1月29日)　丙寅，阴，微冷。访伯萱，未遇。秦煦堂来拜，晤谈。到臬署监印。访笏臣有事叙话。在藩库厅衙门，余同宋颖云、李平皆、程明甫、倪星葵、杨冠峰、陈澄甫、陶朴臣共八人，公请为徐用之贺五品衔，为鲁润斋接风。

十三日(1月30日)　丁卯，阴雨昼夜，冷。抚宪堂期，禀见。与陶子贞道续娶亲喜。答拜子乔，未遇。毓荫臣来，有话讲。到臬署监印。接第廿一号家书，得知家中大小人口皆以平安，并悉张寿圃、徐崑生二人作古，令人闻之实在可惨！到臬署收呈十张。派人到藩署领俸以及门皂等役工食银两。

十四日(1月31日)　戊辰，阴，冷。臬台考同通州县佐杂各官月课，前去监场，在此吃早饭，就便监印。申刻散场回署。毓荫臣来，有事叙话。夜访笏臣长谈。月课佐贰官题：洋人奇技淫巧格物之学，较中国德性理气格物之学为何如？佐杂官题："公罪不可无,私罪不可有"论。

十五日(2月1日)　己巳,阴,午间微冷。到臬署各神前行礼。禀贺臬台,并禀见。回本署,到各神位前以及祖先前行礼,众书差等禀贺。督、抚、藩、运各处,皆差人禀贺。到臬署监印。到濠畔街买灰鼠皮两个。夜缓步出城,到素波巷顺直赈捐局访汝鸿,未遇。归到双门底一带闲观。

十六日(2月2日)　庚午,早晚阴,午晴,冷。臬台考候补佐杂各官月课,前往监场,在臬署吃早饭。题目:琶洲离省咫尺之远,械斗致伤毙数人,其咎果尽在民欤？与陈旭亭老太太拜寿。与李平皆老太爷拜寿,皆登堂叩首。晚到平皆处赴席。接贾兰溪贺年信。

十七日(2月3日)　辛未,阴,冷。立春,穿花衣。到臬署禀贺臬台,并伺候考月课,在臬署吃早饭,申刻散场。题目:命案谕交花红,其流弊可能详道欤？徐遐年来访,有事叙,未遇。夜访遐年,亦未遇。访笏臣谈。督、抚、藩、运、道,皆差人禀贺。候补通判孙宝瑚来拜,未遇,维桢见。

十八日(2月4日)　壬申,早晚阴,午晴,稍暖。抚宪堂期,禀见。拜侯良知县,未遇。回本署吃早饭后,又到抚署伺候审案六起,先在官厅顺各犯供事毕,随到臬署销伺候抚台审案差,就便伺候臬台审案五起,事毕,回本署稍坐,又到臬署收呈十三张。陶子贞道谢,未见。

十九日(2月5日)　癸酉,晴,暖。穿花衣。到抚署伺候封印,禀贺。又到臬署伺候封印,禀贺。回本署,换朝服、朝冠,望阙谢恩、拜印,均行三跪九叩礼。回二堂,换花衣,坐大堂,用印、洗印、封印,众书差等叩头禀贺,书吏捧印退堂,众家人叩头禀贺。侯莘农(名梁,安徽人,知县)来拜,欲捐同知衔,晤谈。作家书。夜访笏臣,未遇。督、藩、运、道,皆差人去禀贺。

二十日(2月6日)　甲戌,晴,暖。发家信。与侯莘农填写实收。拜侯公晤谈，并带交捐衔之实收。访格幼溪晤谈。闲步大新街买物，遇友人，约谷埠饮，三更归。接闫永安贺年信。

二十一日(2月7日)　乙亥，晴，暖。到赈捐局同汝鸿诸人闲谈。到臬署监印。夜访笏臣闲谈。

二十二日(2月8日)　丙子，晴，暖。毓荫臣移衙内接印，与其道喜，答拜孙宝瑚，均未遇。闲步大街观看。到臬署监印。携维桢到西关广庆戏院看京班戏，一夜未归。接王子功由肇庆来贺年信。

二十三日(2月9日)　丁丑，晴，暖，微风。早卯正由西关戏院回署高眠。饭后到臬署监印。接瑶峰舅拜年信。夜访用之，稍坐。同到藩司前闲观，买漱口碗一个。

二十四日(2月10日)　戊寅，晴阴无定，暖。臬台招复佐杂二十员，前去监场，在此吃早饭、监印。未正考毕。到莲塘街回拜客。与毓荫臣道喜，答拜王凯平，皆未遇。众首领雅聚会，李平皆约饮，前去赴席。今日覆试题目：实事求是论。笏臣来，为捐事长谈。

二十五日(2月11日)　己卯，晴，暖。扫房。到臬署监印。侯莘农来访，未遇。王雨人、吴次梅前后来访，皆晤谈。夜访汝鸿于赈捐局，未遇。

二十六日(2月12日)　庚辰，微阴，暖。笏臣来，未遇。毓荫臣来访，晤谈。到城外访友人谈。

二十七日(2月13日)　辛巳，微阴，暖。笏臣来，为与宗济生捐花翎事，填写实收。发致肇庆府张太尊贺年信。到捐局访汝鸿叙话。夜访徐遹年，有事叙话。到双门底各处闲观。

二十八日(2月14日)　壬午，晴，暖。陶朴臣来访，晤谈。闲步西关十八甫以及南关大新街等处闲观，买水仙花。胡汝鸿送牡丹花一盆、橙子两篓，谨收牡丹，其余璧回。臬台札发试卷、银单。接周晓岚由九龙司、陆子和由五斗口来拜年信。

二十九日(2月15日)　癸未，晴，夜阴，毛雨，风，冷。胡汝鸿来访，谈，留吃早饭。陈旭亭送年礼，未收。发臬署月课试卷、银两。与臬台送牡丹花四盆、水仙花四盆,皆璧。与胡汝鸿送水仙花二盆,收。
送年糕十斤,未收。与胡子能送牡丹花二盆、年糕十斤,皆收。同毓
荫臣与臬署门签、传帖、账房送年礼八色,皆璧。

　　三十日(2 月 16 日)　甲申,阴雨,冷。到臬署辞岁,禀见。到
督、抚两院辞岁,皆挡。藩、运、道,皆差人挂号。发臬署月课银、卷。
办理年事。格幼溪来辞岁,挡。陈旭亭明日寿辰,送酒、烛、桃、面,皆
璧。夜闲步各街买物,供奉祖先,设香案,陈供献。夜祭祀祖先,拈香
行礼辞年。维桢亦行礼辞年,与吾叩头。众书差、家人等皆叩头
辞岁。

光绪十九年(1893年),岁次癸巳

卷 一

正月初一日(1893年2月17日) 乙酉,阴雨,冷。寅初时迎神接皂,拜祖先,率大儿维桢拈香行礼。赴万寿宫,穿朝服,随各大宪行朝贺礼毕。各宪谒文、武庙,到广雅书局团拜。余到督署候督宪回,禀贺叩头。随到抚宪、道台、臬台、藩台,皆禀贺叩头。回本署,谒关帝、土地、皂君、祖先各神前行礼,大儿叩头拜年,众书差、家人等叩头拜年。是日来拜者共六十一人,除见陈旭亭外,其余皆挡。

初二日(2月18日) 丙戌,阴雨,冷。卯初时,到龙王庙伺候臬台谒龙王毕,到各处拜年。饭后,又到各处拜年。除晤毓荫臣外,皆挡。是日来拜者六十一人,皆挡。

初三日(2月19日) 丁亥,阴,冷。异辰接孙璧臣由梅录、福兰亭由绥猺、志仲辅由博罗各处拜年信。又接沙湾司吕巡检拜年信。齐笏臣因有服,便衣来拜,晤谈。是日来拜者十五人,皆挡。

初四日(2月20日) 戊子,阴,冷,夜毛雨。到新城、老城各处拜年,皆挡。司道上两院补堂期,因拜年未登堂之故,是以众首领商量毋庸随司道补堂期。是日来拜者四十三人,皆挡。

初五日(2月21日) 己丑,阴,夜雨,冷。到臬署监印。夜自到南关看京都高升班戏。是日来拜者二十二人,皆挡。

初六日(2月22日) 庚寅,阴,微冷。卯正由戏院回署。夜荣敬远来访,谈。是日来拜者十一人,皆挡。

初七日(2月23日) 辛卯，早阴冷，午晴暖。异辰无事，静坐看书。王凯平约饮于一品升，同座者皆首领诸人。是日拜年者六人，皆挡。

初八日(2月24日) 壬辰，早阴冷，午晴暖。到西关耀华坊，与陈寅初拜年，未遇。到书芳街答拜东莞县沈麟书，亦未遇。崔镜湖因有服，便衣来拜年，晤谈。笏臣来访，长谈，留吃晚饭。夜约伊偕维桢到南关和乐戏院观高升班戏。是日来拜年者七人，皆挡。

初九日(2月25日) 癸巳，阴，早大风，冷。卯正由戏院回署高眠。陈寅初来拜年，挡。志仲辅来拜年，亦挡。王雨人来访，晤谈。接耿阁卿由立将司来拜年信。李茂堂约饮于一品升，前去赴席。

初十日(2月26日) 甲午，阴，冷。皇后万寿，穿花衣一天。拜肇庆府张太尊，未遇。拜志仲辅，晤谈。李雨臣、格幼溪、胡汝鸿先后来访，谈。夜拜韩东元、王休园，皆未遇。访笏臣长谈。

十一日(2月27日) 乙未，阴，大风，冷，夜雨雷。到臬署监印。韩东元、杨义卿先后来拜年，皆未遇。张干臣在公馆备席约饮，同座者工少颖、李盛圃、沈阁臣、黄幼陔、徐用之。

十二日(2月28日) 丙申，阴，冷。拜张小帆太尊，晤。访仲辅，未遇。晤韩东元、王休园谈。魏竹轩由杭州来广，住署内。到臬署监印，并点春季书吏换班名。晚到惠来栈，约仲辅、东元、休园到一本楼小酌，并有幼溪。饮罢，同到南海膏牌局聚谈，观伊等赌钱，唱盲妹。

十三日(3月1日) 丁酉，早阴，午稍晴，夜阴，微雨，冷。李雨臣约饮于广祥升，同座者吴次梅、王遂生、李慕白、齐笏臣、华寿卿诸人，前往赴席。未终席，辞，回署换衣，赴王稚莲之约。伊在公馆备席约饮，同座者王樾峰、申显曾、刘荫南、孙韵山、秦煦堂、志仲辅诸人。未候终席，辞，往臬署监印。陈旭亭约饮于一品升，辞。郑恕(字舫桥)来拜，未遇。夜随便访友闲谈，冒小雨而归。

十四日(3月2日) 戊戌，阴，冷。到臬署监印。蒋韵笙来拜，

未遇。葆伯萱约饮于新同升，前往赴席，同座者仲辅、东元、休园、
幼溪。

十五日(3月3日)　己亥，阴，毛雨，微冷。到臬署关帝、土地、
六毒、榕树、东树、皂君大仙各神前行礼。禀见臬台，并禀贺上元。拜
吴次梅，晤谈。回本署，到关帝、土地、皂王、祖先各处行礼，众书差禀
贺叩头。答拜蒋韵笙、周晓岚，皆未遇。到赈捐局坐谈。到臬署监
印。齐笏臣同李子丹来访，未遇。志仲辅来拜，晤谈。夜到藩司前，
遇仲辅、东元、休园，余与其三人在街同游买物。访笏臣，未遇。赠与
仲辅东洞石大四六砚一对，带紫榆盒。格幼溪赠余竹烟杆一根，因余
曾托其由韶州代买之故，枷楠香末一包，因魏竹轩泻肚用此以治之
之故。

十六日(3月4日)　庚子，阴，雨，雷。王休园来，稍叙话。同乡
二十余人在一品升备席团拜，旭亭、煦堂承办，前往赴约。接赵鹤琴
由吴川县来拜年信。

十七日(3月5日)　辛丑，阴雨，冷。王樾峰在公馆备席约饮，
在座者王稚莲、王少颖、王凯平、李子侨、姚顺卿诸人。史松泉在抚署
备席约饮，在座者程明甫、倪星葵、毓荫臣、吴子敬、陶朴臣、陈澄甫、
鲁润斋诸人。余先赴樾峰之约，未等终席即辞，赴松泉之约。饮罢，
访笏臣，未遇。答拜郑舫樵、谢彭发，皆挡。

十八日(3月6日)　壬寅，早晚阴，午晴，夜微雨。访蒋韵笙、侯
莘农，皆未遇。访李平皆，有事商，并看伊症，访徐遐年，为催捐款事，
皆晤。夜访笏臣，有事叙话。李云峰、张子猷来拜年，毓荫臣来访，皆
未遇。作第二十二号家书。

十九日(3月7日)　癸卯，早阴雨，午晴，渐暖。穿朝服，出大
堂，望阙谢恩，行三跪九叩首礼，拜印，行三跪九叩首礼毕，进二堂，换
花衣，坐大堂，开印、用印，众书差等叩头禀贺。随到臬署伺候开印，
禀贺，又到抚署伺候开印，禀贺。督、藩、运、道各处，皆差人禀贺。
侯莘农道喜，晤谈。李盛圃诸人皆差人来道喜。访徐用之、倪星葵，

皆晤,长谈。到源丰润票庄打听捐事。

二十日(3 月 8 日) 甲辰,晴,暖甚。到臬署禀上衙门,禀见。督宪堂期,禀见。答拜张子猷、李云峰,皆未见。闲步西关长寿寺、华林寺各处闲观。

二十一日(3 月 9 日) 乙巳,晴,暖甚。到臬署监印。陈澄甫纳妾,备席约饮,前往赴席,并看伊妾,同座者平皆、明甫、用之、松泉、星葵、润斋、朴臣诸人。接东元信。

二十二日(3 月 10 日) 丙午,晴,暖甚。到臬署监印。胡汝鸿约饮于一品升,前往赴席。笏臣两次来访,皆未遇。

二十三日(3 月 11 日) 丁未,晴,暖。抚宪堂期,禀见。到臬署监印,就便在此收呈六张。到九华居赴席。

二十四日(3 月 12 日) 戊申,晴,暖。到臬署监印。笏臣来谈。众首领雅聚会,吴子敬在公馆约饮,前往赴席。于纯甫送《缙绅》一部,收下。伊解饷销差禀壹分、伊禀到张燕堂出同乡官结五张,均来借印,印毕,差号房送去矣。

二十五口(3 月 13 日) 己酉,晴,暖甚。督宪堂期,挡。答拜于纯甫,未遇。到臬署监印。夜访张干臣闲谈。

二十六日(3 月 14 日) 庚戌,晴,暖甚。访于纯甫,晤谈。到西湖街定做砚盒。访笏臣谈。李平皆约饮,前往赴席,同座者陈凤喈(番禺人,平皆请教读)、张庚三、周松涛、程明甫、宋颖云、史松泉、周稚香诸人。

二十七日(3 月 15 日) 辛亥,晴,暖。夜访笏臣长谈。

二十八日(3 月 16 日) 壬子,阴,稍冷。抚宪堂期,禀见。臬台审案,前往伺候。往拜侯莘农,未遇。莘农来访,亦未。李又田来访,晤谈。到臬署收呈三张。文复安生日,众首领公备席二桌、绍酒二坛,前往拜寿,在此赴席。接仲辅由博罗来信。

二十九日(3 月 17 日) 癸丑,阴,微冷。访侯莘农谈,收到伊捐款。幼溪来谈。笏臣来谈,同笏臣到天平街王公馆看抬椅等物,归留笏臣吃晚饭。

二月初一日(3月18日)　甲寅,阴雨竟日。禀贺臬台,禀见毕。与王雪臣太尊道署肇庆府缺喜。回本署关帝、土地、皂君、祖先各处行礼,众书差等禀贺。胡汝鸿来谈,并为借银事。到臬署监印。在藩库厅署备席,明甫、平皆、用之、星葵、松泉、润之、颖云、朴臣同余公请陈澄甫、吴子敬二人。

初二日(3月19日)　乙卯,晴,暖。土地诞,臬台到臬署科房以及福德祠行礼,余前往随班行礼。与乌小庭道署电白喜,未遇。到协同庆稍坐,有事讲话。到捐局访汝鸿,交银票,遇王雨人在此。到臬署监印。

初三日(3月20日)　丙辰,晴,暖甚,春分。文昌诞,列宪往祭,余于寅刻前去伺候,至天明时祭毕。到臬署科房随臬台祭文昌,行礼毕。回本署吃饭,饭罢,到臬署监印。监印完回本署。邓燮臣来,稍坐谈。晚又到臬署收呈九张。抚宪堂期,挡,差人禀上。

初四日(3月21日)　丁巳,晴,暖。丁祭,寅刻前往文庙,随各大宪祭孔夫子。午后到臬署监印。到大新街、高第街闲观。夜笏臣来,为司徒璁捐贡生填写实收事,长谈。接阮子祥由绥猺来拜年信。

初五日(3月22日)　戊午,阴雨终日。祭社稷神祇坛,寅刻前往社稷坛,随抚宪、臬台、粮道祭祀,卯正回署。午后到臬署监印。接李伯鸿由林亭来信,内附致维桢信并致王莱峰信。督宪堂期,挡,差人禀上衙门。

初六日(3月23日)　己未,阴雨昼夜。盛立庭、葆伯轩先后来拜,晤谈。于纯甫故,今日接三,送宝烛。立庭约水榭小饮。

初七日(3月24日)　庚申,阴雨昼夜。终日无事,静坐看书。王雪臣谢步,未见。

初八日(3月25日)　辛酉,阴雨昼夜,稍冷。抚宪堂期,禀见毕,回本署吃饭。后又到抚宪署顺各犯供,伺候抚宪审案三起毕,到臬署禀销伺候审案差。回本署稍歇,又到臬署收呈三张。众首领雅聚,何仪卿约饮。饮罢,同松泉、用之访张干臣,稍谈。

初九日(3月26日)　壬戌,稍晴,夕阴,雨,雷,微冷。访笏臣,未遇。访又溪,晤谈。到同古斋稍坐,看图章数十件,质美工良,古雅可爱,息价太昂,不易购也。作复志仲辅信。

初十日(3月27日)　癸亥,早晚阴,午间大雨,稍冷。禀见臬台,并上衙门。督宪堂期,禀见。徐遐年来拜会,并交捐款五十金。毓荫臣来访,谈。

十一日(3月28日)　甲子,早阴雨,午后晴,燥热潮湿太甚。到臬署监印。访王凯平、侯莘农,皆未遇。访笏臣,遇陈寅初,长谈。王稚莲出结,代领于故员运枢费,借印,印毕,送交稚莲处。

十二日(3月29日)　乙丑,晴、阴、雷、雨,一日数变,燥热。秦旭堂拜会,王雨人来访,志伯时由梧州来拜会,先后皆晤。到臬署监印。

十三日(3月30日)　丙寅,晴,燥热。抚宪堂期,禀见。臬台审案三起,前往伺候,并监印。回本署稍歇,又到臬署收呈四张。王稚莲代于故员由善后、厘务各局领运枢费结二张,借印。夜访笏臣闲谈。

十四日(3月31日)　丁卯,晴阴无定,终日雨,燥热甚。答拜志伯时,访李幼田,均晤谈。到臬署监印。到同古斋访梁老先生谈。

十五日(4月1日)　戊辰,清晨阴雨,午晴暖,夜阴雷雨。早到臬署关帝、土地、六毒大王、榕树神、东树神大仙、皂君各神位前行礼毕,禀见臬台,并禀贺。与乌小庭送行。到华宁里答拜客。回本署,到关帝、土地、皂君、祖先各处行礼,众书差禀贺。午后到赈捐局坐谈。到臬署监印。李盛圃、徐用之、薛少萼三人同来访,谈。晚到街上闲步,片刻即回。今日辰刻,督宪上福字,前往禀贺,皆挡。督、抚、藩、运、道,皆差人前去禀贺。

十六日(4月2日)　己巳,晴,热。祭文昌,寅刻前往文昌庙,随各大宪祭祀。午后到高第、大新各街看物。夜到同古斋裱册页,并找梁老先生,叙伊曾托代梁邱氏领恤氂银已托人办理等话。访笏臣谈。

十七日(4月3日) 庚午,晴,热,夕阴雨雷。祭关帝,寅刻前往武庙,随列大宪祭祀。

十八日(4月4日) 辛未,晴,暖,夜阴,微雨。抚宪堂期,禀见。李达久母开吊,前往吊纸。黄幼陕续弦,前往道喜。到臬署收呈六张。众首领雅聚,程明甫约饮,前去赴席。席罢,同大众到藩司前洋货店买东洋印色一盒、手巾二条。

十九日(4月5日) 壬申,阴雨终日。陈寅初来拜并有事托,齐笏臣来访并交捐款四十四两,均晤谈。

二十日(4月6日) 癸酉,阴雨终日,冷。到臬署禀上衙门,禀见。督宪堂期,禀见。张燕堂来拜,为托与于纯甫写知单事。毓荫臣来访,为捐花翎事,均晤谈。

二十一日(4月7日) 甲戌,阴雨终日,冷。访伯萱,晤谈。到赈捐局访汝鸿叙话。到臬署监印。王稚莲来访,未遇。

二十二日(4月8日) 乙亥,阴,早雨,冷,晚稍热。祭先农坛,行耕耤礼。寅刻前往供事臬台耕耤,臬台执鞭,余播种,五斗司捧箱,其余各大宪以及大小各官皆各执其事。祭毕,与粮道韩观察拜寿,晤,行礼,送礼亦收,同用之等共五人公分,在此吃面。回署稍歇,幼溪来访,谈。到臬署监印。晚在谷埠阿胜艇备席请客,秦子雨、陶朴臣、胡汝鸿、张云臣、钟季于、萧绍轩皆到,沈衡斋、王稚莲、李雨臣、蒋伟农、何仪卿皆未到。饮罢归来,已四更后矣。

二十三日(4月9日) 丙子,阴晴无定,冷热无常。抚宪堂期,未去,差人禀上。魏竹轩由电白来省,晨到。王少颖之母寿日,前往拜寿,同张干臣送礼,收桃面。到臬署监印。晚又到臬署收呈十五张。

二十四日(4月10日) 丁丑,晴,暖。大厅凤参成娶三儿妇,前往道喜。答拜裴鸿钧,未见。到臬署监印。到大新街、高第街闲观。遇陶朴臣,同在街上各铺观看。齐笏臣来谈,与司徒济捐四成贡生,填写实收。接家书三件(又维垣禀一件,董老润、天福来各信)。

二十五日(**4月11日**)　戊寅,晴,热。督宪堂期,禀见。抚宪上福字,禀贺。到臬署禀上衙门,禀见。王少颖道谢拜会,未见。到臬署监印。访蒋韵笙谈。到华宁里客栈答拜客。到正南街,与温树菜道喜,皆未晤。闲步广府前永珍古玩店买带皮玉扳指一件。到藩司前买纽扣三付。同竹轩、维桢到各书铺闲观。潘宝琳太史拜会,未遇。

二十六日(**4月12日**)　己卯,晴,热,夜阴大雨。访陈澄甫,晤谈。到归德门外大新街各处闲观。众首领雅聚,史松泉假何仪卿公馆备席约饮。接潘宝琳太史信,为变价请领西关所封之房事。

二十七日(**4月13日**)　庚辰,晴,热。抚宪会同督宪审香山逆犯一名,前往抚署顺供,并伺候审案毕。到臬署禀销差,禀见,并有话回。毓荫臣、沈阁臣、蒋韵笙、梁星堂先后来访,皆晤谈。夜到同古斋梁星堂,取买妥之图章四十六块,价廿一两八钱。

二十八日(**4月14日**)　辛巳,晴,热。抚宪堂期,禀见。与存朴臣吊纸行礼,送奠仪二元。答拜裴大令、潘宝琳,皆未遇。十纯甫之兄(名检)来拜,未见。潘宝琳来拜,晤谈。到臬署收呈六张。韩观察差人谢寿。风参成道谢。

二十九日(**4月15日**)　壬午,晴,热。赵子封来拜,伊奉委解海饷文结,借用印信,用毕交伊带去。访沈阁臣、崇濂甫,均未遇。夜笏臣来访,长谈。

三月初一日(**4月16日**)　癸未,晴,热。到臬署禀贺,禀见。答拜赵紫封,未见。回署到关帝、土地、皂君、祖先各神前行礼,众书差等禀贺。王雨人来访,谈。到臬署监印。与李幼田送行,晤谈。

初二日(**4月17日**)　甲申,晴,热。到臬署监印。闲步藩司前书铺闲观。

初三日(**4月18日**)　乙酉,晴,热,夜雨。抚宪堂期,挡。拜署广州府张小帆太尊,晤谈。拜王凯平,晤,叙话。到臬署监印。回署少歇，又到臬署收呈十张。葆伯萱约饮于阿胜舫，前往赴席。同座者恽毓嘉太史（壬辰传胪，大兴人，号孟乐）、左学易、蒋叔明、邵子香诸人。饮罢，四更而归。李幼田辞行拜会，未遇。是日换戴凉帽。

初四日（4月19日）　丙戌，晴，热，夜阴雨风。督宪会抚宪审顺德何李械斗京控案，前往督署顺各犯供，并伺候审毕，到臬署禀销伺候审案差。伯萱来访，谈。到臬署监印。到赈捐局坐谈。邵子香、陈澄甫先后来拜，裴鸿勋辞行，皆未遇。访沈阁臣，未遇。

初五日（4月20日）　丁亥，阴雨。督宪堂期，禀见。回本署吃饭后，到臬署伺候审案、监印，并有事回。答拜邵子香，未遇。

初六日（4月21日）　戊子，晴，凉。署广府张今日接印，前往道喜，未遇。抚宪审案七起，前往抚署官厅顺各犯供，并禀知伺候审案，随到臬署禀销差。陈澄甫来访，晤谈。齐筦臣来谈，未遇。众首领雅集，宋颖云假藩库署约饮，前去赴席。

初七日（4月22日）　己丑，晴，热。陈寅初来访，有事议商。贾兰西之子来拜，皆晤面。在儒雅堂买《通鉴纲目》一部、《骈体正宗》一部，共洋八两九钱。

初八日（4月23日）　庚寅，晴，热。抚堂期，挡，差人禀上。吴子敬续弦，前往道喜。到臬署收呈十张。晚到吴子敬处赴席闹房。郑舫樵来拜，晤谈。

初九日（4月24日）　辛卯，晴，热。访侯莘农，晤谈。筦臣来谈。发致傅仲安信，托李幼田寄京。到南关戏院听京都高升班。

初十日（4月25日）　壬辰，晴，热，晚微风。禀见臬台，见毕。督宪堂期，禀见。筦臣来访，谈。闲步广府前、卫边街各处闲观。侯莘农来访，谈。

十一日（4月26日）　癸巳，晴，热，午后阴，微雨。作家书，并致和顺长、天来福各信。到臬署监印。与吴子敬拜寿，赴席。

十二日（4月27日）　甲午，晴，热。发家书，交信局寄营。崇兰甫来访，有事议。到臬署监印。鲁润斋约饮，辞。陶朴臣约饮于阿丛舫,在座廿余人,前往赴席。李雨臣来访,未见。

十三日(4月28日)　乙未,阴雨竟日。抚宪堂期,禀见。到臬署监印。访笏臣讲话。到臬署收呈六张。于检来访,未遇。

十四日(4月29日)　丙申,阴雨竟日。到臬署监印。访笏臣、雨人,皆未遇。

十五日(4月30日)　丁酉,阴雨竟日,凉,风。到臬署关帝、土地、六毒、榕树、东树、皂君大仙各处神前行礼。回本署,到关帝、土地、皂君、祖先各神前行礼,众书差禀贺。在署禀见臬台,并禀贺。到臬署监印。晚到河南拜客。督、抚、藩、运、道各处,皆差人禀贺。

十六日(5月1日)　戊戌,阴雨竟日,夜雨更大。王凯平来拜,有事托。与文复安之子捐花翎填写实收,差人送去。毓荫臣捐花翎,填写实收。夜到河南观剧。臬台审案,前往伺候。

十七日(5月2日)　己亥,阴雨竟日,凉甚。倪星葵寿日,前往拜寿。尚心芝来谈。访笏臣稍谈。晚到星葵赴席。

十八日(5月3日)　庚子,阴晴无定,凉。抚宪堂期,挡,差人禀上。接第二十五号家书。文复安之子富斌来拜,晤。闲步藩司前观看买物。众首领雅集,徐遐年约饮,前往赴席。

十九日(5月4日)　辛丑,阴,早夜皆雨,凉甚。作家书,并致和顺长信、寄维垣信。午后到大新街竹栏门外一带观看买物。

二十日(5月5日)　壬寅,阴雨竟日,凉。督宪堂期,禀见。发家书,交福兴润信局寄营口。与札郎阿填写实收。倪子芝约饮,前去赴席,在座者平阶、颖云、用之、润斋、星葵、子晋诸人。

二十一日(5月6日)　癸卯,早阴大雨,凉,午后稍晴,雨止,稍热。余寿辰,在祖先前叩头行礼。维桢随叩头行礼,并与余叩头,家人等叩头,书差等禀叩祝。竹轩送桃面,家人等送桃、面、炮、烛,皆收。众役等送桃、面、烛、炮,未收。同寅十六人公送汉席二桌、绍酒二坛,皆收。何仪卿、李平皆、宋颖云、程明甫、徐用之、倪星葵、史松泉、徐遐年、杨冠峰、王凯平、鲁润斋、陈澄甫、毓荫臣、陶甫臣、文复安、吴子敬诸人皆来拜寿，早留吃面，晚在此赴席。早预备面席二桌，晚酒席二桌，叫盲妹二人。大众雄谈毫饮，夜十二点钟客始去矣。午后到臬署监印。

二十二日（5月7日）　甲辰，晴，热。拜广府张小帆，未见。午后到臬署监印。访王雨人，未遇。访齐笏臣谈，遇吴次梅，同谈。晚徐遐年约吃便饭、听盲妹，在座者李平皆、徐用之、倪星葵、陈澄甫、鲁润斋诸人。夜汝鸿来访，未遇。

二十三日（5月8日）　乙巳，稍凉，晚阴。到各处谢寿，并答拜客。访王雨人，未遇。到臬署监印。访吴次梅，看赵文敏手卷条幅。晚到臬署收呈十一张。夜胡汝鸿、张干臣先后来访，皆未遇。

二十四日（5月9日）　丙午，早阴雨，午晴，稍凉。笏臣、雨人先后来长谈。到臬署监印。到顺直赈捐局，未遇汝鸿，同萧绍轩、蒋伟农谈。晚与王凯平拜寿，在此赴席。张子猷拜会，未遇。

二十五日（5月10日）　丁未，晴，热。督宪堂期，禀见。回拜张子猷，未遇。到臬署监印。倪子枝、何仪卿、邵子香、陶朴臣四人公请孙子和饮于阿丛艇，约余同润雨田、徐东崖、王蓬三陪，前往赴约，四更后归。

二十六日（5月11日）　戊申，晴，稍凉。李茂堂、王雨人来谈。众首领公余雅集，陈澄甫约饮，假程明甫处，前往赴席。饮罢，同用之到藩署前洋货店观看。是日东岳神出游，到状元坊迎衣，各街男女观看者塞途。

二十七日（5月12日）　己酉，阴。抚宪审案六起，前往抚署顺各犯供，并伺候审毕。到臬署销差。王雨人来谈。闲步各街观看。夜访汝鸿，未遇。

二十八日（5月13日）　庚戌，阴，稍热。抚宪堂期，禀见。李子华娶儿妇，王子展嫁女，潘子久奖叙知府，文复安得孙，前往各处道喜。徐遐年来拜，有公事商。王雨人来访，闲谈。到臬署收呈九张。

二十九日（5月14日）　辛亥，晴，热。访汝鸿，未遇。与王庚白道署缺喜。闲步天官里访友,未遇。用之来访,余出街,未能见着。

三十日(5月15日)　壬子,晴,热。到番禺监内将入秋审人犯十名提到堂上,将各犯逐一搜查,毋许夹带片纸只字藏匿呈词,并查看有无事故等事。午后到西鬼基广府税厂访汝鸿谈。是日宝子佩来拜,未遇。

四月初一日(5月16日)　癸丑,晴,热。到臬署禀见,禀贺。在本署关帝、土地、皂君、祖先各神前行礼,众书差等禀贺。到南海监内将入秋审人犯二十六名提到堂上,将各犯逐一搜查,毋许夹带呈词,并有无事故等事,随将搜查过情形禀复臬台。到臬署监印。笏臣来,稍坐谈。

初二日(5月17日)　甲寅,晴,热甚。早备面席,约秋审供事各委员一叙,以免临事周章,齐集之意也。梁有为、张应奎、张瀚、葛朝模、张志廉、李克迈、卢巽源、施士圻皆到,宝骏、贵仁、郑孝良、傅万青、刘裕坤皆未到。午后到臬署监印。晚胡汝鸿在一品升约饮,前往赴席,同座者王庚白、蒋韵笙诸人。

初三日(5月18日)　乙卯,晴,热甚,晚微风,稍爽。各大宪祭常雩,余未去。早闲步高第街各绸缎店看物。午后到臬署监印。于俭来拜,未见。晚到臬署收呈十五张。

初四日(5月19日)　丙辰,晴,热,午后阴,大雨迅雷,晚晴。辰刻在抚署办秋审,余在仪门将三十六名人犯点清名次,搜查有无呈词,差弁押进。督、抚升堂,四司道参堂,两旁分坐公案。带审官持牌将犯人分四牌提上勘讯毕,分东西厂赏给葵扇、铜钱、饽饽等物毕,列宪退堂。余将供事各委员点心预备完,随到臬署禀见臬台销差,并谢秋审银两。回本署吃饭。午后到臬署监印。张燕堂来访,未遇。晚到谷埠水榭赴友人之约。

初五日(5月20日)　丁巳,阴,竟日大雨。督宪堂期,禀见。齐笏臣来访,谈。到臬署监印。王雨人来访,谈,留吃晚饭。接电白县乌小庭信,又接任星海由京来信。王仁俊太史来拜,送朱卷,未见。

初六日（5 月 21 日） 戊午，阴，昼夜大雨。终日无事，看书。同竹轩闲谈。众首领公余雅聚会，陶甫臣约饮于广荣升，前往赴席。

初七日（5 月 22 日） 己未，终日阴雨，稍凉。无事，静坐观书。同竹轩谈。家人陈安，星葵荐，今日上工。

初八日（5 月 23 日） 庚申，阴雨终日，稍凉。抚宪堂期，禀见。到藩台禀上衙门，禀见。与周观察拜寿，挡。与陈旭亭道喜，未见。午后到藩司前洋货铺买物。晚到靖海门外电报局回拜王仁俊太史，拜梧凤别驾、盛荔孙大令，皆未遇，就便到谷埠赴友人之约。是日毓荫臣来访，未遇。

初九日（5 月 24 日） 辛酉，阴雨终日。访汝鸿，未遇。夜同赵林诸人到河南大观戏院看剧。

初十日（5 月 25 日） 壬戌，阴，早雨，凉。到臬署禀见臬台。督宪堂期，禀见。晚到赈捐局访汝鸿谈，留吃晚饭，二更归来。

十一日（5 月 26 日） 癸亥，晴，热。尚心芝来，稍谈。到臬署监印。

十二日（5 月 27 日） 甲子，晴，热。早约胡汝鸿、萧召宣吃便饭。午后到臬署监印。晚又到臬署点夏季书吏换班名。闲步大街买物。臬台轿班三名上臬署住宅房上、树上弄雀子，宪台怒甚，立传余到署坐堂，将轿班三人每责打二十板发落。接和顺长来信。

十三日（5 月 28 日） 乙丑，晴，热。抚宪堂期，禀见。宋颖云之父寿辰，众首领公送礼，前往拜寿，在此吃面。回署少息，到臬署监印。答拜周晓岚、唐鹏年，皆未遇。到臬署收呈九张。齐笏臣来，晤谈。李雨臣来访，未遇。往宋颖云处赴席。

十四日（5 月 29 日） 丙寅，阴，早大雨。访旭亭，访煦堂，皆晤谈。笏臣约饮于同兴居，同座者辛芝如、姚顺卿、李子乔、李雨臣、朱玉舟、□斗生诸人。

十五日（5 月 30 日） 丁卯，晴，热甚。到臬署关帝、土地、六毒大王、榕树、东树各神，皂君大仙各位前行礼，禀贺禀见臬台毕。回本署关帝、土地、皂君祖先各神前行礼,众书差禀贺。侯莘农来谈,与伊子捐十成监生。到捐局访汝鸿叙话。到臬署监印。访莘农晤谈,并送交捐监实收。

十六日(5月31日)　戊辰,晴,热甚。南京周全盛扇店李春浦(名崇熙)来拜,晤谈。午后到源丰润叙话。随到大新街观看买物。众首领雅聚会五集,余备席约饮,平皆、颖云、明甫、朴臣、澄甫、子晋、用之皆到,余皆未到。

十七日(6月1日)　己巳,阴,夕大雨,午热,夜凉甚。崇兰浦、沈阁臣先后来访,谈。到协同庆叙话。到谷埠赴友人约饮。

十八日(6月2日)　庚午,凉甚,阴。抚宪堂期,禀见。李子乔、李慕白、张燕堂、胡汝鸿、李雨臣、李茂堂、姚顺卿、余共八人,假一品升为陈旭亭、李乾三钱行,为辛芝如接风。到臬署收呈八张。

十九日(6月3日)　辛未,晴,热。访笏臣谈。

二十日(6月4日)　壬申,早阴雨,午后晴热。督宪堂期,禀见。臬台审案,前往伺候。到大行口乘艇往河南。晚众首领在藩库署公请蒋韵笙,前去作东道主。成藩台太太寿,差人预祝。

二十一日(6月5日)　癸酉,晴,热,微风,午后暴雨大阵。臬台考候补同通州县、佐杂各官月课,前往监场。自辰初去,申初归。同通州县题:"礼以节之,逊以出之,信以成之"论。佐杂题:黄浦河桩去年轮船碰倒两三根,二十万帑金用何法可以保固无虞?就便在此监印。与陈旭亭送行,未遇。访幼溪谈。访郑正之谈。成藩台太太寿辰,差人禀祝。

二十二日(6月6日)　甲戌,晴,热,微风,晚阴,大雨,凉。臬台考佐杂官月课,前往监场。辰去未归,就便监印。题目:系诬告而不究反作,械斗而不治主谋,果于政体无伤乎?到五仙门外船上送陈旭亭行,晤谈。文复安得孙满月,前去道喜赴席。

二十三日(6月7日)　乙亥,晴,热。抚宪堂期,禀见。粮道韩观察告病,前往禀安。并访李盛圃谈。闫观察委署粮道,周观察委署雷琼道,均差人前往禀贺。到臬监印。晚又到臬署收呈十一张。李子乔拜会,未遇。

二十四日(6月8日)　丙子,晴,热,夜微风。臬台考佐杂官月课,前去监场,就便监印,辰去未归。题目:围姓缴饷是非无论矣,究之科场弊端几何,可能道欤?

二十五日(6月9日)　丁丑,晴,热,夜凉。督宪堂期,禀见。到臬署监印。与王雨人送行,未遇。访笏臣谈。

二十六日(6月10日)　戊寅,晴,热,夜微风。署粮道闫观察辰时接印,前往禀贺,呈履历。秦子雨之三弟娶亲,送礼未收,前往道喜。到郑仙祠前花园买金鱼四尾。众首领雅聚会,徐用之约饮,前去赴席。

二十七日(6月11日)　己卯,晴,午雨大阵,天未阴,热。拜葛燮臣(名朝模,三段保甲委员),晤面,有事托。作第二十五号家书,交信局寄。

二十八日(6月12日)　庚辰,晴,热甚。抚宪堂期,禀见。葛燮臣回拜,晤谈。接家书第二十六号。闲步画店,买周少白画四扇,价四大元。接阳江左闫永安贺节信。到臬署收呈十张。胡汝鸿带许莹章借印,领养廉、各役工食银两事,用毕差人送去。与赈捐局缴空白实收二十张、文书二十件。

二十九日(6月13日)　辛巳,晴,热,夜阴,大雨。访清泉谈。

五月初一日(6月14日)　壬午,晴,热,微风。禀见臬台,并禀贺。在本署关帝、土地、皂君、祖先各神前行礼,众书差等禀贺。格幼溪来访,谈。到臬署监印。到大新街买物。齐笏臣来叙话。同古斋梁星堂来,出徐湘生女史画册一本,价银六元,余买下。

初二日(6月15日)　癸未,晴,微风,午间大风大雨,晚晴,凉。同竹轩偕维桢到广雅书院游观。到臬署监印。接博罗县志仲辅贺节信。

初三日(6月16日)　甲申,晴,热。抚宪堂期,禀见。答拜王松圃,未见。到臬署监印。访胡汝鸿于赈捐局,有公事商。到臬署收呈五张。

初四日(6 月 17 日)　乙酉,早晴午后阴,大雨,凉。早闲步大新街一带闲观,买桃核朝珠一挂,价五元八角。午后到臬署监印。访笏臣叙话。接福兰亭由绥猺厅来贺节信。又接电茂场张贺节信。

初五日(6 月 18 日)　丙戌,阴雨竟日,稍凉。禀见臬台,并禀贺。督、抚、藩、运、道,皆差人前往禀贺。祭祖先叩头行礼,众书差、家人等皆叩头禀贺。到臬署监印。

初六日(6 月 19 日)　丁亥,早晴,午后阴雨,夜仍阴雨,稍凉。早到赈捐局,众委员皆未在局。答拜李春浦于金陵会馆,未晤。午后无事,同竹轩闲谈。闫道移进粮道署内,韩道移光塔街公馆,皆差人前去禀贺。

初七日(6 月 20 日)　戊子,晴,午前阴雨大阵,稍凉。闲步西湖街看砚台,落城街买法帖数种,由翰墨园书店买明板《资治通鉴》一部,价五拾三元。访清泉谈。

初八日(6 月 21 日)　己丑,晴,热。抚宪堂期,禀见。到赈捐局交存查五张。到臬署收呈十张。接和顺长来信。众首领雅聚会,倪星葵约饮,辞。同格幼溪、贾聘九、邱品三、龙子杰在新同升公请葆伯萱,与其补祝寿日之意。

初九日(6 月 22 日)　庚寅,晴,微风。拜侯莘农、辛芝如,皆未遇。闲步西湖街砚台铺看砚台。

初十日(6 月 23 日)　辛卯,阴晴屡易,风雨无定。督宪堂期,禀见。臬台传见,为积案房书吏错办公事,该书名甘耀华。臬台谕重责,随到积案局,会同刘宗琨委员坐堂,将该书责二十戒尺毕,禀复臬台。回本署少歇,到河厅与鲁润斋拜寿,在此赴席。

十一日(6 月 24 日)　壬辰,阴,竟日大雨,稍凉。到臬署监印。到赈捐局访汝鸿叙话。接二十七号、二十八号家书二件,得知家中大小人口平安。

十二日(6月25日)　癸巳,阴晴屡易,风雨无定,稍凉。齐笏臣来,为朱宝文捐同知衔事,晤谈许久。到臬署监印。

十三日(6月26日)　甲午,早阴雨,午后晴,微凉。抚宪堂期,挡。到臬署科房随臬台祭关帝,随班行礼。回本署祭关帝,行礼。臬台穿花衣,余同毓荫臣皆未穿,似乎不是,明年须斟酌。府经徐用之寿辰,前往拜寿。访赵公谈。到臬署监印。李赓唐来拜,晤谈。到臬署收呈四张。到用之处赴席。

十四日(6月27日)　乙未,清晨阴雨,午晴,热。闲步西湖街遂珍斋买麻子坑砚台三方,以备寄京送人用。到臬署监印。到大新街闲观,遇笏臣,同步谈。夜郑舫樵来访,谈,并有事相商。

十五日(6月28日)　丙申,晴,热。到臬署关帝、土地、六毒大王、榕树神、东树神、皂君大仙各神前行礼。回本署关帝、土地、皂君、祖先各神位前行礼,众书差等禀贺。到臬署监印。文复安来拜会,未遇。施梁拜会,未见。发臬台考月课试卷、银两。接大石街吉星里华润膏信一件,求借银两,此公余并不认识,即将原信缴回未收。

十六日(6月29日)　丁酉,晴,热。臬台审案,前往伺候毕。抚宪审案五起,前往抚署顺各犯供,并伺候审毕,又往臬署销伺候抚台审案差。访文复安谈,并收捐款。到捐局访汝鸿,未遇。众首领雅聚会,李平皆约饮,前往赴席。

十七日(6月30日)　戊戌,晴,热。早到大新街买物。午同乡高汝庆之子高述中来拜,有事求。晚访赵君谈。

十八日(7月1日)　己亥,晴,热。抚宪堂期,禀见。答拜许莹章,未见。访李慕白谈。高述中来拜,借印。午间阴雨大阵。到臬署收呈十张。夜到藩司前同丰洋货店买小表一块,往家与大女寄。

十九日(7月2日)　庚子,早晴微风,晚大雨,稍凉。早步大新街买物。夕又步大新万顺古玩店观旧法帖,维桢亦去同观。

二十日(7月3日)　辛丑,早阴雨,午晴。督宪堂期,差人禀上衙门。作家书。与维桢找衣裳。购唐碑数种,查对全否。

二十一日(7月4日)　壬寅，晴。到臬署监印。到郑公馆稍谈。与维桢收什衣服等物装箱支。

二十二日(7月5日)　癸卯，阴雨。张伯龙来访，谈。到臬署监印。

二十三日(7月6日)　甲辰，晴，热。抚宪堂期，差人禀上衙门。臬台传见，委审入臬科房内偷窃衣物之唐亚明一名，当即坐堂将该匪唐亚明询明，只在科房行窃一次，此外并无为匪不法情事，重责四十释放，将把衙粱、高等二人每责二十，以其看守宅门疏懈之过，讯毕，禀复臬台。后回本署吃饭，送魏竹轩、维桢二人行。又到臬署监印。回本署少歇，又到臬署收呈八张。赶到泰安栈，拟到鲤门轮船上送伊二人，不意已于四点半钟开行，实属怅怅。随往谷埠赴友人之约，四更归来。

二十四日(7月7日)　乙巳，晴，热。到臬署监印。众首领雅聚会，吴子敬约饮，前往赴席。到大新街润华扇店买潮扇二柄，为寄京送人用，当将潮扇并竹轩图章三方交泰安栈寄香港鲤门轮船上维桢收之。

二十五日(7月8日)　丙午，晴，热。督宪挡堂，差人禀上。到赈捐局访汝鸿叙话。到臬署监印。访赵公谈。到同古斋访梁星堂谈。

二十六日(7月9日)　丁未，晴，热。收拾书并旧法帖。访赵公谈。

二十七日(7月10日)　戊申，晴，热甚。到西门直街大观阁看法帖，买《多宝塔》《圭峰碑》《兰亭序》《颜三表》，共四本，价拾四大元。访梁星堂，出此帖，令其一观，据云《多宝塔》甚佳，《圭峰碑》《颜三表》平平，《兰亭序》亦颇好，又云其价甚便宜耳。访齐笏臣长谈。接旭亭由新兴县来信。

二十八日(7月11日)　己酉，晴，热，夕微风。抚宪堂期，禀见。蒋韵笙来拜，晤谈。督宪三少奶今日出殡，差帖往吊。到臬署收呈九张。夜访徐用之谈。

二十九日(**7 月 12 日**)　庚戌,晴,热。二堂房欲塌,因今年不宜修,恐塌下,无法,赶令棚匠用杆架起。谭升往香港送维桢行,今晨回署,得知维桢于廿八四钟开行往上海。宗济生引见回省,送缎靴一双、五件荷包一匣、点心一匣、口蘑一匣、冬菜一篓、火腿一支,只收口蘑、冬菜,余皆璧。伊来拜,未遇。访赵君谈。访梁星堂谈。

六月初一日(**7 月 13 日**)　辛亥,晴,热甚。禀见臬台,并禀贺。与宗济生、蔡际昌、林含青、李茂堂、尚昌骑各处道喜。回署到关帝、土地、皂君、祖先各神位前行礼。郑舫樵来访,未遇。到臬署监印。闲步大新街观看。督、抚、藩、运、道各处,皆差人禀贺。

初二日(**7 月 14 日**)　壬子,晴,热甚,晚微风。到臬署监印。

初三日(**7 月 15 日**)　癸丑,晴,热,早阴,微雨。抚宪堂期,禀见。到臬署监印。李乾三来访,谈。到臬署收呈八张。众首领雅聚会,何仪卿约饮,前往赴席。

初四日(**7 月 16 日**)　甲寅,阴雨,大风,稍凉。到臬署监印。访清泉谈。侯莘农来访,未遇。

初五日(**7 月 17 日**)　乙卯,晴,热。清晨禀见藩台,见毕。督宪堂期,禀见。侯莘农来访,谈。到臬署监印。访笏臣谈。访侯莘农谈。到双门底一带闲观。

初六日(**7 月 18 日**)　丙辰,晴,热甚。宋颖云母亲寿辰,前拜寿,在此吃面。访宗济生谈。访笏臣长谈。访荣敬远,稍谈。晚到宋处赴席。

初七日(**7 月 19 日**)　丁巳,晴,热。徐用之来谈。闲步大新街观看。到万顺古玩铺买法帖。

初八日(**7 月 20 日**)　戊午,晴,午后微雨数阵。抚宪堂期,禀见。何仪卿太尊寿辰,前往拜寿,挡。张兰坪由电茂来省,寓鸿安栈,到署晤谈。毓荫臣访,谈。到臬署收呈七张。夜访清泉长谈。

初九日(**7 月 21 日**)　己未,晴阴屡变,微雨终日。作第二十七号家书,交信局寄营再转关。

初十日(**7月22日**) 庚申,早阴雨,午晴热。督宪堂期,禀见。访李盛圃谈,遇徐用之,同伊二人齐步濠畔街观看皮甬子。夜访笏臣长谈。林含青来,为借印事,未遇。

十一日(**7月23日**) 辛酉,阴雨终日。访李盛圃,有事叙话,遇韩观察,同谈。到臬署监印。宗济生来访,谈。倪子芝之父寿辰,早前往拜寿,晚前去赴席。赵鹤琴交卸吴川县,回省,差人送鱼翅、鱼肭、山茶、烟斗,仅收鱼翅,余物皆璧。伊来拜,未遇。

十二日(**7月24日**) 壬戌,阴雨竟日。与史松泉拜寿,在此吃面。拜孙璧臣,晤谈。到臬署监印。晚又到松泉处赴席。昨到赈捐局坐谈。

十三日(**7月25日**) 癸亥,阴雨终日。抚宪堂期,差人禀上。作不列号家书一件,托荣敬远寄天津转关。作致维桢信一件、致任星海信一件,托敬远寄京。到臬署监印。访敬远送行,并托带信件。到臬署收呈九张。何仪卿酬寿日,前往赴席。

十四日(**7月26日**) 甲子,阴雨竟日。到同古斋稍坐谈。访笏臣,未遇。到高第街祜昌买物。到臬署监印。访清泉谈。松泉谢寿拜会,挡。协同庆老板杨兴禹(字夏初)来拜,未遇。

十五日(**7月27日**) 乙丑,晴,热。到臬署关帝、土地、六毒大王、榕树神、东树神、皂君大仙各神位前行礼,禀贺禀见臬台毕。答拜赵鹤琴,晤谈。回本署关帝、土地、皂君、祖先各神前行礼,众书差等禀贺。到臬署监印。访李盛圃,同徐用之、薛少萼三人到卫边街寿康斋照相。随约伊三人到赛福居吃便饭。访李子乔谈。

十六日(**7月28日**) 丙寅,晴,热。访笏臣闲谈。晚到谷埠赴友人约饮。接傅仲安由京来信。雅聚会明府约,辞。

十七日(**7月29日**) 丁卯,晴,热。臬台审案五起,前往伺候。访李盛圃,未遇。闲步孚通买《圭峰碑》《半截碑》各一本。夜访梁星堂,出法帖令一观。

十八日(7月30日)　戊辰,晴,热甚。抚宪堂期,禀见。访李盛圃谈。闲步西门直街大观阁买《玄秘塔》一本、笔洗一个。李乾三来辞行,晤谈。到臬署收呈十三张。

十九日(7月31日)　己巳,晴,热甚。送李乾三行,未遇。访笏臣谈。到寿康斋取照相。晚约李盛圃、薛少萼、徐用之、齐笏臣吃饭。

二十日(8月1日)　庚午,晴,热甚。督宪堂期,禀见。访清泉谈。晚到谷埠赴友人之约饮,四更归来。

二十一日(8月2日)　辛未,阴,早微雨。葆伯萱、秦旭堂前后来访,谈。到臬署监印。夜访李盛圃谈。

二十二日(8月3日)　壬申,早阴雨,午后雨止,尚阴。访笏臣谈。到臬署监印。侯莘农来拜会,晤谈。访清泉叙话。闲步府学东街各书铺观法帖。

二十三日(8月4日)　癸酉,晴,热,微风。抚宪堂期,禀见。答拜协同庆杨夏初,晤谈。到臬署监印。访盛圃叙话。到臬署收呈八张。鲁润斋差人送膏药。

二十四日(8月5日)　甲戌,早阴雨,午晴热。早闲步府学东街观法帖。午后到臬署监印。访笏臣,议捐事。夜访梁星堂,观法帖。

二十五日(8月6日)　乙亥,阴雨竟日。督宪堂期,禀见。到华宁里客栈答拜客。到臬署监印。李盛圃来辞行,晤谈。胡汝鸿来访,谈。由府学东街琼林阁买《多宝塔帖》一本,价五元五角。此本确是原拓,笔画似较微细,字体不甚圆活,碑经磨过,无疑拓犹在国初时,价甚便宜,尚可藏之。

二十六日(8月7日)　丙子,早阴雨,午后晴,热甚。二十八日万寿,正值斋戒之期,遵照礼部咨行,于二十六日行庆贺礼。寅刻赴万寿宫,穿朝服随各大宪行三跪九叩礼毕。回署吃饭后,访伯萱,未晤。到协同庆同邓老板谈。到谷埠赴友人约饮。

二十七日(8月8日)　丁丑,晴,热甚。笏臣来,为结捐事,留吃早饭。用之来访,稍坐谈,同伊访盛圃,未遇。陈寅初约饮于华林寺,前往赴席,就便到该寺内南海膏牌分局稍坐,叙话。席罢,进城。众首领雅聚会,史松泉约饮,前去赴席。

二十八日(8月9日)　戊寅,晴,热,夜阴雨。抚宪堂期,禀见。与毓荫臣拜寿。到靖海门外船上送韩观察、李盛圃行,皆晤。到臬署收呈五张。晚到荫臣处赴席。

二十九日(8月10日)　己卯,晴,热甚。李盛圃由船上进城来署,有事叙话,并约徐桂山、薛少蕚来署讲话,留伊三人吃早饭。缓步归德门外小市街长盛金店买物。与程明甫拜寿,未遇。赵鹤琴假应元宫约饮,前往赴席,在座皆同乡诸人。夜到程明甫处赴席。

三十日(8月11日)　庚辰,晴,热甚。访笏臣,为捐事。访侯莘农讲话。到高第街买物。访阿五叙话。夜阮子祥、项慎斋、尚欣之同来谈。

七月初一日(8月12日)　辛巳,晴,热甚。到臬署禀贺禀见。张小帆调补广州府,辛芝如委署东安县,前往道喜,皆未遇。秦旭堂补连州直隶州部复回,前去道喜,晤谈。回本署,到关帝、土地、皂君、祖先各位前行礼,众书差等禀贺。早饭后访伯萱,未遇。拜徐桂山、吴元圃,晤元圃,未晤桂山。答拜李雨臣,晤谈。到臬署监印。访笏臣,议捐事。访清泉闲谈。

初二日(8月13日)　壬午,晴,热。到臬署监印。访笏臣,为捐事。王凯平约饮于一品升,前往赴席。到谷埠赴友人约饮。

初三日(8月14日)　癸未,晴,热。抚宪堂期,禀见。到臬署监印。访笏臣,为捐事。辛芝如拜会,晤谈。倪星葵夫人故,前往送殓。到臬署收呈十四张。夜访笏臣,仍议捐事。

初四日(8月15日)　甲申,早阴雨,午后晴,热。到臬署监印。到顺直捐局交代捐项,在此吃晚饭。同汝鸿、召宣长谈。孙陛臣来访,未遇。

初五日(8月16日)　乙酉,晴,热甚。禀见藩台,见毕。督宪堂期,禀见。到臬署监印。到粮道署访薛少蕚叙话。访笏臣,议捐事。

到郑公馆座谈。遇友人，谈天。访清泉，作彻夜清谈。接廿九号家书，同维垣信一件。

　　初六日(8月17日)　丙戌，早阴雨，午后晴。由捷龙里至卫边街同古斋稍坐，谈。众首领雅聚会，宋颖云假何仪卿公馆约，前往赴席。

　　初七日(8月18日)　丁亥，晴，热。作家书。晚闲步出归德门，到赈捐总局。归进大南门，到藩司前一带观。

　　初八日(8月19日)　戊子，晴，热，夕阴雨。抚宪堂期，禀见。到牛巷、观音阁、陶街各处答拜客。发第二十八号家书。到臬署收呈八张。访清泉长谈。

　　初九日(8月20日)　己丑，阴雨终日。在清处吃早饭。访笏臣，未遇。到惠来楼访韩东元，已回博罗县。

　　初十日(8月21日)　庚寅，阴雨竟日。禀见臬台毕。督宪堂期，禀见。到都府街答拜客。拜辛芝如，未见。访笏臣议捐事。平皆、颖云、明甫、用之、澄甫、松泉、朴臣、遐年、子敬、星葵以及余，假藩库署备席，与何仪卿太尊公钱。接和顺长来函。

　　十一日(8月22日)　辛卯，阴晴无定，午后大雨阵阵。早闲步大新街、小市街观看。到臬署监印。万顺古玩店送《争座位》看。清泉处借床板一付。阅邸抄，悉子丹放河南副考官，雪庐放福建邵武府，念斋选阜城训导。

　　十二日(8月23日)　壬辰，晴，热。作第二十九号家书，并致上海和顺长信。到臬署监印。回本少歇。又到臬署点秋季书吏换班名。访清叙话，在此吃晚饭。夜访笏臣长谈。

　　十三日(8月24日)　癸巳，阴，微雨，热。抚宪堂期，禀见。陶朴臣老太太寿辰，前往拜寿。接维桢由上海来信，并寄来绸缎二包。到臬署监印。沈阁臣来，晤谈。辛芝如辞行，未遇。到臬署收呈十二张。到陶朴臣处赴席。辛芝如约饮于一品升，辞。

　　十四日(8月25日)　甲午，晴，夜阴雨，稍凉爽。作致陈旭庭信,交项慎斋寄新兴县。蔡光岱拜会,未见。到臬署监印。与辛芝如送行,晤谈。答拜蔡光岱,未遇。到同古斋,访梁星堂叙话。夜访笏臣长谈。

十五日(8 月 26 日)　乙未,晴,热,夜阴,雷雨。到臬署关帝、土地、六毒大王、东树神、榕树神、皂君大仙各神位前行礼,禀贺臬台,禀见。回本署关帝、土地、皂君、祖先各神位前行礼。辛芝如来辞行,晤谈。到臬署监印。访伯萱,未遇。蔡际昌来拜,未遇。闲步西湖街买,在赞玉砚台铺买冰纹砚一方,价洋二两一分。到府学东街各裱画铺、法帖铺观看。

十六日(8 月 27 日)　丙申,晴,热。齐笏臣来访,同伊到协同庆抹银取二千两银单,亲到赈捐局交捐项。同汝鸿诸人闲谈,留此吃完饭。同汝鸿到高街绸缎店买物。夜访伯萱谈。

十七日(8 月 28 日)　丁酉,晴,热,夜阴雨。到天字马头送芝如行,到此船已开,未赶上。返署,沈阁臣来访,谈。到同古斋稍坐,谈。访清泉讲话,留吃晚饭。夜笏臣来,代寅初子捐监。

卷　二

七月十八日(8 月 29 日)　戊戌,晴,热,微风。抚宪堂期,禀见。与新委署府经善昌道喜。格幼溪寿日,前去拜寿,答拜蔡继昌,皆未晤。到臬署收呈八张。夜到粮道署访薛少尊谈,遇吴元甫叙话。

十九日(8 月 30 日)　己亥,晴,午后微雨数阵,热。倪星葵夫人开吊,前往行吊。格幼溪老太太寿辰,前去拜寿,挡。到沙基广府税馆访汝鸿,祝荫珊有事,留吃早饭,并有萧召宣亦往该处吃饭。李雨臣、毓荫臣先后来访,未遇。接三十号家书。

二十日(8 月 31 日)　庚子,晴,热甚。督宪堂期,差人禀上。胡子能夫人开吊,前去吊祭。孙璧臣在光孝寺为其老太爷开吊,前去吊祭,在此作知客,申正回署。夜到谷埠赴友人之约。毓荫臣、葆伯宣先后来访,皆未遇。

二十一日(9月1日)　辛丑,晴,热甚。到臬署监印。访毓荫臣晤谈。访蔡际昌,未遇。访清晤谈。到同古斋,梁星堂将新得之图章百廿方拾出吾观。

二十二日(9月2日)　壬寅,晴,热,微风。侯暄(南皮人,新禀到巡检)来拜会,晤谈。到臬署监印。访笏臣叙话。沈楚生约饮于广荣升,前往赴席。陈旭亭之子名昭洞由新兴县回省,送荔枝干一沙塔,收下。

二十三日(9月3日)　癸卯,晴,热甚。抚宪堂期,禀见。程明甫丧媳妇,前往吊之。宋颖云寿辰,前往拜之,皆挡。到臬署监印。访次梅谈。崇兰甫来辞行,未遇。到臬署收呈十张。夜作致廷雨生信。

二十四日(9月4日)　甲辰,晴,热甚。到臬署监印。访清泉谈。晚往谷埠赴友人之约。众首领雅聚会,遐年约饮,辞而未去。

二十五日(9月5日)　乙巳,晴,热,微风。督宪堂期,挡。答拜侯暄,与姚小山道喜,皆未见。小山来拜,挡。到臬署监印。送崇兰甫行,晤谈。

二十六日(9月6日)　丙午,晴,热甚。督宪明日寿辰,前往预祝,挡。笏臣、次梅来访,谈。访蔡文泉,未遇。行大石街,遇阿苏,谈甚洽。格幼溪来道谢拜会,未见。

二十七日(9月7日)　丁未,晴,热甚。到督署拜寿,挡。到抚署顺各犯供,伺候抚宪审案毕,到臬署销差。广府经善接印,前去道喜,未见。毓荫臣来谈。夜到同古斋,送交法帖六种重裱。访笏臣长谈。

二十八日(9月8日)　戊申,晴,大风,凉甚。抚宪堂期,禀见。答拜客。托崇兰甫往京与维桢寄信,并旧画一包。旭庭之子陈昭洞来拜,晤谈。到臬署收呈十六张。

二十九日(9月9日)　己酉,阴,雨,风,午后雨风皆止,尚未开晴。接上海和顺长信。访煦堂谈。访用之谈。宋颖云酬寿,前往赴席。是日凉甚。

八月初一日(9 月 10 日)　庚戌,晴,热甚。到臬署禀见禀贺。与张墨缘道喜。答张伯龙、陈昭洞,皆未遇。到臬署监印。到大石街瑞香园看花。访笏臣未遇,夜又访笏臣未遇。闲步藩司前观看。

　初二日(9 月 11 日)　辛亥,清晨阴雨,午晴,热。臬台审案六起,前往伺候。作三十号家书,交信局寄。到臬署监印。访清稍坐谈。胡汝鸿约醉春园吃大餐,同坐者皆赈捐局诸人。饭罢,访笏臣谈。姚小山来拜,未遇。

　初三日(9 月 12 日)　壬子,阴雨竟日,凉。寅正刻往文昌庙,随各大宪祭祀。到臬署监印。访用之谈,到臬署收呈十七张。

　初四日(9 月 13 日)　癸丑,微阴,稍凉。到臬署监印。访笏臣稍谈。尚欣之来访,未遇。

　初五日(9 月 14 日)　甲寅,微雨,稍凉。督宪堂期,禀见。与宗济生道署博罗喜,与宋颖云道回任喜,答拜客,皆未见。秦煦堂代姚小山托借银,晤谈。到臬署监印。送李慕白入围,访颖云,皆晤。夜访笏臣长谈。

　初六日(9 月 15 日)　乙卯,晴阴无定,早微雨。用之来谈,余同伊闲步广府前各屏障铺,讲寿屏价。访苏公叙话。夜到谷埠赴友人约饮。

　初七日(9 月 16 日)　丙辰,晴,稍凉。宗济生来拜,晤谈。访清泉叙话。赈捐局蒋渭浓等约醉春园吃大餐,同座者十二人。访笏臣叙话。李雨臣、沈阁臣先后来访,皆未晤。

　初八日(9 月 17 日)　丁巳,微阴,稍凉。祭丁,寅刻往文庙,随各大宪祭祀。到臬署收呈十六张。府学教官送祭肉。

　初九日(9 月 18 日)　戊午,晴,热。祭神祈坛,寅刻前往东门外,伺候臬台祀祭。访笏臣谈。到西关杨仁南留春馆看法帖。秦煦堂、姚小山、赵紫封先后来访,皆未遇。李雨臣来访,晤谈。访宗济生,未遇。接闫永安贺节信。

初十日(9月19日)　己未,晴,微风。祭关圣帝君,寅刻前往武庙,随列大宪祭祀。沈阁臣来访,谈。访宗济生,为捐事,同伊到笏臣处叙话。访苏君叙话。

十一日(9月20日)　庚申,晴,午间尚热,早晚凉甚。文复安夫人伴宿,往吊。到赈捐局缴实收,同诸人谈。到臬署监印。到同古斋坐,叙话。访笏臣,有事议。接第三十一号家书,得知家中大小人口平安。

十二日(9月21日)　辛酉,晴,热。到光孝寺吊程明甫儿妇。访济生未遇。祝时珊拜会,晤谈,代伊租妥公馆一所,当达伊知。到臬署监印。到赈捐局叙话。宋颖云来拜,晤谈,并商办抚台寿序事,缴寿文稿。晚到耆英阁订做寿屏十二幅,镶玻璃紫榆架,瓷青绢,真金字连写,每幅二两四钱。夜访清泉长谈。

十三日(9月22日)　壬戌,晴,热,早晚稍凉。到耆英阁订寿屏事。到臬署监印。接电茂场瑶峰舅信。到臬署收呈十一张。接沙湾司覃梁勋贺节信。

十四日(9月23日)　癸亥,晴,晚微阴,早晚稍凉。胡汝鸿稍坐谈。到臬署监印。王凯平来叙话。访宋颖云,未遇。

十五日(9月24日)　甲子,早晴,午后阴雨,稍凉。到臬署关帝、土地、六毒大王、榕树神、东树神、皂王大仙各神前行礼,禀贺禀见臬台毕。答拜客两位。回本署关帝、土地、皂王、祖先各神前行礼,众书差、家人等禀贺叩节。到臬署监印。督、抚、藩、运各处,皆差人禀贺。接东安县辛芝如、绥猺厅福兰亭、东莞县钱溯灏各贺节信。清请吃饭赏月。

十六日(9月25日)　乙丑,阴,微雨竟日,凉风微至。终日闲暇无事,独坐看书。

十七日(9月26日)　丙寅,晴,热。访笏臣叙话。宋颖云接印,前往道喜,未遇。到大石街访人,未遇。夜又访颖云,有事讲话。

十八日(**9 月 27 日**)　丁卯，晴，热，夕阴雨。与夏太尊拜寿，挡。拜程明甫，未遇。到臬署收呈十张。陈昭洞拜会，晤叙。

十九日(**9 月 28 日**)　戊辰，阴，微雨。胡汝鸿、齐笏臣先后来叙话。与陈澄甫拜寿，未见。送宗济生行，未遇。

二十日(**9 月 29 日**)　己巳，阴，微雨，昼夜稍凉。督宪堂期，禀见。志仲辅灵柩由博罗来省，寄东门外永胜寺，前往吊之。臬署打执事误差，臬台传余进署，当即坐堂，将打执事头人重责二十板，责完释放退堂，禀销差。回本署，祝时珊来拜，晤谈。众首领雅集会，陶朴臣约饮，前去赴席。

二十一日(**9 月 30 日**)　庚午，晴，稍凉。与宋颖云道进衙门喜。到臬署监印。姚小山来，有事议。夜闲步五仙门天字马头各处查看，进大南门到藩司前一带买物并闲观。

二十二日(**10 月 1 日**)　辛未，晴，微风，稍凉。秦旭堂来访，谈。到臬署监印。访宋颖云谈，并议与抚宪送寿礼事。张干臣、吴子敬前后来访，皆未遇。清约吃晚饭。

二十三日(**10 月 2 日**)　壬申，阴，风雨交作，凉。藩照磨陈祥甫来拜，并交抚宪寿礼公分银两，晤谈。到臬署监印。抚宪刚中丞二十五日六旬寿辰，代众首领备办公分，紫榆框镶玻璃瓷青绢写泥金字寿屏十二扇、红缎寿幛一轴、沉香如意一柄、宁绸杭纱袍褂料各一套、桃百斤、面百斤、烛百斤、炮十万、酒四大坛、腿八只。到臬署收呈十三张。

二十四日(**10 月 3 日**)　癸酉，阴，竟日大风大雨，凉。与抚宪送寿礼十色，仅收寿屏，余皆璧。差人前往预祝。到臬署监印。孙弼臣来访，未遇。

二十五日(**10 月 4 日**)　甲戌，阴雨终日，稍凉。督宪堂期，挡。抚宪寿辰，差人禀祝。到小石街访蔡文泉叙话。到臬署监印。访李雨臣、赵鹤琴，皆晤谈。访吴子敬，未遇。

二十六日(**10 月 5 日**)　乙亥，阴雨昼夜，凉。抚宪出围，前往禀安,并补祝寿。毓荫臣来访,谈。访笏臣叙话。雅聚会,陈澄甫约饮,前去赴席。

二十七日(10月6日)　丙子,晴,早晚凉,午稍热。秦煦堂带王子功之弟王子□名铨同伊亲家赵君来拜,并道谢,晤谈,其王、赵二公来广接子功灵柩、家眷。夜访吴子敬长谈。

二十八日(10月7日)　丁丑,阴,凉甚。抚宪堂期,禀见。与毓荫臣老太太拜寿,在此吃面。代荫臣到臬署监印。秦煦堂拜,有事讲话。到臬署收呈十张。晚到荫处赴席。

二十九日(10月8日)　戊寅,阴雨昼夜,大风,凉甚。志宅在永胜寺开吊,前往吊祭,并请作知客,在此张罗。午后回署,笏臣来,交代姚小山借银壹百两,当即派人送交秦煦堂转交小山之手。作家书二件,并买橙子、柚子、荔枝干、红梅、茶叶,装成一篓,托王、赵二公寄关。

三十日(10月9日)　己卯,晴,热,夜阴雨。王子功灵由肇庆来省,船停泰安栈门前,余同煦堂、慕白、燕堂、子乔、子佩、凯平、茂堂诸人备祭席,到船上公祭毕,在泰安栈少坐,雇艇到沙基大街买物。归坐艇到大行口,乘轿返署。夜到藩司前买物,遇雨雇轿归来。

九月初一日(10月10日)　庚辰,晴,尚热,夜凉。到臬署禀见禀贺。答拜客。回本署,到关帝、土地、皂君、祖先各神前行礼,众书差、家人等禀贺。督、抚、藩、运、道,皆差人禀贺。到臬署监印。到沙基大街十三行各处买物。夜友人约饮于靖海门,同座者八人。

初二日(10月11日)　辛巳,晴,尚热,夜凉。臬台审案八起,前去伺候,即便监印。煦堂来谈。夜访笏臣长谈。

初三日(10月12日)　壬午,晴,昼尚热,夜甚凉。抚宪堂期,禀见。到臬署监印。代姚小山出售袍褂料,未能售妥,空忙许久。到臬署收呈十一张。夜到同古斋稍坐。访张干臣,未遇。

初四日(10月13日)　癸未,晴,早晚凉。作致辛芝如信,寄东安县。到臬署监印。尚欣之来,稍坐谈。到后墙街、莲塘街、捷龙坊看梅仔。吴子敬约吃晚饭,辞。

初五日(10月14日)　甲申,晴,尚热,夜稍凉。禀见藩台毕。督宪堂期。吴子敬来访,谈。到臬署监印。晚有友人约饮于靖海门,坐者七人矣。

初六日(10月15日)　乙酉,晴,尚热,夜微凉。阮子祥老太太寿,前去拜寿。葆伯轩来拜,谈。买翁覃溪书条幅一扇、伊墨卿书册页一本,共银二两八钱。众首领雅集会,余备席约饮,除徐用之、吴子敬、徐遐年、何仪卿未到外,余皆到,另约周晓岚未到,另约鲁润斋、胡汝鸿皆到。韩东元来拜,晤谈。

初七日(10月16日)　丙戌,晴,尚热。臬台[审]案一起,前往伺候。随到抚署官厅顺六起案各犯供,伺候抚宪审案,内有龙川县黄亚佑一犯翻供,抚宪拨回另审,伺候毕,又到臬署销差,并回明翻供情由。夜答拜韩东元,拜王休园,晤面长谈。访笏臣,遇李志丹,闲谈。同志丹齐归,路经伊寓,就便到此稍坐,谈。

初八日(10月17日)　丁亥,晴,尚热。抚宪堂期,禀见。到臬署禀上衙门,禀见。答拜张辅臣,未遇。到鬼基看拍卖,到十三行买白瓷帽筒一对,到大新街张文记玉器铺稍坐看。到臬署收呈四张。

初九日(10月18日)　戊子,晴,早晚稍凉,午尚热。闲步桂香街,买何子贞八言对一付,价银三元五角,买旧瓷小花瓶二个,价银壹元。访孙璧臣,晤谈。答拜张伯龙、陈昭洞,皆未遇。夜作家书并致复瑶峰舅书。璧臣辞行。

初十日(10月19日)　己丑,晴,早晚凉甚,午尚微热。督宪堂期,挡衙门。本省己丑乡榜今晨张挂。新任粮道魁文观察坐广利轮船今晨到省,前往天字马头迎接,在船上禀见,呈履历,见面稍谈。高述中来拜,晤,送洋胰二匣、条丝烟二包,皆收。与孙璧送行,未遇。送璧臣火腿一支、点心一塔,皆收。接三十二号家书,得悉三儿维熙于八月十一日未时生子,闻之可喜,当即作家书一件,同昨所作之家书托璧臣一并寄关。夜赴谷埠、靖海门两处友人约饮。吴子敬、徐用之来访,未遇。

十一日(10月20日)　庚寅,晴,早晚微凉,午尚热。到臬署监印。孙璧臣寄放粽箱等物,派人照收。

十二日(10月21日)　辛卯,晴,早晚凉,午尚热。李志丹来看脉开方。午间到臬监印。访次梅谈天。吴子敬来访,未遇。阮子祥、尚欣之同来谈。夜访子敬,未遇。访笏臣闲谈。服药一剂。

十三日(10月22日)　壬辰,晴,尚热。抚宪堂期,禀见。臬台审案一起,前去伺候,并在此监印。访吴子敬,未遇。到臬署收呈八张。李雨臣来访,谈。夜服药。

十四日(10月23日)　癸巳,晴,早晚颇凉,午尚热。抚宪会同督宪率同四司道审办南海县逆犯,当往抚署将该犯以及犯弟二名、左右邻、地保等提到顺供毕,督抚两宪先坐二堂提审一干人证,然后升大堂,同司道等将该犯提上点名,带出头门,两县监挪带赴市曹凌迟。府厅两县各首领皆在此伺候。余伺候毕,到臬署销差。回本署吃饭后,到臬署监印。访吴子敬稍谈,同伊到华宁里客栈各处访徐误斋看相,未遇。余约伊并平皆到小琼林便酌,饭罢,访笏臣谈。

十五日(10月24日)　甲午,晴,早晚凉,午尚热。到臬署关帝、土地、树神、六毒大王、皂君大仙各处行礼,禀见臬台并禀贺。与王稚莲道署新宁县喜,晤谈。与阮子祥道禀道喜,未遇。回本署关帝、土地、皂君、祖先各神前行礼。访李志丹看脉。沈阁臣来访,未遇。吴子敬之兄来访,约余到甜水巷同访徐误斋相面。徐君相法甚高明。夜友人约饮于靖海门,坐者陆人矣。

十六日(10月25日)　乙未,晴,早晚凉,午尚热。闲步大街各处看物。李志丹来访,未遇,交丸药方一纸。众首领雅聚会,徐用之假新同升约饮,前去赴席。夜服药。

十七日(10月26日)　丙申,晴,早晚凉,午尚热。访笏臣,遇雨臣,长谈。访汝鸿,未遇。访子敬,同伊并用之到邵子香处下围棋。李志丹来看脉。夜服药。

十八日(10月27日)　丁酉，晴，早晚凉，午尚热。抚宪堂期，禀见。与周晓岚道回任喜。宋颖云令弟中举，前往道喜。志丹来，稍坐谈。到臬署收呈十七张。李茂堂约饮于一品升，辞。高荣翁约饮于靖海门，前往赴席。

十九日(10月28日)　戊戌，晴，早晚凉，午尚热。汝鸿老太太寿，送礼皆璧，前去拜寿，挡。访志丹看脉。到同古斋稍坐。访笏臣，未遇。陈昭洞来拜，未遇。在博古斋买伊墨卿墨迹信二篇，价八角。夜服药。

二十日(10月29日)　己亥，晴，早晚凉，午尚热。督宪堂期，禀见。访志丹看脉。答拜陈昭润，晤。拜张伯龙，未晤。访笏臣，晤。同伊访李达久，稍谈。夜同子敬到子香处下围棋。李茂堂来访，未遇。服药。

二十一日(10月30日)　庚子，晴，早晚凉甚，午稍热。陶朴臣寿日，公送酒席，前去拜寿，在此吃面。到臬署监印。访志丹看脉。到大观阁闲观。到朴臣处赴席。夜服药。

二十二日(10月31日)　辛丑，晴，早晚凉，午稍热。访笏臣谈，留吃早饭。到臬署监印。李雨臣来谈。同乡十七人会同余在一品升公请王稚莲、赵鹤琴。夜服丸药。

二十三日(11月1日)　壬寅，晴，早晚凉，午尚热。抚宪堂期，禀见。赵鹤琴饬赴饶平任，前去道喜，晤谈。与徐遐年拜寿，挡。到臬署监印。李志丹来，看脉开方。到臬署收呈十一张。夜服药。到大市街访雨臣，未遇。

二十四日(11月2日)　癸卯，晴，早晚凉，午尚热。今日换戴暖帽。到高第街、濠畔街看皮筒。新选碧甲司巡检王向南(字海楼，奉天复州人)来拜会，晤，并接余伯良、常佐庭各信一件，皆托关照伊之事。到臬署监印。访笏臣、佟倍卿，皆未遇。吴子敬之兄来坐，谈。夜访志丹看脉，长谈。归署服药。

二十五日(11月3日)　甲辰，晴，早晚凉，午尚热。督宪堂期，禀见。答拜王海楼，未遇。到臬署监印。访笏臣，稍坐谈。访清泉谈。王海楼差人送沙参、江獭皮帽沿、金丝枣、《搢绅》等物，谨收《搢绅》，余皆璧。夜访志丹，未遇。作家书，并致和顺长、天来福各信，交信局寄营口。佟公来拜，未遇。

二十六日(11月4日)　乙巳，晴，早晚凉，午稍热。访宋颖云，晤谈。拜佟公，未遇。访笏臣谈。夜访志丹看脉，长谈。稚莲拜会辞行，未见。

二十七日(11月5日)　丙午，晴，尚热。到东华里并东门外文明里、东关汛各处看枚仔。李志丹来访，谈。夜服药。

二十八日(11月6日)　丁未，晴，尚热。抚宪堂期，禀见，就便伺候审案。余先在官厅顺各犯供，三起案四犯人，事毕，随到臬署禀销差。与王稚莲送行，未遇。到臬署收呈十张。夜访志丹看脉。服药。

二十九日(11月7日)　戊申，晴，尚热。访志丹看脉。到臬署代毓荫臣监印。吴子敬来谈。吴次梅来访，谈。夜访子敬谈。服药。

十月初一日(11月8日)　己酉，晴，早晚凉，午尚热，大风。到臬署禀见禀贺。许应揆之子秉琦中举，前去道喜。回本署关帝、土地、皂君、祖先各神前行礼，众书差等禀贺。到臬署监印。督、抚、藩、运、道，皆差人禀贺。访志丹看脉。访笏臣谈。夜答拜沈阁臣，晤谈。服药。

初二日(11月9日)　庚戌，晴，稍凉。到臬署监印。访笏臣谈。夜访志丹看脉。服药。

初三日(11月10日)　辛亥，晴，稍凉。沈阁臣来托事，晤谈。到臬署监印。秦煦堂到连州任，前去道喜，未遇。答拜客。到臬署收呈八张。夜访煦堂，为阁臣荐馆事，晤谈。访志丹看脉。抚宪堂期，挡，差人禀安。

初四日(11月11日)　壬子，晴，稍凉。拜杨义卿观察，见并禀贺。到臬署监印。沈阁臣来叙话。志丹来访，稍谈。接第三十三号家书,得知大小人口平安。夜友人约饮于靖海门,同坐者四人。

初五日(**11 月 12 日**)　癸丑,晴,稍凉。督宪堂期,未去,差人禀上衙门。到臬署监印。阁臣来访,长谈。夜作家书。

初六日(**11 月 13 日**)　甲寅,晴,稍凉。胡汝鸿、赵鹤琴先后来拜,皆晤谈。发家书,交信局寄营口。侯莘农、郝述卿先后来拜,晤谈。到赈捐局叙话。访笏臣叙话。夜访志丹看脉。

初七日(**11 月 14 日**)　乙卯,晴,凉。拜广府张小帆太尊,拜蔡文泉,答拜□□□,与朱郁州道喜,皆未遇。沈阁臣来访,谈。笏臣来叙话。访志丹看脉。夜抚院前安怀里失火,延烧房十七间,余前往救火,抚台、臬台、运台、都统、各营武弁、两县各官皆往救护,十二钟始息,各官皆散。

初八日(**11 月 15 日**)　丙辰,早晚凉甚,午稍热。闲步高第、大新各街观看。到臬署收呈七张。赵鹤琴约饮于同兴居,前往赴席。志丹来,稍谈。

初九日(**11 月 16 日**)　丁巳,晴,早凉甚,午尚热。胡汝鸿来谈。访赵鹤琴,为捐事,晤谈。到协同庆兌银单五百两。到捐局交捐款,并议鹤琴捐花翎事。夜访志丹看脉。

初十日(**11 月 17 日**)　戊午,晴,早晚凉,午微热。太后万寿。寅初刻,穿朝服,赴万寿宫,随列宪行朝贺礼毕。回署,饭后访赵公谈。访笏臣、敬远,皆未遇。吴子晋来访,未遇。夜访志丹看脉。服药。荣敬远销海关解饷差文禀,借印。

十一日(**11 月 18 日**)　己未,晴,早晚凉,午稍燥。到臬署监印。访笏臣,未遇。蔡文泉拜会,晤谈。夜访子敬,未遇。访用之,晤谈。

十二日(**11 月 19 日**)　庚申,晴,早晚凉,午微燥。早晚两次访笏臣,皆未晤。到同古斋稍坐谈。到臬署监印。送赵鹤琴行,未遇。到臬署点冬季书吏换班名。众同乡共十七人在一品升公请秦煦堂,余亦作东道主。席罢,访志丹看脉,长谈。

十三日(**11 月 20 日**)　辛酉,晴,早晚凉,午微热。访笏臣,未遇。拜杨义卿观察,拜王心斋海康县,皆未遇。答拜郝述卿,晤谈。到臬署监印。作致辛芝如信。向云阶拜会,晤谈。到臬署收呈九张。访志丹看脉。服药。答拜向云阶,未晤。

十四日(11月21日)　壬戌,晴,早晚清凉,午稍燥热。笏臣来,稍叙话。到臬署监印。闲步高第街买银鼠犬袍筒。到濠畔街买何绍基对一付,价一元。夜访子敬,未遇。

十五日(11月22日)　癸亥,晴,稍凉,小雪。到臬署关帝、土地、六毒大王、榕神、东树神、皂王大仙各处行礼,禀贺臬台并禀见毕。回本署关帝、土地、皂王、祖先各神前行礼,众书差禀贺。督、抚、藩、运、道,皆差人禀贺。到臬署监印。访次梅谈。访子敬,未遇。到藩司前一带闲观买物。

十六日(11月23日)　甲子,晴,凉,大风。拜杨义卿观察,晤谈。闲步大新街,出太平门,到沙基各处闲观,买火水灯、洋烛台各一件。秦煦堂在公馆备席约饮,同座皆同乡诸人,前去赴席。李志丹来访,谈。沈阁臣来访,未遇。

十七日(11月24日)　乙丑,晴,凉。闲步府学东街各旧书铺观看。在城隍庙前遇廷雨生、郝述卿,约余同到该庙内吃馄饨。子敬来访,未遇。

十八日(11月25日)　丙寅,晴,凉。与李平皆拜寿,挡。朱郁周、倪星葵先后来拜,晤谈。志丹来,稍坐叙话。到臬署收呈十一张。夜访沈阁臣,已登舟赴港,未遇。访志丹看脉,长谈。

十九日(11月26日)　丁卯,晴,凉。宋颖云、徐用之、吴子敬先后来访。志丹来谈,并赠好安桂两块。夜访志丹看脉。

二十日(11月27日)　戊辰,晴,凉。督宪挡堂,差人挂号,禀上衙门。闲步归德门外各街闲观。接第三十四号家书,知家中大小人口均安。接永安县幕刘养田信,为打听赈捐事。夜访秦煦堂,未遇。访笏臣,晤话。访志丹看脉。

二十一日(11月28日)　己巳,晴,凉。到臬署监印。吴次枚续弦,送礼八色,收对联、红炮,余璧。刘荫南、李雨臣、李志丹先后来访,谈,皆晤。

二十二日(11月29日)　庚午,晴,凉。杨义卿放雷琼道,前往道喜,未遇。格幼溪在应元宫与其兄格小峰开吊,前去吊祭。答拜刘荫南。吴次枚续弦、周绍堂嫁女,前去道喜。到臬署监印。访徐用之,未遇。有友人约饮于靖海门,前去赴席。夜志丹来,未遇。

二十三日(11月30日)　辛未,晴,凉。禀见臬台毕。抚宪堂期,禀见。到臬署监印。访笏臣叙话。到臬署收呈五张。吴次枚约饮,前去赴席。夜访志丹看脉。

二十四日(12月1日)　壬申,晴,凉。接姚小山到任信。到臬署监印。到广府前买物。晚有友人约饮于靖海门。

二十五日(12月2日)　癸酉,晴,凉。督宪堂期,差人禀上衙门。臬署考候补同通州县并佐杂各官月课,前去监场。州县题目:血性血气论。杂职题目:花上花、草上花,其弊谓何,何法可以杜之?并在此监印。夜访志丹看脉。

二十六日(12月3日)　甲戌,晴,凉。臬署考佐杂各官月课,前去监场。题目:圉姓有妨政体,固不待言,救之之法,莫先于除弊,其弊果能悉除欤。晚廷雨生约同续立云、郝述卿、荣敬远在心记栈便酌。饭罢,皆一同来本署闲谈。秦旭堂来辞行,未遇。

二十七日(12月4日)　乙亥,晴,凉。臬署考佐杂各官月课,前去监场。题目:劫盗横行,会匪潜伏,实为地方隐患,有何良法可以消弭?申刻考毕。送秦煦堂行,晤谈。续立云约饮于心记栈,同座者雨生、述卿、敬远。饭罢来署闲谈,出册页字画,与其观之。

二十八日(12月5日)　丙子,晴,凉。访笏臣,催捐款。到臬署收呈十张。众首领雅聚会,倪星葵约饮,前往赴席。

二十九日(12月6日)　丁丑,晴,午稍暖,夜凉甚。访吴次枚叙话。到大新街买补子一付,到黄沙梯云桥访友,遇话。晚高公约饮于靖海门,前往赴席。

三十日(12月7日)　戊寅,晴,凉甚,大雪。到赈捐局叙话。到濠畔街闲观。夜闲步藩台前买物。访笏臣谈。

十一月初一日(12月8日)　己卯,晴,冷。到臬署禀贺,禀见。到仙羊街答拜客。回本署关帝、土地、皂君、祖先各神前行礼,众书差等禀贺。督、抚、藩、运、道,皆差人前去禀贺。在心记栈酒馆备便饭,约续笠云、荣敬远、廷雨生、郝述卿、毓荫臣,饭罢来署闲谈。志丹亦来访,谈。换珠毛袍褂。

初二日(12月9日)　庚辰,晴,冷。作复永安县幕刘养田信。到臬署监印。接辛芝如由东安县来信,并捐款壹百两。闲步靖海门外、双门底、藩台前各处闲观买物。

初三日(12月10日)　辛巳,晴,凉甚。抚宪堂期,禀见。到臬署监印。接天来福信,又接和顺长信,并寄鹿茸四支。到臬署收呈九张。夜访志丹看脉,感受风寒,服汤药一剂。

初肆日(12月11日)　壬午,早晚冷,午尚暖。到臬署监印。到西关访陈寅初叙话,就便到上九甫一带买物。进太平门,到大新街观看。李志丹来,稍坐谈。

初五日(12月12日)　癸未,早晚冷。成藩台明日寿辰,前往预祝,见毕。督宪堂期,禀见。到华宁里拜客。到臬署监印。作致东安县辛芝如信。访笏臣谈。访廷雨生,未遇。访志丹看脉。

初六日(12月13日)　甲申,晴,稍暖。藩台寿日,前去禀祝,挡。臬台审案七起,前去伺候。郝述卿来访,谈,约饮于靖海门,同座者七人。夜尚欣之、李志丹来访,皆未遇。

初七日(12月14日)　乙酉,阴,清晨微雨,午后又微雨大阵。访笏臣叙话。崇兰甫送点心、茶叶,收,送酱瓜、冬菜,璧。

初八日(12月15日)　丙戌,早阴,午后微晴。抚宪堂期,禀见。何镜如来访,未遇。到臬署收呈九张。访吴次梅谈。志丹来访,谈。笏臣来,交捐款百金,坐谈。

初九日(12月16日)　丁亥,晴,稍冷。胡汝鸿来访,谈。到协同庆开银单。到赈捐局算捐项,交捐款。夜访廷雨生,未遇。夜与辛芝如填实收,交伊家人寄东安县。

初十日(12 月 17 日)　戊子,晴,早晚稍冷,午尚暖。督宪堂期,禀见。到同德大街看梅仔,不好,价尤高。到河南大观戏院看戏。夜到靖海门赴友人约饮。尚欣之、李志丹先后来访,皆未遇。

十一日(12 月 18 日)　己丑,晴,尚暖。周晓岚寿日,前往拜寿,在此吃面。到臬署监印。晚到晓岚处赴席。

十二日(12 月 19 日)　庚寅,晴,颇暖。访廷生闲谈。到臬署监印。闲步广府前,在古玩铺买旧瓦瓷瓶一件,价半元。到府学东街旧裱画店,买伊墨卿五言对一付,价二元半。笏臣来,代黎炽基报捐贡生,留伊吃晚饭。夜访志丹看脉,闲谈。

十三日(12 月 20 日)　辛卯,晴,暖。抚宪堂期,禀见。到臬署监印。周晓岚来道谢,未见。到臬署收呈九张。

十四日(12 月 21 日)　壬辰,晴,暖甚。寅初刻,禀贺禀见臬台,随到万寿宫,随列大宪穿朝服行朝贺礼毕。与杨懿卿观察拜冬,未遇,挡。禀见藩台,并禀贺。回本署,到祖先前行礼,众差役人等叩头禀贺,书吏禀贺。督、抚、运、道,皆差前去禀贺。尚欣之来谈。到臬署监印。访笏臣叙话。夜志丹来谈。

十五日(12 月 22 日)　癸巳,晴,暖。到臬署关帝、土地、六毒大王、榕神、东树神、皂君大仙各神位前行礼,禀贺禀见臬台。与李宗道道署定安县喜,未遇。回本署关帝、土地、皂君、祖先各神前行礼,众书差等禀贺。督、抚、藩、运、道,皆差人禀贺。到臬署监印。访郝述卿、胡汝鸿,皆未遇。访张干臣,晤谈。接王稚莲由新宁来道谢信。

十六日(12 月 23 日)　甲午,晴,暖甚。臬台覆佐杂官月课试,前往监场。题目:中国强富之术在仁义。未初刻试毕。回署吃饭后,到大新街买物,遇友人,约饮于靖海门。吴次梅来谈。

十七日(12 月 24 日)　乙未,晴,暖甚。胡汝鸿来访,谈。访笏臣,未遇。访志丹,遇笏臣,同谈。众首领雅聚会,吴子敬约饮,前去赴席。

十八日(12月25日)　丙申,微阴,暖。抚宪堂期,挡,差人禀上衙门。拜王雪臣太守,与联贵生道署关库缺喜,答拜杨树□,皆未遇。拜风岐盐大使,晤谈。到臬署收呈十张。李志丹来坐,稍谈。夜访笏臣叙话。

十九日(12月26日)　丁酉。与笏臣开捐项清单,差人送去。访李慕白,未遇。看李平皆病,晤话。到府学东街各画铺观看。

二十日(12月27日)　戊戌,晴,稍冷,微风。督宪挡堂,差人禀上。与徐晋庭拜寿。拜刘荫南,代盛立廷领度岁银。到广府前吃馄饨。有友人约玉源昌街小酌。

二十一日(12月28日)　己亥,晴,早晚稍冷,午微暖。笏臣令弟得黄病,赠伊肉桂两枝。到臬署监印。臬台请假,差人禀安。到靖海门赴席,同座五人。是夜大风细雨,冷甚。

二十二日(12月29日)　庚子,晴,大风,冷甚。风岐拜会,晤谈。到臬署监印。在府学东街清秘阁买查士标真墨迹书画册页一本,价六两,物高价廉,便宜之至,又买伊墨卿隶书五言对联一付,价三元五毫,又买《夫子庙堂碑》一部,价三两五钱,此二样亦甚便宜。查士标真迹实在难得者,极令人可爱耳!

二十三日(12月30日)　辛丑,晴,稍冷。抚宪挡堂,差人禀上。到臬署监印。到西门直街大观阁闲观字画、手卷、法帖等物。到臬署收呈九张。夜访志丹闲谈。

二十四日(12月31日)　壬寅,微阴,冷。到臬署监印。访汝鸿,未遇。到同古斋访梁星堂稍谈。张干臣同罗楚桁来访,谈。

二十五日(1894年1月1日)　癸卯,晴,稍暖。督宪堂期,禀见。答拜李子香,未遇。到臬署监印。访李慕白,交故员度岁条子。到赵公馆稍坐,谈。访汝鸿、干臣,皆未遇。到同古斋,交法帖、字画等项裱。

二十六日(1月2日)　甲辰，晴，稍暖。笏臣来，稍谈。代李志丹作致蔡丽勋信。夜到南关戏院看潮州班戏。

二十七日(1月3日)　乙巳，晴，稍暖。抚宪审案两起，到抚署官厅顺各犯供，伺候审案毕，到臬署禀销差。闲步大新街，找朝珠顶戴等物，为与督宪送礼用。夜访志丹闲谈。新会县送橙子四篓，转赠志丹两篓，赏谭升家中两篓。

二十八日(1月4日)　丙午，晴，冷。抚宪堂期，禀见。宋颖云拜会，晤谈。到鬼基洋人处看拍卖，归到大新街找物件。到状元坊看绣花屏。到臬署收呈九张。夜高六少约饮于靖海门。

二十九日(1月5日)　丁未，阴，早微雨，冷。汝鸿来访，晤谈。夜访笏臣，未遇。访志丹谈。发臬署月课试卷、奖赏。

三十日(1月6日)　戊申，晴，冷，夜大风。买妥陈希祖写横幅一件，价四大元，字真价廉，令人可爱，不易得之物也。答拜盛立庭，晤谈。步大新街、状元坊各处看物件，为送礼用。夜访志丹谈。笏臣、雨臣来访，未遇。发臬署月课银、卷。

十二月初一日(1月7日)　己酉，晴，冷。到臬署禀贺，禀见。回本署关帝、土地、皂君、祖先各神前行礼，众书差等禀贺。到臬署监印。志丹来谈。李君约饮于源昌街，前去赴席。

初二日(1月8日)　庚戌，晴，冷。到臬署监印。佟培卿来访，谈。联贵生署海关库大使，请到任酒，前往赴席。

初三日(1月9日)　辛亥，晴，冷。抚宪堂期，禀见。新放雷琼道杨义卿观察奉委赴任，前往禀贺，禀见，见毕。与蔡润斋道署石城县喜，与潘梅轩道署长宁县喜，与沈麟书道署嘉应直隶州喜。接第三十五号家书。接芝如由东安县来信。到臬署监印。笏臣来，为黎姓捐贡生。到臬署收呈九张。访志丹，访笏臣，皆晤，叙话。

初四日(1月10日)　壬子，晴，微冷。李慕白来访，谈。宋颖云七弟娶亲，前往道喜。到臬署监印。访志丹叙话，晤。访凤翼臣、廷雨生，皆未遇。

初五日(1月11日)　癸丑，晴，稍冷。督宪堂期，禀见毕。禀见藩宪。回本署吃饭。笏臣来访，稍坐谈。到臬署监印。到赈捐局领实收四张。访徐用之叙话。夜与黎炽基填写捐贡生实收。

初六日(1月12日)　甲寅，晴，暖，夜阴，微雨。访志丹闲谈。

初七日(1月13日)　乙卯，早阴雨，午晴暖。臬台审案六起，前去伺候。督宪三少君过礼，差人禀贺。夜访志丹长谈。

初八日(1月14日)　丙辰，晴，暖甚。抚宪堂期，禀见。李平皆老太太寿辰，前往拜寿。杨冠峰寿辰，前去拜寿，在此吃面。回署作致赵鹤琴信。晚到臬署收呈十一张。到平皆处赴席。毓荫臣送腊八粥。

初九日(1月15日)　丁巳。夏子新过道班，换二品顶，前去道喜。凤翼臣来访，谈。廷雨生纳双妾，前去道喜，一满一汉，皆出见面叩头，并留吃腊八粥。回署派人送荷包两对、双豪子封包两包。到天字马头送雷琼道杨观察行。志丹来谈，留吃晚饭。夜访潘梅轩，谈。访笏臣叙话。魁老太太寿，差人预祝。

初十日(1月16日)　戊午，微阴，暖。粮道魁大人老太太寿，差人禀贺。雅聚会，程明甫约饮于一品升，前往赴席。接秦旭堂到连州任道谢信。

十一日(1月17日)　己未，晴，暖甚。访廷雨生谈天。到臬署监印。晚访志丹闲谈。到同古斋坐谈。善凤声来报捐衔。

十二日(1月18日)　庚申，阴，微雨，冷。访笏臣叙话。到臬署监印。到廷雨生处看人。李君约饮于源昌街，前去赴席。

十三日(1月19日)　辛酉，阴，微雨，冷。抚宪堂期，挡。督宪三少君续娶朱观察女，今日迎娶，前往禀贺，皆挡。到臬署监印。与善凤声填写五品衔实收一件，差人送去。到臬署收呈十张。晚伍大少约饮于靖海门，前去赴席。

十四日(1月20日)　壬戌，阴雨，冷。臬台审案二起，前去伺候毕。返本署，饭后到臬署监印。接王子平由锦州来道谢信。

十五日(1 月 21 日)　癸亥,阴,稍冷。到臬署关帝、土地、六毒大王、榕树神、东树神、皂君大仙各神前行礼,禀贺禀见臬台毕。与彭翰蕃道署缺喜。回本署关帝、土地、皂君、祖先各神前行礼,众书差等禀贺。到臬署监印。夜到同古斋,观手卷、字画等物,同梁星堂谈。访志丹闲谈。督、抚、藩、运、道各处,皆差人前去禀贺。

十六日(1 月 22 日)　甲子,阴,微雨,稍冷。李平皆老太爷寿日,前往拜寿,在此吃面。到捐局访汝鸿,未遇,又两次到伊公馆去访,皆未遇。发禀湖北藩台王贺年贺寿禀。晚到平皆处赴席。

十七日(1 月 23 日)　乙丑,晴,稍冷。闲步马安街、府学东街各画铺观看。伍大少约饮于源昌街,前去赴席。

十八日(1 月 24 日)　丙寅,晴,稍冷。抚宪堂期,禀见。答拜金振盐大使,晤话。志丹来,稍谈。到臬署收呈十捌张。夜访雨生,稍坐,同伊访续笠云谈。

十九日(1 月 25 日)　丁卯,晴,稍暖。同古斋梁星堂经手代买吕雨村中丞画《清溪秋泛图》手卷一件,价洋四大元。闲步源昌街并大新街各处观看。众首领雅聚会,史松泉约饮十一品升,前去赴席。汝鸿来访,未遇。

二十日(1 月 26 日)　戊辰,阴,微雨,稍冷。督宪堂期,禀见。答拜祺威,未见。午间无事,观法帖。

二十一日(1 月 27 日)　己巳,阴,冷。到抚署伺候封印,并禀贺。又到臬署伺候封印,禀见、禀贺、行礼。回本署,换朝服,出大堂,拜阙,行三跪九叩礼毕,拜印,行三跪九叩礼毕,回二堂,更花衣补褂,升大堂,书吏洗印、用印、封印,众书差等叩头禀贺。退堂,众家人等叩头禀贺。督、藩、运、道各处,皆差人禀贺,再禀伺候封印。到臬署监印。访雨生,未遇。到大观阁稍坐,买文徵明隶书四大字横幅一件,竹瓦二块,共银二元。夜访志丹长谈。

二十二日(1 月 28 日)　庚午,阴,冷甚。到臬署监印。访志丹,稍坐谈,并有事叙话。风声约饮于源昌街,前往赴席。

二十三日(**1月29日**)　辛未,阴雨竟日,冷甚。作致雷琼道贺年禀稿。到臬署监印。访蔡文泉,有事叙话。夜祭祀皂王,行二跪六叩礼。

二十四日(**1月30日**)　壬申,昼夜阴雨,冷。到臬署监印。联贵生来拜,晤谈。在府学东街清秘阁买胡介根名让兰行书条幅一张,价二两一钱六分,此字经梁星堂看过,真笔无疑,价稍便宜。接连州秦煦堂、东安县辛芝如、电茂场瑶峰舅各拜年信。

二十五日(**1月31日**)　癸酉,阴,冷。胡汝鸿来访,约到四牌楼各估衣店看衣裳,回署留伊吃早饭。到臬署监印。访志丹叙话。晚梅轩约饮,前去赴席,同坐者燕堂、刘秋岩等六人。席罢到志丹叙话。

二十六日(**2月1日**)　甲戌,晴,冷。到油栏门外药材行买肉桂。志丹来,稍谈。访蔡文泉,未遇。与志丹送牡丹花二盆、腊鸭二个、火腿一支、年糕十斤,皆收。与文泉牡丹二盆、年糕十斤,皆收。夜尚欣之来访,谈。派人到藩库领廉俸。夜志丹又来道谢,长谈。

二十七日(**2月2日**)　乙亥,晴,稍冷。蔡文泉来拜,晤谈。到臬署有事访志丹,同伊到西关第六甫水脚崔宅稍坐,叙话。归,志丹来署稍坐。发雷琼道杨贺年禀。接新兴县陈旭庭贺年信。经梁星堂手押《九成宫》《皇甫碑》各一本,洋银三十两,法黄山字中堂一幅、张坤一画中堂一幅、汪恭寿写画折扇面共十二个,洋银十二两二钱四分,丁南羽画罗汉大手卷一轴,洋银十二两二钱四分,各样皆真而且好。

二十八日(**2月3日**)　丙子,晴,冷。作第三十五号家书,交信局寄营口再转关。到双门底看水仙花。李志丹来,常谈。

二十九日(**2月4日**)　丁丑,阴,微雨,冷。李钟珏署陆丰,周经樾署花县,葛肇兰署兴宁,刘永椿署龙川,佟培山回巡检任,与各处去道喜。胡汝鸿约到捐局吃早饭。接辛芝如由东安来信,并寄下捐款百两。接阮子祥由绥猺厅幕中来拜年信。今日立春,各宪处皆差人禀贺。

三十日(2月5日) 戊寅,阴,早晚微雨,稍冷。到臬署禀见臬台辞岁毕,到督抚两院辞岁,皆挡。答拜格幼溪,未见。回本署,饭后到十八甫游观物件花草。志丹来,稍坐叙话。办理年事,供奉祖先,设香案,陈供献,夜祭祀祖先,拈香行礼辞年,众书差、家人等皆叩头辞岁。藩、运、道各处,皆差人前去辞岁挂号。

光绪二十年(1894年)，岁次甲午

卷 一

正月初一日(1894年2月6日) 己卯，早阴，微雨，晚晴，稍暖。人皆换棉衣。子正时迎神接皂，祭祀祖先，拈香行礼，众书差、家人等叩头禀贺。寅初一刻，出门赴万寿宫，穿朝服随各大宪行朝贺礼毕，各宪谒文、武庙、文昌宫，到广雅书局团拜。余同众首领到督署，候督宪回署禀贺行礼，又到抚署暨三司粮道各衙门禀见行礼。至午初时回本署，到关帝、土地、皂王、祖先各神前行礼。饭后到各同寅中拜年，仅晤志丹，其余皆挡。是日来拜者共八十人。

初二日(2月7日) 庚辰，微雨，午后雨止，稍暖。服棉夹衣。卯初刻，赴观音山龙王庙，伺候皂台祭龙王毕，就便到旗街一带拜年，皆挡。巳初刻回署，胡汝鸿来拜年，晤。饭后到汉街一带拜年，皆挡。夜间无事，访志丹闲谈。是日来拜者共六十五人。

初三日(2月8日) 辛巳，晴，微暖。服棉夹衣。忌辰，未便拜年，无事高闲。早齐笏臣因有服便衣来拜会。午后便衣到赵第谈。是日来拜者共七十四人。

初四日(2月9日) 壬午，晴，稍暖。督宪李奉万寿庆典赏太子少保衔，前往禀贺，禀见行礼。随到南关一带拜，仅到燕济会馆晤何镜如，余皆挡。回署，饭后到皂署监印。志丹率子来拜年，见。夜志丹因有事又来叙话。是日来拜者共四十四人。

初五日(2月10日) 癸未，暖甚。人皆服夹。早晨剃头。午后到臬署监印。到西关各处拜年,皆挡。晚潘梅轩拜会,并交三代履历,报捐同知升衔。夜访汝鸿,未遇。访笏臣,遇侯曼村,长谈。是日来拜者共十三人。

初六日(2月11日)　甲申,晴,暖甚。皆服夹衣。早答拜新会县郭树榕、候补直州沈秉模,与督辕文巡捕韩质轩道喜,与署始兴县蔡兰梁、署县俞烇各处送行,皆挡。午后无事,到赵第稍坐,谈。夜访志丹谈。是日来拜者共五人。

初七日(2月12日)　乙酉,晴,微风,稍冷。早访汝鸿叙话,并补登堂拜年。午后无事,闲步各街观看。接饶平县、电白县、博罗县各拜年信。志丹来叙话,留吃晚饭。夜又访汝鸿,有事叙话。又访志丹,有事叙话,并探伊子之病。是日来拜者共九人。

初八日(2月13日)　丙戌,晴,早晚稍冷,午颇暖。访志丹,稍谈,同伊到亳贤街看朋友。归署少息,到协同庆送邓燮卿行,晤话,并送伊点心一塔、肉桂大小共四支,皆收。到赈捐局坐谈,留吃晚饭。是日来拜共四人。

初九日(2月14日)　丁亥,晴,暖。早闲步各估衣店,看棉袍。到式古斋裱画店看画。午后李雨臣来访,谈。到志丹看其子病。到西关宝仁坊、宝庆新街各处访友。接绥猺厅福兰亭、新宁县王稚莲、新安县郑崇业各拜年信。协同庆杨夏初拜会,未遇。

初十日(2月15日)　戊子,晴,暖甚。早与文复安拜寿。午后到志丹家看伊子病。到西关黄沙一带访友。晚到文复安处赴席。皇后万寿,穿花衣一天。

十一日(2月16日)　己丑,晴,暖甚,夜阴冷。早作致辛芝如信,并赈捐局章程寄发,并发致各州县拜年信。午后到臬署监印。访志丹叙话。晚周晓岚约饮于阿胜舫,同座者富文甫太守、邵子香醝尹、何仪卿太守、秦子雨督捕、陶朴臣巡检,诸君饮罢同归。是日来拜者四人,皆未遇。

十二日(2月17日)　庚寅,晴,暖甚。早与潘梅轩填写捐同知衔实收。午后到臬署监印。杨夏初同志丹来访,谈。晚到臬署点书吏换班名。夜访吴次梅闲谈。接连州直州秦煦堂拜年信。杨夏初来拜,陈宗侃答拜,皆未遇。

十三日(2月18日)　辛卯,晴,暖甚。谢彭发通守拜会,晤,为遗失卷票事。到臬署监印。到西关各处访友。到臬署,与臬台送鹿茸看,伊甚爱之,当即奉送其茸一只,成色极佳,价值六七十元。文、谢、陈三人来拜,未遇。

十四日(2月19日)　壬辰,晴,暖甚。到臬署监印。到锦荣街俞公馆,与龙延硕填捐监生实收。何镜如来拜,未遇。

十五日(2月20日)　癸巳,晴,暖甚。到臬署关帝、土地、六毒大王、榕树神、东树神、皂王大仙各神前行礼,禀见禀贺臬台。到海关天后宫拜富文甫太守,未遇。回本署关帝、土地、皂王、祖先各神前行礼,众书差等叩头禀贺。各大宪处皆差人禀贺。饭后到赈捐局,同汝鸿议同乡团拜事。到臬署监印。访志丹,稍叙话。夜访笏臣叙话。

十六日(2月21日)　甲午,晴,暖甚。访志丹叙话。夜访罗楚行看绒。遇张干臣,谈。

十七日(2月22日)　乙未,晴,暖甚。早瑶峰舅由电茂场进省,寓署内。到捷龙坊访人。午后到西关宝华大街访友叙话。夜同母舅长谈。富文甫太守拜会,晤谈。

十八日(2月23日)　丙申,晴,暖甚。吊张南皆司马。答拜格幼溪,答拜侯莘农,皆晤。顾振轩来拜,未见。格幼溪来拜,晤谈。凤仪臣来拜,母舅晤谈。志丹来,稍坐谈。

十九日(2月24日)　丁酉,晴,暖甚。早穿朝服,望阙谢恩,行三跪九叩礼,拜印,行三跪九叩礼。回二堂,换补褂花衣,升大堂,开印,众书差等叩头禀贺。退堂,众家人等叩头禀贺。随到臬署伺候开印毕,随到抚署伺候开印。返本署,李慕白拜会,晤谈。访志丹谈。夜同母舅闲谈。潘、格、顾、黄四人来拜,皆未遇。

二十日(2月25日)　戊戌,晴,暖,夜微风。督宪堂期,禀见。

与英杰甫道署赤溪同知缺喜,答拜客数人,皆未见。访志丹,同到招宅叙话。闲步靖海门外买物。夜访吴子敬,于于逢八公馆晤面叙话,并同逢八谈。李茂堂来拜,未遇。

二十一日(2月26日)　己亥,晴,暖甚。到臬署监印。访志丹叙话。笏臣来叙话。夜同母舅闲谈。

二十二日(2月27日)　庚子,微阴,稍凉。吊增印川司马,又吊夏端甫老太太。与蒋仲嘉道署前山同知缺喜。到臬署监印。夜同母舅闲谈。

二十三日(2月28日)　辛丑,微阴,暖。禀见藩台毕。抚宪堂期,禀上禀见。到臬署监印。访志丹,未遇。到臬署收呈十张。凤仪臣约春酒,前去赴席,同座者李茂斋、周松涛、瑶峰舅、倪简元、英杰甫、格幼溪、毓固臣诸君。

二十四日(3月1日)　壬寅,微阴雨,暖。到臬署监印。到协同庆答拜杨夏初,遇志丹,留吃便饭。饭罢,同志丹缓步归来。

二十五日(3月2日)　癸卯,晴,暖甚。督宪堂期,禀见。与杨左槐道署南海县缺喜。到臬监印。访志丹,看伊子病。夜约刘君晤面叙话。

二十六日(3月3日)　甲辰,晴,暖甚。汝鸿来叙话,议同乡团拜事。姚惠亭来拜,晤谈。到西关访陈寅初讲话。并到街闲观买物。众首领雅聚会,鲁润斋约饮于新同升,前去赴席。

二十七日(3月4日)　乙巳,阴,微雨,凉。众同乡在广雅书局团拜,共到三十七人,设席五桌,广州府张小帆太尊畅办,汝鸿专办,余帮办,府班五两,同通州县二两,实缺首领二元,佐杂一元,费项不足张太尊补大分,余同汝鸿补小分。

二十八日(3月5日)　丙午,阴,微雨,冷。换穿小毛皮衣裳。抚宪堂期,禀见。答拜姚惠亭,未遇。答拜顾振轩,晤话。访杨夏初叙话。夜访笏臣讲话。志丹来,稍叙话。到臬署收呈三张。接第三十六号家书,并维桢三十七号信、和顺长信各一件。

二十九日(3月6日)　丁未,阴,冷,夜雨。到清秘阁观画。夜凤仪臣来访,母舅同余闲谈。

二月初一日(3月7日)　戊申,阴,微雨终日。早到臬署,禀贺禀见。与富文甫道署南雄州缺喜,与潘子久道调署揭阳县喜,皆未见。回本署关帝、土地、皂王、祖先各神前行礼,众书差等禀贺。到臬署监印。访志丹,询其子病。

初二日(3月8日)　己酉,阴雨昼夜,冷甚。换穿皮衣。土地诞辰,到臬署,随臬台到科房祭土地,随班行礼,到福德祠祭土地,随班行礼。伺候臬台审案三起,又伺候考同通州县、佐杂月课,在署监场,就便监印,至申初时场罢,归本署。同通州县题目:州县一闻地方有警,即请募勇,准则难保无藉端冒支,不准又恐坐误事机,如何办理为妥?佐杂题目:铁路万不可开,兵轮断不足恃,谈洋务者其当知之。夜作致傅仲安之信,为李平皆卓异注册事。善凤声送潮州柑子一盒,收下。瑶峰今日未刻由署内下船回电茂。

初三日(3月9日)　庚戌,终日阴雨,夜仍雨,冷。寅刻赴文昌宫,随各大宪祭文昌毕。到臬署,随臬台往科房祭文昌,随班行礼。与陈小兰道署广粮厅喜。到臬署监印。蒋韵笙拜会,晤谈。到臬署收呈二张。夜李又田来访,晤话。访志丹谈。派人与汝鸿送柑子十八个,收。午后访用之叙话。

初四日(3月10日)　辛亥,早阴午晴,冷。到臬署监印。闲步藩台前、双门底各街观看,买白瓷笔洗一个。

初五日(3月11日)　壬子,晴,早冷午暖。禀见藩台,见毕。督宪堂期,禀见。到臬署伺候臬台考佐杂各官月课,在臬署吃早饭,饭后监印。考罢,与香山县史润甫道喜。答拜秦凤墀。送潮州通判英杰甫行。回本署吃晚饭。夜访汝鸿、志丹二君叙话。徐用之来,未遇。今日月课题目:"贫观其所不取,穷观其所不为"论。

初六日(3月12日)　癸丑,晴,早冷晚暖。早访协同庆杨夏初叙话。午到西关各街闲观买物。晚志丹来,有话讲。吴子敬拜会,晤谈。齐笏臣来,未遇。

初七日(**3月13日**)　甲寅,晴,早冷午暖。臬台考佐杂各官月课,前往监场,在此吃早饭,申初散场。回本署少歇。众首领雅聚会,周晓岚约饮,前去赴席。席罢,访笏臣叙,为催方政捐款事。访志丹叙话,为协同庆事。月课题目:佐贰杂职缺分只有此数,差亦只有此数,人员拥挤,应否奏请停止分发?

初八日(**3月14日**)　乙卯,晴,暖。抚宪堂期,禀见。闲步孚通街各画店观看。到北门直街、德宣街看友。到臬署收呈四张。到谷埠赴友人约饮,又到靖海门赴友之约饮。

初九日(**3月15日**)　丙辰,微阴。到双门底访人看物。答拜蒋韵笙、刘曾枚,皆未遇。志丹来,稍叙话。

初十日(**3月16日**)　丁巳,早阴,午后微雨,冷。丁祭,寅刻前往文庙,随各宪祭祀,卯正祭毕返署。饭后访志丹叙话。到牛巷福泉街访人说话。

十一日(**3月17日**)　戊午,阴雨,午后雨稍止,冷。抚宪、臬台、粮道祭神祇坛,寅刻前往随祀,卯正祭毕返署。饭后到臬署监印。夜访志丹闲谈。

十二日(**3月18日**)　己未,晴,午微雨小阵,暖。祭祀文昌,寅刻前往文昌庙,随各宪祭祀。祭毕返署,饭后到臬署监印。访吴次枚叙话。到云台里访友。到各估衣店看物,遇陶朴臣、秦子雨,同看估衣。子雨约小琼林馆便酌,并约聂松云、刘君符诸人。善凤声来,交捐款六十金,晤话。接雷琼道杨观察拜年信,并璧手本。

十三日(**3月19日**)　庚申,晴,暖。抚宪堂期,禀见。到臬署监印。葆伯轩、陈寅初先后来访,讲话。到臬署收呈十二张。访吴次枚、齐笏臣、李志丹,皆晤,讲话。

十四日(**3月20日**)　辛酉,晴,暖。春分。到臬署监印。代倪心葵请志丹看脉,同志丹到心葵处,与其胗视。回本署,留志丹吃晚饭。王向南来辞行,未遇。

十五日(**3 月 21 日**)　壬戌,晴,暖。月食二分三十六秒,初亏亥初之刻,食甚亥初三刻十一分,复圆亥正三刻八分,因月食各宪各衙皆不行香。答拜伯萱、君符,送王海楼行,皆未晤。到臬署监印。到赈捐总局领空白实收五张。返署,与龙延硕填写捐布经职衔实收,派人送交陈寅初手。夜往臬署随臬台护月,初亏行三跪九叩礼,礼毕,臬台击鼓三通。食甚,稍跪。复圆,换补褂,行三跪九叩礼。先穿元青褂。事毕归来,子刻矣。

十六日(**3 月 22 日**)　癸亥,晴,暖。闲到西关各街买物。友人约饮于谷埠侯婆艇,五更始归。

十七日(**3 月 23 日**)　甲子,晴,暖甚。早到添濠街访人,有事叙话。午后到西关访人,有事叙话。晚众首领雅聚会,宋颖云约饮于新同升,前去赴席。席罢,访志丹讲话。接京城志宅道谢信一件。

十八日(**3 月 24 日**)　乙丑,晴,暖甚。早寅初时前往武庙,随各宪祭关帝毕,返本署稍息。访次牧,为方政捐款之事。访志丹,同伊到云台里找阿冯叙话。到臬署收呈十张。夜访笏臣,为方政捐事。在式古斋买黄鹰瓢画花卉六幅,价两大元,物却真,惜太残破耳。

十九日(**3 月 25 日**)　丙寅,暖甚。到小北直街访人,未遇。夜到志丹处说话。

二十日(**3 月 26 日**)　丁卯。督宪堂期,禀见。与署番禺县杜莲青(名)友白道喜,未遇。返本署,饭后到各街闲观,在式古斋买扇面四个,周少白、钱心宰、觉繁画,赵光字,共银八两六分四厘。访笏臣、志丹讲话。吴次枚来访,并交方政捐款壹百四十四两。

二十一日(**3 月 27 日**)　戊辰,阴晴无定,稍凉。访蔡文泉叙话,并询事。到臬署监印。张辅臣明府来访,长谈。到九华衣庄买衣裳。到联兴衣店买衣裳。夜步藩台前买物。

二十二日(**3 月 28 日**)　己巳,晴,暖。抚宪审案一起,前去顺该犯供,并伺候审案。与蒋韵笙道署平远县喜,答拜李长泽,皆未见。汝鸿来访,谈。到臬署监印。访次枚,有事叙话。到估衣店闲观买物。陈昭洞约饮于一品升,前去赴席,同座者刘曾枚、胡汝鸿、李象贤、张伯龙、王亨、陶子钟诸人。

二十三日(3月29日)　庚午,晴,暖甚。抚宪堂期,禀见。拜蒋韵笙未遇,伊来回拜,亦未遇。回本署,饭后到臬署监印。访陈子蔚叙话。到高第街买物。到臬署收呈九张。郑正之来拜,未遇。金振来访,叙话。夜访志丹,未遇。

二十四(3月30日)　辛未,晴,暖甚。臬台审案八起,前去伺候,就便监印。拜南海县杨左槐,晤谈。夜访志丹叙话。

二十五日(3月31日)　壬申,阴,稍凉。督宪堂期,并悬挂御赐福字,前往禀贺禀见。答拜郑正之、启幼之、福兰亭,皆未遇。回本署,饭后到臬署监印。到大新街买物。到赈捐局访汝鸿叙话。葆伯萱约饮于心记栈,同座者兰亭、幼溪、伯堂、子祥诸君。饭罢到兰亭处谈。何镜如送酱油两瓶,收下。(接二十八号家书一件。)

二十六日(4月1日)　癸酉,晴,热。早到西湖街买光孝寺内《宝历石幢碑文》《铁塔铭文》各一张,壹分八厘。午后访志丹叙话。到大新街买物。到赈捐总局访汝鸿议事。夜到牛巷口访子祥,未遇。

二十七日(4月2日)　甲戌,晴,热。剃头。何镜如、联桂生先后来谈。

二十八日(4月3日)　乙亥,晴,暖甚。抚宪堂期,禀见。答拜子祥,未遇。到臬署收呈拾张。朱郁周约饮于一品升,前去赴席,同座者向式恭、刘盛芳、裴景福、方镜波、史支源。

二十九日(4月4日)　丙子,晴,热。清晨访志丹,有事叙话。福兰亭来访拜,未遇。联桂生约饮于谷埠阿社艇,前去赴席。先到燕济会馆答拜镜如,同伊并桂生齐步靖海门外候兰亭到来,同乘快艇直奔谷埠,饮罢四更归来。

三十日(4月5日)　丁丑,清明节,晴,暖甚。沈阁臣来访,终日长谈。作致上海和顺长信。夜访志丹谈。

三月初一日(4月6日)　戊寅,阴雨,大雷,早热、午燥、晚凉。

广州府日食四分五十四秒,初亏巳正初刻七分,食甚午初一刻八分,复圆午正二刻十三分。余到臬署随臬台行礼救护,就便在此监印。未正时回本署吃早饭。

初二日(4月7日) 己卯,阴雨终日,凉。到臬署监印。到顺直赈捐总局叙话。夜访志丹谈。

初三日(4月8日) 庚辰,阴雨竟日,凉甚。抚宪堂期,禀见。拜刘君符,晤谈。到臬署监印。回本署看公事。又到臬署收呈十张。夜访志丹闲谈。

初四日(4月9日) 辛巳,阴雨,凉甚。到臬署监印。夜到藩台前买物。祝时珊来拜,未遇。

初五日(4月10日) 壬午,阴雨竟日,凉。禀见藩台毕。督宪堂期,禀见。到臬署监印。

初六日(4月11日) 癸未,阴雨昼夜,凉。臬台审案八起,前去伺候。作致东安县辛芝如信。

初七日(4月12日) 甲申,阴,早微雨,午后微晴,潮湿甚极。访廷雨生,为劝捐事。访徐用之,未遇。访志丹稍谈。

初八日(4月13日) 乙酉,晴,暖甚,换戴凉帽。到臬署收呈七张。

初九日(4月14日) 丙戌,阴,昼夜大雨。无事,静坐,翻阅《粤东金石略》。接王子平来信。

初十日(4月15日) 丁亥,清晨阴雨,午后晴,稍凉。祭先农坛,行耕耤礼。寅初刻,前往供事臬台耕耤,臬台执鞭,余播种,五斗司捧箱,其余各大宪以及各大小官皆各供其事。祭毕,换常服,不挂朝珠。因是日忌辰,事毕返署。辰正时,饭后访幼溪、颖云、平皆各人闲谈。

十一日(4月16日) 戊子,晴,热。善凤声来访,谈,并交捐款六十金。到臬署监印。到赈捐总局叙话,在此吃晚饭,一更后归来。

十二日(4月17日) 己丑,晴,热。闲步马鞍街古式斋看字画。

到孚通街买韩文公《白鹦鹉赋碑》,价半元。到臬署监印。夜访志丹闲谈。

十三日(4月18日)　庚寅,晴,热。抚宪挡衙门,差人禀上。到臬署监印。访笏臣叙话。到臬署收呈十四张。众首领雅聚会,陶朴臣约饮,前去赴席。

十四日(4月19日)　辛卯,晴,热。格幼溪来拜,晤谈。到臬署监印。

十五日(4月20日)　壬辰,晴,热。到臬署关帝、土地、六毒大王、榕树神、东树神、皂君大仙各神前行礼。禀见臬台,禀贺。回本署关帝、土地、皂王、祖先各神前行礼,众书差等叩头禀贺。到臬署监印。到协同庆访杨夏初叙话。

十六日(4月21日)　癸巳,晴,热。臬台将月课佐杂取二十名提覆,前往臬署监试,辰往未归,止到十一名,余皆未到。题:"勿以善小而不为,勿以恶小而为之"论。齐茁田、宋华庭、陈湘谷、倪梦侯、凤翼臣、周烈庵、张松泉、格幼溪诸人有一九老会,每月聚饮三次,藉以消遣。此会设有十余年矣,今少一人,诸君约余入会,前去幼溪处赴席。荣敬远来谈并借印,伊往京解饷。

十七日(4月22日)　甲午,晴,热。照料家人晾棉衣。联桂生来谈。闲步府学东街各旧书画店闲观。归行广府前遇兰亭、子祥、柏堂、敬远并子祥之弟游街,余约诸君到心记栈小酌。倪心葵寿日,前去拜寿,因有病,挡。拜会齐茁田、倪梦侯、张松泉、刘思谦,皆未遇。拜会宋华庭,并晤颖云。

十八日(4月23日)　乙未,晴,热。抚宪堂期,禀见。到华宁里答拜客。作致辛芝如信。到臬署收呈十一张。访志丹闲谈。

十九日(4月24日)　丙申,阴雨终日。闲暇无事,考究《粤东金石略》。蔡文泉来访,有事议。

二十日(4月25日)　丁酉,阴,早微雨,夜大雨,稍凉。督宪堂期,禀见。拜陈香谷、周烈庵,皆未见。接佟倍山由缺口司来信。

二十一日(4月26日)　戊戌,晴,热。余寿辰,文海、程玮、李怀清、史支源、帖楷、陶尔钰、宋寿嵩、陶永成、毓森、善昌、杨甲秀、倪之纶、周维屏、王存武、鲁文墀共十五人公送汉席两桌、大绍酒一坛、桃面烛炮,仅收席两桌、酒一坛,余皆璧。诸人先后来拜,皆晤。晚李、史、程、帖、陶、毓、善、陶、周、鲁在此赴席。李志丹送桃面鸭肉烛炮,收桃面鸭肉各一半,余皆璧。众差役送礼,未收。到臬署监印。接傅仲安由京来信。

二十二日(4月27日)　己亥,晴,热。余生日,到祖先前叩头行礼。早到各处道谢,皆未见。到臬署监印。晚到西关鸿福大街,访黄晓云叙话。接长宁县潘梅轩信。

二十三日(4月28日)　庚子,晴,热。南海、番禺两县公请于三君祠,前去赴席,同座者两司、广府各首领。席罢,到臬署监印。回本署剃头。又到臬署收呈八张。福兰亭、阮子祥、葛柏堂、尚心之四人共请于南关戏院观剧,在大马头紫冻艇吃饭,前去赴席观戏,同座者幼溪、伯萱两君。夜十一钟归来。

二十四日(4月29日)　辛丑,晴,热。陈文昭来,报捐减成监生,并捐县丞职衔,与其填写实收付给。到臬署监印。荣敬远来访。□□□□来署,与余写行乐,梁星堂随其来署观看。□公是梁公代约,特来相陪耳。

二十五日(4月30日)　壬寅,晴,热。督宪堂期,禀见。英运台衙门失慎,烧去上房三间,并烧死英宪之七岁侄孙女,可惨之至。到臬署监印。访伯萱谈。

二十六日(5月1日)　癸卯,晴,热。抚宪审案五起,前往抚署官厅顺各犯供,伺候抚宪审毕,到臬署销差。回本署吃饭。凤翼臣访,谈。到格幼溪处赴九老会之约。是日东岳神迎衣出游。

二十七日(5月2日)　甲辰,晴,热,微风。闲步高第街买物。齐笏臣、胡汝鸿先后来访,未遇。接第三十九号家信。

二十八日(5月3日)　乙巳,晴,热。辰刻,内子率三儿夫妇二人暨桂生孙到署。三月十三日由关起程,由上海乘富顺轮船,昨夜十二钟抵省河,今晨搭渡登岸。抚宪堂期,差人禀上。到赈捐总局叙话。到臬署收呈四张。

二十九日(5月4日)　丙午,晴,热甚。吴次梅来访,谈。

四月初一日(5月5日)　丁未,晴,热甚。到臬署禀贺,禀见。拜和平郑土抡、清远和廷彪,未见。回本署关帝、土地、皂君、祖先各神前行礼,众书差等禀贺。到臬署监印。志丹来,稍坐谈。

初二日(5月6日)　戊申,晴,热。备面席一桌,请秋审供事各委员一饮,臬台委余督理各员,是日齐集之意。午间饮罢皆散。到臬监印。胡汝鸿来访,稍坐谈。

初三日(5月7日)　己酉,晴,热。抚宪堂期,禀见。答拜李子乔,未遇。到臬署监印,回本署稍歇。到臬署收呈三张。

初四日(5月8日)　庚戌,晴,热。到番禺监内顺秋审各犯供,又到南海监内顺秋审各犯供。李慕白解饷进京,来辞行,晤。到臬署监印。

初五日(5月9日)　辛亥,晴,热,微风。督宪堂期,因事未去,差人禀上。到臬署监印。

初六日(5月10日)　壬子,晴,热。到抚署办理秋审事,此次人犯共四十一名,办毕。到厘务局送李慕白行,晤谈。到臬署禀见臬台,并禀谢销差。四月分九老会齐茁翁承办,假会春园便酌,前去赴席。席罢,访笏臣叙话。

初七日(5月11日)　癸丑,晴,热。访尚欣之,未遇。

初八日(5月12日)　甲寅,晴,热。抚宪堂期,禀见。王凯平妻开吊,前去吊祭,并在此当知客。到臬署收呈六张。

初九日(5月13日)　乙卯,晴,热,午后忽阴雨大阵,夕晴。访荣敬远、廷雨生,皆晤谈。

初十日(5月14日)　丙辰,晴,热。督宪堂期,禀见。到小北门外云贵义庄吊李平皆之儿妇。尚欣之来访,晤谈。

十一日(5月15日)　丁巳,晴,热,午后阴雨大阵,晚晴。到臬署监印。找齐笏臣,未遇。廷雨生来访,谈。善风声来访,并交捐款六十金。

十二日(5月16日)　戊午,晴,热,午后阴雨,夜仍雨。臬台审案数起,前去伺候毕。回本署,饭后到臬署监印。访笏臣未遇。回本署,运署老夫子周立庵拜会,晤谈。到臬署点夏季书吏换班名,点毕,禀销点名差。

十三日(5月17日)　己未,晴阴忽易,雨阵阵。抚宪堂期,禀见。宋华庭寿辰,前去拜寿。申显曾委署□□,刘思谦委署三水,前往道喜,皆未见。齐笏臣来叙话。到臬署监印。九老会中人假菊波精舍备席为宋华庭祝寿,为余补祝寿,前去赴席。席罢,到臬署收呈七张。晚到宋处赴席。

十四日(5月18日)　庚申,晴,热甚。到赈捐局叙话,在此吃早饭。到臬署监印。遇齐笏臣于臬署官厅,催捐款,话甚支离,复找伊于吴次枚馆中,又讲此节,经次枚解劝再说。

十五日(5月19日)　辛酉,晴,热。到臬署关帝、土地、六毒大王、榕树神、东树神、皂君大仙各神前行礼,禀贺禀见臬台毕。王凯平署河泊所,前去道喜,未见。回本署关帝、土地、皂王、祖先各神前行礼,众书差等禀贺。到臬署监印。

十六日(5月20日)　壬戌,阴雨,稍凉。九老会期,齐苗田先生承办,聚饮于会春园,前去赴席。

十七日(5月21日)　癸亥,阴雨,稍凉。访凤翼臣闲谈,并托代吴次枚之侄荐馆于恩太尊处。作致长宁县潘梅轩信。

十八日(5月22日)　甲子,晴,热。抚宪堂期,禀见毕。拜鲁润斋,晤谈。众首领雅集会期,应余约饮,今日备席相约,仅到程、帖、史、二陶、周,余皆未到。另约胡汝鸿,因有事到而未饮。到臬署收呈十三张。

十九日(5月23日)　乙丑,晴,热,午后微阴,疏雨。到小东门定安里找人说话。吴次枚来叙话。

二十日(5月24日)　丙寅，晴，稍凉，午后薄阴微雨。督宪堂期，禀见。成藩台太太明日寿辰，前去预。拜陈旭亭，拜李子乔，皆未见。闲步各街观看买物。

二十一日(5月25日)　丁卯，阴雨终日，凉甚。福兰亭拜会，晤谈。到臬署监印。陈旭亭来拜，未见。吴次枚来访，叙话。福亭、养田、子祥、柏堂、幼溪、述卿在南关戏院前，备紫冻艇设席，为伯萱预祝，为余补祝，前往赴席。四更后归署，同座者聘九、慎斋、子祥乃兄。

二十二日(5月26日)　戊辰，阴，凉甚，微雨。成藩台太太寿辰，前往拜寿，挡。到臬署监印。闲步四牌楼大街各估衣店买看衣裳。作致辛芝如信。

二十三日(5月27日)　己巳，阴凉，微雨。抚宪堂期，禀见。拜会多玉山太尊并道喜，未遇。到臬署监印。拜陈旭亭，未见。到臬署收呈四张。

二十四日(5月28日)　庚午，阴，稍凉。臬台审案，前去伺候。拜杨左槐，未遇。回本署。陈旭亭拜会，晤谈。到臬署监印。访吴次枚叙话。接辛芝如由东安县来信两件。

二十五日(5月29日)　辛未，晴，热。督宪堂期，禀见。与王凯平道喜，拜恩太尊，皆未遇。到臬署监印。九老会，齐苗翁承办，假会春园约饮，前去赴席。到联兴买物。

二十六日(5月30日)　壬申，晴，热。倪梦侯娶儿妇，前去道喜。王梧园署批厅，裘公署盐经，前去道喜，皆挡。午后偕维熙到大新街闲观，买潮扇一柄，刻花瓷印盒、瓷烟壶各一件。遇陶朴臣、联桂生，同游大街观物。

二十七日(5月31日)　癸酉，阴雨昼夜，凉。善凤声得子满月，前去道喜。毓固臣接盐库厅印，前去道喜，并拜会多玉山，晤谈。答拜贾聘九。晚到凤声处赴席。

二十八日(6月1日)　甲戌，阴雨昼夜，凉。抚宪堂期，禀见。

到臬署收呈六张。倪心葵酬寿,前去赴席。

二十九日(6月2日)　乙亥,晴,热。接东安县辛、会同县贾、新宁县王、新安县郑各贺节信。访廷雨生,未遇。到协同庆晤杨夏初叙话。到赈捐总局,在此吃晚饭。遇崇兰甫,亦在此吃饭。

三十日(6月3日)　丙子,阴雨竟日,凉。偕维燮步至大新街买桃核朝珠,到高第街买红缎,遇吴子敬之乃兄,稍叙话。

五月初一日(6月4日)　丁丑,阴雨昼夜。到臬署禀贺,禀见。答拜卸新会县郭寿农,未遇。回本署,到关帝、土地、皂王、祖先各神位前行礼,众书差等禀贺。督、抚、司、道各处,皆差人禀贺。陶朴臣约饮于丛香波楼,前去赴席。监印。

初二日(6月5日)　戊寅,阴雨竟日,夜凉。到臬署监印。采芝林药店来人三名,做辟瘟丹。访吴次枚谈。

初三日(6月6日)　己卯,晴,热。禀见藩台,见毕。抚宪期,禀见。到陈旭庭看其感冒何如,未晤。到臬署监印。访杨左槐,审案未见。胡汝鸿来访,未遇。到臬署收呈五张。与多雨山送一品锅、两点心,收下。观做辟瘟丹。

初四日(6月7日)　庚辰,阴雨昼夜,湿气太甚。到臬署监印。观做辟瘟丹。送汝鸿桃核朝一挂。

初五日(6月8日)　辛巳,阴雨昼夜。到臬署禀见贺臬台毕。随到督、抚、藩禀贺,运、道两处皆差人前去禀贺。到夏观察、王雪臣、常月波两太尊拜节,未见。回本署,到祖先前拈香行礼,众书差、家人禀贺叩头。到臬署监印。雇小紫冻艇,偕内子、三儿夫妇暨桂生孙到河内闲游,观看龙舟竞渡,夕归,冒大雨。

初六日(6月9日)　壬午,阴雨昼夜,凉。多雨山太尊拜会,晤谈。九老会陈湘谷在新同升承办酒菜,前去赴约。饭罢,到藩经李平皆处赴众首领雅聚会之约。

初七日(6月10日)　癸未,阴雨昼夜,稍凉。毓荫臣请病假,余代伊到臬署监印。

初八日(**6 月 11 日**)　甲申,阴雨昼夜,凉。抚宪堂期,禀见。到臬署代荫臣监印。宋颖云来访,长谈。到臬署收呈十三张。

初九日(**6 月 12 日**)　乙酉,阴,大雨如注,昼夜不息,凉。到抚署顺各犯供,伺候抚宪审案二起毕,到臬署销差。回本署吃饭。又到臬署代荫臣监印。访吴次枚谈。朱郁周来访,未遇。

初十日(**6 月 13 日**)　丙戌,阴,大雨如注,昼夜不息,凉甚。督宪堂期,禀见毕。与鲁润斋拜寿,挡。回本署,饭后到臬署代毓监印。陈旭亭作古,差人送宝烛。

十一日(**6 月 14 日**)　丁亥,晴,热甚。到臬署监印。到顺直赈捐总局叙话。发家书,并致和顺长、天来福各信。

十二日(**6 月 15 日**)　戊子,晴,热甚,夜阴雨。到臬署监印。访吴次枚叙话。接子谦弟由营口来信。夜梁星堂来叙话。

十三日(**6 月 16 日**)　己丑,晴,热,午阴雨小阵,又晴热。到臬署科房,随臬台祭关帝,随班行礼。与徐用之拜寿,挡。回本署,祭关帝,行礼。到臬科祭时,臬台穿补褂朝珠,未穿花衣,余亦随臬台一样。接博罗县宗稷牛、电白县乌小亭、长宁县潘梅轩各贺节信。到臬署监印。回本署稍息,又到臬署收呈一张。葆伯轩假南关戏院前紫冻艇备席约饮,前去赴席,同座者福兰亭、葛柏堂、阮子祥、贾聘九、龙子杰诸人。夜十二点钟饮罢归。

十四日(**6 月 17 日**)　庚寅,早晴,午后阴雨。宋颖云来,有事谈。到臬署监印。到赈捐局叙话。访宋颖云叙话。九老会陈香谷在会春园承办,前去赴席。

十五日(**6 月 18 日**)　辛卯,阴雨昼夜。前往臬署关帝、土地、六毒大王、榕树神、东树神、皂王大仙各神前行礼。禀贺臬台,见毕。陈武纯代理雷州府,前去道喜。与李子香老太拜寿。回本署关帝、土地、皂王、祖先各神前行礼,众书差等禀贺。督、抚、藩、运、道,皆差人禀贺。到臬署监印。发请销试俸验文并册五本。接沙湾司巡检覃贺节信。

十六日(6月19日)　壬辰,晴阴屡易,忽云忽雨,潮湿太甚。到臬代毓荫臣监印。接信宜县敖世尤贺节信。

十七日(6月20日)　癸巳,晴阴无定,热。臬台考候补同通州县、佐杂月课,前去监场,在此吃早饭,即便代毓君监印。同通题:李秉衡著补授安徽巡抚书后。佐杂题:开浚六脉渠,何法可能通而不塞,以宣其气?一点钟考罢,余回本署稍息。到烟浒楼,随同九老会中诸君备办酒席,为齐苗翁祝寿,六点多钟饮罢归来。长宁县师爷梁殿甲拜会,晤,接潘梅轩捐同知衔款洋银二百七十四两五钱二分,并信一件。

十八日(6月21日)　甲午,晴阴无定,午间微雨。是日夏至。抚宪堂期,禀见。拜多雨山,未遇。回本署,收善凤声捐款六十两正。到臬署监印。访吴次枚叙话。到臬署收呈四张。接东安县辛芝如信,并捐款三百七十两正。

十九日(6月22日)　乙未,晴,热,午后微雨大阵。臬台考佐杂各官月课,前去监场,就近在此代毓荫臣监印。题目:禁止粘贴匿名揭帖散布无根谣言示。一点钟散。拜杨左槐,未见。回本署稍歇。雅聚会,程明甫在厘务局备席约饮,前去赴。访福兰亭闲谈。胡汝鸿、杨琴生先后来访,皆未遇。作复东安县辛芝如信。

二十日(6月23日)　丙申,晴,热。到臬署代毓荫臣监印。督宪堂期,挡衙门,差人禀安。

二十一日(6月24日)　丁酉,晴阴无定,忽雨忽云。到臬署监印。臬署考月课,前去监场,题目:达人知命论。

二十二日(6月25日)　戊戌,晴,热。到臬署监印。访多雨山太守,未遇。到捐局叙话。吴次枚来访,未遇。夜访次枚谈。李家徕州同持卷票托次枚支借奖赏十大元,当差人送交次枚转付。

二十三日(6月26日)　己亥,晴,热。抚宪堂期,禀见。到天香街、天官里、华宁里、德宣街各处答拜客。与陆子和道署番禺捕喜。返署,饭后到臬署监印。长宁县梁师爷来叙话。作复潘梅轩信。到枭署收呈十一张。

二十四日(6月27日)　庚子,晴,热甚。枭台审案十五起,前去伺候,并监印。饭后访李雨臣叙话,晤谈许久。答拜朱郁周,已迁未遇。访格幼溪,因病未见。

二十五日(6月28日)　辛丑,晴,热。督宪堂期,挡,差人禀上。到枭署监印。接雷琼道杨观察璧手本信。

二十六日(6月29日)　壬寅,晴,热甚。枭台审案十五起,前去伺候,并在此代荫臣监印。九老会陈湘谷承办,在会春园约饮,前去赴席。

二十七日(6月30日)　癸卯,晴,热甚。拜多雨山叙话,并有事托,晤谈许久。代荫臣监印。到赈捐局叙话。雨臣来。

二十八日(7月1日)　甲辰,晴,热甚。何镜如来拜,未见。抚宪因看基围未回,挡堂。到枭署代荫臣监印。答拜镜如,晤谈。到枭署收呈捌张。接张仲如由京来信,并杨四致杨五家信,代投,约为舅父留电茂事。

二十九日(7月2日)　乙巳,晴,热甚。抚宪审案十起,前去抚署顺各犯供毕,伺候抚宪坐堂,到枭署禀销差。回本署,张镒由关来广往电茂,到本署来看,借盘川八大元,差人送栈交伊手。倪梦侯酬客,前去赴席。众首领雅聚会,倪星葵约饮,辞而未到。

六月初一日(7月3日)　丙午,晴,热,午后微阴雨,夕又晴。禀见枭台,并贺。回本署关帝、土地、皂君、祖先各神前行礼,众书差等禀贺。督、抚、藩、运、道各处,皆差人禀贺。到枭署监印。宋颖云、邹□□同来访谈,在此下围棋,谈许久。

初二日(7月4日)　丁未,晴,热甚。到枭署监印。王凯平约饮,前去赴席。

初三日(7月5日)　戊申,晴,热甚。禀见藩台毕。抚宪堂期,禀见。黄云台寿辰,前去拜寿,挡。回本署,饭后到枭署监印。回署办公事。又到枭署收呈七张。

初四日(7月6日) 己酉,晴,热甚。到臬署伺候臬台审案七起,事毕。返本署吃饭后,到臬署监印。夕访次枚,未遇。

初五日(7月7日) 庚戌,晴,热甚。督宪堂期,因起晚未到,差人禀安禀上。到臬署监印,访次枚叙话。访廷雨生晤谈。

初六日(7月8日) 辛亥,晴,热甚,午后微阴雨。宋颖云之母寿辰,前去拜寿,在此吃早面。回本署办事。九老会宋华廷承办,在会春园聚饮,前去赴席。

初七日(7月9日) 壬子,晴,热甚。陈旭亭开吊,前往吊之,在此作知客。稍招呼,因天热太甚,即回署。

初八日(7月10日) 癸丑,晴,热甚。抚宪堂期,禀见。臬台将拦舆递呈之人告交差看管,以待惩办,而差疏懈太甚,使该告状之人逃走,臬台传余坐堂责差,事毕,返署稍歇。到象牙巷拜客。到臬署收呈七张。吴次梅来谈,有事议。夜又访次梅叙话。

初九日(7月11日) 甲寅,晴,热甚。终日无事,清闲之至。

初十日(7月12日) 乙卯,晴,热甚。抚宪审案十四起,前往抚署顺各犯供,伺候审案毕,到臬署销差。督宪堂期,未暇亲到,差人禀上。帖慎之母开吊,前去吊之。夜访汝鸿长谈。

十一日(7月13日) 丙辰,晴,热,午后大风,微雨,凉。拜多雨山太尊,未遇。到臬署监印。访吴次枚叙话。老家人郦安病故,可惜,助银六大元。

十二日(7月14日) 丁巳,阴,微雨。访多雨山太尊叙话。与史松泉拜寿,晤。回本署,饭后到臬署监印。晚到松泉处赴席。汝鸿来访,晤。作致京中傅仲安信。

十三日(7月15日) 戊午,晴,热甚。抚宪堂期,禀上,禀见。午后到臬署监印。访次枚叙话。晚到臬署收呈十二张。

十四日(7月16日) 己未,晴,稍凉。臬台审案四起,前去伺候毕。回本署稍息,又到臬署监印。到西关耀华坊访陈寅初讲话。

十五日(7月17日) 庚申,晴,热甚。到臬署关帝、土地、六毒大王、榕树神、东树神、皂君大仙各处行礼。禀见臬台,并禀贺。电谕督宪兼理抚台,前往禀贺,挡。到各处拜客。回本署关帝、土地、皂王、祖先各处行礼,众书差等禀贺。到臬署监印。访吴次枚,再为催齐笏臣所欠捐款。

十六日(7 月 18 日)　辛酉,晴,热甚。终日无事。九老会宋华庭承办,在库厅署约饮,前去赴约。饭罢,同风翼臣闲步藩台前观看。接东安县辛芝如信,并补平色银五两六钱五分。

十七日(7 月 19 日)　壬戌,晴,热甚。访吴次枚,为齐笏臣欠捐项事,晤面叙话。

十八日(7 月 20 日)　癸亥,晴,热甚。抚宪堂期,禀见。到臬署收呈九张。聚公雅集会,史松泉在一新同升备席约饮,前去赴席。

十九日(7 月 21 日)　甲子,晴,热甚。抚台审案,前去顺各犯供十二起,伺候毕,到臬署禀销差。到西关访陈寅初,为捐款事。

二十日(7 月 22 日)　乙丑,阴,雨,热。督宪堂期,挡。抚宪往虎门阅炮台,差人禀送。多雨山往京,前去送行,晤谈。吊聂松云,行礼。

二十一日(7 月 23 日)　丙寅,晴,热。朱郁周来访,并借印,为与侯莘农领运枢费银两事。访吴次枚,仍为笏臣欠捐款事。到臬署监印。访凤翼臣、王凯平,未遇。夜到同古斋坐谈。访汝鸿,有事叙话。

二十二日(7 月 24 日)　丁卯,晴,热,午后阴雨大阵,晚又晴。到臬署监印。访宋颖云叙话。

卷　二

六月二十三日(7 月 25 日)　戊辰,晴阴屡易,大雨数阵,稍凉。臬台审案六起,前往伺候,就便监印。回本署吃饭,到臬署收呈七张。

二十四日(7 月 26 日)　己巳,阴,雨,凉。臬台覆佐杂月课试,前去伺候点名,在此监试,就近监印,两点钟归来。番禺捕陆子和到任,备席约饮,前往赴席。

二十五日(7月27日)　庚午,阴,雨。督宪堂期,禀见。到臬署监印。到赈捐总局核兑捐事,并与汝鸿叙话。

二十六日(7月28日)　辛未,阴,雨,稍凉。二十八日万寿,是日斋戒,先期朝贺礼。今晨寅初往万寿宫,随各大宪俱朝服行朝贺礼,事毕卯正归来。倪梦侯、凤翼臣先后来访,谈。九老会宋华庭承办,假一品升备席约饮,前去赴约。

二十七日(7月29日)　壬申。到协同庆,因杨老板出门未见,随到大新街闲观。

二十八日(7月30日)　癸酉,晴,热甚。抚宪堂期,禀见。到华宁里拜客。午后闲,到式古斋观看。晚到臬署收呈十二张。

二十九日(7月31日)　甲戌,晴,热甚。宋颖云来,缴销善凤声捐五品衔实收,当将已交之三百金交颖云,与善缴回。善捐应六百金,已交一半,其余一半因停捐在即无力能缴,遂随托宋代销耳。到协同庆,找杨夏初开银单,交捐项用。陈寅初来拜,交捐款百三十两。

七月初一日(8月1日)　乙亥,晴,热甚。到臬署禀见禀贺。回本署关帝、土地、皂王、祖先各神前行礼,众书差等禀贺。督、抚、藩、运、道各处皆差人禀贺。到臬署监印。到赈捐总局缴捐款壹仟贰百余。访廷雨生晤话。

初二日(8月2日)　丙子,晴,热甚。到臬署监印。杨夏初为催银事来,未遇。李子丹来,晤话,亦为其事。程明府在广荣升酬寿,前去赴席。访徐用之叙话。发臬署课卷、银两。

初三日(8月3日)　丁丑,晴,热极。抚宪堂期,禀见。到臬署监印。李志丹来叙话。到臬署收呈十一张。

初四日(8月4日)　戊寅,晴,热甚,晚阴,夜大雨。到臬署监印。

初五日(8月5日)　己卯,晴,热。禀见藩台毕。督宪堂期,禀见。到臬署监印。

初六日(8月6日) 庚辰,阴,微雨,稍凉。偕维熙儿闲步大新观看。九老会凤翼臣承办,约饮于会春园,前去赴席。

初七日(8月7日) 辛巳,晴,热。答拜倪梦侯,未遇。访格幼溪,晤谈。到府学东街各书画铺闲观。

初八日(8月8日) 壬午,晴,热。抚宪堂期,禀见。抚宪审案八起,就便顺各犯供,伺候审案毕,到臬署禀销差。回本署吃饭后,访李子丹,有事叙话。到臬署收呈十二张。夜访次枚叙话。

初九日(8月9日) 癸未,阴,雨,稍凉。与王存武填捐花翎实收,差人送去。吴次枚来访,长谈。接维桢家信。

初十日(8月10日) 甲申,阴雨终日,昼热夜凉。督宪堂期,禀见。到大北门直街答拜客。到臬署叙话。李志丹来,稍坐叙话。

十一日(8月11日) 乙酉,阴,昼夜雨,凉意微微。臬台审案八起,会营务处林道会审一案。早七钟前去伺候,事毕,十二钟返本署吃饭。一钟又到臬署监印,三钟回本署剃头。五钟与联桂生之老太太拜寿,在此赴席。夜九钟归来。

十二日(8月12日) 丙戌,阴,雨,稍凉。到臬署监印,点书吏名。

十三日(8月13日) 丁亥,阴,大雨,昼夜凉。寅正起身,卯初二刻禀见粮道毕。抚宪堂期,禀见。随与陶朴臣老太太拜寿。午初回本署,饭后,未初到臬署监印。未正由臬署往赈捐局,交存查并银二百八十六两,及注销善凤声五品衔。申正由捐局回本署。酉正又往臬署收呈十三张。戌初到陶公馆赴席,亥正席罢归来。

十四日(8月14日) 戊子,阴,雨大如注,昼夜不息,凉。李子乔拜会,晤。到臬署监印。到西关陈寅初处讲话。

十五日(8月15日) 己丑,晴,热。到臬署关帝、土地、六毒大王、榕树神、东树神、皂君大仙各神前行礼。禀贺臬台,禀见。回本署关帝、土地、皂王、祖先各神前行礼,书差等禀贺。到李志丹处叙话,到臬署监印。晚志丹来,稍叙话。

十六日(8月16日)　庚寅,晴,热。胡汝鸿来发访,谈。作致电茂场舅父信。访廷雨生,为劝捐事。拜郝述卿,未遇。到捐局缴销空白实收一张。同云臣、汝鸿等叙话。回本署稍坐。到会春园公祝张松泉、格幼溪二人寿,同会中人公办例事。

十七日(8月17日)　辛卯,阴雨竟日。夜廷雨生来访,报捐蓝翎。

十八日(8月18日)　壬辰,阴,热。辰初到抚宪署禀见,在官厅顺各犯供九起案,伺候抚宪案毕,到臬署禀销差。到善庆街拜客。与格幼溪拜寿,与广府张小帆太尊道换三品衔喜,均未见。未初返本署吃饭。李志丹、陈寅初先后来访,有事商。酉初到臬署收呈十五张。到赈捐总局为廷雨生填实收,并与云臣、汝鸿叙话,在此吃饭。亥初回本署。

十九日(8月19日)　癸巳,晴,热。与格幼溪老太太拜寿,登堂,留饭,辞。答拜李子侨,晤谈。回本署吃饭,派人到局交捐款现银壹百七十余两。到西关访陈寅初叙话。九老会凤翼臣承办,在一品升约饮,前去赴席。席罢,到醉春园赴鲁润斋约饮,乃系众首领雅聚会之约。忽闻马鞍街失火,赶紧回本署更衣,带役前往救护。在臬署头门同两县诸人坐许久,候火息,上本禀臬台安毕,始归。只烧元升轿店一间,余幸无恙。

二十日(8月20日)　甲午,阴,微雨,午热。李督宪兼署抚院,卯刻接印,卯初前往督署,伺候接印,禀贺,呈履历,禀见。见毕,到刚抚宪署禀安,均挡。辰正回本署吃饭。午初到臬署伺候臬台审案九起,事毕,申初回本署。酉初往毓荫臣署赴席,伊酬寿,亥正饮罢归署。

二十一日(8月21日)　乙未,晴,热。到臬署监印。平皆、颖云、荫臣、心葵、晓岚、凯平、凤声、崇兰甫同余在醉春园备席,为史松泉钱行,余承办。

二十二日(8月22日) 丙申,晴,热甚。早辰汝鸿来访,谈。到臬署监印。访廷雨生叙话。到西关访陈寅初讲话,遇齐筱臣于寅处,面催速交所欠壹百一十余两捐款,伊未敢答话,遂避隔壁之庭。与寅初话毕,到下九甫一带闲观买物。

二十三日(8月23日) 丁酉,晴,热。到臬署监印。宋颖云寿辰,差人持帖拜寿。到臬署收呈五张。差人与胡汝鸿送避瘟丹十块,与梁星堂两块。

二十四日(8月24日) 戊戌,晴,热。到臬署监印。到赈捐总局交捐款壹百两。到盐务公所访张松泉,未遇。到运署幕中访周立庵闲谈。

二十五日(8月25日) 己亥,晴,热甚。督宪堂期,禀见。到臬署监印,访毓荫臣叙话。

二十六日(8月26日) 庚子,晴,热甚。李小帅明日寿辰,差人前去预祝。到臬署代荫臣监印。九老会期,凤翼臣承办,在会春园约饮,前往赴席。本署三堂东间被木棉树残枝落下打破。

二十七日(8月27口) 辛丑,忽晴忽阴,忽人雨,忽大风,凉。督宪寿辰,前往禀贺,挡。成藩台奉电旨代监临事,前去禀贺,禀见。回本署吃饭后,到臬署代毓荫臣监印。回本署稍息。众首领雅集会,周晓岚约饮,前去赴席。

二十八日(8月28日) 壬寅,阴,雨,凉意微微。早冒小雨闲步街上访友。午后到臬署监印。回本署看公事。晚到臬署收呈二十张。宋颖云在广荣升酬寿,前去赴席。

二十九日(8月29日) 癸卯,晴,热。访毓固臣、胡汝鸿,皆晤叙话。到臬署监印。访陈寅初叙话。李雨臣来访,谈。赵紫封来拜,未见,借印。

三十日(8月30日) 甲辰,晴,热甚。到臬署监印。毓荫臣来访,并缴捐花翎银。夜访张干臣闲谈。

八月初一日(8月31日) 乙巳,晴,热甚。到臬署关帝、土地、六毒大王、东树神、榕树神、皂王大仙各神前行礼,禀贺禀见臬台毕。徐用之接印,前去道喜,未见。回本署关帝、土地、皂王、祖先各神前行礼,众书差禀贺。宗济生来拜,未遇。督、抚、藩、运、道各处,皆差人禀贺。回本署,饭后到臬监印。答拜济生,已行,未遇。到赈捐总局,有事叙话。同张云程、胡汝鸿闲步五仙门外,乘小艇到谷埠看火灾之区,顺便在靖海门约云臣、汝鸿,并约缉私局委员徐崔舞小酌。饭罢,同乘艇到五仙门进城。到捐局少息,乘轿回本署。是日谷埠失火,延烧妓艇大小三百余只,由寅初烧起,至卯正止,所有船只物件均付之丙丁,而伤人否尚不知也。此乃劫数耳。

　　初二日(9月1日)　丙午,晴,热。徐鹤舞约到大行口太平馆吃番菜,同座者云程、汝鸿诸君。到臬署监印。接傅仲庵由京来信。

　　初三日(9月2日)　丁未,晴,热甚。祭孔夫子,寅初到文庙,随列宪祭祀,祭毕,回本署睡觉。午后到臬署监印。回本署小息,广府张小帆太尊来拜,挡。到臬署收呈十八张。

　　初四日(9月3日)　戊申,晴,热。祭神祇坛,臬台代祭,前往伺候。陆子和娶儿妇,前去道喜,挡。到臬监印。到捐局,与毓荫臣填花翎实收。

　　初五日(9月4日)　己酉,晴,热。禀见藩台毕。督宪堂期,禀见。与李茂堂道喜,未遇。回本署,午后到臬署监印。偕三儿到贡院闲观,遇周立庵、周晓岚,同步归来。内子明辰寿辰,是晚三儿夫妇、阁署书差、家人等叩头预祝。

　　初六日(9月5日)　庚戌,晴,热,午后阴,微雨。到大街观看主考入围,在文宝楼各处小息。遇陶朴臣,约城隍庙内福来酒馆小酌,同座者张干臣、张□□。饮罢,到臬署监印。回本署,宝子珮来访,商量公钱李茂堂事。九老会周立庵承办,会春园小酌,前去赴约。

　　初七日(9月6日)　辛亥,晴,热。到臬署监印。到赈捐局稍坐。到濠畔街文林阁,买朱拓《唐景龙观钟铭》,价五钱〇四厘,又墨拓《隋塔下铭》,又朱拓《大金钟口铭》,共价五钱七分四厘。

　　初八日(9月7日)　壬子,晴,热。到臬署监印。张镒由电茂场来省,到署来看,晤话。到臬署收呈十二张。夜作家书,并大女及常佐庭各信。

　　初九日(9月8日)　癸丑,晴,热。张镒来署,云即刻登轮旋里,托其带家书并各物。

　　初十日(9月9日)　甲寅,晴,热。胡汝鸿来访,谈,并商同出名函致任外州县之同乡诸君子帮助耿阁卿枢眷回籍之事。到臬署监印。会张燕堂、姚顺卿、张云亭、李润之、善凤声、宝子珮、崇兰甫诸人,在会春园公饯李茂堂,余承办,前去招乎一切。

　　十一日(9月10日)　乙卯,阴,微雨,风,凉。小孙桂生今日头生日。到臬署监印。接姚小山由肇庆府经任来信,有事并贺节。

　　十二日(9月11日)　丙辰,阴晴无定,微风,凉。臬台审案五起,前去伺候毕。送李茂堂行。答拜李润之。与林朗人道署河泊所大使缺喜。回本署吃。到臬署监印。作致雷琼道杨义卿贺节禀。

　　十三日(9月12日)　丁巳,晴,热,午阴,大雨,夕晴,稍凉。到臬署监印。到顺直赈捐局坐谈。到臬署收呈八张。

　　十四日(9月13日)　戊午,早阴雨,凉,午晴,热。格幼溪来访,谈。到臬署监印。夜偕三儿到街上听留声机。

　　十五日(9月14日)　己未,晴,热。祭祀关帝。寅初往关帝庙,随各大宪祭祀,祭毕。到臬署关帝、土地、六毒大王神、榕树神、东树神、皂君大仙各神位前行礼,禀贺臬台,见毕。与夏观察、广州府张小帆、候补府王燮臣、张蔓农各处拜节,皆挡。回本署关帝、土地、皂王、祖先各神前行礼,众书差、家人等叩头禀贺。督宪、运台两处皆差人禀贺。午后到臬署监印。夜祭祖先,率维燮行礼。格幼溪约到伊局过节玩月,辞未去。

　　十六日(9月15日)　庚申,晴,热甚。到臬署监印。到双门底龙威阁买石印《金石萃编》一部,价二两八钱。接长宁县潘梅轩、东安县辛芝如、博罗县宗济生、新安县郑业崇、沙湾司覃梁勋、电茂场张瑶峰各贺节信。

　　十七日(9月16日)　辛酉,晴,热甚。作致二女信,交信局寄河南省城。到臬署监印。九老会周立庵在心记栈约饮,前去赴席。

　　十八日(9月17日)　壬戌,晴,热甚。到臬署监印。回本署稍息,到臬署收呈八张。

　　十九日(9月18日)　癸亥,阴雨数阵,稍凉。到臬署监印。到捐局闲谈,接连州秦旭堂贺节信。

　　二十日(9月19日)　甲子,晴,热,午后微雨数点。督宪堂期,禀见。与何仪卿老太太拜寿,挡。到臬署监印。接京城王允亭信。

　　二十一日(9月20日)　乙丑,晴,热。到臬署监印。格幼溪约吃大餐,前去赴席,同坐者敬露臣、葆伯轩、联桂生、贾聘九、葛柏堂、张子龄、刘养田诸人。王莱峰开吊,前去吊之。拜黄云台,未遇。大浦县典史耿锡龄(滦州人)病故,帮助银四大元。

　　二十二日(9月21日)　丙寅,晴,热,夕阴,微雨。到臬署监印。陈寅初来叙话。毓荫臣来,有事讲话。

　　二十三日(9月22日)　丁卯,晴,热。访尚心之,有事叙话。访荣敬远,稍谈。到臬署监印。到捐局同汝鸿叙事。到臬署收呈十二张。

　　二十四日(9月23日)　戊辰,晴,热。臬台审案十一起,辰正往臬署伺候,未正回本署,就便在臬署监印。胡汝鸿来谈,并借印代耿阁卿领运费。作致上海和顺长信。

　　二十五日(9月24日)　己巳,晴,热。禀见藩台毕。督宪堂期,禀见。访黄云台叙话。署河泊所大使林朗人接印,前去道喜。拜敬露臣,晤谈。到臬署监印。

　　二十六日(9月25日)　庚午,阴,大风,大雨昼夜。到臬署监印。到捐局访汝鸿,有事叙话。九老会周立庵承办,在会春园约饮,前去赴席。

　　二十七日(9月26日)　辛未,阴,大雨,午后雨止,稍凉。到臬署监印。雅聚会陶兰田约饮,在广荣升,未到。

二十八日(9月27日)　壬申,晴,热。毓荫臣老太太寿辰,前去拜寿,在此吃早面。饭后到臬署监印。回本署,刘晨来拜,晤面,询其言语支离,知其假冒同乡,借此行骗无疑。到臬署收呈十一张。晚到荫臣处赴席。

二十九日(9月28日)　癸酉,晴,热。到运司行台拜雷琼道杨义卿观察,见毕。回本署吃饭后,到臬署监印。陶朴臣之母故,前去送殓。

九月初一日(9月29日)　甲戌,阴,微雨,大风,凉。到臬署关帝、土地、六毒神、榕树神、东树神、皂王大仙各神前行礼,禀见贺臬台毕。拜李慕初、程明甫,皆晤谈。回本署关帝、土地、皂王、祖先各神前行礼,众书差等禀贺。午后到臬署监印。访吴子敬、朱郁周,皆晤谈。

初二日(9月30日)　乙亥,阴雨竟日,大风,凉甚。李慕白来拜,晤谈。到臬署监印。

初三日(10月1日)　丙子,阴雨,大风,凉。到臬署监印。到陶朴臣处,渠因丁忧,托余见南海膏牌局总办格幼溪留差勿开。到臬署收呈五张。

初四日(10月2日)　丁丑,晴,热。偕三儿维燮到荣昌客栈,内寓相士名曰明镜台,看相算命。饭后到臬署监印。访幼溪晤谈,为朴臣事。到府学东街书铺画铺观看。

初五日(10月3日)　戊寅,晴,热。禀见藩台毕。督宪堂期,禀见。按司狱缺,委程锦慈署,前去道喜,未见。到臬署监印。访朴臣,回覆所托之事。夜偕三儿到藩司前一带闲观。

初六日(10月4日)　己卯,晴,稍凉。到四牌楼一带各估衣店看单蟒袍。程锦慈拜会,晤谈。到臬署监印。九老会期,张松泉承办,在会春园约饮,前去赴席。

初七日(10月5日)　庚辰,阴雨昼夜,大风,凉甚。到臬署监印。贵仁拜会,未见。多秀拜会,亦未见。

初八日(10月6日)　辛巳,阴,微雨,大风,凉甚。臬台审案六起,前去伺候。答拜贵仁、多秀,未见。午后到臬署监印。回本署少息,到臬署收呈十二张。

初九日(10月7日)　壬午,阴,凉,微雨。宋颖云来访,未遇。到臬署监印。偕维燮儿闲步观音山登高,遇李慕白、姚顺卿,同游。

初十日(10月8日)　癸未,阴,凉。督宪堂期,禀见。汝鸿来访,未遇。到臬署监印。到赈捐局,汝鸿等君约余到靖海门小饮,同座者十二人。是日吴子敬、徐午斋同来访,未遇。

十一日(10月9日)　甲申,晴,尚热。到臬署监印。访吴子敬叙话。毓荫臣来访,晤谈。

十二日(10月10日)　乙酉,晴,尚热。到臬署监印。夜宋颖云来访,谈。

十三日(10月11日)　丙戌,晴,尚热。丑正本省乡试发榜,共中一百零八名举人。到臬署监印。回本署稍息。到臬署收呈六张。夜答拜徐午斋。

十四日(10月12日)　丁亥,晴,热,早晚微凉。臬台审案六起,前去伺候。王雪臣之老太太寿辰,前去拜寿,挡,送礼亦未收。到臬署监印。

十五日(10月13日)　戊子,晴,尚热,早晚稍凉。到臬署关帝、土地、六毒神、榕树神、东树神、皂王大仙各神前行礼,禀见禀贺臬台毕。回本署关帝、土地、皂王、祖先各神前行礼,众书差等禀贺。督、藩、运、道各处,皆差人前去禀贺。到臬署监印。

十六日(10月14日)　己丑,晴,早微凉,午晚皆热。到臬署监印。到捐局稍坐叙话。到濠畔街文林阁看法帖。九老会期,张松泉约饮于会春园,前去赴约。

十七日(10月15日)　庚寅,晴,午尤热。臬台考同通州县、佐杂各官月课,辰刻前去监试,申刻事毕回本署,就便在彼监印。同通州县题目:倭奴无礼肇衅,朝鲜多事,到何时可能歇乎? 佐杂题目:今年乡试诸臻妥善,其围姓有何弊端乎?

十八日(10月16日)　辛卯,晴,热,早晚凉。到臬署监印。到捐局叙话。到臬署收呈九张。

十九日(10月17日)　壬辰,晴,午尚热。早晚凉甚,大风。臬台考佐杂各官月课,前去监场,并在此监印。辰初去,至申初归。题目:海防有要无患论。胡汝鸿母寿辰,送面席一桌,收。前去拜寿,在此赴席。雅聚会,帖拙庵约饮,辞。

二十日(10月18日)　癸巳,晴。督宪堂期,禀见毕。陶朴臣太夫人开吊,前去吊之。回本署吃饭。到臬署监印。

二十一日(10月19日)　甲午,晴,早晚凉,午尚热。臬台辰刻往各炮台看炮,前往臬署送行,禀见。是日臬署考佐杂各官月课,请王雪臣代点名,代出题:爰整其旅论。余在此监场,并监印。署按司狱程勋康接印,前去道喜。申初考毕,回本署。

二十二日(10月20日)　乙未,晴,早晚凉,午尤热。到臬署监印。夜吴次枚来,长谈,荐家人阿贵一名。

二十三日(10月21日)　丙申,晴,早晚凉,午尚热。督宪审案五起,前去顺各犯供,伺候审案。格幼溪请吃祭肉,前去道喜、吃肉。到臬署监印。是日虽是告期,未收呈,因臬台公出免告。(接上海和顺长信并摹经。)

二十四日(10月22日)　丁酉,晴,热,晚稍凉。督宪审案六起,前去督署顺各犯供,并伺候审案。帖拙莽老太太寿辰,公送礼物,收,前去拜寿。将回本署,闻臬台看炮台有信回,赶紧到臬署,会同程勋康前去日近亭,到此稍坐,闻须得晚半天始回,遂回本署吃饭。饭后又到日近亭候接,至日落未回。余回本署换衣,到帖公馆赴席。

二十五日(10月23日)　戊戌,早晚凉,午尚热,晴。早到藩台禀见毕。回本吃饭。又到日近亭候接臬台,至午正后,臬台到岸,禀见禀接。随到臬署禀见,挡,在此监印。回本署,发致天来福、致魏骏誉、龚焕亭以及子谦各信,并寄二儿家书。督宪堂期,未暇到。九老会张松泉承办,改今天午间在会春园约饮,因无暇,辞。

二十六日(10月24日)　己亥,晴,早晚凉,午尤热。作复上海和顺长信,交信局寄。宝子佩来访,谈。新选龙川县通衢司巡检济英(字仁舫,由京来,昨日到省)来拜,晤谈许久。并接张萧臣由京来信。

二十七日(10月25日)　庚子,晴,早晚凉。访宋颖云谈,并探其父病。到府学东街清秘阁坐,看画。访张燕堂、福兰亭,皆晤谈。

二十八日(10月26日)　辛丑,晴,早晚凉。答拜济仁舫,晤谈。到收呈十八张。

二十九日(10月27日)　壬寅,晴,早晚凉。闲步大新街各铺、濠畔街文林阁,观看物件。济仁舫来访,谈。

三十日(10月28日)　癸卯,晴,早晚凉。臬台审案一起,前去伺候。到象牙巷访朴臣。到赈捐局,有事叙话。

十月初一日(10月29日)　甲辰,晴,早晚凉,大风。到臬署禀贺,禀见。拜潮州遗缺府胡名胜,答河源县刘孚京,皆未遇。回本署关帝、土地、皂王、祖先各神前行礼,众书差等禀贺。到臬署监印。访明镜台看相。到式古斋稍坐,看字画。济仁舫来访,晤谈。督、抚、藩、运、道各处,皆差人禀贺。太后万寿,穿花衣一个月,由今日起,至月底止,不理刑名,照常办事。

初二日(10月30日)　乙巳,晴,凉。到臬署监印。到赈捐局坐,叙话。访宝子佩讲话。

初三日(10月31日)　丙午,晴,早晚凉。程勘康来访,谈。到臬署监印。回本署换衣服,到臬署收呈十张。到祝寿巷回拜客。是日开武闱,考马箭。

初四日(11月1日)　丁未,晴,早凉,午尚热,晚又凉。到臬署监印。到象牙巷访朴臣。是日考马箭。连日派家人捧印前去武围印擘。

初五日(11月2日)　戊申,晴,早晚凉,午尚热。到臬署监印。

济仁舫来访,谈。接李茂堂由赤水司来信。

初六日(11 月 3 日)　己酉,晴,早晚凉。九老会裘韩侯承办,在会春园约饮,前去赴约。汝鸿来谈。

初七日(11 月 4 日)　庚戌,晴,凉。

初八日(11 月 5 日)　辛亥,晴,凉。随各大宪到日近亭万寿宫接万寿恩诏。是日午刻,用黄亭供诏书,八抬,委教官二人、候补官二人捧送,由天字马头船上抬到日近亭。现任文武大小各官皆在日近亭跪接,然后恭送诏书亭于万寿宫。各官随到万寿宫头门内,两边文东武西跪接,供诏书于殿上。各官行三跪九叩礼毕,跪听读诏。宣毕,各官再行三跪九叩礼毕,督宪、藩宪、藩经次第叩在月台中间,广州府由案上捧诏递制台,制台捧诏递藩台,藩台捧诏递藩经,藩经捧诏供亭内,藩经恭送藩署誊黄。读诏者派满汉官各一员,满官读满文,汉官读汉文。余由此到张松泉处道嫁女喜。到臬署收呈六张。

初九日(11 月 6 日)　壬子,晴,凉。汝鸿来议事,晤谈许久。济仁舫又来访,谈。夕到抚院前买物。

初十日(11 月 7 日)　癸丑,晴,早晚稍凉。寅正,赴万寿宫,穿朝服,随各宪行三跪九叩礼毕。到运司行台,送雷琼道杨义卿观察行,未见。回本署,饭后到荣昌客栈访明镜台,取余命单,价十大元,所批甚准,不知后来允能准否。夜偕维燮到元妙观,看八旗办庆贺万寿事。

十一日(11 月 8 日)　甲寅,晴,凉。到臬署监印。到捐局坐。访吴子敬叙话。

十二日(11 月 9 日)　乙卯,晴,午尚热,早晚凉。到臬署监印。接上海和顺长信,并栏干、女帽。到臬署点书吏换班名。吴子敬来访,谈。

十三日(11 月 10 日)　丙辰,晴,早晚稍凉。到臬署监印。作家书,并致天来福信、寄子谦信。到臬署收呈四张。倪梦侯寿,九老会中人在会春园备席公祝,前去作东道主。众首领雅聚会,邹小亭在广荣升约饮,辞。

十四日(11月11日)　丁巳,晴,早晚凉。发家书、致天来福、子谦各信,交信局寄。葆伯轩、胡汝鸿先后来拜,谈。到臬署监印。

十五日(11月12日)　戊午,晴,早晚凉。到臬署关帝、土地、六毒神、榕树神、东树神、皂王大仙各处行礼,禀见禀贺臬宪毕。回本署关帝、土地、皂王、祖先各神前行礼,众书差禀贺。督、抚、藩、运、道各处,皆差人禀贺。张少峰由关抵省,来拜,晤,长谈,留吃晚饭。接家书及子谦信。到臬署监印。格幼溪来访,谈。

十六日(11月13日)　己未,晴,凉。约张兰坪吃早饭。新到候补府经崔法(安徽人),来拜,晤谈。何敬如来拜会,见。九老会期,裘韩侯承办,在会春园聚饮,前去赴席。

十七日(11月14日)　庚申,晴,凉。到鸿安栈回拜崔法,挡。回拜兰坪,晤。回拜何敬如,晤。回本署吃饭。到抚标箭道看考步箭。济仁舫来谈。昨今两日皆派人印臂。

十八日(11月15日)　辛酉,晴,凉。清晨维燮带家人谭升搭火轮渡船,往香港看马戏。派人往步箭场印臂。黄云台拜会,晤谈。拜刘君符,答拜格幼溪,皆晤。答拜葆伯萱,与刘孚京、王济夫道署知县缺喜,皆未见。到臬署收呈十一张。

十九日(11月16日)　壬戌,晴,凉。陪黄云台在臬署包贺元旦折。午间微患痢疾,夜间更甚。差人往箭道印臂。

二十日(11月17日)　癸亥,晴,凉。请官医局熊干庭看脉,服药一剂。刘君符拜会,晤谈。夜间症微减。派人前去印臂。

二十一日(11月18日)　甲子,晴,凉。症稍渐轻,仍请熊干庭看脉,服药。到臬署监印,实在勉强,腹痛难支。

二十二日(11月19日)　乙丑,晴,早晚,午尚热。症渐痊,仍请熊干庭看脉,服药。到臬署监印。派人前去印臂,今日起考技勇。接天来福来信。

二十三日(11月20日)　丙寅,晴,尚热。派家人往技勇场印臂。到臬署监印。吴子敬来访,谈。杨夏初来拜,皆会。到臬署收呈八张。夜偕维燮到藩司前双门底各处闲观买物。

二十四日(11月21日)　丁卯,晴,甚热,颇有小阳天气。广州府张小帆太尊放福建盐法道,前去道喜,未遇。候补府王雪臣奉两江制台咨调,前去拜会,未遇。拜王凯平,未遇。拜裘韩侯,晤谈。派家人往技勇场印臂。

二十五日(11月22日)　戊辰,早阴,微雨,午后晴,夕微风,渐冷。闲步式古斋叙话。到臬署监印。访程勘康讲话。到清秘阁看字画。派家人往技勇场印臂。

二十六日(11月23日)　己巳,阴,微风,稍冷。格幼溪、裘韩侯先后来拜,晤谈。九老会期,裘韩侯承办,假一品升约饮,前去赴席。武乡试贴草榜,考内场。

二十七日(11月24日)　庚午,晴,微暖。到赈捐总局坐谈。魁粮道明寿辰,今日差人预祝。武围覆弓。

二十八日(11月25日)　辛未,晴,微暖。武乡试揭晓。与魁观察拜寿,挡。与梁柏士道娶儿妇喜。拜徐用之,未遇。宋颖云拜会,晤谈。到臬署收呈十二张。

二十九日(11月26日)　壬申,晴,微暖。与王雪臣拜寿,挡。拜胡胜太尊,未见。赈捐总局今日收局,备酒席,众委员饮毕而散,余前去赴席。

十一月初一日(11月27日)　癸酉,晴,暖。清晨禀贺臬台,见毕。回本署关帝、土地、皂君、祖先各神前行礼,众书差等禀贺。督、抚、藩、运、道各处,皆差人禀贺。格幼溪、邹小庭前后来拜会,晤谈。到臬署监印。

初二日(11月28日)　甲戌,晴。到臬署监印。

初三日(11月29日)　乙亥,晴,稍暖。到臬署监印。访徐用之,未遇。到臬署收呈五张。

初四日(11月30日)　丙子,晴,冷,午尚暖。督兼署抚宪,审案一起,前去顺供并伺候毕,到臬署销差。回本署吃饭后,到臬署监印。汝鸿来访,未遇。徐用之拜,晤谈。

初五日(12月1日)　丁丑,晴,冷。成藩台明日生辰,前往预祝,挡。督宪堂期,禀见。到臬署监印。

初六日(12月2日)　戊寅,晴。往藩台禀祝,挡。宋华庭嫁女,陶蓝田续弦,齐茁田娶孙妇,到各家道喜,皆会。

初七日(12月3日)　己卯,晴,冷,午尚热。今辰刻接电信,额臬台放河南藩台,差人禀贺。九老会轮余承办,在会春园备席约饮,因昨天齐、宋二位家中办喜事,故改今晚。作致子谦信并家书。

初八日(12月4日)　庚辰,晴,午尚微暖,早晚冷。前往臬署禀贺额臬台,见毕。返本署,饭后发家书,交信寄关。到臬署收呈五张。凤翼臣来访,谈。

初九日(12月5日)　辛巳,晴,稍冷。拜张蔓农太尊,晤谈。访汝鸿,未遇。与济仁舫道喜,晤谈。午后访吴次梅讲话。夜访尚欣之谈。宋颖云来访,谈。

初十日(12月6日)　壬午,阴,早微雨。督宪堂期,禀见。到臬署禀见臬台。

十一日(12月7日)　癸未,晴,早晚冷。臬台审案十五起,前去伺候毕。回本署吃饭后,到臬署监印。作贺广西盐法道升授广东按察使张印人骏字安圃禀,并履历,交张蔓农处寄广西。

十二日(12月8日)　甲申,晴,早晚冷,午微暖。胡汝鸿访谈,留吃早饭。臬台审案十七起,前去伺候,并监印,事毕。与周晓岚道娶儿妇喜。夜访尚欣之谈。

十三日(12月9日)　乙酉,晴,微风,冷。到臬署监印。回本署办公事。晚到臬署收呈九张。

十四日(12月10日)　丙戌,晴,冷,微风。早步四牌楼各估衣店看洋灰鼠马褂。午后到臬署监印。访吴子敬,未遇。

十五日(12月11日)　丁亥,晴,冷。到臬署关帝、土地、六毒神、榕树神、东树神、皂王大仙各神位前行礼毕,禀贺禀见臬台。回本署关帝、土地、皂王、祖先各神位前行礼。答拜王稚莲,未遇。到臬署监印。吴子敬来访,谈,同伊到雷公馆稍坐,谈。

十六日(**12月12日**)　戊子,晴,冷。廷雨生拜会,晤谈。九老会期,余承办,在广荣升备席约饮。周晓岚在署酬寿,前去赴席。

十七日(**12月13日**)　己丑,晴,冷,午甚暖。偕三儿维燮乘轿到鬼基看西洋戏,午后开演一个时辰。归时乘小艇到靖海门登岸,坐轿返署。

十八日(**12月14日**)　庚寅,晴,午甚暖,晚稍冷。到臬署收呈四张。吴子敬在寓约吃便饭,前去赴约。

十九日(**12月15日**)　辛卯,晴,冷。吴子敬来访,谈,同伊闲步各街。余到广升帽店买小帽。

二十日(**12月16日**)　壬辰,阴,冷,晚大风。督宪堂期,禀见。并上粮道衙门禀见毕。与胡太尊送行,未遇。济仁舫来拜,晤谈。到清秘阁看字画。访李慕白,代各同乡领度岁银两,就便拜程明甫,皆晤谈。访福兰亭,晤谈。

二十一日(**12月17日**)　癸巳,晴,大风,冷甚。到臬署监印。访颖云谈。访汝鸿,未遇。夜访吴次枚谈。

二十二日(**12月18日**)　甲午,晴。修理花厅前檐,动工。到臬署监印。雷光坤拜会,未见。

二十三日(**12月19日**)　乙未,晴,冷。到臬署监印。访汝鸿,未遇。到臬署收呈四张。

二十四日(**12月20日**)　丙申,晴,冷。到臬署监印。到清秘阁买伊墨卿横幅一张(隶书"梅花草堂"),价三元半,又买戴熙对联一付,价二元。宗济生来拜,未见。

二十五日(**12月21日**)　丁酉,晴,冷。督宪堂期,禀见。答拜曹子昂同乡,未遇。到臬署监印。到雷公馆稍谈。

二十六日(**12月22日**)　戊戌,晴,冷。冬至节。寅初刻,到臬署禀见臬台,拜冬毕。到万寿宫,随列宪行朝贺礼。回署拜祖先。
督、抚、藩、运、道各处,皆差人禀贺。九老会期,余承办,假广荣升约
饮。吴子敬来访,谈。

二十七日(12 月 23 日)　己亥,稍暖,晴。访胡汝鸿,答拜宗济
生,皆未遇。访格幼溪,晤谈。

二十八日(12 月 24 日)　庚子,晴,暖。吴子敬来访,同伊到锦
隆布店,代伊借银五十两,立券付银。闲步濠畔街文林阁坐,看法帖,
买魏梁鹄书《孔子庙碑》一张、《曹真碑阴》一张,共价六角。到臬署收
呈五张。

二十九日(12 月 25 日)　辛丑,晴,稍。与史松泉道喜,晤。与
王雪臣送行,未遇。拜毓荫臣,晤。吴子敬来访,晤谈。夜访汝鸿,
未遇。

三十日(12 月 26 日)　壬寅,阴,稍暖,夜微雨数点。史松泉拜,
未见。访凤翼臣,未遇。

十二月初一日(12 月 27 日)　癸卯,阴,雨,冷。禀见禀贺臬台
毕。答拜傅君,未见。回本署关帝、土地、皂王、祖先各神前行礼,众
书差禀贺。午后到臬署监印。到大新街张文玉器店穿朝珠。

初二日(12 月 28 日)　甲辰,阴,微雨,冷。到臬署监印。

初三日(12 月 29 日)　乙巳,阴,微雨,冷。到臬署监印。访齐
茁田叙话。济仁舫来访,谈。到臬署收呈九张。

初四日(12 月 30 日)　丙午,阴,冷甚。兰亭寿辰,公送寿屏,前
去拜寿,晤。与吴景萱道署潮州府喜,未遇。到臬署监印。格幼溪来
访,谈。崇兰甫来叙话。邵子香、沈楚生同来访,未见。晚到福兰亭
处赴席。

初五日(12 月 31 日)　丁未,早阴午晴,冷。督宪堂期,禀见。
吊何仪卿太尊。到臬署监印。夜携维燮三儿到藩司前买水仙花
物件。

初六日(1895 年 1 月 1 日)　戊申,阴,午后晴,晚又阴,冷。早

访汝鸿谈。毓荫臣来拜，宗稷生来访，皆晤谈。九老会期，应格幼溪承办，伊因病托余代其经理，假广荣升备小酌约饮。

初七日(1月2日)　己酉，阴，暖。宗济生约饮于阿灯艇，前去赴席。送济仁舫行，晤谈。

初八日(1月3日)　庚戌，阴，微雨，冷。杨冠峰、陈香谷皆寿日，前去拜寿，杨晤陈挡。到臬署收呈九张。晚到冠峰署赴席。幼溪送腊八粥、萝卜糕。雨生送粥。

初九日(1月4日)　辛亥，阴，冷。蓝田陶公寿辰，前去拜寿，挡。看张蔓农病，未见。访幼溪，晤谈。

初十日(1月5日)　壬子，晴，冷。督宪堂期，禀见。与吴景萱送行，未遇。在新同升备酒席，九老会中同人公祝陈香谷寿，余承办。

十一日(1月6日)　癸丑，晴，暖。到臬署监印。雅聚会期，徐用之请去赴席。

十二日(1月7日)　甲寅，晴，暖甚。到臬署监印。

十三日(1月8日)　乙卯，晴，暖甚。黄云台娶儿妇，前去道喜。汝鸿来访，未遇。到臬署监印，回本署少息。到臬署收呈三张。夜访王稚莲谈。

十四日(1月9日)　丙辰，晴，暖甚。访汝鸿叙话。到臬署监印。到大马头澄波小火轮船送汝鸿行。

十五日(1月10日)　丁巳，晴，暖甚。到臬署关帝、土地、六毒神、榕树神、东树神、皂王大仙各神前行礼，禀见禀贺臬台毕。回本署关帝、土地、皂王、祖先各神前行礼，众书差等禀贺。午后到臬署监印。王稚莲约饮于同兴居，前去赴席。

十六日(1月11日)　戊午，晴，暖。午后闲暇无事，偕三儿维燮缓步双门底、藩司前一带闲观买物。九老会期，格幼溪值月，余代办，假广荣升备席约饮，前赴席。额臬台大媳妇故，差人送宝烛。

十七日(1月12日)　己未，阴，微雨，冷。程勘康来谈。陶蓝田在广荣升酬寿，前去赴席。到华宁里五云亭裱字画。

十八日(1月13日)　庚申,阴,雨,冷甚。臬台大媳妇入殓接三,前去吊纸。到臬署收呈四张。

十九日(1月14日)　辛酉,阴,雨,冷。奉文午时封印,前去督署禀贺,伺候封印。到臬署禀贺,伺候封印。回本署,穿朝服,出大堂,望阙、谢恩、拜印,均三跪九叩礼,礼毕。进二堂,换花衣补褂,升座大堂,封印,众书等叩头禀贺,退堂,事毕。晚张翰臣约饮,辞。

二十日(1月15日)　壬戌,阴,冷。臬台缺委雷琼道杨义卿署理,前去禀贺禀见,挡。

二十一日(1月16日)　癸亥,阴雨,冷甚。清晨往运司行台禀见署臬台杨,挡。英运司寿辰,差人禀贺。到臬署监印。奉署臬台杨札,发红示二十四日未刻接印,差人送臬署粘贴照墙。廷雨生来访,谈。

二十二日(1月17日)　甲子,阴,微雨,冷。访凤仪臣谈。到臬署监印。夜偕维燮儿闲步藩台前一带买物。

二十三日(1月18日)　乙丑,阴,微雨,冷甚。署臬台杨约到行台,禀见、禀贺,呈履历,为托余代请老夫子事,见毕。到臬署监印,并拜会广股沈福庭、惠股程德甫、潮股沈伯鸿、办笔墨朱荻槎各位老夫子,并代杨署臬台敦请毕,又到运台行台禀复毕。回本署吃饭后,又到臬署监印,三更始归。

二十四日(1月19日)　丙寅,阴,微雨,冷甚。卯初到臬署送额臬台之大少奶殡,在此监印。奉委恭送敕印各文件于新任。午正,由行台回臬署伺候接印,并禀贺,事毕。申初方回本署吃早饭。

二十五日(1月20日)　丁卯,阴,冷甚。卯初到杨署臬台行台禀上衙门,挡。到毓固臣处吊纸。巳正回本署吃饭。饭后十二点,署臬台传见,前往行台禀见,委往西关荷溪西隅北街查封私造伪银屋一所。见毕,带臬署差役到沙基大街,会同管带缉捕飞勇宋都司名鹏飞,前往私造伪银之杜进祥家,将屋内一切物件如数点清开单,并房屋封好,交地保具结看守。申正回本署,令书吏缮清折绘图开单。戌初前往行台,禀复并销差,见毕,回本署已亥正矣。

二十六日(1月21日) 戊辰,阴,微雨,冷。卯正前往行台,禀上衙门,挡。随到东门外斗母宫额臬台之大少奶灵前吊纸,行礼毕,回本署吃饭。又往行台监印,无用印公事。稍坐,回本署。张子猷来访,谈。

二十七日(1月22日) 己巳,早阴午晴,冷。杨署臬台往文庙、武庙、文昌、天后行香,前往伺候。署臬台由运司行台移住粤秀书院,前往禀贺。到东关斗姆宫吊额臬台大少奶。

二十八日(1月23日) 庚午,晴,稍暖。杨署臬台往龙王、城隍、风神、火神各处行香,前往伺候。午后闲步西关荷溪三约西隅北街,查看前日所封之造伪银屋,并派人访查杜进祥果真造伪银无疑。吴子敬来谈,奉藩台札,开赈捐保案奉两院宪批准,咨直督奏保。

二十九日(1月24日) 辛未,晴,稍暖。禀见杨署臬台,回公事。与萧召轩道署阳江太平司缺喜。吴子敬来,借银三十两,同伊到天平街访雷其蔚谈。接署新宁县郑业崇、沙湾司覃梁勋各贺年信。

三十日(1月25日) 壬申,晴,暖甚。禀见禀贺升授河南藩台额、署臬台杨毕。到牛巷答拜张子猷,未见。回本署吃早饭,到粤秀书院监印。回本署办理一切年事。夜携三儿维燮到藩司前一带买物,率儿孙等祭祖先,行辞年礼,众书差、家人等叩头禀贺。督、抚、藩、运、道各处,皆差人前去禀贺。

光绪二十一年(1895年),岁次乙未

卷　一

正月初一日(1895年1月26日)　癸酉,天气晴暖。寅初时迎神接皂、祭祖先,拈香行礼毕,出门。到万寿宫,换朝服,随各大宪行朝贺礼毕,各宪到文、武庙、文昌宫行香,到广雅书局团拜。余到皋署关帝、土地、六毒神、榕树神、东树神、皂王大仙、三皇各神前行礼毕,到督宪、藩台、新旧皋台、运台、粮道禀贺,皆见。回本署关帝、土地、皂王、祖先各神前行礼,众书差、家人等叩头禀贺。是日来拜者。

初二日(1月27日)　甲戌,晴,早冷,午后暖。辰初,皋台往龙王庙行香,前去伺候毕。到旗街各公馆拜年,皆挡。回本署吃早饭后,到民街各处拜年,仅瑶峰舅公馆登堂,余皆挡。

初三日(1月28日)　乙亥,晴,暖。忌辰,未便拜年,无事静坐。到皋署监印。

初四日(1月29日)　丙子,晴,暖。到新城、老城、西关、南关各同寅中拜年,皆挡。

初五日(1月30日)　丁丑,晴,暖甚。到皋署监印。袁荣五便衣来拜,晤谈许久。程勖康来拜年,见。

初六日(1月31日)　戊寅,晴,暖甚。到皋署验犯一名。九老会期,齐苗田承办,在广荣升备席约饮,前去赴约。是日来拜者。

初七日(2月1日)　己卯,晴,暖甚。杨皋台在光孝寺为乃嫂开吊,前去吊之。午后携维夑儿乘轿到源昌街尾,雇孖舲艇到花埭并大

通寺游观,申刻回本署。是日来拜者,

初八日(2月2日) 庚辰,晴,暖。同乡三十余人在广雅书局备席五桌,公饯新授福建盐法道张润生观察行,余前往作东道主,此举王稚莲承办。席罢,到臬署验犯。程勘康、宗稷生先后来访,未遇。

初九日(2月3日) 辛巳,晴,暖。杨臬台考候补同通州县、佐杂人员月课,前去监试。同通州县课题:因时制宜论。佐杂课题:信民说。八钟点名,二钟散场,在此吃早饭。

初十日(2月4日) 壬午,辰时立春,阴,微雨。皇后千秋,穿花衣补褂一天。早到杨臬台禀贺,见毕。拜李华甫、恩惠亭两太尊,答拜增城县杜森宝,皆未遇。

十一日(2月5日) 癸未,阴,冷。臬台考佐杂各官月课,前去监试。课题:拟严禁花会、白鸽票、围票各赌暨文武各官收规庇纵明定功过檄文。九钟点名,二钟考罢。到臬台公馆监印。访宗济生叙话。

十二日(2月6日) 甲申,阴,冷。到臬台公馆监印。访吴子敬叙话。程勘康来谈。到臬署点春季书吏换班名。

十三日(2月7日) 乙酉,阴,冷。程明甫来拜。到臬台公馆监印。瑶峰舅来拜年,到祖先行礼,余偕维燮还礼。晚到雷公馆稍谈,忽雨即归。是日花衣。

十四日(2月8日) 丙戌,阴,早微雨,稍冷。到臬台公馆监印。潘梅轩来拜,未遇。偕维燮到抚署内看供张。

十五日(2月9日) 丁亥,阴,微雨,稍冷。寅正到粤秀书院,禀见杨臬台,并禀贺毕。到臬署关帝、土地、六毒神、榕树神、东树神、皂王大仙各神前行礼。禀贺额臬台,见毕。与帖拙庵拜寿,与蒋叔明、祝时珊道署缺喜,答拜郑腾霄、李鸣岐,皆未见。回本署,到关帝、土地、皂王、祖先各神位前行礼,众书差等禀贺。饭后到臬台公馆监印。晚到帖拙庵处赴席。

十六日(2月10日) 戊子,阴雨,冷。潘梅轩拜会,未见。到大码头迎接马抚宪，未到。回城，拜李平皆，答拜潘梅轩、程明甫，并拜李慕白，皆晤谈。九老会期，齐拙田承办，假一品升约饮，前去赴约。

十七日（2 月 11 日）　己丑，阴，稍冷，微雨昼夜。拜多雨山太尊，晤谈。访宗济生别驾叙话。到海防捐局查捐事。

十八日（2 月 12 日）　庚寅，阴，微雨，稍冷。辰初到天字马头，登紫冻艇，同众首领往花埭接马中丞。午刻到此，上手本，皆挡。除司道见面外，余不见。当回大马头，登岸乘轿回衙。

十九日（2 月 13 日）　辛卯，阴，早微雨，稍冷。穿朝服，出大堂，望阙谢恩，行三跪九叩礼，拜印，行三跪九叩礼毕，回二堂，更蟒袍补褂，升坐大堂，开印。众书差等叩头禀贺。退堂少息，即到臬署、制署各处伺候开印毕。回本署吃早饭。马抚宪午刻由马头进衙，前往抚署禀贺，皆挡。回本署，梁继圻来拜，晤话，为胡汝鸿丁忧事。

二十日（2 月 14 日）　壬辰，阴，微暖，渐潮。到臬台、藩台各处禀见毕。督宪堂期，禀见。随到抚宪禀见，挡。在本署约张兰坪便饭。

二十一日（2 月 15 日）　癸巳，阴，冷。到臬台公馆监印。众首领公钱陆子和行，假广荣升约饮，余承办。

二十二日（2 月 16 日）　甲午，阴，冷。马抚宪寅时接印，前往禀贺，呈履历。丑正去，卯初归。午后到臬台公馆监印。到臬署验犯一名。

二十三日（2 月 17 日）　乙未，阴，微雨，稍冷。顺德县魏子纯在光孝寺为其母开吊，前往吊之。到臬台公馆监印。到臬署收呈七张，并验招解犯二名。九老会众友在一品升为凤翼臣补祝寿，前去作东道主，翼臣因请帖写错时辰，怒而未到，于是众主人饮之。

二十四日（2 月 18 日）　丙申，阴，微雨，午后稍晴，晚大风，稍冷。到抚院禀上衙门，挡。臬台审案十一起，前去伺候。到臬台公馆监印。

二十五日（2 月 19 日）　丁酉，阴，稍冷。禀见杨臬台毕。督宪堂期,禀见。南海县李徵庸、番禺县惠登甲接印,前去道喜。到臬台公馆监印。周晓岚约余同宋颖云、邹小亭在伊署下围棋,吃便饭。午后格幼溪来访,未遇。

二十六日(2月20日) 戊戌,阴,冷,早微雨。九老会期,齐茁田承办,在一品升约饮,前去赴席。

二十七日(2月21日) 己亥,阴,冷。抚宪审案十一起,前去伺候,并顺各犯人供,伺候毕,到臬署禀销差。与新署海关库大使崔道喜。发臬署考月课试卷、奖银。

二十八日(2月22日) 庚子,阴,稍冷。抚宪堂期,禀上衙。袁荣五即刻登轮船旋关,来署辞行叙话,当托寄信银,赶紧忙写信,差人送到船上。到臬署收呈八张。晚饭后到鸿安栈送荣五行,已于六点钟开行,未及见面。发臬署考月课银、卷。

二十九日(2月23日) 辛丑,阴,稍冷。无事,静坐,观帖画。

三十日(2月24日) 壬寅,晴,渐暖。臬台审案三起,前往伺候。杨臬台派往见沈师爷讲话,为案件事。与倪梦侯道喜,晤谈。访吴子敬叙话。夜作家书,寄香港錬当轮船,交荣五寄关。发臬署月课银、卷。

二月初一日(2月25日) 癸卯,晴,暖。寅正到粤秀书院,禀贺禀见杨臬台毕。到臬署各神前行香,行礼毕。回本署到关帝、土地、皂王、祖先各神前行礼,众书差等禀贺。到臬台公馆监印。陶朴臣、福兰亭先后来拜会,皆晤。闲步天平街,访雷其蔚。

初二日(2月26日) 甲辰,晴,暖。抚宪审案,前往顺各犯供,伺候审案。到杨臬公馆禀销伺候审案差。到臬署,随杨臬台祭土地,在福德祠及科房各处行礼。与新授福建盐法道张润生送行。回署吃饭。到臬台公馆监印。访梁佐臣讲话。吴子敬来拜,晤谈。

初三日(2月27日) 乙巳,阴,暖。寅刻往文昌宫,随各宪祭文昌毕。到臬署科房祭文昌,随臬台班行三跪九叩礼,俱穿花衣补褂。回本署吃饭。到臬公馆监印。回本署稍息。到臬台公馆收呈五张。

到臬署验解犯一名。夜请熊干廷与内子看脉开方。

初四日(2月28日)　丙午,晴阴无定,渐暖。到天字马头,乘艇送新授福建盐法道张润生行,晤谈。到臬署,禀见新授河南布政使额玉如,见毕。回本署吃饭。到杨臬台公馆监印。干廷熊医生来,与内子看脉。

初五日(3月1日)　丁未,晴,渐暖,夜阴,微雨,大风,冷。寅刻往文庙,随各大宪祭孔子。午后到臬台公馆监印。

初六日(3月2日)　戊申,晴,冷甚。祭社稷坛,抚宪、臬台、粮道行礼,前往伺候。吴子敬拜会,晤谈。九老会期,陈香谷承办,在一品升约饮,前去赴约。

初七日(3月3日)　己酉,晴,稍冷。金鹿轩来访,并借印。闲步惠爱街观看买物。程勘康约饮,前去赴席。

初八日(3月4日)　庚戌,晴。抚宪堂期,禀上衙门。与候补通判范鼎之父母拜寿。送倪梦侯赴潮州府通判任。拜张蔓农太尊。拜格幼溪司马,晤谈。作致天来福、和顺长各信一件。接李牧初亲家由河南镇平县来信。到臬署收呈九张。署关库厅崔世泽约饮,前去赴席。

初九日(3月5日)　辛亥,晴,稍暖。祭祀文昌,督抚两院未去,藩臬运三司往祭。卯初前往文昌宫,祭毕。到光孝寺,吊乌小亭乃兄兵部尚书达峰先生毕。回本署。

初十日(3月6日)　壬子,晴,暖。抚宪马行新任香,共诣八庙。余到文庙、文昌宫、武庙、天后庙伺候,余四庙他首领伺候。督宪堂期,禀见毕。禀见新授河南藩台额。回本署食饭。周晓岚约吃洋菜并观戏,到晓岚署,同陶蓝田、宋颖云、吴子敬、吴齐少林诸人,缓步太平沙太平馆吃洋菜,到和乐戏园观剧,一更后同诸人步回。

十一日(3月7日)　癸丑,晴阴无定,微雨阵阵。到杨臬台公馆监印。接新授广东臬司、广西盐法道张廉访人骏复信,并璧手本。夜闲步藩司前闲观,遇雨而返。

十二日(3月8日) 甲寅,阴雨竟日,稍暖。到杨臬台公馆监印。到臬署验德庆州解到犯人二名。

十三日(3月9日) 乙卯,阴,微雨竟日,夜大风,凉。寅刻到关帝庙,伺候列大宪祭关圣帝君毕,回本。午后到臬台公馆监印。晚到臬署收呈八张。早李雨臣来拜,未见。

十四日(3月10日) 丙辰,阴,凉。到杨臬台公馆监印。作致龙川县通衢司济仁舫、肇庆府经历姚小山各信。

十五日(3月11日) 丁巳,阴,微雨,凉。到臬署关帝、土地、榕树神、东树神、皂君大仙各神前行礼。到杨臬公馆禀贺。回本署关帝、土地、皂王、祖先前行礼。饭后到臬台公馆监印。访多雨山太尊,未见。到母舅公馆叙话。到五云亭裱画,看成亲王对,买妥,价十元。

十六日(3月12日) 戊午,微阴,暖。吴次枚来访,长谈。九老会期,陈香谷约饮于新同升,前去赴约。

十七日(3月13日) 己未,阴晴无定,暖。杨臬台审案二起,前去伺候。禀见河南藩台额方伯。

十八日(3月14日) 庚申,阴,暖。抚先堂期,禀见。程勘康来访,将按司狱印送署寄存,缘伊拟往香港送额宪行,署内无人照料故耳。到臬署收呈七张。

十九日(3月15日) 辛酉,阴,微雨,凉甚。抚宪审案十六起,前往抚辕顺各犯供,并伺候审案毕,到臬署禀销差。

二十日(3月16日) 壬戌,阴,微雨,冷甚。督宪堂期,禀见毕。禀见藩台。答拜陆太史。访多太尊,未遇。

二十一日(3月17日) 癸亥,阴,冷,甚于冬天。人皆服皮衣。雇艇往白鹅潭富顺轮船上,送额方伯行,见毕,回城。到杨臬台公馆监印。回本署,梁拙臣来访,谈。接胡汝鸿由福建来信。接济仁舫由通衢司来信。作致仲安信,交信局寄京都。

二十二日(3月18日) 甲子,阴,冷甚。访多太尊,谈。到臬台行台监印。臬署小差人等在粤秀书院头门外赌钱,卓勇未穿号衣,前去抢钱,杀伤值日差崔辉、扫地夫黄亚荣。当即臬台委余问崔黄二人供,崔回伤重不能说话,黄稍供数句,并将各小差问明录供,随传南海县验伤,验毕究办。夜八段保甲委员赵丙晖来拜,为询卓勇伤差之事。

二十三日(3月19日) 乙丑,阴,冷甚。往关发电报,内称"山海关南街傅维桢垣携眷速来粤"。荣五带信谅到。到臬台行台监印。访熊干廷看脉,未遇。到清秘阁闲观。崔世泽拜会,晤谈。到臬台行台收呈九张。

二十四日(3月20日) 丙寅,阴,冷。作唁蒋慰农信并挽幛,托蒋微卿寄太仓县。到官医局访熊干廷看脉。又经该局总办黄别驾号赞元亦诊视矣。到臬台行台监印。程勘康来访,并取其印。闲步大石街荫乐园,买杜鹃花两盆,共价一钱四分四厘。

二十五日(3月21日) 丁卯,晴,稍暖。督宪堂期,禀见。吊王稚莲之父。答拜王中之。到臬台行台监印。陈昭洞来拜,晤谈。熊干廷来诊脉。

二十六日(3月22日) 戊辰,晴,暖。拜张蔓农太尊,晤谈。九老会期,陈香谷承办,在一品升约饮,前去赴约。夜访李平皆叙话。

二十七(3月23日) 己巳,晴,暖。携内子、维燮儿,约表弟张兰坪、张雨头乘紫冻艇游花埭,归到河南大观戏院看戏,一夜未眠。

二十八日(3月24日) 庚午,晴,暖。卯刻由戏院回署。抚宪堂期,挡,差人禀安、禀上衙门。访金鹿轩,未遇。到臬署收呈二张。

二十九日(3月25日) 辛未,晴,暖。访宋颖云,托荐家人事。访李平皆,催刊刷恩诏条款事。到臬署伺候审案。

三月初一日(3月26日) 壬申,晴,暖。寅正到粤秀书院,禀贺禀见臬台。到藩署,禀贺禀见藩台。到臬署关帝、土地、六毒神、榕树神、东树神、皂君大仙各神前行礼。与胡衡斋道署顺德县喜。回本署关帝、土地、皂君、祖先各神前行礼,众书差等禀贺。到臬署监印。到清秘阁买梁山舟五言对一付,价银一元。

初二日(3月27日)　癸酉,阴,暖。与张蔓农夫人拜寿,挡。答拜海关库厅崔,未遇。答拜李雨臣,晤谈。到臬台行台监印。闲步府学东街清秘阁观画。金鹿轩来辞行,晤谈。接李牧初由河南镇平县来信。

初三日(3月28日)　甲戌,阴,凉甚,大风。抚宪堂期,禀见,挡。禀见粮道毕。杨署臬台今日移进臬署,前去禀贺,禀见。回本署吃早饭后,到臬署监印。回本署稍歇,并看公事。又到臬署收呈八张。

初四日(3月29日)　乙亥,晴,凉。与孙少华之祖母拜寿。吊候补运司陈耀先。到臬署监印。到濠畔街文林阁观碑帖。吴子敬来访,谈。

初五日(3月30日)　丙子,晴,稍凉。禀见臬台毕。督宪堂期,禀见。到臬署监印。

初六日(3月31日)　丁丑,晴,暖。闲步孚通街裱画店看字画。九老会期,宋华庭承办,在一品升约饮,前去赴席。

初七日(4月1日)　戊寅,晴,暖。抚宪审案,前往抚署顺各犯供,伺候审案毕,到臬署禀销差。到母舅公馆坐谈。

初八日(4月2日)　己卯,晴,暖。抚宪堂期,禀见。答拜李平叔,未见。回本署,新到候补知府华承沄(号漱石,天津人)拜会,晤谈。作家书,随刘喜寄关。到臬署收呈四张。

初九日(4月3日)　庚辰,晴,暖。偕维燮到靖海门,搭小沙艇到西鬼基太生轮船上,送张舅母行。晚送周立庵殓。夜梁拙丞来访,谈。

初十日(4月4日)　辛巳,暖,晴。督宪堂期,禀见毕。禀见杨臬台。回本署,多雨山太尊来访,谈。晚兰坪来叙话。

十一日(4月5日)　壬午,阴,微雨,暖。到臬署监印。

十二日(4月6日)　癸未,阴,微雨,暖。臬台审案一起,前去伺候。吊沈祥麟之父母。答拜华漱石太尊,晤谈。到臬署监印。华漱石差人送京糕二匣、冬菜、佛手疙疸各二篓、《搢绅》一部,收《搢绅》,余皆璧。

十三日(4月7日) 甲申,阴,微雨。抚宪堂期,禀上衙门。到臬署监印。回本署少息。到臬署收呈六张。

十四日(4月8日) 乙酉,晴,大风。到臬署监印。作致李牧初信。

十五日(4月9日) 丙戌,晴阴无定,清晨暴雨,微凉。到臬署禀贺臬台,见毕,到六毒神、土地、关帝各处行礼。随到藩署禀贺藩台,见毕。回本署关帝、土地、皂王、祖先各神位前行礼,众书差等禀贺。到臬署监印。陆子和来拜,未见。

十六日(4月10日) 丁亥,晴阴无定,清晨微雨。祭先农坛,行耕耤礼。寅正时前往供事,臬台躬耕,余播种,五斗司捧箱,余各大小官各供各事。归,到正南街答拜陆子和,未晤。九老会期,宋华庭承办,在一品升约饮,前去赴席。发致复河南镇平县李牧初之信,交信局寄河南。

十七日(4月11日) 戊子,晴,暖。母舅张瑶峰同表弟兰坪移进署内,借住数月。访程勘康叙话。到府学东街清秘阁略看。饭后到臬署验犯。

十八日(4月12日) 己丑,晴,暖。抚宪堂期,禀上衙门。访宋华庭叙话。拜宋绰云,未遇。访宋颖云谈。程勘康来叙话。到臬署收呈三张。与敬露臣道喜,拜英捷甫,皆未。

十九日(4月13日) 庚寅,晴,暖。同程勘康到臬署,禀见杨署臬台,有事会话毕,同到五仙门外雇小紫冻艇,到周头嘴停船,候接张臬台,至酉正时未到,即开船回大马头登岸旋署。

二十日(4月14日) 辛卯,晴,暖。督宪堂期,前去上衙门,挡。晚同程勘康到运司行台即新任张臬台公馆,访宝子佩,商量接张臬台事,在此吃晚饭。饭后雇艇以备去接。无事,到和乐戏院看戏。张臬台夜十二点多钟到,船停五仙门外,因夜深,不见客,不登岸。

二十一日(4月15日) 壬辰,晴,暖,清晨毛雨。卯初乘舟到五仙门外迎接,概行不见。到公馆,皆见,见毕。回本署吃饭。到臬署监印。是日余寿日,母舅送一品锅、寿桃。在祖先前上供,拈香行礼,儿孙辈叩头,众家人叩头预祝。众书差禀祝,皆挡未见。晚约母舅、表弟吃饭。

二十二日(4月16日) 癸巳,晴,热。杨臬台审案一起,前去伺候。奉杨臬台委,查臬署充差事。到行台禀见张臬台,并禀上衙门,见毕。回本署吃饭。到臬署监印。凤仪臣来访,谈。

二十三日(4月17日) 甲午,晴,热。到运司行台禀见张臬台,并禀上衙门,见毕。晤宝子佩叙话。回本署吃饭。到都府街,同九老会中诸人祭周立庵。拜张蔓农,叙话。到臬署监印,并收呈三张。杨臬台被参革职,永不叙用,今日奉电旨,当即禀安。

二十四日(4月18日) 乙未,晴,热。绘臬署房图,张蔓农托。到臬署监印。程勖康来谈。

二十五日(4月19日) 丙申,晴,热,微风。督宪堂期,挡。到臬署监印。两次访张蔓农,皆未遇。

二十六日(4月20日) 丁酉,晴,热。到运司行台,访张蔓农叙话。九老会期,宋华庭承办,前往一品升赴席。程勖康来访,未遇。

二十七日(4月21日) 戊戌,晴,热。访多雨山,未遇。程勖康来访,因有事未见。梁佐承来访,谈。

二十八日(4月22日) 己亥,晴,热。抚宪堂期,禀上衙门,皆挡。午后到运司行台稍坐,随到大马头,同众首领雇艇候接委署臬台肇罗道吴印仲翔字维久。饭后同诸人到戏院观戏。二更后,吴署臬台到马头,当过船上手本,皆挡,于是归来。

二十九日(4月23日) 庚子,晴,热,午后阴,微雨。作致阳江太平司巡检萧召宣信。张子猷来访,谈。到皇华馆禀见吴。

三十日(4月24日) 辛丑,阴,微凉,大雨。九老会诸公在新同升备酒席,为余补祝寿辰,前去赴约。

四月初一日(4月25日)　壬寅,阴,雨,午后晴。卯正到臬署关帝、土地、六毒神、树神、东树神、皂王大仙各处行礼,禀贺杨署臬台。回本署关帝、土地、皂王、祖先各神位前行礼。饭后,巳初时到臬署,奉杨署臬台委送印于吴署臬台处,到皇华馆交印毕,顺便答拜丁梅卿,并遇张蔓农,道过班道员喜。到臬署伺候吴新任接印,与杨旧任禀安,并禀送,见毕,当即到天字马头广德兵轮船上,送杨署臬台行,见毕。到运司行台,与张臬台禀安。找宝子骏、齐笏臣稍谈。回本署,夜同瑶峰舅闲谈。

初二日(4月26日)　癸卯,晴,热。到皇华馆,禀上衙门。访吴子敬,谈。回本署少歇。吴署臬台即午搬进衙门,前去禀贺。回本署少歇。又到臬署监印,并验招解犯一名。

初三日(4月27日)　甲辰,阴,微风。清晨到臬署,禀上衙门。到抚署顺各犯人供,伺候抚台审毕,到臬署禀销差。回本署,饭后又到臬署监印。

初四日(4月28日)　乙巳,阴,微雨。吴署臬台到文、武庙行新任香,前去伺候。到运台行台禀见张臬台。回本署吃饭。到臬署监印。拜多雨山、王樾峰,皆未遇。夜同张兰坪闲步藩台前买物。

初五日(4月29日)　丙午,阴晴无定,热。到运司行台送张臬台行。回本署换衣。到臬署监印。

初六日(4月30日)　丁未,晴,热。到文昌庙、天后宫伺候吴臬台行新任香毕。到番禺监内,会同吴子敬捕厅顺秋审各犯人供。访多雨山,未见。在本署备面席一筵,请秋审供事各委员一饮,因臬台委余督理各员届期莫误,是日齐集之意,饮罢各散。吴臬台差片来请,即刻前去,为发秋审经费事。九老会期,英杰甫承办,在新记栈约饮,前去赴席。程勖康有事来讲话。

初七日(5月1日)　戊申,晴,热。到城隍庙、龙王庙伺候吴臬台行新任香。到臬署禀谢秋审经费。到南海监内,会同周晓岚少尉顺秋审各犯人供毕。回本署。宝子佩来谈。陶志炜来拜。

初八日(5月2日)　己酉,晴,热。清晨到抚署办秋审一切事件。今年入秋审共四十一名犯人,事毕,到臬署禀销差。粮道魁兼署运司,今午接印,前往禀贺,盐务人员履历皆收,地方人员履历皆璧。接天来福、和顺长各信一件。杨兴禹来讨账,未见。访吴子敬谈天。

初九日(5月3日)　庚戌,晴,热,夜稍凉。到风神、火神各庙伺候吴臬台行新任香。到粮道禀上衙门。到臬署禀见,为禀呈收呈费请饬遵事。拜吴方城老夫子,晤谈。回本署,杨兴禹来讨债,神色甚凶,坐索不走,留吃晚饭。夜余到齐笏臣处坐索账目,至四更时,经瑶峰母舅将杨兴禹劝走,派家人将余唤回。

初十日(5月4日)　辛亥,晴,热。陈庆培来访,有事托。吴次枚来访,系笏臣托出说缓债事。访雷珍甫于连新街,未遇。夜到中协署帐内访雷珍甫,晤谈。

十一日(5月5日)　壬子,晴,稍热。次枚来访,晤谈。到臬署监印。吴子敬来访,未遇。

十二日(5月6日)　癸丑,晴,热,夜阴,大雨。吴署臬台审案二起,前去伺候。与批验厅陈道回任喜,未遇。回本署吃饭后,访吴次枚叙话。与中协黄鼎三道署缺喜,晤谈。到臬署点书吏换班名,并监印。

十三日(5月7日)　甲寅,晴,热。抚宪堂期,禀见。与宋华庭拜寿,挡。午后到清水濠傅公馆看书帖册页。到海防捐局查捐。到臬署监印。访吴次枚叙话。答拜陈庆培,叙事。

十四日(5月8日)　乙卯,晴,热。祭祀尝雩,列宪往祭,余未去。到广裕金店访张云卿,查捐知县与盐知事数目若干。到臬署监印。王震雳(字紫电,抚宁人,帮管带缉私火船)来拜,未见。

十五日(5月9日)　丙辰,晴,热。到臬署关帝、土地、六毒神、榕树神、东树神、皂王大仙各神位前行礼,禀贺臬台,见毕。拜宗济生、郑滕霄,答拜王紫电,皆未见。回本署关帝、土地、皂王神、祖先各神位前行礼,众书差等禀贺。饭后到臬署监印。到轿铺买旧小轿杆一对。回本署吃晚饭，又到臬署监印。

十六日(5月10日) 丁巳，阴，微凉。龙川县捕厅胡炳勋来拜，晤谈。接济仁舫由通衢司来信。访吴次枚叙话。九老会期，英杰甫承办，在新同升约饮，前去赴席。

十七日(5月11日) 戊午，晴，热。程勘康来叙话。访刘君符，未遇。作复济仁舫信，并红布包交胡公觅便转寄。

十八日(5月12日) 己未，晴，热。卯刻往天字马头，登紫冻艇侯接谭制军。未刻制军到，赶至日近亭稍见，随到贡院(假此作公馆)禀见，呈履历，皆挡，履历接印再收。酉刻回本署吃饭。

十九日(5月13日) 庚申，晴，热。访多雨山、刘君符，皆未遇。访张云程，晤谈。午后到小石新街邱寓看桌椅等物。访福兰亭，晤谈。

二十日(5月14日) 辛酉，晴，热。谭制军今午接印，前往伺候，禀贺。到吴子敬署内坐谈。与崇莲甫道署海关库大使缺喜，未晤。与裴韩侯道调署双恩场缺喜，晤谈。晚闲步广府买烧略带扣一个，价八毫，缘样好而旧，故出此价。

二十一日(5月15日) 壬戌，晴，热。成藩台太太寿辰，差人禀贺。督宪禀上三天衙门。到臬署监印。到清秘阁稍看。接傅仲安由京来信。

二十二日(5月16日) 癸亥，晴，热。宗济生拜会，晤谈。到臬署监印。到藩台前买腰带一条。

二十三日(5月17日) 甲子，阴，微雨。陈庆培、谢彭发、杨夏初先后来访，有事叙话。抚宪堂期，挡。

二十四日(5月18日) 乙丑，阴，微雨。李宫保今午起程，往送。到臬监印。

二十五日(5月19日) 丙寅，阴，微雨，早晚凉。督堂期，挡。郝述卿拜会，晤话。到臬监印。

二十六日(5月20日) 丁卯，阴，雨。吴署臬台考候补各官月课,前往监场,在此吃早饭。申正场完,返本署。同通州县题:守在四夷论、陶侃运甓(不拘韵体)。佐杂题:未雨绸缪论、荔湾消夏(七绝,不拘韵)。九老会期,英杰甫承办,在新同升约饮,前去赴约。

二十七日(5月21日)　戊辰,晴,热。臬台考佐杂各官月课,前去监场。早卯正去,晚酉正归。题目:辞尊居卑辞富居贫论、花田唤棹(七绝,不拘韵)。接辛芝如由东安县来信。

二十八日(5月22日)　己巳,晴,热甚。访李宝丰,名培滋,湖北人,分省知县,善相法,与吾看相。九老会中人公同假新同升备席,补祝宋华庭寿,公钱裴韩候行。

二十九日(5月23日)　庚午,阴,微雨,凉甚,清晨大雨。陈庆培来访,未见。张翰清来访,为张兰坪报捐知县事。致李子丹信,交信局寄京。同兰坪携维燮到钱局去看,不意停工,未能看见。

五月初一日(5月24日)　辛未,阴雨昼夜,凉甚。到臬署内外各神位前行礼,禀贺臬台,见毕。到状元桥一带拜客。回本署关帝、土地、皂君、祖先各神前行礼,众书差等禀贺。饭后又到臬署监印。从前臬署每逢朔望,在二堂前演神戏三出,以敬树神人仙,不知始于何年,并未考查,向来如此,历任照办。惟额廉舫于十七年四月到任停演,渠口称不信神,究恐化钱。今吴署臬台到任后,于今日开演,求保阖署平安之意。十七年五月未演,至今年五月初一日,正四年正,臬署大局从此可复旧否,俟观实任张安圃廉舫到任何如耳。接连州直隶州秦旭堂贺节信。接大女由关来信。

初二日(5月25日)　壬申,晴,热。谭督宪到城隍、龙王、风、火神各庙行新任香,前龙王庙伺候。鲁润斋来拜,晤谈。陈庆培来访,晤话。到臬署监印。访吴次枚叙话。访吴方城闲谈。次枚是臬署缮校,方城是臬署刑席。

初三日(5月26日)　癸酉,晴阴无定,微雨阵阵,热。到大新街买物。到臬署监印。抚宪堂期,挡衙门。

初四日(5月27日)　甲戌,阴雨昼夜。到臬署监印。

初五日(5月28日)　乙亥,阴雨终日。到署禀贺臬台,因病未见。禀贺藩台,见毕。到两院禀贺,皆挡。与裴韩候送行,晤语。回本署祭祖先行礼,众书差、家人等叩头禀贺。到臬署监印。晚预备菜数样,同瑶峰母舅、兰坪表弟共吃,以过端阳。粮道兼署运台,差人挂号禀贺。

初六日(5月29日)　丙子,阴,微雨,稍凉。作复东安县辛芝如信。九老会期,凤翼臣承办,在一品升约饮,前去赴约。昨梁佐丞来字云:接闽省电报,云胡汝鸿故于福建省城,渠家属今晨由粤登轮往福,令人闻之,不胜惨悼之至。

初七日(5月30日)　丁丑,阴雨,昼夜无定,热。同张兰坪闲步大新街观看。接沙湾司覃贺节信。

初八日(5月31日)　戊寅,晴,热,夕阴,大雨。禀见粮道毕。抚宪堂期,禀见。同众首领搭黄埔火轮渡船,往黄埔水陆师学堂,禀送李宫保,见毕,回省城大马头登岸。周晓岚约至太平馆食洋菜。接五斗司陆致祥贺节信。

初九日(6月1日)　己卯,阴雨昼夜。终日无事,观书。

初十日(6月2日)　庚辰,阴,早雨,午晴,夜大雨,热甚。谭制军堂期,禀见。崇莲甫署关库大使,在一品升请到任酒,前往赴约。到臬署领月课奖赏、试卷,回本署发给各员。

十一日(6月3日)　辛巳,阴雨终日。到臬署监印。到清秘阁交《九成宫帖》一本,托该店寄卖。发月课银、卷。

十二日(6月4日)　壬午,晴,热。到臬署监印。访周晓岚谈。同兰坪偕维燮闲步东门外,到钱局访该局委员陆勉之,晤谈。渠带领至机器房、花园各处观看,就近到白家花园(此园白益甫守戎别墅)观看,同白君稍谈。由城东北角顺步小北门外,到宝汉茶寮小息,吃茶点心。缓步小北门进城,回本署,三个多时游二十余里,畅快之极。发臬署月课银、卷。

十三日(6月5日)　癸未,晴,热,午后暴雨大阵,晚仍晴。到臬署监印。齐茁田十七日生日,九老会中诸友假一品升备席预祝,余亦是东道主,未能到,因周晓岚约饮于靖海水榭,迫不能辞,故舍而之她,三更饮罢归来。发臬署月课银、卷。

十四日(6月6日)　甲申,晴,热。到臬署监印。接赤水司李茂堂贺节信。发臬署月课试卷、银两。

十五日(6月7日)　乙酉,晴,热。到臬署关帝、土地、六毒神、榕树神、东树神大仙、皂王各神前行礼,禀见禀贺臬台毕。与李平叔道署新宁喜,未遇。回本署关帝、土地、皂王、祖先各神位前行礼,众书差等禀贺。到臬署监印。到濠畔街文林堂闲观。夜同兰坪闲步藩司前一带买物。到佛照楼吃杏仁茶。

十六日(6月8日)　丙戌,早晴,午后阴,微雨。梁佐丞来访,有事叙话。九老会期,凤翼臣承办,在一品升约饮,前去赴约。

十七日(6月9日)　丁亥,晴,热。程勘康来访,谈。夜同兰坪携维燮闲步双门底、藩司前一带观看买物。

十八日(6月10日)　戊子,晴,热。抚宪堂期,挡。吴子敬来访,谈。同兰坪闲步大新街、太平门外各街,到沙基大街乘坐沙艇至靖海门,登岸缓步回署。

十九日(6月11日)　己丑,阴雨昼夜。臬台审案一起,前往伺候。吴方城来访,谈。

二十日(6月12日)　庚寅,阴雨。督宪堂期,禀见。接潮州通判倪梦侯、揭阳县张问崇贺节信。接济仁舫信。

二十一日(6月13日)　辛卯,阴雨,热。臬台审案一起,前往伺候,就近在此监印。朝鲜进士赵玉波字荆峰来拜,挡。

二十二日(6月14日)　壬辰,晴,热甚。访吴方城谈。到臬署监印。回本署,李雨臣来访,谈。访李宝丰相士,稍谈。闲步华宁里各处观看。

二十三日(6月15日)　癸巳,晴,热。臬台审案一起,前往伺候,就便在此监印。同吴次枚闲谈。

二十四日(**6 月 16 日**)　甲午,晴,热甚。到臬署监印。访沈伯鸿叙话。接二女婿并二女由河南省城来信各一件。夜访雷光坤于中协署,未遇。

二十五日(**6 月 17 日**)　乙未,晴,热甚。督宪堂期,禀见,挡。到臬署监。访吴方城叙话。到文林阁买李秉绶画花绘条幅一扇,价银一大圆。昨在三华堂买陈玉方七言大对一付,买银五两正。此二物皆真,而且好极。

二十六日(**6 月 18 日**)　丙申,晴,热甚。朝鲜进士李玉波送龙、虎、寿字各一张,并信一件,又亲身辞行,挡。九老会期,凤翼臣承办,在一品升备席约饮,前往赴会。

二十七日(**6 月 19 日**)　丁酉,晴,热甚。闲步式古斋座,买。

二十八日(**6 月 20 日**)　戊戌,晴,热甚。抚宪挡堂。访梁佐丞,为汝鸿事,未遇。访陈庆培,为瑶峰舅事,晤话。饭后同张兰坪偕维燮游海幢寺。夜梁佐丞来访,晤,叙话。

二十九日(**6 月 21 日**)　己亥,晴,热甚。吴方城在寓约饮,前往赴席。

三十日(**6 月 22 日**)　庚子,晴,热甚。午后同兰坪闲步大新街、卖麻街买物。

闰五月初一日(**6 月 23 日**)　辛丑,晴,热甚,午间微雨几点。运司英回任,卯刻接印,差人禀贺。到臬署关帝、土地、六毒神、东树神、皂王各神前行礼,榕树神大仙臬台亲行礼,余禀贺,见臬台毕。到靖海门外公安客栈,答拜朝鲜进士赵玉坡,未见。回本署关帝、土地、皂王、祖先各神前行礼,众书差禀贺。未刻宋华庭约心记栈吃面,同座者杰甫、翼臣、松泉诸人。饭罢,臬署监印。

初二日(**6 月 24 日**)　壬寅,晴,热甚。到臬署监印。吴子敬约吃便饭,前去赴约。到清秘阁画店闲观。

初三日(**6 月 25 日**)　癸卯,晴,热甚。陈庆培有事来访,晤谈。到臬署监印。

初四日(6月26日)　甲辰,晴,热甚。臬署提覆月课考取超等之佐杂十六员,仅到十二员,余在此监试。题目:缉捕议。就便在此监印。

初五日(6月27日)　乙巳,晴,热,午后阴雨,稍爽。到臬监印。访周晓岚谈。

初六日(6月28日)　丙午,晴,热甚。九老会期,丁梅卿承办,在渠公馆约饮,前去赴约。

初七日(6月29日)　丁未,晴阴无定,忽雨忽风。到臬署委员账房叙话。丁梅卿、陈庆培先后来访,谈。闲步天官里,访友闲谈。

初八日(6月30日)　戊申,晴,热。抚宪堂期,挡。抚宪审案二起,前往顺各供,并伺候审案。答拜李达久,晤谈。拜孙少华,答拜格幼溪诸人,皆未晤。齐茁田入殓,前去送殓。多雨山太尊约饮,前去赴席。

初九日(7月1日)　己酉,晴,热。作致二女信,并零物交全泰寄汴。

初十日(7月2日)　庚戌,阴,微雨,稍凉。督宪堂期,上衙门,挡。到南关一带闲游。陈庆培来署,为瑶峰舅欠凤宅利银,渠经手日久未完,托余说道。是日同面缴银缴字据完结。

十一日(7月3日)　辛亥,晴阴无定,微雨阵阵。到臬署监印。

十二日(7月4日)　壬子,晴阴无定,忽雨忽风。臬台审两起,前往伺候毕。回本署。午后到臬署监印。

十三日(7月5日)　癸丑,早晴,午后阴雨,夜仍雨。到臬署监印。林朗人来拜,叙话。

十四日(7月6日)　甲寅,阴雨,午后稍晴,夜仍阴雨,微凉。到臬署监印。

十五日(7月7日)　乙卯,阴雨,晚稍晴。到臬署关帝、土地、六毒神、东树神、皂王各处行礼、禀贺、见臬台毕。回本署关帝、土地、皂王、祖先各处行礼,众书差等叩头禀贺。到臬署监印。到中协署访雷真圃讲话。

十六日(7月8日)　丙辰,晴,热,夜阴雨。九老会期,丁梅卿承办,在渠公馆约饮,前去赴约。会中齐茁田故,周绍堂突然入会,未候议明,居然来饮,使同座之人诧异至极。陈香谷来访,谈。

十七日(7月9日)　丁巳,晴,热。接大女由关来信。访吴子敬谈。闲步惠爱街一带闲游买物。

十八日(7月10日)　戊午,晴,热甚。抚宪堂期,禀见,挡。禀见藩台,见。作致傅仲安信,交福兴润信局寄京。访覃献猷,未找着。

十九日(7月11日)　己未,晴,热甚。代瑶峰舅作致张泽棠信。谭制军兼署将军,是日未时接印,前往禀贺。到臬署账房讲话。到濠畔街广裕金店坐谈。到文林阁稍观。

二十日(7月12日)　庚申,晴,热甚。督宪堂期,禀见,挡。葆伯轩拜会,晤谈。访覃献猷,未见。

二十一日(7月13日)　辛酉,晴,热甚。到臬署监印。

二十二日(7月14日)　壬戌,晴,热甚。臬台审案二起,前去伺候。午后到臬署监印。到双门底买物。

二十三日(7月15日)　癸亥,晴,热甚。何敬如来拜,未见。到臬署监印。

二十四日(7月16日)　甲子,晴,热甚。访张云程,代吴臬台之外甥查捐。到臬署监印。访吴次枚,未遇。到桂香街买带套皮箱一支,价两八钱。

二十五日(7月17日)　己丑,晴,热甚。督宪堂期,禀上衙门,挡。到臬署监印。到广裕金店查捐,并托代汇银两。接家信,并余小楼信。

二十六日(7月18日)　丙寅,晴,热甚。王霹霔来拜,晤面叙话。九老会期,丁梅卿承办,在渠公馆约饮,前去赴约。

二十七日(7月19日)　丁卯,晴,热甚。梁佐丞来,有事讲话。凤翼臣、多雨山先后来拜,晤谈。

二十八日(7月20日)　戊辰,晴,热甚。抚宪当期,差人挂号。内子带三儿回家乡,同瑶峰舅并兰坪老表搭广利轮船往上海。申刻登船,前去送行,到白鹅潭轮船稍坐,戌刻回署。

二十九日(7月21日)　己巳,晴,热甚。访覃献猷叙话。晚到采芝林买药。

卷　二

六月初一日(7月22日)　庚午,晴,热甚。差人到臬署请假感冒,臬署行香暨监印皆托司狱程勘康代替。辰刻在本署关帝、土地、皂王、祖先各神前行礼,众书差等禀贺。各上宪衙门皆差人禀贺。辰初,到招商局马头,搭香港渡名汉口往香港送母舅、表弟、内人、小儿等。申初到港,当乘小艇过广利轮船,同众晤话。是夜身倦头痛,由于在渡船受风寒之故耳。

初二日(7月23日)　辛未,晴,热甚。午后同兰坪、维燮坐小艇到香港各街观看。到酒馆吃面。晚乘小艇回广利船仕宿。

初三日(7月24日)　壬申,晴,热甚。闻广利船今夜方能开行,余无暇等候,于辰初搭河南渡船回省。至未正到省,登岸乘轿回本署。

初四日(7月25日)　癸酉,晴,热甚。到臬禀销假。午后到臬署监印。李幼田来拜,未见,渠领廉俸借印。

初五日(7月26日)　甲戌,阴,热。访曹鸣岗吏目叙话。督宪堂期,禀上衙门。到臬署监印。到善后局访王鹤生叙事。

初六日(7月27日)　乙亥,晴,热甚。九老会期,张松泉承办,在竹安居约饮,前去赴约。

初七日(7月28日)　丙子,晴阴忽易,风雨交作,热甚。终日静坐。

初八日(7月29日)　丁丑,阴,风雨交作,稍凉。抚宪堂期,禀上衙门。答拜客八处,与葆伯轩道署从化喜,皆挡。宋颖云来访,谈。

初九日(**7 月 30 日**) 戊寅,阴,风雨交作,微凉。终日无事,看书。

初十日(**7 月 31 日**) 己卯,阴,雨,午后晴,热。到清秘阁闲坐,观字画法帖。夜到藩司前买物。

十一日(**8 月 1 日**) 庚辰,晴,热。到臬署监印。到靖海门外看出游,因天时已晚,人多拥挤太甚,无法进城,宿公安栈友人处。

十二日(**8 月 2 日**) 辛巳,晴,热甚。卯正回署。午后到臬署监印。到厘务局访李慕白,未遇。到多宝斋裱法帖三本。访吴方城谈天。

十三日(**8 月 3 日**) 壬午,晴,热甚。抚宪堂期,禀上衙门。访夏端甫,未遇。到臬署监印。吴子敬来访,谈。

十四日(**8 月 4 日**) 癸未,晴,热甚。抚宪审三起案,前往官厅顺各犯供并伺候审案。到大石街、都府街各处拜客。午后到臬署监印。访陈桐巢,为新到府经历高肇祥出结事。夜到多宝斋裱法帖三本。

十五日(**8 月 5 日**) 甲申,晴,热甚。到臬署关帝、土地、六毒神、东树神、皂王各神前行礼,禀贺臬台,见毕。回本署关帝、土地、皂王、祖先各神前行礼,众书差等禀贺。访黄幼陔,为胡汝鸿领恤赏运枢费等事。午后到臬署监印。访夏端甫,未见。访福兰亭谈,伊约到竹安居便酌,同座者项慎斋、阮老三。饭后同步藩司前一带观看买物。

十六日(**8 月 6 日**) 乙酉,晴,热甚。九老会期,张松泉承办,在竹安居约饮,前赴席。

十七日(**8 月 7 日**) 丙戌,晴,热甚。闲步沙基大街一带买物,归来乘沙艇到靖海门登岸入城。在大新街福昌古玩店买小榕树一盆。

十八日(**8 月 8 日**) 丁亥,晴,热甚。禀见藩台,见毕。抚宪堂期,禀见,挡。夜访吴方城,有事商,晤谈。在茂珍古玩店买宋芷湾书中堂一幅,价一两九钱二分。宋君名湘,字芷湾,嘉应州人,善书有才,字传粤省,此幅在此处买此价,极便宜耳。是日立秋。

十九日(8月9日)　戊子,晴,热甚,午后微阴,细雨数点即晴,仍热。到纸行街访王樾峰谈,托其代胡怀宗出领运费结。

二十日(8月10日)　己丑,阴,微雨竟日,热。督宪堂期,差人禀上衙门。终日无事,闷坐观书。

二十一日(8月11日)　庚寅,阴,微雨,微风,凉。到臬署监印。

二十二日(8月12日)　辛卯,阴,夕微雨大风。到臬署监印。接维燮由上海来信,并锦五尺、上海绸十六尺。南海左张锡蕃拜会,晤谈。

二十三日(8月13日)　壬辰,晴阴屡易,风雨无定,热。抚宪堂,挡。到臬署监印。夜梁佐臣来叙事。

二十四日(8月14日)　癸巳,晴,热。到臬署监印。李振生(名克益,湖南人,在汝鸿处教读)来访,晤谈,为汝鸿身后事,并往闽寄银两信件。

二十五日(8月15日)　甲午,晴,热甚。督宪堂期,差人禀上。王樾峰拜会,晤谈。熊干庭来诊脉。到臬署监印。到濠畔街文林阁稍坐。到锦隆买洋布。夜服药。

二十六日(8月16日)　乙未,阴,夜微雨。清晨往万寿宫,穿朝服,随列大宪行朝贺礼毕。回本署。九老会期,张松泉承办,在竹安居约饮,余因服药,戒食油腻,未到。

二十七日(8月17日)　丙申,早阴,微雨,午晴热。到华宁里五云亭裱字画。到臬署点秋季书吏换班名。

二十八日(8月18日)　丁酉,晴,热。抚宪堂期,挡。到濠贤街何公馆,并访朱荻槎,未遇。到藩司前。

二十九日(8月19日)　戊戌,阴雨。终日静坐观书。夜大雨。

七月初一日(8月20日)　己亥,晴,热。到臬署关帝、土地、六

毒神、东树神、皂王各神前行礼,禀见禀贺臬台毕。回本署关帝、土
地、皂王、祖先各神前行礼,众书差等禀贺。于辰正三刻十分,三儿媳
妇产生男孩,一切平顺,当在祖先前拈香行礼。午后到臬署监印。到
广府前司后街各钟表店兑表。夜李振生来访,叙话。

初二日(8月21日)　庚子,晴,热,晚阴,风雨大阵。九老会中
同人假东门外白园备酒席,为英杰甫补祝,为张松泉预祝,巳刻前去
作东道主,未刻同诸君到钱局观瞻,酉刻饮罢而归。夜作家书,交大
顺信局寄关。

初三日(8月22日)　辛丑,晴,热甚。到臬署伺候审海阳县逆
犯毕,随到抚院官厅顺逆犯供,并犯弟、族长、邻右各供毕,抚宪会同
制宪先穿光袍在二堂顺供,后穿常服升大堂正坐,四司道旁坐,勾名
带出辕门绑毕,广府两县押赴市曹凌迟。大厅捧王命,臬台亦去监
斩。是晨继将军雷五登船回京。午到臬署监印。李慕白、夏端甫先
后拜会。

初四日(8月23日)　壬寅,晴,热甚。臬台审案二起,前去伺
候。午后又臬署监印。接家书,知内子同三儿于六月十九日已平安
到家。熊先生来看脉,并与三媳看病。

初五日(8月24日)　癸卯,晴,热甚。督宪堂期,差人禀上。到
臬署监印。熊先生来看脉,并与三媳看脉。

初六日(8月25日)　甲辰,晴,热甚。熊先生来看脉,并三媳看
脉。九老会期,周绍堂承办,在伊署内约饮,前去赴席。作家书,交森
昌信局寄关。

初七日(8月26日)　乙巳,晴,热。张云程来访,谈。熊先生来
看脉,并与三媳妇看脉。到臬署弹压丝纶行递呈者,共有一千余人,
惟恐滋生事端。

初八日(8月27日)　丙午,晴,热甚。抚宪堂期,挡衙门。到臬
署审办积案房书办,在此候久,尚未传到,于是回本署俟明日再办。
接济仁舫由通衢司来信。

初九日(8 月 28 日)　丁未,晴,热。访陈同巢、张云程,皆未遇。到积案局审书办。是日忌辰,未审。在此稍坐,叩回枭台,将该黎炽荣书办发交本厅看管。

初十日(8 月 29 日)　戊申,晴,热。督宪堂期,差人禀上衙门。陈桐巢拜会,晤谈。

十一日(8 月 30 日)　己酉,晴,热。到枭署审积案房书办黎炽荣,因致函乳源县需索洋银事,奉枭谕责二十板、枷号一个月并斥革示惩,就便在此监印。

十二日(8 月 31 日)　庚戌,阴,微雨,热。拜张蔓农观察,晤叙。到枭署监印。夜访程勖康叙话。

十三日(9 月 1 日)　辛亥,晴,热甚。拜张观察叙话。未正搭运署缉私火船(名缉西,管带委员田福宜)前往香港,迎接张安圃廉访。酉正由省河开行,到黄浦稍停,吃晚饭。

十四日(9 月 2 日)　壬子,晴,热甚,夜稍雨。香港天气如此,闻省城是日阴雨昼夜。卯正行抵香港,即刻雇小艇登岸,寓泰安栈。晚到酒楼吃饭。

十五日(9 月 3 日)　癸丑,晴,热甚。未初富顺轮船进口,当即乘小艇到富顺船上接张枭台,因房间太小,无法见客,属到缉西船上再见。随到缉西候张枭台到,禀见,见毕,即搭该船一同回省。酉初由港开船,至丑初行到中流砥柱停轮,候天光再进口。

十六日(9 月 4 日)　甲寅,晴,热甚。已正到天字马头,候张枭台登岸,亦随即登岸,往皇华馆禀安毕。回本署时,已至未初矣。九老会期,周绍堂承办,在如松馆约饮,辞而未到。似受暑热,请熊先生看脉,服药。接仲安信。

十七日(9 月 5 日)　乙卯,晴,热。萧芳蘅来,托寄银两事。

十八日(9 月 6 日)　丙辰,晴,热甚。到皇华馆禀见张枭台毕。抚宪堂期,禀见毕。随到枭署伺候张枭台祭仪门,并与吴署枭台之嫂拜寿。回本署,作致傅仲安信。

十九日(9 月 7 日)　丁巳,晴,热。闲步清秘阁观法帖字画。夜访吴方城谈。

二十日(9 月 8 日)　戊午,晴,热。督宪堂期,差人禀上。吴署臬台寿辰,前去拜寿。与李平皆、李岳云、鲁润斋各处道喜,皆挡。到皇华馆稍坐。访李慕白、王心兰、程明甫谈。

二十一日(9 月 9 日)　己未,晴,热。到濠畔街广裕送行。到臬署监印。闲步大马头一带查看摊馆。

二十二日(9 月 10 日)　庚申,晴,热。到广雅书局,随同众同乡公请张安圃廉访,事毕,到臬署监印。夜访宗济生叙话。

二十三日(9 月 11 日)　辛酉,晴,热。带积善堂潭姓往齐笏臣讨债,因伊在家不出见面,遂大骂大闹。到臬署监印,奉委往皇华馆与新任张臬台送印。

二十四日(9 月 12 日)　壬戌,晴,热甚。张臬台卯时接印,前往伺候。访刘君符谈。到皇华馆稍坐,无公事用印。

二十五日(9 月 13 日)　癸亥,晴,热甚。督宪堂期,差人禀上衙门。到皇华馆禀见张臬台毕。与董元度、王其恒、王存武各处道喜,送葆伯轩行,皆未见。午后到皇华馆稍坐。陈桐巢、李慕白、张燕堂、曹子昂公请于一品升。

二十六日(9 月 14 日)　甲子,晴,热甚。到皇华馆禀见上衙门。梁佐丞来访,叙话。九老会期,周绍堂值月,前往伊署赴约。鲁润斋来,未见。

二十七日(9 月 15 日)　乙丑,晴,热甚。张臬台到文、武庙、文昌、天后各处行新任香,前往伺候。成藩台在光孝寺为其弟成子中河帅开吊,余同程司狱公送线绉祭幛一轴。访黄幼陔叙话。

二十八日(9 月 16 日)　丙寅,晴,热甚。到光孝寺成子中河帅灵位前行礼。抚宪堂期,禀见。到龙王庙伺候张臬台行香。回本署吃饭后,到皇华馆稍坐,叙话。到臬署收呈十六张毕,到皇华馆送呈。

二十九日(9 月 17 日)　丁卯,晴,热甚。抚署审案四起,前去顺各供,伺候抚台审案,到皇华馆禀销伺候审案差。到桂香街中山书院答拜客。程勘康来访,谈。访曹鸣冈讲话。

　　三十日(9月18日)　戊辰,晴,热甚。带邵姓、穆姓二人到齐笏臣处讨债。

　　八月初一日(9月19日)　己巳,晴,热,晚阴。换蓝纱袍。到臬署各神位前行礼,禀贺吴观察。到皇华馆,禀贺张臬台毕。回本署各神位、祖先前行礼,众书差禀贺。午后到皇华馆监印。到厘务局访李慕白、程明甫谈。

　　初二日(9月20日)　庚午,阴,雨,凉。吴观察回肇罗道任,今晨起程,前往臬署内送行,随跟伊到船上送行,皆见。午后到皇华馆监印。格幼溪来访,谈。

　　初三日(9月21日)　辛未,晴,热。寅刻往文昌庙,随各宪祭文昌。张臬台移进衙门,前去禀见贺。午后到臬署监印,并收呈二十五张。接李乾三由江苏来信,派胡小华取所寄存之物。

　　初四日(9月22日)　壬申,晴,热。侯曼村来访,为说合齐笏臣欠银事。到臬署监印。到西湖街头《九曜石碑》十三张。

　　初五日(9月23日)　癸酉,秋分,晴,热,早晚渐凉。督宪堂期,差人禀上。访侯曼村叙话。到臬署监印。探宝子佩病。

　　初六日(9月24日)　甲戌,晴,热。早到圣教书楼买《纲鉴望知录》。午后到运司行台,送张蔓农观察行。晚九老会期,余值月,在竹安居备酒菜,约同人饮,前往作东道。

　　初七日(9月25日)　乙亥,晴,热。无事高闲。作贺河南额方伯秋节禀。

　　初八日(9月26日)　丙子,阴雨终日,夜仍阴雨,大风,凉甚。托源丰润银号往福建汇胡汝鸿恤赏奠仪及蒋韵笙还银,共八十二两四钱。到臬署收呈十张。

　　初九日(9月27日)　丁丑,阴雨昼夜,凉甚。梁佐丞来谈。

　　初十日(9月28日)　戊寅,阴,午后微雨,凉。祭祀社稷坛,前往随列宪祭祀。

十一日(9月29日)　己卯,阴雨昼夜,凉。作贺肇阳罗吴秋节禀。到枲署监印。访侯曼村未遇。

十二日(9月30日)　庚辰,晴,早晚凉,午尚热。到枲署监印。访曹鸣冈叙话。

十三日(10月1日)　辛巳,晴,早晚凉,午尚热。抚宪堂期,挡差人禀上衙门。到枲署监印。访刘君符谈。访侯曼村,为齐欠债事。到枲署收呈廿二张。

十四日(10月2日)　壬午,晴,早晚凉。访侯曼村叙话。到枲署监印。访吴方城谈。送吴方城一品锅、二点心,收。夜侯曼村来署叙话。

十五日(10月3日)　癸未,晴,早凉,午后热。到枲署各神位前行礼,禀贺枲台,见毕。回本署关帝、土地、皂王、祖先各神位前行礼,众书差、家人等叩头禀贺。到枲署监印。夜祭祖先。

十六日(10月4日)　甲申,晴,微凉。访刘君符,未遇。访侯曼村,晤谈。九老会期,余承办,在竹安居约饮,前去作东。夜作家书。

十七日(10月5日)　乙酉,晴,热,早晚凉。访刘君符、格幼溪,皆晤谈。到豪贤街启公馆。

十八日(10月6日)　丙戌,晴,午尚热,早晚颇凉。抚台堂期,前去上衙门,挡。夏观察寿辰,差人拜寿。

十九日(10月7日)　丁亥,晴,尚热。到枲署伺候审案五起。夜访侯曼村叙话。

二十日(10月8日)　戊子,晴,尚热。吊启幼之老太爷。访朱荻槎,看《圣教序帖》。此帖真正旧拓,并无断裂处,非明初拓本即元拓本,实不易得之物,真令人可爱耳。拜华潄石、金鹿轩,皆未遇。访刘君符,晤谈。夜访侯曼村叙话。

二十一日(10月9日)　己丑,晴,热。九老会中友人公同补祝周绍堂、格幼溪二人寿,余承办,备酒席,假三君祠约饮。未初去,酉正归。午间到臬署监印。

二十二日(10月10日)　庚寅,晴,热。访甘品三叙话。到臬署监印。华漱石太尊拜会,未见。

二十三日(10月11日)　辛卯,晴,热。抚宪堂期,挡,差人禀上衙门。到臬署监印。到大石街访郭厚德叙话。到臬署收呈十五张。买九曜石中药洲石拓一张,灵峰山石刻苏文忠公小像一张,共银二毫。

二十四日(10月12日)　壬辰,晴,热。到臬署监印。

二十五日(10月13日)　癸巳,晴,热。督宪堂期,差人禀上衙门。到臬署监印。到西湖街宝翰斋买《六侯碑》《转运判官重修南海神庙碑》《宋康定二年敕南海神圣广利王碑》《重建风云雷雨殿碑》,共四张,价六毫。

二十六日(10月14日)　甲午,晴,热。李慕白来访,谈。到濠畔街日升昌协隆布店。九老会期,余值月,在竹安居约饮。接家书。

二十七日(10月15日)　乙未,晴,热。作家书,交森昌信局寄关。到清查局访陶蓝田谈。

二十八日(10月16日)　丙申,晴,热,晚稍凉。抚宪堂期,挡,差人禀上衙门。到臬署收呈十四张。

二十九日(10月17日)　丁酉,晴,热。陶蓝田来访,叙话。梁佐丞来借印。

九月初一日(10月18日)　戊戌,晴,热。到臬关帝、土地、六毒神、皂王、树神大仙、东树神各神前行礼,禀贺臬台毕。拜刘君符,晤谈。拜河厅鲁、德庆州程、按司狱程、华宁里栈房住新禀到二位、东升寓胡小华,皆未见。回本署关帝、土地、皂王、祖先各神前行礼。程勖康来访,谈。到臬署监印。在西湖街卖旧字画摊上买《光孝寺西铁塔铭》二张,价二分。

初二日(10月19日)　己亥,阴,微雨,稍凉。到臬署监印。

初三日(10月20日)　庚子,阴,微雨,稍凉。到臬署监印。回本署稍息。到臬署收呈十五张。

初四日(10月21日)　辛丑,阴,微凉。到臬署监印。夜到侯公馆,同谭姓取齐还银五十两。

初五日(10月22日)　壬寅,阴,微雨,凉。督宪堂期,差人禀上衙门。到臬署监印。刘君符来谈。

初六日(10月23日)　癸卯,阴,微雨,凉甚。李慕白来谈。九老会期,格幼溪值月,在南海膏牌局约饮,前去赴席。

初七日(10月24日)　甲辰,晴,凉。周运春来拜,未见。程勘康、宗济生、林朗人、刘君符先后来访,皆未遇。

初八日(10月25日)　乙巳,晴,凉。程勘康来访,晤谈。程锦文来拜,挡。答拜宗济生,晤谈。答拜钟太史名广,并拜多雨山、毓荫臣,皆未遇。答拜杜善微、周运春,皆未遇。吊李子乔。到臬署收呈十五张。马抚台于戌刻病故。

初九日(10月26日)　丙午,晴,凉。闲步观音山登高。林朗人来访,有事叙话。夜访侯曼村,有事叙话。访张云程,为与李慕白捐衔事。马抚台酉刻入殓,差人挂号。

初十日(10月27日)　丁未,阴,凉。林朗人有事来叙话。访慕白谈,并晤程明甫谈。同慕白到陈桐巢处闲谈。夜访侯曼村叙话。

十一日(10月28日)　戊申,阴,尚热。到臬署监印。到式古斋、翰墨园各处闲坐。谭督宪兼署抚宪,今日巳刻接印。(禀贺,呈履历。)

十二日(10月29日)　己酉,阴,微雨。午后雨止,仍阴,凉。到文林阁坐谈。到臬署监印。

十三日(10月30日)　庚戌,阴,凉。到臬署监印。回本署稍歇,又到臬署收呈十一张。

十四日(10月31日)　辛亥,阴,微雨,凉。到臬署监印。李慕白、曹子昂来访,未遇。修理厨房,今日动工,张王爷择日。到藏修堂看法帖手卷等物。

十五日(11月1日)　壬子,阴,凉。到臬署关帝、土地、六毒神、树神大仙、东树神、皂王各神前行礼。与李慕白道到任喜,晤谈。回本署关帝、土地、皂王、祖先各神前行礼,众书差等禀贺。到臬署监印。接济仁舫由通衢司来信。

十六日(11月2日)　癸丑,阴,大风,凉甚。吴子敬来访,谈。访侯曼村叙话。九老会期,格幼溪值月,在膏牌局约饮,前去赴约。

十七日(11月3日)　甲寅,晴,大风,凉甚。钟太史(名广来)辞行,未遇。到双门底一带买物。

十八日(11月4日)　乙卯,晴,大风,凉甚。程勘康来访,谈。到臬署收呈十一张。

十九日(11月5日)　丙辰,晴,凉甚。李慕白、陈香谷、英节甫、凤翼臣先后来访,谈。夜访张云程,代慕白报捐同知衔。

二十日(11月6日)　丁巳,晴,早晚凉,午尚热。押冯誉骥家《圣教序帖》一本,价银七十七两,四个月限期,一分半利。此帖真正宋拓无疑,经许多好金石之人看过,实不易得之物,可宝之耳。李有益来坐,叙话。

二十一日(11月7日)　戊午,晴,早晚凉,午尚热。宋颖云来谈。到臬署监印。夜访徐用之闲谈。访张燕堂,未遇。

二十二日(11月8日)　己未,晴,早晚凉,午尚热。到臬署监印。到式古斋讲话,并托代卖手卷。到大新街万顺古玩店讲话。是日立冬。

二十三日(11月9日)　庚申,晴,早晚凉,午尚热。到臬署监印。回本署换衣服,到臬署收呈十三张。夜送李慕白行。

二十四日(11月10日)　辛酉,晴,热。臬台审案五起,前去伺候,并在此监印。张燕堂来拜,晤谈。西关谭祖藩来署,与桂生孙种豆十粒,给封包两大元、轿金八百文,给带酱女人三百文,给小孩四百文。夜谭升辞工,将经手之事交代清楚。

二十五日(11月11日)　壬戌,晴,早晚凉,午尚热。吴子敬来谈。到臬署监印。访英节甫谈。夜访梁佐丞谈。

二十六日(11月12日)　癸亥,晴,微风,稍凉。九老会期,格幼溪承办,在南海膏牌局备酒席约饮,前去赴约。凤翼臣来访,未遇。

二十七日(11月13日)　甲子,晴,微凉。谭祖藩来,与桂生看脉。夜访侯曼村叙话。

二十八日(11月14日)　乙丑,晴,凉。到式古斋坐,看字画。崇兰甫来访,谈。与刘问之道署阳春县喜,未遇。到臬署收呈八张。

二十九日(11月15日)　丙寅,微雨,凉。到西关下九甫买物。

三十日(11月16日)　丁卯,晴,午尚热,早晚凉。谭祖藩来,与桂生看豆。

十月初一日(11月17日)　戊辰,晴,热。到臬署各神位前行礼,禀贺臬台,见毕。答拜崇莲甫,未遇。回本署各神位、祖先前行礼,众书差等禀贺。到臬署监印。到侯曼村处取齐笏臣还银二十五两。接阳江太平司萧召轩信。

初二日(11月18日)　己巳,晴,热。到臬署监印。夜访福兰亭闲谈。梁佐丞来访,未遇。

初三日(11月19日)　庚午,晴,早晚凉,午尚热。到臬署监印。林含青来,坐谈。到臬署收呈十七张。

初四日(11月20日)　辛未,晴,凉。到臬署监印。到西关洞神坊第八段保甲局,访梁佐丞叙话。又到第七段保甲局,访林作如叙话。

初五日(11月21日)　壬申,晴,凉。到臬署监印。成藩台接电报奉上谕升署抚台,差人前往禀贺。

初六日(11月22日)　癸酉,晴,凉。程勘康来谈。九老会期,陈香谷值月,在竹安居约饮,前往赴约。夜到藩台前买物。

初七日(11月23日)　甲戌,晴,凉。闲步西关各街观看。吴子敬来访,未遇。陈禄今晨病故。夜访吴子敬闲谈。

初八日(11月24日)　乙亥,晴,凉,午尚热。到臬署收呈十张。

初九日(11月25日) 丙子,晴,热。余由旁院移后上房住。格幼溪、侯曼村、吴子敬先后来访,谈。

初十日(11月26日) 丁丑,晴,颇热。皇太后万寿。寅刻往万寿宫,随各宪行朝贺礼毕。到华宁里客栈答拜客二位。午后吴子敬来谈。

十一日(11月27日) 戊寅,晴,尚热。到臬署监印。访毓荫臣谈。

十二日(11月28日) 己卯,晴,甚热。到臬署监印。回本署少歇。到臬署点书吏换班名。夜访侯曼村叙话。到双门底买竹子烟袋杆一支。

十三日(11月29日) 庚辰,晴,热甚,晚阴,微风,微雨数点。到臬署监印。到藩台前买扣子。到臬署收呈十张。

十四日(11月30日) 辛巳,阴,微雨,凉。到臬署监印。

十五日(12月1日) 壬午,晴,早凉午热。到臬署各神位前行礼,禀贺禀见臬台。回本署各神位祖先前行礼,众差役等禀贺。午后到臬署监印。

十六日(12月2日) 癸未,晴,尚热。九老会期,陈香谷值月,在竹安居约饮,前去赴约。夜访徐用之谈。

十七日(12月3日) 甲申,晴,热。访周晓岚闲谈。梁佐丞、张子猷先后来访,皆未遇。

十八日(12月4日) 乙酉,晴,热。吴子敬来访,谈。熊干廷来禀见。到臬署收呈十九张。夜侯曼村来访,谈。

十九日(12月5日) 丙戌,晴,热。闲步清秘阁观看字画。访张燕堂闲谈。

二十日(12月6日) 丁亥,晴,热。接通衢司济仁舫信,当作复信交原差寄回。吴子敬、吴敬之二人来访,谈。

二十一日(12月7日) 戊子,阴,稍凉。接傅仲安由京来信。到臬署监印。访吴方城、沈伯鸿谈。张子猷来拜,晤叙。

二十二日(12月8日)　己丑,阴,微雨,稍凉。侯曼村娶儿妇,前去道喜。拜多太尊、拜张子康,皆晤谈。到臬署监印。

二十三日(12月9日)　庚寅,晴,冷。访多雨山、张云程,皆未晤。到臬署监印。张子猷送梳篦四匣、折扇一柄,收扇,因双款之故,梳、篦皆璧。到臬署收呈十六张。拜高州府隆酉山太尊,未遇。沈阁臣来拜,未见。

二十四日(12月10日)　辛卯,晴,冷。到臬署监印。钱少仙(恩平县)来拜,晤谈。

二十五日(12月11日)　壬辰,晴,冷。到西湖街各砚铺观看。到臬署监印。送臬台张安圃廉访端砚一方,收。

二十六日(12月12日)　癸巳,晴,冷。臬台审案,前去伺候。答拜钱少仙、沈阁臣,皆未遇。九老会期,陈香谷值月,在竹安居约饮,前去赴约。

二十七日(12月13日)　甲午,晴,冷。答拜张子猷,晤谈。到西湖街订砚台盒。李雨臣来访,晤谈。魁粮道明日寿辰,差人挂号预祝。二十五日晚时近二鼓,忽见霄际有红光闪闪如电,历二分钟之久始散,非同闪电之旋灭旋生,继又有声隐隐如雷耳,而目之初犹以为雷电也。惟当此秋收冬藏之际,原非雷鸣电掣之时,嗣闻人言当火光时见有巨星一颗由西过东,落地有声,又有疑为别事者,众说纷纭,莫衷一是,非善讲天文者不能明其所以然矣。今日接李慕白由东安县来信一件。

二十八日(12月14日)　乙未,晴,冷。与魁粮道拜寿,挡。梁佐丞来访,谈。到臬署收呈廿二张。晚到膏牌局长谈,四更归。

二十九日(12月15日)　丙申,晴,冷。兼署抚宪谭审案三起,前往顺各犯供,并禀知伺候审案,随到臬署销差。沈阁臣来访,谈。访侯曼村叙话。夜访张云程长谈。

十一月初一日(12月16日)　丁酉,晴,冷。到臬署各庙行香毕。到莲塘街答拜客。回本署各神位前行香,众书差等禀贺。到臬署监印。

初二日(**12月17日**)　戊戌,晴,冷。访多雨山未遇。访黄幼陔叙话。到臬署监印。访刘君符、福兰亭闲谈。

初三日(**12月18日**)　己亥,晴,冷。访尚欣之、张云程,皆未遇。许少青来拜,晤谈。到臬署监印。维桢儿由关到港,由港到省。到臬署收呈十四张。成藩台丑时病故。

初四日(**12月19日**)　庚子,晴,渐暖。张臬台署藩台,魁粮道署臬台,候补闫署粮道,前往各处禀贺,并拜王之藩、辛芝如毕。回署,午后到臬署监印。内子偕大儿夫妇、三儿暨魁生孙申刻由关来署。

初五日(**12月20日**)　辛丑,晴,暖。到臬署监印。

初六日(**12月21日**)　壬寅,晴,暖。九老会期,宋华庭承办值月,在竹安居约饮,前赴约。程勖康来谈。

初七日(**12月22日**)　癸卯,晴,暖。冬至节。寅刻往万寿宫,穿朝服,随列宪行朝贺礼毕。到督宪禀贺,挡。到臬、道两处禀贺,见。差人到运署禀贺毕。回本署,众书差等禀贺。祭祀祖先,率儿等拈香行礼。

初八日(**12月23日**)　甲辰,晴,暖。卯刻到臬署送印,于粮道署伺候魁道接臬台印,并禀贺毕。回本署吃饭。未刻到臬署,伺候张臬台接藩台印,并禀贺。两处皆不收履历。闫候补道接粮道印,亦是未刻,差人呈履历禀贺。夜侯曼村来访,谈。

初九日(**12月24日**)　乙巳,晴,暖。差人到藩、臬、道禀上衙门。拜瑶峰舅,晤面叙话。访张云程,晤谈。

初十日(**12月25日**)　丙午,晴,暖。到藩台、臬台两处禀上衙门,见毕。答拜客。夜访刘君符谈。

十一日(**12月26日**)　丁未,晴,暖甚。到臬署监印。辛芝如来访,未遇。夜侯曼村来访,谈。

十二日(**12月27日**)　戊申,晴,大风。魁臬台、闫粮道行新任香，前去伺候。答拜辛芝如，未遇。刘荫南孙女招赘，前去道喜。到臬台监印。辛芝如来拜，晤谈。夜访尚欣之叙话。

十三日（**12 月 28 日**）　己酉，晴，暖。到臬台监印。到仙湖街看物。回本署办事。到臬署收呈十六张。夜访侯曼村叙话。

十四日（**12 月 29 日**）　庚戌，晴，暖。徐用之、沈阁臣来谈。到臬署监印。

十五日（**12 月 30 日**）　辛亥，晴，暖。卯初刻到粮道署，禀贺署臬台魁，见毕。到臬署各神前行香。禀贺署藩台张，见毕。拜东关汛李，未遇。回本署各神位、祖先前行礼，众书差等禀贺。到臬署监印。

十六日（**12 月 31 日**）　壬子，晴，暖。魁臬台审案四起，前去伺候。访宋颖云叙话。九老会期，宋华庭值月，在竹安居约饮，前去赴。访侯曼村，收齐笏臣欠款廿五两正。

十七日（**1896 年 1 月 1 日**）　癸丑，晴，暖。访多雨山，未遇。到新海防捐局叙话。

十八日（**1 月 2 日**）　甲寅，晴，暖。宋鸣翔来拜，未见。答拜客。与倪心葵道生子喜，答宋公，皆未遇。到臬署收呈十四张。夜访辛芝如、福兰亭，皆晤谈。访刘君符，未遇。

十九日（**1 月 3 日**）　乙卯，晴，暖。访程勷康叙话。林含青来访，未见。夜访刘君符叙话。

二十日（**1 月 4 日**）　丙辰，晴，暖甚。禀见魁臬台。新任按司狱宋拜会，晤面叙话。找齐笏臣讨债。访刘君符叙话，遇侯信农，约其二人到竹安居小酌。

二十一日（**1 月 5 日**）　丁巳，晴，暖。到臬署监印。访吴子敬谈。

二十二日（**1 月 6 日**）　戊午，晴，暖甚。禀见魁臬台，见毕。回本署，午后到臬署监印。尚欣之来访，谈。夜访张云程，未遇。接李慕白由东安来信。

二十三日（**1 月 7 日**）　己未，晴，暖甚。到臬署监印。回本署办公事。到臬署收呈十六张。

二十四日(1月8日)　庚申,晴,暖甚。访多雨山,未遇。访凤翼臣长谈。午后到臬署监印。奉顺直赈捐局札委,帮办捐局文案、核奖及劝捐等。访宋颖云叙话。作复东安县李慕白信。五更贤藏街灯笼店失火,前往看视。

二十五日(1月9日)　辛酉,晴,暖甚。禀见张藩台,并禀谢委。拜多雨山并道谢,未遇。到顺直赈捐局禀见魁臬台,并禀知奉藩台委赈捐局差。差人到督署,禀知委赈捐局差,禀谢。到臬署监印。吴次枚来访,未遇。接李振生由博罗县幕中来信。

二十六日(1月10日)　壬戌,晴,暖甚。拜多雨山,与凤翼臣道署电茂场喜,皆晤。答拜范、陈、孙三人,皆未遇。拜夏端甫,未遇。九老会期,宋华庭值月,在竹安居约饮,前去赴约。新会县送橙子四篓,收下。

二十七日(1月11日)　癸亥,晴,暖甚。吴子敬来访,谈。杨琴生来访,晤叙。

二十八日(1月12日)　甲子,晴,暖甚。到顺直赈捐局坐。拜贾聘九、毕念萱、赵纯卿,皆未遇。到臬署收呈十七张。发致姚月如各信,交森昌信局寄关。到藩司前安烟袋。

二十九日(1月13日)　乙丑,阴,清晨微雨,午后微晴。督宪审案,前往督署官厅顺各犯供,并伺候审案。拜李仲莱,晤谈。拜古积臣,未晤。到臬署禀见魁臬台毕,回本署。午后到冯谭芭家看画帖,惟《多宝塔》《圣教序》各一本皆宋拓本,甚佳,《道因碑》一本系明拓本,亦好。

三十日(1月14日)　丙寅,晴,暖。臬台审案,前去伺候。拜李华甫太尊未遇。午后到顺直捐局。

十二月初一日(1月15日)　丁卯,阴,早晚微雨,暖。禀贺藩、臬,皆见。到臬署各神前行香。回本署各神位前行香,书差等禀贺。到臬署监印。到顺直赈捐局。夜访多与三太尊谈。

初二日(1月16日)　戊辰,阴,微雨,稍凉。到臬署监印。

初三日(1月17日)　己巳,阴,冷。到臬署监印。电报张廉访升授广东藩司,魁观察升授广东臬司,广东抚台放河督许振祎。前往藩、臬两司禀贺。到臬署收呈十九张。宋静安在公馆备席约饮,前去赴席。

初四日(1月18日)　庚午,阴雨,风,冷。藩、臬会审刘学询之案,前去伺候,并监印。

初五日(1月19日)　辛未,阴雨,风,冷。发致东安县李慕白信。到臬署监印。到文林阁谈法帖。夜访刘君符谈。

初六日(1月20日)　壬申,晴,冷。九老会期,英杰甫承办,在竹安居约饮,前去赴约。夜到藩署。

初七日(1月21日)　癸酉,晴,冷。到藩署吊成方伯,行礼。访吴子敬叙话。到清秘阁观字画。到濠畔街文林阁稍坐。到顺直赈捐局。

初八日(1月22日)　甲戌,晴,稍冷。臬台审案,前去伺候。回本署办公事。到臬署收呈十张。

初九日(1月23日)　乙亥,晴,稍冷。成藩台出殡,在双门上街众首领路祭,前去行礼。魁臬台老太太明日寿辰,前去预祝,挡而未见。到清秘阁稍坐,叙话。到小新街大昌定做神盒。夜访宗济生谈。

初十日(1月24日)　丙子,晴,风,冷。到臬署,禀见张藩台毕。到粮道署,与魁老太太拜寿,挡。刘君符来访,谈。同伊送多雨山行,晤谈。

十一日(1月25日)　丁丑,阴,冷。到臬署监印。夜大雨。

十二日(1月26日)　戊寅,阴,早雨,冷,午后晴,暖甚。到臬署监印。访冯覃芭叙话。

十三日(1月27日)　己卯,暖甚。人皆服夹衣。到城隍庙烧香。到臬署监印。回本署剃头。到臬署收呈十六张。发致河南额方伯贺年禀,并发致署河南孟津李信。

十四日(1月28日) 庚辰,阴,大风,冷甚。人皆服皮衣。到臬署伺候审案二起。午后到臬署监印。

十五日(1月29日) 辛巳,阴,冷,微风。清晨禀贺臬台,见毕,到臬署各庙行香。禀贺藩台。回本署各神暨祖先前行礼,众书差等禀贺。午后臬署监印。大新街、高第街买物。夜微雨。

十六日(1月30日) 壬午,阴,微雨,冷。张藩台太太明日寿辰,前去预祝,挡而不见。臬台考候补同通州县月课,前去监试。题目:刑期无刑论。本年举办大计,蒙张藩台、谭制台保荐卓异,今午揭晓余考语"稳练安详,奉职维谨"。共荐举八员,南韶道阿克敦、廉州府刘齐浔、理事同知文山、佛山同知刘国光、潮州通判倪思铎、番禺县惠登甲、归善县邹之麟、仁化县卢蔚猷、化州训导罗鼎、韶州府教授潘屡端、藩库大使宋寿嵩、白石场大使裘宪琦。纠参不职官十四员,不谨罗定州吏目魏应辰、吴川教谕梁国琛、徐闻宁海司宋球、归善典史鋆、归善内外司张文端,罢软永安教谕陈龙藻、琼山水尾司稽如圻,浮躁封川典史钱福宜、茂名典史陈才猷,有疾长宁县章毓桂、始兴典史陈朝鑅,年老连平州学正陈炽基,才力不及感恩县潘志赓、增城典史张继伯。是日九老会期,英杰甫值月,在竹安居约饮,余未到。

十七日(1月31日) 癸未,阴雨,冷。臬台考候补佐杂各官月课,前去监试。题目:大法小廉论。夜吴次枚来访,谈。

十八日(2月1日) 甲申,阴雨,冷。张藩台迁进衙门,前去禀贺,并禀谢保荐卓异,见毕。禀见魁臬台,禀谢保荐。回本署办公。晚到臬署收呈十三张。

十九日(2月2日) 乙酉,阴,冷。到督署、臬署伺候封印毕。回本署,穿朝服,望阙谢恩,并拜印,行三跪九叩首礼。回二堂,更花衣,出大堂,升座封印,众书差等叩头禀贺。是日未刻,九老会友在三君祠为陈香谷、丁梅卿公祝寿,前去作东道主,酉初席罢而归。

二十日(2月3日) 丙戌,阴,大雨终日,冷。同宋颖云禀见谭宫保,谢荐举卓异,见毕。回本署办公事。是日迎春。

二十一日(**2月4日**) 丁亥,立春。差人到督、抚、司、道衙门挂号,禀贺新春。到臬署监印。夜访梁佐丞谈。

二十二日(**2月5日**) 戊子,阴雨竟日,冷。到臬署伺候审案三起。答拜客。到臬署监印。访刘君符、王中之叙话。

二十三日(**2月6日**) 己丑,阴雨终日,冷。程勖康、张云程来访,叙话。到臬署监印。访刘君符未遇。到藩署访宋颖云叙话。到善后局访王鹤生、尚欣之,皆未遇。接李慕白由东安县来信,并捐壹百四十六两四钱二分,转交张云程兑收。

二十四日(**2月7日**) 庚寅,阴雨终日,冷。到臬署监印。福兰亭来道喜,晤谈。作复李慕白信。接葆伯轩由从化县来贺年信。

二十五日(**2月8日**) 辛卯,阴雨终日,冷。史松泉、陈孝兰先后来道喜,未见。到臬署监印。

二十六日(**2月9日**) 壬辰,阴雨终日,冷。格幼溪来道喜,未见。

二十七日(**2月10日**) 癸巳,晴,冷。到藩署账房、门房叙话。南海县、番禺县、广协各处送年礼,皆未收。

二十八日(**2月11日**) 甲午,阴,微雨。接肇庆府经姚小山、沙湾司覃、赤水司李茂堂各贺年信。二十三日起连日发臬署月课试卷、奖银。

二十九日(**2月12日**) 乙未,阴,微雨,冷。早到臬署、藩署,禀见辞岁。答拜格幼溪、福兰亭、陈孝兰、史松泉、汪端甫,皆未见。回本署,办理一切年事。夜率大、三儿、众孙暨内子、儿妇等祭祀祖先,叩头焚香辞岁。众家人并众书差等皆叩头辞年。督宪、运台、粮道各处,皆差人挂号辞岁。

光绪廿二年(1896年),岁次丙申

卷 一

正月初一日(1896 年 2 月 13 日)　丙申,阴雨昼夜,冷。子正时迎神接皂,祭祖先,拈香行礼毕。出门,到万寿宫,换朝服,随各大宪行朝贺礼毕。随到臬署伺候魁臬台行各神前香,与臬台拜年,行大礼。随到藩署,与张藩台拜年,行大礼。随到张母舅处拜年,因睡未见。回本署关帝、土地、皂王、祖先各神前行礼,众儿孙等叩头拜年,众家人等叩贺年,众书差等叩头禀贺。督宪、运台、粮道各处皆差人挂号。是日来拜者六十位,皆未见。

初二日(2 月 14 日)　丁酉,阴,大雨昼夜,冷甚。差人到各处拜年。是日来拜者四十四位,皆未见。

初三日(2 月 15 日)　戊戌,阴,大雨昼夜,冷甚。差人到各处拜年。是日来拜者十三位,皆未见。

初四日(2 月 16 日)　己亥,阴,雨大作,冷甚。差人到各处拜年。是日来拜者四十八位,皆未见。

初五日(2 月 17 日)　庚子,阴雨,大风,冷甚。差人到各处拜年。是日来拜者十位,皆未见。

初六日(2 月 18 日)　辛丑,早阴雨,午晴,夜仍阴雨,冷。到臬署叙话。九老会期,凤翼臣值月,在竹安居约饮,前去赴约。是日来拜者十六位,皆未见。

初七日(2 月 19 日)　壬寅,晴,渐暖。携维燮带梁书闲步西关,雇小艇乘坐到花埭闲游,到大通寺观看,归到西关下艇,仍缓步回署。是日来拜者三位,皆未见。

初八日(2月20日) 癸卯,阴雨昼夜,冷甚。是日来拜者五位,皆未见。

初九日(2月21日) 甲辰,阴,昼微雨,夜大雨,冷甚。梁佐丞来访,谈。接连州秦旭堂拜年信。是日来拜者四位,皆未见。

初十日(2月22日) 乙巳,阴雨昼夜,冷甚。肇罗道吴进省,住行台,前去禀贺,见毕。随禀贺张藩台,奉到部文换顶戴,见毕。随禀贺魁臬台,奉部文实授。接东安县李慕白拜年信。皇后千秋,穿花衣补褂一天。

十一日(2月23日) 丙午,阴,冷。到臬署监印。

十二日(2月24日) 丁未,晴,渐暖。到臬署监印。到瑶峰舅公馆补拜年,登堂行大礼。答拜冯灼孝,未遇。到臬署点书吏换班名。夜到藩台前买笔墨。

十三日(2月25日) 戊申,薄阴,微暖。到臬署监印。到归德门内外买物。接维垣儿由关来家信。李振声来拜,晤谈。

十四日(2月26日) 己酉,阴,潮湿渐生,微暖。到臬署监印。

十五日(2月27日) 庚戌,阴雨昼夜,渐暖。禀见臬台,并禀贺。到臬署各神前行礼。禀贺藩台,见毕。到华宁里答杨锡霖太史,并答拜戴、胡二人。回本署各神前及祖先前行礼,众书差等禀贺。祭祖先,上供,率儿等叩头。到臬署监印。辛芝如拜会,为同乡团拜事,晤谈。

十六日(2月28日) 辛亥,阴,微雨。臬署金押刘松贵、石剑庭在署约饮,前去赴席。是日九老会期,未到,辞。

十七日(2月29日) 壬子,阴。月食八分廿八秒,初亏丑初三刻,食甚寅初初刻十三分,复圆寅正二刻十一分。子正到臬署救护,随臬台于初亏时行三跪九叩礼,食甚稍跪,复圆行三跪九叩礼。初亏、食甚穿元青褂,复圆穿补褂。卯初回本署睡觉。午后凤翼臣来访,谈。接傅仲安由京来信。又接济仁舫由通衢司来信。

十八日(**3月1日**)　癸丑,阴,毛雨,微冷。闲步大南门、藩司前观物。接肇罗道吴观察拜年信,并璧手本。

十九日(**3月2日**)　甲寅,晴,暖。寅刻开印,穿朝服,望阙叩头并拜印,均行三跪九叩礼毕。回二堂,更衣蟒袍补褂,升大堂,书吏开印,众书差等禀贺叩头,退堂。随到臬署,伺候臬台开印,并禀贺。督、抚、藩、运、道各处,皆差人禀贺,伺候开印。闲步贤思街一带看桌椅。贾兰溪来拜,未遇。

二十日(**3月3日**)　乙卯,晴,暖。到藩、臬两处禀见,见毕。答拜贾兰溪,未见。答拜辛芝如,晤谈。接维垣儿由关来电报,为报永平府岁考齐集并缺派盖口事。闲步靖海门外泰安栈讲话。

二十一日(**3月4日**)　丙辰,阴雨竟日,稍冷。到臬署监印。去岁押冯誉骥中丞价宋拓《圣教序》一本,昨日期满赎回,息未能得之,亦许物各有主耳。

二十二日(**3月5日**)　丁巳,阴,冷。到臬监印。福兰亭来拜会。到泰安栈讲话。

二十三日(**3月6日**)　戊午,阴,微雨,大风,冷。维桢儿赴永平府应岁考,搭火轮渡船往香港,由港搭船往上海、天津,携带家人邵春,并将奶子老闰带回关。余到鸿安、泰安各栈,以及渡船上照料一切。午后到臬署监印。晚到臬署收呈十二张。

二十四日(**3月7日**)　己未,阴,大风,冷,晚微雨。到臬署监印。访张云程未遇。作寄维桢信,并棉袄裤、马褂、马褥等物,交泰安栈寄香港。

二十五日(**3月8日**)　庚申,阴,微雨。访张云程叙话。到臬署监印。

二十六日(**3月9日**)　辛酉,阴雨,冷。作致傅仲安信。九老会期,凤仪臣值月,在竹安居约饮,未去,辞。

二十七日(**3月10日**)　壬戌,阴,微雨,稍冷。奉直同乡在广雅书局团拜,共到四十余人,陈同巢、辛芝如承办。

二十八日(**3 月 11 日**)　癸亥,阴,微雨,夜大雨,雷电交作,冷。到臬署收呈四张。张藩台寿辰,差人禀祝禀贺。

二十九日(**3 月 12 日**)　甲子,晴阴无定,早大雨,午细雨。抚台审案九起,前往督署顺各犯供,并伺候审案毕,到臬署禀销差。

三十日(**3 月 13 日**)　乙丑,阴,微雨,冷。扬老太爷异辰,上供,拈香叩头。

二月初一日(**3 月 14 日**)　丙寅,阴,冷。到臬署各庙行香,禀见藩、臬,并禀贺。回本署关帝、土地、皂君、财神、祖先各神前行礼,众书差等禀贺。到臬署监印。访冯罩伯谈。

初二日(**3 月 15 日**)　丁卯,阴,微雨,冷。寅刻到文庙,随各宪祭圣人毕。到臬署福德祠并科房内福德神前行礼。回本署福德祠前行礼。午后到臬署监印。梁佐丞来访,谈。

初三日(**3 月 16 日**)　戊辰,阴,稍暖,湿甚。寅刻到文昌庙,伺候臬宪祭文昌诞事毕。到臬署科房祭文昌,代臬台行礼。午后到臬署监印。到式古斋讲话。到臬署收呈七张。与福兰亭道饬赴赤溪新任喜。

初四日(**3 月 17 日**)　己巳,阴晴无定,湿甚,稍暖。到臬署监印。辛芝如来访,谈。

初五日(**3 月 18 日**)　庚午,阴,微雨,湿甚,稍暖。到臬署监印。写河南二女信。

初六日(**3 月 19 日**)　辛未,晴阴无定,湿暖。交全泰成信局,往河南寄信一封、夏布廿尺。贾兰溪来访,谈。九老会期,丁梅卿值月,在伊公馆备席约饮,余辞而未到。

初七日(**3 月 20 日**)　壬申,晴阴无定,风雨交作,冷甚。静坐观书。

初八日(**3 月 21 日**)　癸酉,阴,大风,冷甚。到西关德兴街点交房四间。到臬署收呈六张。

初九日(**3 月 22 日**)　甲戌,阴,大风,冷。魁臬台移进衙门,前往禀贺。禀贺王雪臣观察。回本署吃早饭后,访贾兰溪、格幼溪闲谈。访辛芝如,未遇。接维桢由上海来信。

初十日(3 月 23 日)　乙亥,阴,冷。到西关十八铺月馆、赌馆并福德里口赌馆二间,点交业户永信堂承领。

十一日(3 月 24 日)　丙子,阴,冷。到臬署监印。曹志轩、尚欣之、金鹿轩、郑访樵、刘月桥、赵□同余,在同兴居公请同乡杨雨农太史小酌。王雪臣观察来谢步,未见,挡。

十二日(3 月 25 日)　丁丑,阴,冷,风。到臬署监印。

十三日(3 月 26 日)　戊寅,阴,暖。到臬署监印。访吴方城、沈伯鸿二位幕友闲谈。到臬署收呈九张。

十四日(3 月 27 日)　己卯,晴,暖。到臬署监印。到华宁里买物。

十五日(3 月 28 日)　庚辰,晴,暖甚。到臬署关帝、土地、东树神各处行礼。禀贺臬台,见毕。回本署各神位前行礼,众书差等禀贺。督、抚、藩、运、道各处,皆差人禀贺。九老会众君为凤翼臣补祝寿日,张松泉承办,雇紫冻艇,备酒席,游化埭。巳刻去,申刻归。余前去作东道主。是日臬署监印,托用印之刘松贵代盖戳子。

十六日(3 月 29 日)　辛巳,晴,暖甚。访张云程讲话。

十七日(3 月 30 日)　壬午,晴,暖。到善后局访尚欣之叙话。访福兰亭,未遇。访贾兰溪闲谈。

十八日(3 月 31 日)　癸未,阴,夜微雨,暖。到臬署收呈七张。夜访福兰亭,未遇。

十九日(4 月 1 日)　甲申,阴雨,冷。到臬署叙话。

二十日(4 月 2 日)　乙酉,阴,冷。宋静山来访,谈。接维桢由天津来信,得悉伊二月初二日由上海开船,初七日到津,拟初八日登火车往偏汀,一路平顺。

二十一日(4 月 3 日)　丙戌,阴,微雨,微雷,稍冷。到臬署监印。接李牧初由河南省城来信。

二十二日(4月4日)　丁亥,阴雨终日,稍冷。到臬署监印。九老会丁梅卿值月,改今日在伊公馆约饮,余因雨阻未去,辞。是日清明节,祭祀祖先,率儿孙等叩头行礼。

二十三日(4月5日)　戊子,阴雨终日,稍冷。福兰亭拜会,晤谈。到臬署监印。晚到臬署收呈十一张。

二十四日(4月6日)　己丑,阴雨终日,稍冷。到臬署监印。格幼溪来访,谈。

二十五日(4月7日)　庚寅,阴,晚微雨,稍暖,潮湿太甚。魁臬台进京陛见,委候补道张(名铭树,字少渠,湖南巴陵人,戊午举人,壬戌贡士,即用知县捐升道员)署理臬篆,前往张公馆禀贺禀见,因出门未见着。答拜蒋渭农,送凤翼臣行,皆未遇。到臬署监印。宋静山来访,一同到张公馆。

二十六日(4月8日)　辛卯,阴雨竟日,湿,暖。终日无事。熊干庭来看脉。夜服药。

二十七日(4月9日)　壬辰,晴阴无定,微雨,湿潮甚极。九老会期,丁梅卿值月,改今日在竹安居约饮,前去赴席。访福兰,未遇。接大女由关来信。

二十八日(4月10日)　癸巳,阴,夜雨。接张镜湖由京来信,为卓异事。到藩台前各街闲步。

二十九日(4月11日)　甲午,阴,大雨。到督辕顺各犯供,伺候督抚宪审案。晚在新同升酒馆,同宋静庵公请臬署账房胡仁之并金稿、用印、传帖诸人小酌。

三十日(4月12日)　乙未,晴,热,夜微阴雨。

三月初一日(4月13日)　丙申,晴,热。到臬署神位前行礼,禀贺臬台毕。禀贺藩台,见毕。回本署各神前行礼,众书差等禀贺。到臬署监印。夜访福兰亭叙话。

初二日(4月14日)　丁酉,晴,热。巳刻张少渠观察接臬台印,前去送印,并伺候接印,呈履历,禀贺。钟镜瑜、尚欣之、宋伯言先后来拜，谈。

初三日(**4月15日**)　戊戌，晴，热。到皇华馆禀见张署臬台，见毕。回本署，饭后到皇华馆监印。访宋静庵谈。

初四日(**4月16日**)　己亥，晴，热，夜微雨。五更祭先农坛，行耕耤礼，督、抚、司、道、府县、佐杂等官各供其事。臬台扶犁执鞭，余播种，五斗司捧箱，事毕。到皇华馆张臬台禀上衙门。回本署，饭后到皇华馆监印。冯绍志来拜(即冯誉骥之次孙)，出宋拓《圣教序》一本，欲售于余。余以九十金沽之。此帖宋拓本无疑，经许多识者观之，皆曰不易得之物也。此乃无价宝，九十金便宜之至。

初五日(**4月17日**)　庚子，晴阴无定，微雨阵阵，热。到皇华馆监印。到清秘阁闲观，买九曜石之中墨拓碑一张，价二毫。

初六日(**4月18日**)　辛丑，阴，大雨。九老会期，张松泉值月，假竹安居约饮，因雨阻未到。接营口和顺长信并清单。

初七日(**4月19日**)　壬寅，晴，晚阴雨。魁臬台往京陛见，今午起程，前往天字马头船上送行。张署臬台到文、武庙、文昌、天后各庙行新任香，前往各庙伺候。到臬署稍坐。接天来福信并清单。宋伯言来访，谈。

初八日(**4月20日**)　癸卯，晴，热。辰刻往白鹅潭财生轮船上送魁臬台行。归到濠畔街买衣包。到文林阁坐谈。到皇华馆收呈十八张。

初九日(**4月21日**)　甲辰，晴，热。访贾聘九，未遇。访张云程晤话。访冯谈芭闲谈。

初十日(**4月22日**)　乙巳，晴，热。教洋学先生张允鸿字渐磐来拜，晤谈。张云程来访，同伊到学署访恽学台、管账房吴善□带领游学署花圃(即古药洲)，内有九曜石及许多名人碑迹。

十一日(**4月23日**)　丙午，晴，热。到皇华馆署臬台处监印。

十二日(**4月24日**)　丁未，晴，热。到皇华馆监印。到双门底买印色盒，并洋书、沿笔、石板等物。夜又到皇华馆。

十三日(4 月 25 日)　戊申,晴,热。到皇华馆监印。福兰亭来辞行,晤。到皇华馆收呈九张。送兰亭行,晤谈。

十四日(4 月 26 日)　己酉,晴,热。接李子丹由京来信。又接仲安由京来信。到皇华馆监印。到藩署稍叙话。

十五日(4 月 27 日)　庚戌。晴,热,午后阴,微雨。到臬署各神前行礼。到皇华馆张臬台禀贺,见毕。到藩署禀贺张藩台,见毕。回本署各神前并祖先前行礼,众书差等禀贺。到皇华馆监印。访吴子敬闲谈。张云程来访,叙话。张渐磐来,教维燮儿洋文。督、运、道各处,皆差人禀贺。

十六日(4 月 28 日)　辛亥,晴,热。九老会期,张松泉值月,在竹安居约饮,前去赴席。访许少卿于王公馆,叙话。

十七日(4 月 29 日)　壬子,晴,热。早刘君符来署,云伊出结借余印郑锡珍家属领运费银两事,现在张藩台问到潮州府来文,委郑锡珍署汤坑司巡检缺,番禺县报郑锡珍病故,此事如何讲法,令人不明。午后张藩台传见余,亦为此事,答云余印系因刘令出结,刘令出结系由侯从九所托,侯从九系孔知事请托而来,至孔知事余却不识也。藩台令余找侯,令侯找孔盘诘一切。余赶到侯处,将一切情形告其说知,伊即设法找孔。余随到督署,找张干臣饬抚院房打听此案是否咨部。晚侯从九来署商酌。夜到藩署稿案查此案情。

十八日(4 月 30 日)　癸丑,晴,热甚。早侯曼村送信,已将孔昭炳找到伊寓,余赶即到此问明,即回署更衣,会同刘君符禀见藩台回明,听候吩示。藩台令余将其二人带藩署听候发落,当即到侯寓将其二人带藩署。藩台即将周广府传到,将其二人府带去,带府将孔知事交府经看管,听候核办。余随到皇华馆收呈六张。夜张燕堂来访,谈。余访宋华庭,拟禀稿。

十九日(5 月 1 日)　甲寅,晴,热。办红白禀,此禀余同君符会衔自行检举之意。侯曼村来访,晤谈。夜到藩署稿案房叙话。晚阴,微雨。

二十日(5月2日)　乙卯,微阴。访宋华庭,有事叙话。访刘君符,仍议此案。

二十一日(5月3日)　丙辰,微阴,凉。到皇华馆监印。

二十二日(5月4日)　丁巳,阴,微雨,凉。到皇华馆监印。余生辰,众儿孙等叩头。张云程来访,交空白实收五张。

二十三日(5月5日)　戊午,阴,早晚微雨,凉。梁佐丞来访,晤话。到皇华馆监印。宋华庭来访,谈。到皇华馆收呈八张。

二十四日(5月6日)　己未,阴,微雨,稍凉。吊夏端甫。访辛芝如。到皇华馆监印。刘君符来访,晤谈。

二十五日(5月7日)　庚申,阴,凉。延粮道接印,前去禀贺,见。答拜钟镜宇、宋恒坊。

二十六日(5月8日)　辛酉,晴,热。九老会期,张松泉值月,在竹安居约饮,前去赴席。

二十七日(5月9日)　壬戌,晴,热。张署臬台审案三起,前去伺候。答拜葆伯萱,未遇。作覆京中部吏张镜湖信,为卓异事,交信局寄。贾聘九来访,谈。

二十八日(5月10日)　癸亥,晴,热。李鸣岐来拜,晤谈。到粤秀街答拜客。到天官里答拜孙士鼎。到皇华馆收呈七张。

二十九日(5月11日)　甲子,晴,热。督宪审案二起,前去顺各犯供,并禀伺候审案。王雪臣观察辞行,挡而未见。钟镜宇先后来拜,晤谈。

三十日(5月12日)　乙丑,晴,热。辛芝如来拜,晤谈。答拜李鸣岐、李长泽,皆未晤。送王雪臣行,未晤。拜刘清泰太尊,晤谈。九老会诸君假三君祠备酒席,补祝余寿,前去赴席。

四月初一日(5月13日)　丙寅,晴,热。到臬署各神位前行礼。到皇华馆禀贺张臬台,见毕。到番捕署,会同吴子敬到番禺监内,将秋审犯人十一名提出勘验搜查毕。到南捕署,会同周晓岚到南海监内,将犯人二十四名提出勘验搜查毕。回本署各神位前行礼,众书差等禀贺。午后到皇华馆监印。访宋华庭叙话。

初二日(5月14日)　丁卯,晴,热。到皇华馆监印。

初三日(5月15日)　戊辰,晴,热。请秋审供事委员十三名小酌,齐集之意也。到皇华馆监印。宋华庭来访,未遇。到皇华馆收呈七张。

初四日(5月16日)　己巳,晴,热。辰刻到督署办理秋审事毕。到皇华馆臬台处禀谢禀销差。回本署吃饭后,到皇华馆监印。刘君符来访,未遇。

初五日(5月17日)　庚午,晴,热。到皇华馆监印。侯曼村来访,晤谈。

初六日(5月18日)　辛未,晴,热甚。到西关第七甫生和泰叙话。到晓珠里买白洋布。午后到贾兰溪讲话。九老会期,周绍堂承办值月,在其署内约饮,前去赴席毕。随往谷埠,赴臬署刘松贵之约。接仲安由京来信,又接李伯鸿由林亭口来信。

初七日(5月19日)　壬申,晴,热。到赈捐局稍坐。宗济生、钟镜宇先后来访,晤谈。夜到藩署讲话。

初八日(5月20日)　癸酉,晴,热。答拜宗济生,晤。答拜夏敬延、李平皆,均未遇。到皇华馆收呈七张。

初九日(5月21日)　甲戌,阴雨昼夜,稍凉。

初十日(5月22日)　乙亥,阴,早晚微雨。熊干廷来,与合家大小人口看脉,防时气之意。填写宋寿崇捐未入流职衔并请貤封庶母实收二张。

十一日(5月23日)　丙子,阴,微雨,稍凉。到皇华馆监印。

十二日(5月24日)　丁丑,阴晴无定,夜大雨。到皇华馆监印,点书吏换班名。访吴子敬叙话。陈桐巢来访,晤话。

十三日(5月25日)　戊寅,忽雨忽晴,热。到皇华馆监印,收呈七张。答拜陈桐巢,未遇。修补旁院西房瓦面檐口并东房房檐,共银三两八钱,因十一日大雨所拓。

十四日(5月26日)　己卯,早阴,微雨,午后晴。到皇华馆监印。

十五日(5月27日)　庚辰,晴,热。到皇华馆监印。到臬署各神前行礼。到皇华馆禀贺张臬台,见毕。回本署各神位并祖先前行礼,众书差等禀贺。督、藩、运、道各处,皆差人禀贺。

十六日(5月28日)　辛巳,晴,热甚。九老会期,周绍堂值月,在竹安居约饮,前去赴约。

十七日(5月29日)　壬午,晴,热甚。到源丰润票号访王锦书,由该汇京之平松江四十四两交傅仲安,还宗人府考供事费廿四两,交张镜湖办卓异费廿两,并致仲安信一封,托该号寄京。随到上陈塘一带查赌馆。

十八日(5月30日)　癸未,晴,热甚。清晨四点钟,到大马头乘艇,同众首领往花埭,迎接许抚宪。随回马头登岸,到抚署候许中丞入署,见毕。回本署已未正矣。晚皇华馆收呈十四张。

十九日(5月31日)　甲申,晴,热甚。宋伯言在新同升约饮,前去赴席。席罢,到臬署访沈伯鸿老夫子,未遇。

二十日(6月1日)　乙酉,晴,热甚,夜风雨交作,凉。寅刻许中丞接印,前禀贺,呈履历,皆未收。午后许少卿来拜,晤谈。夜访沈伯鸿叙话。

二十一日(6月2日)　丙戌,晴,热。到臬台行台监印。李雨臣来访,未见。阮子祥来访,晤谈。接李牧初致维桢信一缄。

二十二日(6月3日)　丁亥,阴雨,稍凉。臬台审案,前去伺候。答拜藩经夏,晤谈。答拜许少卿、任玉衡,皆未见。到皇华馆监印。访陈桐巢,晤谈。

二十三日(6月4日)　戊子,阴雨终日,稍凉。禀见藩台毕。禀见许抚宪。见后回本署吃饭。饭后到皇华馆监印。收呈一张。答拜广粮厅刘,未见。熊干廷来,与三儿维燮、二孙橘生看脉。

二十四日(6月5日)　己丑,晴,热甚。到皇华馆监印。贾兰溪拜会,晤。

二十五日(6月6日) 庚寅,晴,热甚。许抚台行八庙香,前往文、武庙、文昌、天后各处伺候。到皇华馆监印。到瑶峰舅处叙话。

二十六日(6月7日) 辛卯,晴,热甚。九老会期,周绍堂承办,在竹安居约饮,前去赴约。

二十七日(6月8日) 壬辰,晴,热。到臬署打听魁大人信息。到藩台前买物。在华宁里裱画店买法帖十八种,价十七元。

二十八日(6月9日) 癸巳,阴,微雨,热。夏稚香拜会,晤谈。到皇华馆收呈六张。答拜陈庆门,未遇。拜格幼溪,晤谈。夜到双门底买物。

二十九日(6月10日) 甲午,阴,微雨,热。到新丰街买物。

五月初一日(6月11日) 乙未,阴,大雨,稍凉。到臬署各神前行礼。到皇华馆禀贺张臬台,见毕。答拜贾兰西,未遇。回本署各神位、祖先前行礼,众书差等禀贺。午后到皇华馆监印。访宋静安叙话。

初二日(6月12日) 丙申,晴,热。到皇华馆监印。

初三日(6月13日) 丁酉,晴,热。到皇华馆监印,收呈八张。梁佐丞来访,谈。曹志轩拜会,晤谈。

初四日(6月14日) 戊戌,晴,热。钟镜宇来拜,晤谈。到皇华馆监印。

初五日(6月15日) 己亥,晴,热。到臬台、藩台禀贺,见毕。到抚台,挡。回本署,众书差、家人等禀贺叩头。祭祀祖先,行礼。到皇华馆监印。

初六日(6月16日) 庚子,阴,微雨,热。九老会期,余值月,在竹安居约饮,前去作东道。夜访张燕堂闲谈。

初七日(6月17日) 辛丑,阴,大雨,热。臬台考同通州县月课,前往监场收卷。题目:司马温公见僚属必问私计是否论、大法小廉策、夏雨生众绿诗得生字。夜陈庆龄来叙话。

初八日(6月18日) 壬寅,晴,热。抚台堂期,禀上衙门。臬台考佐杂各官月课,前往监场收卷。题目:士须自爱论、拟禁擅受民词示、竹深留客处诗得留字。是日接河南藩台额方伯拜年信,接秦旭堂由连州、李慕白由东安县来拜节信。收呈十张。

初九日(**6 月 19 日**)　癸卯,晴,热甚。访济生,未遇。到母舅公馆有事讲话

初十日(**6 月 20 日**)　甲辰,晴阴无定,微雨阵阵,热。接赤溪厅福兰亭拜节信。

十一日(**6 月 21 日**)　乙巳,晴阴无定,忽风忽雨。钟镜宇来访,商与张臬台办寿屏事。到皇华馆监印。到清秘阁稍坐。

十二日(**6 月 22 日**)　丙午,晴,热甚,晚阴,微雨。葆伯萱来拜,未见。英节辅来拜,晤谈。到皇华馆监印。

十三日(**6 月 23 日**)　丁未,阴,雨。到臬署科房祭关帝,行礼。答拜钟镜宇、葆伯萱,皆晤谈。答拜英节辅,与张燕堂道喜,皆未见。回本署祭关帝,行礼。午后到皇华馆监印。到善后局访王鹤生,未遇。收呈七张。

十四日(**6 月 24 日**)　戊申,阴,雨。访王鹤生叙话。到皇华馆监印。答拜丁枚卿,未遇。访夏稚香叙话。接大女由关来信,知其生子,均平安。

十五日(**6 月 25 日**)　己酉,阴雨昼夜。到臬署各神前行礼。禀藩、臬,未遇。回本署各神前、祖先前行礼。宋静庵来拜,谈。到臬署监印,访吴子敬闲谈。

十六日(**6 月 26 日**)　庚戌,阴雨昼夜。九老会期,余值月,在竹安居约饮,前去承办。贾兰溪拜会,晤谈。

十七日(**6 月 27 日**)　辛亥,阴雨昼夜。接赤溪同知福兰亭专丁来函,并捐项银三百两。又接赤水司巡检李嘉林贺节信。访张云程,未遇。

十八日(**6 月 28 日**)　壬子,阴雨。抚台堂期,上衙门。禀见藩台。回本署,饭后拜客。到皇华馆收呈七张。访张云程,晤谈。

十九日(**6 月 29 日**)　癸丑,晴,热甚。臬署差人送信,云接魁臬台由上海来电,云十九夜到香港,廿日可到省,即约宋静庵来此,同搭宝安夜渡赴港迎接。张子康来访,晤谈。接博罗县书启李振生信。

二十日(**6 月 30 日**)　甲寅,晴,热甚。天明,同静庵由宝安渡登香港岸,往鸿安栈,遇葆伯萱、俞信臣。未初刻,魁臬台乘英国公司船到。同伯萱等四人公雇小火船到公司船接见。魁臬台即坐吾侪之小火船到镇涛兵船。余同静庵亦随同乘兵船,于三点钟由港开行。在船无事,同魁臬台闲谈。

二十一日(**7 月 1 日**)　乙卯,晴,热。天明时到天字马头,登岸,随到臬署稍坐。回本署。午后皇华馆监印。

二十二日(**7 月 2 日**)　丙辰,晴,热甚。魁臬台寅刻接印,余于子刻到皇华馆,于丑刻送印到臬署,当即伺候魁宪接印毕。回本署稍歇。张云程来访,晤谈。到抚署顺各犯人供,伺候许抚台审案三起毕,到皇华馆张署臬台禀销伺候抚台案毕,并禀安。晚母舅在新同升请客,约余作陪,前去赴约。

二十三日(**7 月 3 日**)　丁巳,晴,热。到臬署监印。梁佐丞来访,谈。接肇罗道吴拜节信,并璧手本。

二十四日(**7 月 4 日**)　戊午,晴,热甚。抚宪小逆犯三名(石城县人),杀死胞妹一家六命之案,余到抚署官厅顺各犯供,伺候。抚台坐二堂顺供毕,会同督宪、四司道坐大堂,将该犯挪赴市曹凌迟,事毕到臬署销差。午后到臬署监印。是日清晨,到文、武庙、文昌、天后各庙伺候魁臬台行新任香。

二十五日(**7 月 5 日**)　己未,阴,雨。到城隍、龙王各庙,伺候魁臬台行新任香。午后到臬署监印。

二十六日(**7 月 6 日**)　庚申,早阴雨,晚晴。九老会期,余值月,在竹安居备席约饮。

二十七日(**7 月 7 日**)　辛酉,晴,热甚。张燕堂在新同升约饮,前去赴席。探格幼溪病,仅晤伊子。

二十八日(**7 月 8 日**)　壬戌。张卸署臬台寿辰,前去拜寿。到藩台、臬台两处禀上衙门,禀见。拜新放琼州府鹿遂斋,晤谈。王霹雳、侯曼村前后来访,谈。到臬署收呈十六张。

二十九日(**7 月 9 日**)　癸亥,阴雨竟日。吴子敬来拜,晤谈。

三十日(**7 月 10 日**)　甲子,晴阴无定,风雨偶作。九老会诸君备浮萍舟酒席,补祝宋华庭寿辰,由天字马头登舟,到海幢寺游。是日辰刻,臬台审案三起。

六月初一日(**7 月 11 日**)　乙丑,早晴,午后阴雨。到臬署各神前行礼,禀见臬台,并禀贺,见毕。到皇华馆禀卸署臬台张观察,未见。回本署各神前行礼,众书差等禀贺。午后到臬署监印。

初二日(**7 月 12 日**)　丙寅,早晴,午后阴,雨暴至,晚仍晴。到臬署监印。访沈伯鸿老夫子叙话。鹿遂斋来拜,未遇。

初三日(**7 月 13 日**)　丁卯,晴阴无定,风雨阵阵。到臬署监印。访鹿逐斋叙话。答拜蔡简梁。拜林豫荣。到臬署收呈十四张。

初四日(**7 月 14 日**)　戊辰,晴,热甚。到臬署监印。访宋静庵,同伊到藩署吏北科找区老官讲与遂斋缴凭事。到广府前古玩店买瓷帽筒一对。夜访贾兰溪叙话。

初五日(**7 月 15 日**)　己巳,晴,热甚。到臬署监印。访周晓岚谈。访遂斋,未遇。遂斋来访,亦未遇。答拜张松泉,未遇。夜访陈桐巢谈。作复李振生信,寄博罗县幕中。

初六日(**7 月 16 日**)　庚午,晴,热。访遂斋,未遇。九老会期,格幼溪值月,因病托余代办,在竹安居约饮,前去聚会。夜送张燕堂行,晤谈。

初七日(**7 月 17 日**)　辛未,晴,热甚。陈桐巢来,商公请鹿遂斋。

初八日(**7 月 18 日**)　壬申,晴,热极。访鹿遂斋,晤谈。拜多雨山,晤。到母舅公馆稍坐。答拜任玉衡并素波巷守备,皆未遇。到臬署收呈十二张。

初九日(7月19日)　癸酉,晴,热甚。闲步五仙门外大马头一带观看。夜访桐巢叙话。

初十日(7月20日)　甲戌,晴,热甚。钟镜宇来谈。梁佐丞来访,晤谈。

十一日(7月21日)　乙亥,晴,热甚。夜不能眠,汗如雨下。到臬署监印。同乡公请鹿太尊,余同桐巢承办,差人到各家知会,并差人与鹿太尊下请帖。夜桐巢来访,晤谈。鹿遂斋差人送荷包七件、貂皮沿袖、《搢绅》、杏仁、菜头、冬菜、京酱等物,谨收《搢绅》、菜头、杏仁,余皆璧谢。

十二日(7月22日)　丙子,晴,热甚。到臬署监印。夜大雨。

十三日(7月23日)　丁丑,晴,热甚。同乡二十九人借广雅书局备席,公请鹿遂斋太尊,余同桐巢承办,前张罗一切。晚到臬署收呈十五张。

十四日(7月24日)　戊寅,晴,热,雨大阵。贾聘九、贾兰溪之外甥先后来,有事晤话。署海关库任来拜,未见。到臬署监印。钟镜宇来拜,晤谈。

十五日(7月25日)　己卯,晴,热,早微雨。禀见藩、臬,并禀贺。到臬署各神前行礼。与李仲莱道署潮州同知喜。回本署各神位前行香,众书差等禀贺。午后到臬署监印。夜访区宏泉,代鹿遂斋办缴文凭事,将凭一件、履历三代各一纸交区书手,办文禀呈缴,言明费百元。到曹素功买羊毫一支。

十六日(7月26日)　庚辰,早晴,晚阴雨。九老会期,应格幼溪值月,因病托余代办,在竹安备席约饮。

十七日(7月27日)　辛巳,阴晴无定,微雨竟日。抚台审案六起,前去顺供,伺候毕。访陈桐巢叙话。到臬署销差。南海县黄子惠来拜会,未遇。随答拜黄君,晤面,有公事谈。

十八日(7月28日)　壬午,晴,热甚。抚台堂期,禀见。到臬署收呈十一张。

十九日(7月29日)　癸未,阴晴无定,风雨交作。拜南左张子康、西关汛梁礼田,皆晤。拜五仙楼千总李世桂,未遇。夜大风大雨,各处倒树、塌房、翻船等事甚多。

二十日(7月30日)　甲申,阴,大风大雨。到藩署稍坐。

二十一日(7月31日)　乙酉,早阴雨,午后晴。访张子康,未遇。访鹿遂斋,晤谈。到臬署监印。

二十二日(8月1日)　丙戌,晴,热。到臬署监印。访张子康,晤谈。到臬署监印。接京都傅仲安信并张旭信,及大计卓异覆奏稿一本。

二十三日(8月2日)　丁亥,晴,热。到臬署监印。到文林阁说话。到臬署收呈十三张。熊先生来,与魁生治眼疾。

二十四日(8月3日)　戊子,晴,热。到臬署监印。访周晓岚谈。熊先生来看脉。

二十五日(8月4日)　己丑,晴,热。鹿遂斋来辞行,晤谈。荐赵振声丁鹿遂斋处教读。到臬署监印。熊先生来看脉。

二十六日(8月5日)　庚寅,晴,阴,午后微雨大阵,热。寅初刻赴万寿宫,穿朝服,行朝贺礼。送鹿遂斋行,未遇。九老会期,格幼溪值月,因伊有托,余代办,假竹安居约饮,前去代东。夜遇王雨人、华棣之,假天成号闲谈。接李振生由博罗幕中来信。

二十七日(8月6日)　辛卯,晴,热。熊先生来看脉。赵振声来道谢,晤谈。宋静庵来闲谈。王雨人拜会,晤谈。

二十八日(8月7日)　壬辰,立秋,晴,热。答拜赵振声、王雨人,皆遇。到臬署收呈。

二十九日(8月8日)　癸巳,晴,热甚。

七月初一日(8月9日)　甲午,晴,热甚。到臬署各处行香。回本署各处行香,众书差等禀贺。是日日食,午正二刻三分初亏,未初一刻七分食甚,未正初刻十分复圆。到臬署,随臬台救护,即便在此监印。访吴子晋谈。

初二日(8月10日)　乙未,晴,热甚。余交运,系从俗,一天不出门,躲避一切。监印事托臬台门政代办。梁佐丞来访,挡。

初三日(8月11日)　丙申。拜西关汛梁丽泉,晤谈。拜张子康,未遇。到臬署监印。答拜李平叔、王国桢、贾聘九,皆未遇。到臬署收呈九张。夜访云程。

初四日(8月12日)　丁酉,晴,热甚。到臬署监印。子晋来叙话。

初五日(8月13日)　戊戌,晴,热甚。到臬署监印。访梁佐丞谈。

初五日(8月13日)　戊戌,晴,热甚。到臬署监印。①

初六日(8月14日)　己亥,晴,热甚。作致京都傅仲安信,并邱运瀛监生执照二张、实收二张,均交信局福兴润寄京。

初七日(8月15日)　庚子,晴,热甚。访吴子敬,长谈。

初八日(8月16日)　辛丑,晴,热甚。宋静安来谈。到臬署收呈八张。九老会期,陈庆门值月,在竹安居约饮,前去赴约。

初九日(8月17日)　壬寅,晴,热甚,夜阴,微雨风。访多雨山未遇。访贾聘九叙话。王雨人来谈,并取寄存书七套。

初十日(8月18日)　癸卯,晴,热。到大新街闲观,买潮州扇一柄。

十一日(8月19日)　甲辰,晴,早微雨,热。到臬署监印。善凤声来访,谈。访陈桐巢,微雨。访宋静安、吴子敬,皆晤谈。

十二日(8月20日)　乙巳,晴,热。到臬署监印,点臬署书办名。

十三日(8月21日)　丙午,晴,热。访西关汛梁丽田总戎,晤谈。到臬署监印。回本署稍歇。到臬署收呈十三张。拜东关汛李皓泉总戎,未遇。吴子敬约吃便饭,前去赴约。

---

①　按:七月初五日两条干支一致,所记重出,或为作者补记时误书。

十四日(8月22日)　丁未,晴,热。到臬署监印。

十五日(8月23日)　戊申,晴,早阴雨,微凉。到臬署禀见,禀贺,并到各神前行礼。回本署各神位、祖先前行礼,众书差等禀贺。到臬署监印。祭祀祖先,率儿孙等行礼。

十六日(8月24日)　己酉,晴,热甚。九老会期,陈庆门值月,在竹安居饮,前去赴席。李世桂、李祥辉答拜,晤。

十七日(8月25日)　庚戌,晴,热。约教洋文张先生吃饭。格幼溪来答拜,未晤。吴子敬来叙话。到西关一带查赌馆。金鹿轩来谈。

十八日(8月26日)　辛亥,晴,午后阴,微雨。到臬署收呈十三张。在式古斋买铁梅庵八言大对一付,价十大元零五角。

十九日(8月27日)　壬子,晴,热。夏稚香、善凤声先后来访,谈。访吴子敬、陈桐巢叙话。

二十日(8月28日)　癸丑,晴,热。九老会诸君假菊坡精舍备席,补祝英节甫、张松泉、格幼溪三君寿。答拜冯罩伯,晤谈。倪星葵、宋静安来访,未遇。

二十一日(8月29日)　甲寅,晴,热。宋静安来访,叙话。到臬署监印。访宋静安、倪星葵叙话。访李祥辉,未遇。

二十二日(8月30日)　乙卯,晴,热。宋静安来访,叙话。到臬署监印。冯罩伯来,托捐提举衔。梁佐丞来访,有事叙话。

二十三日(8月31日)　丙辰,晴,热甚。到臬署监印。访周晓岚,周晓岚来访,彼此皆未遇。张子康来访,晤谈。到臬署收呈八张。冯罩伯来交银,领取实收。

二十四日(9月1日)　丁巳,晴,热甚。到臬署监印。访黄幼陔,代胡家要银,未遇。午后大雨。在式古斋买铁梅庵八言对一付,价十元三角,合七两四钱一分六厘,实系真笔,洵属难得之物也,可珍藏之。

二十五日(9月2日)　戊午,早晚晴,午后阴雨大阵。到臬署监印。访晓岚晤谈。访张子康,未遇。陶朴臣来,晤。

二十六日(9月3日)　己未,晴阴无定,忽风忽雨。傅淦(字少和,大兴人)来拜,未遇。九老会期,陈庆门值月,竹安居约饮,前去赴约。

二十七日(9月4日)　庚申,晴,热。访张子康,晤谈。访多雨山。

(整理者案:七月二十八、二十九日,八月初一、初二、初三、初四日共六天日记原缺。)

初五日(9月11日)　丁卯,晴,热。丑刻到文武庙,随各宪祭孔子毕。答拜王庚白,未见。午后到臬署监印。梁拙丞、侯曼村、宋静安先后来访,晤谈。

初六日(9月12日)　戊辰,晴,热。丑刻到神祇坛,随各宪祭祀。九老会期,陈香谷值月,因病托宋华庭代办,竹安居约饮,前去赴约。到逢春客栈,访傅笑荷叙话。

初七日(9月13日)　己巳,晴,热。到靖海门外栈房访友谈。晚冯覃伯来辞行,并托代起护照。

初八日(9月14日)　庚午,晴,热。到臬署收呈十一件。拜南海县黄子惠,有事晤谈。夜冯覃伯来叙话。

初九日(9月15日)　辛未,晴,热。访任正之、吴子晋,皆未遇。访陈香谷、宋静安、沈伯鸿,皆晤谈。晚访多雨山,未遇。到瑶峰舅公馆闲谈。傅国楎送火腿二支、龙井茶叶四瓶,收下,送银六元计金三两八钱二分。王凯平来访,并借大轿。

初十日(9月16日)　壬申,晴,热,早晚稍凉,夜阴雨。作贺肇罗道吴禀。

十一日(9月17日)　癸酉,阴,微雨。到臬署监印。宋华庭来访,未遇,托与其次子捐同知升衔。

十二日(9月18日)　甲戌,阴,稍凉。与宋寿崑填写实收。到臬署监印。到西关福德里查看房屋。夜到多雨山处谈。

十三日(9月19日) 乙亥,晴,热。到臬署监印。回本署稍坐。到臬署收呈十四张。与李平皆道喜,晤谈。答拜陶朴臣,未遇。夜李振生来访,晤话。接东安县李慕白、茭塘司王凯平贺节信。

十四日(9月20日) 丙子,晴,热,早晚凉。到臬署监印。

十五日(9月21日) 丁丑,晴,热。到臬各神前行礼,禀贺臬台,见毕。到督、抚宪两院禀贺,皆挡。禀贺藩台,见毕。到周道台、张道台、多太尊各处禀贺,皆未遇。运台、粮道两处皆差人挂号。回本署各神位前、祖先前行礼。饭后到臬署监印。归来祭祖先,率儿孙等拈香行礼。夜祖先、财神前供果饼各物,率儿孙等拈香行引礼。

十六日(9月22日) 戊寅,晴,热极。访吴子晋叙话。

十七日(9月23日) 己卯,阴,早微雨,热。访周晓岚、王庚白闲谈。

十八日(9月24日) 庚辰,晴,热。访刘子宽,未遇。到臬署收呈十三张。九老会改此日,在竹安居约饮,宋华庭代陈香谷办,前去赴会。

十九日(9月25日) 辛巳,晴,热。督、抚宪会崖州都司杨大妇同自尽案,前往督署顺各犯供,并伺候审案毕,到臬署禀销差。接张云程由雷州赤坎厘厂来信。

二十日(9月26日) 壬午,晴,热。接营口天来福信。魁生孙是日病故,令吾惨甚。

二十一日(9月27日) 癸未,晴,热。禀见臬台,见毕。与王蓬山道喜(娶儿媳妇)。午后到臬署监印。到高第街观物。夜大受风寒,服甘露茶。

二十二日(9月28日) 甲申,晴热,晴。请熊干庭诊脉,服药。到臬署监印。侯曼村来访,挡。

二十三日(9月29日) 乙酉,晴,热甚。到臬署监印。访张子康叙话。到臬署收呈十五张。服药,复受风寒。

二十四日(9月30日) 丙戌,晴,热。到臬署监印。熊先生来看脉,服药。宋静安来,挡。头迷咳甚,风邪退。

二十五日(**10 月 1 日**)　丁亥,晴,热甚。到臬署监印。接肇罗道吴观察拜节信,并璧手本。头迷咳甚。

二十六日(**10 月 2 日**)　戊子,头迷咳甚。清晨到抚署顺各犯供,伺候抚台审案毕,到臬署禀销差。九老会期,未到。王庚白来访,挡。

二十七日(**10 月 3 日**)　己丑,晴,热。致张云程信,并寄木戳大小八件,交义和堂转寄雷州赤坎厘厂。琼州府鹿遂斋来信。

二十八日(**10 月 4 日**)　庚寅,晴,热。禀见臬台,见毕。回本署。午后拜刘子宽叙话,答拜邓雅如,皆晤。到臬署收呈十二张。

二十九日(**10 月 5 日**)　辛卯,晴,热。维桢大儿同王礼臣由家来粤,今晨到署。钟镜宇、侯曼村、宋静安、梁左丞先后来访,谈。昨日接京中仲安信,并邱运瀛执照四张。

三十日(**10 月 6 日**)　壬辰,阴,微雨,大风,凉。

卷　二

九月初一日(**10 月 7 日**)　癸巳,阴,大雨昼夜,凉甚。到臬署各神前行礼,禀见贺臬台毕。禀贺藩台。华漱石老太太寿晨,前往拜寿。回本署神前行礼,众书差等禀贺。午后到臬署监印。督、抚、运、道,皆差人禀贺。

初二日(**10 月 8 日**)　甲午,阴雨昼夜,大风,凉甚。到臬监印。访周晓岚、邓雅如、张干臣叙话。

初三日(**10 月 9 日**)　乙未,阴雨,午后微晴,大风,凉甚。到臬署监印。回本署稍歇。到臬署收呈九张。

初四日(**10 月 10 日**)　丙申,阴雨,午后微晴,大风,凉甚。善凤生来叙话。到臬署监印。到善后局访王鹤生、尚欣之叙话。

初五日(**10 月 11 日**)　丁酉,晴,凉,晚大风。禀见藩台。到臬署禀上衙门。访张干臣叙话。禀见臬台。拜窄粉街崔守戎,晤。回本署吃饭后,到臬署监印。李平皆来辞行,曹志轩来拜,皆未遇。晚傅淦来访,晤谈。

初六日(10月12日)　戊戌,晴,早晚凉甚,午微热。宋静庵来访,谈。九老会期,宋华庭值月,在竹安居约饮,前去赴会。

初七日(10月13日)　己亥,晴,早晚凉,午尚热。到厘务局访王心兰、刘子宽叙话。访宋静庵谈。

初八日(10月14日)　庚子,晴,早晚凉,午尚热。抚宪堂期,禀见。拜韦子研,未见。拜格幼溪,晤谈。到臬署收呈十三张。送李平皆行,未遇。

初九日(10月15日)　辛丑,晴,早晚凉,午尚热。阮子祥来叙话。携王礼臣、维燮儿上五层楼登高。

初十日(10月16日)　壬寅,晴,稍凉。阮子祥、邓雅如先后来访,叙话。夜访陈桐巢谈。

十一日(10月17日)　癸卯,晴,早晚凉,午尚热。禀见臬台,禀谢委例差。吊臬署账房胡仁之。与傅淦道招赘喜。到臬署监印。九老会诸友在三君祠公祝周绍堂寿,前去作东道主。接上海和顺长信。阮子祥来,有事叙话。

十二日(10月18日)　甲辰,晴,早晚凉,午尚热。到臬署监印。陶鉴堂拜会。接李振生由博罗来信,当复信。

十三日(10月19日)　乙巳,阴,早晚凉,午尚燥热,晚微雨。到臬署监印。作致复上海和顺长信。到臬署收呈九张。

十四日(10月20日)　丙午,晴,早晚凉,午尚热。到臬署监印。到靖海门外栈房找人叙话。

十五日(10月21日)　丁未,晴,早晚凉,午微热,大风。禀贺禀见臬台,在臬署各神前行礼。禀贺藩台,见毕。回本署各神位并祖先前行礼,众书差等叩贺。督、抚、运、道,皆差人禀贺。

十六日(10月22日)　戊申,晴,早晚凉,午尚热。访杨冠峰叙话。张松泉嫁女,前去道喜。

十七日(10 月 23 日)　己酉,晴,早晚凉,午尚热。九老会改是日,在福来居便酌,前去赴会。

十八日(10 月 24 日)　庚戌,晴,热。到臬署收呈十四张。前往靖海门赴石君之约。

十九日(10 月 25 日)　辛亥,热。清晨归来。夜访陈桐巢,未遇。访金鹿轩,晤谈。

二十日(10 月 26 日)　壬子,晴,大风,凉。作复张云程,寄雷州府赤坎厂。阮子祥约靖海门小酌,前往赴约。

二十一日(10 月 27 日)　癸丑,晴,早晚大风,凉,午尚热。清晨归,到臬署监印。访宋静安、张渐磐叙话。

二十二日(10 月 28 日)　甲寅,晴,凉。访张干臣、王心兰叙话。

二十三日(10 月 29 日)　乙卯,晴,凉。到臬署禀见臬台。答拜松筠涛、倪心葵,未遇。到臬署监印。到司后街买物。到臬署收呈十三张。夜访多雨山闲谈。

二十四日(10 月 30 日)　丙辰,晴,午尚热,早晚凉,夜大风。到臬监印。郑舫樵来拜,晤谈。汪端甫拜会,未见。访宋静安叙话。

二十五日(10 月 31 日)　丁巳,晴,凉,晚阴,微雨。到臬署监印。访宋静安叙话。夜访陈桐巢谈。

二十六日(11 月 1 日)　戊午,阴,微风,雨,凉。九老会期,宋华庭值月,在致和馆约饮,前去赴席。

二十七日(11 月 2 日)　己未,晴,早晚凉,午尚热。邓雅如来谈。访宋静安叙话。郑访樵解京饷销差文借印。

二十八日(11 月 3 日)　庚申,晴,尚热,晚微风,稍凉。访凤翼臣叙话。与承鼎铭道署开平县喜,未遇。到臬署收呈十四张。接二女由河南淅川厅来信。

二十九日(11 月 4 日)　辛酉,阴,雨,凉。抚台审案二起,前往官厅顺各犯供,并伺候审案毕,到臬署禀销差。访张干臣叙话。到厘务局访王心兰,因病挡,未见。夜祭祀祖先,烧寒衣纸,率儿孙等叩头行礼。

十月初一日(11 月 5 日)　壬戌,阴,微雨,凉。到臬署各神前行礼,禀贺臬台,见毕。禀贺藩台,见毕。拜夏稚香,晤谈。回本署各神前并祖先前行礼,众书差等禀贺。督、抚、运、道,皆差人禀贺。到臬署监印。

初二日(11 月 6 日)　癸亥,阴,微雨,凉。到臬署监印。邓雅如在其署内约饮,辞。

初三日(11 月 7 日)　甲子,晴,暖。到臬署监印。访刘子宽叙话。到臬署收呈十三张。

初四日(11 月 8 日)　乙丑,晴,暖。到臬署监印。作致福兰亭信。

初五日(11 月 9 日)　丙寅,晴,禀见臬台。答拜许少卿、张子猷、葆伯萱,皆未遇。到臬署监印。夜访陈桐巢谈。

初六日(11 月 10 日)　丁卯,晴,尚热。到新海防捐局。到保甲总局。九老会期,英节甫值月,在竹安居约饮,前去赴约。

初七日(11 月 11 日)　戊辰,晴,热。遇龙子杰、郝树卿,同到子杰处坐谈。夜到藩台前书铺。

初八日(11 月 12 日)　己巳,晴,尚热。禀见藩台。禀见抚台。答拜郑舫樵,未遇。到臬署收呈七张。接冯覃伯由湖北来信。发寄子谦弟暨大女、二儿各信。

初九日(11 月 13 日)　庚午,晴,稍凉。访宋静庵,因搬家未遇。陶鉴堂拜会,并交部费卅金。

初十日(11 月 14 日)　辛未,阴,微雨,凉。皇太后万寿,寅初赴万寿宫,各大宪行朝贺礼毕,回本署。午后拜宗济生,不遇。接福兰亭信。

十一日(11 月 15 日)　壬申,阴,凉。到臬署监印。访宋静安叙话。

十二日(11月16日)　癸酉,晴,凉。到臬署监印。答拜海关库厅任正之,晤。到臬署书吏换班名。

十三日(11月17日)　甲戌,晴,凉。到臬署,无用印公事。回本署。张子康来访,晤谈。到臬署收呈八张。

十四日(11月18日)　乙亥,晴,尚热。前往西估大小赌馆价。晚吴春波来访,晤谈。

十五日(11月19日)　丙子,晴,热。禀贺藩、臬,见毕。到臬署行香。回本署各神前行礼,众书差等禀贺。到臬署监印。访吴春波叙话。钟镜宇、阮子祥均来访。

十六日(11月20日)　丁丑,晴,午尚热。访周晓岚叙话。到芙蓉镜照相馆看,与内子、儿孙等照相。九老会期,英节甫承办,在竹安居约,前去赴约。

十七日(11月21日)　戊寅,晴,午尚热。王蓬山来访,叙话。到臬署叙话。

十八日(11月22日)　己卯,晴,午尚热。钱国宝来拜,晤。蒋韵笙来,未晤。到臬署收呈十六张。

十九日(11月23日)　庚辰,晴,午尚热。到周晓岚处,同蓬山叙话。

二十日(11月24日)　辛巳,晴,午尚热。王凯平来拜,晤谈。

二十一日(11月25日)　壬午,晴,午尚热。到臬署监印。夜访陈桐巢,未遇。

二十二日(11月26日)　癸未,晴,午尚热,早晚凉甚。到臬署监印。夜访陈桐巢晤谈。

二十三日(11月27日)　甲申,晴,热。到臬署监印。答拜蒋韵笙,未遇。到臬署收呈十一张。

二十四日(11月28日)　乙酉,晴,午尚热。陈桐巢来拜,晤谈。到西关源昌街。接仲安由京来信,并顺直赈捐保案奏稿。

二十五日(11月29日)　丙戌,阴,微雨,夜大雨,微风,稍凉。

到臬署监印。九老会诸君在菊坡经舍公祝陈庆门寿,前作东道主。

二十六日(11月30日)　丁亥,阴雨昼夜。李世桂来拜,晤话。赵舜卿来拜,晤谈,代李承祖交部费五十二两。

二十七日(12月1日)　戊子,阴雨昼夜。午后备烛一对、十斤炮两万,同司狱邓雅如预祝魁臬台寿,烛炮皆收,挡而未见。

二十八日(12月2日)　己丑,阴雨昼夜,微风。与臬台拜寿,挡。九老会期改是日,节甫值月,在竹安居约饮,余辞而未到。到臬署收呈十一张。

二十九日(12月3日)　庚寅,晴,冷。

三十日(12月4日)　辛卯,晴,冷。

十一月初一日(12月5日)　壬辰,冷。到臬署各神前行礼,禀贺臬台,见毕。禀贺藩台,见毕。回本署,饭后到臬署监印。杜绬书来讲话。晚到臬署叙话,并持禀。多雨山太尊约吃煎茶饼,前去赴约,在座启幼之、恩星五、润雨田、宗济生、倪梦侯、张瑶峰诸君。

初二日(12月6日)　癸巳,晴,冷。到臬署监印。夜访陈耀堂叙话。

初三日(12月7日)　甲午,晴,冷。禀见许抚宪。到臬署监印。晚到臬署收呈十五张。

初四日(12月8日)　乙未,晴,冷。到臬署监印。携王礼臣及三儿维燮到大新街状元坊买物。

初五日(12月9日)　丙申,晴,冷。到臬署监印。

初六日(12月10日)　丁酉,晴,冷。张子康得孙弥月,宋颖云、汪端甫、夏稚香到本署,会同余前往道喜,在此赴席。归到大马站关将军第房屋估价,缘私造伪银查封之屋。张用宾来拜,晤谈。夜李春山来叙话。九老会期,丁枚卿值月,在伊公馆约饮,因有事未到。接李子丹由京来信。

初七日(12月11日)　戊戌,晴,暖。到臬署叙话。

初八日(12月12日)　己亥,晴,暖。抚宪堂期,禀上衙门。(收呈十三张。)

初九日(**12 月 13 日**)　庚子,晴,暖。禀见臬台毕。答拜任正之,未遇。与李世桂道喜,晤。夜访张云程叙话。到源丰润有事叙话。到状元坊看平金铺垫。夜陈耀堂来叙话。

初十日(**12 月 14 日**)　辛丑,晴,暖。到保甲总局访陈桐巢叙事。九老会诸君假万安里陈正常花庭,公祝王庚白寿,前去作主人。夜访陈耀堂讲话。

十一日(**12 月 15 日**)　壬寅,晴,暖。到臬署监印。到状元坊锦纶顾绣店订红缎平金铺垫一堂,价银一百元。归到将军前金刚庵访施某择日留须。

十二日(**12 月 16 日**)　癸卯,晴,暖。到臬署监印。钱子定拜会,晤谈。到善后局访王鹤生,未遇。晤尚欣之叙话。夜访钱子定,有事叙话。

十三日(**12 月 17 日**)　甲辰,晴,暖。臬台传见,面谕查封西关各处白鸽票馆。随即会同钱子定(即西关总查),带保甲局勇到西关,会同各段小委员将清华街等处票馆十八间一律查封。封毕到臬署禀见臬台销差,见毕,就便收呈九张。

十四日(**12 月 18 日**)　乙巳,阴,微雨,暖。到臬署监印。钱子定来访,未遇。访钱子定,晤谈。到仙湖街占卦。

十五日(**12 月 19 日**)　丙午,晴,暖。禀见臬台毕,在臬署各神前行礼。随禀贺藩台,见毕。回本署行香,众书差等禀贺。午后到臬署监印。到金刚庵访施先生占卦。夜访宗济生谈。钟镜宇来访,未遇。

十六日(**12 月 20 日**)　丁未,晴,暖甚。人皆衣单。九老会期,丁梅卿值月,在伊公馆约饮,前去赴约。夜大风,冷甚。

十七日(**12 月 21 日**)　戊申,晴,大风,冷。冬至节,寅刻到臬台禀贺,见毕。换朝服,到万寿宫,随列宪朝贺,行三跪九叩礼毕。随到藩台禀贺,见毕。回本署,祭祀祖先,率儿孙等拈香行礼,众书差等禀贺。到金刚庵施先生处取看留须日期,并占卦。张云程来访,未遇。

十八日(**12 月 22 日**)　己酉,晴,冷。陈桐巢来访,晤谈。到臬署收呈九张。

十九日(**12 月 23 日**)　庚戌,晴,微风,冷。沈楚生来拜,晤谈。夜访桐巢,因牙痛未见。

二十日(**12 月 24 日**)　辛亥,晴,微暖。未刻沈楚生来,会同往河南洗涌打锡巷,估寓拐何氏房屋一间价值。乘轿到靖海门马头,乘快艇到河南保甲局,带勇役书手前往该处勘估毕,到保甲局吃点心,归由旧路还署。

二十一日(**12 月 25 日**)　壬子,晴,暖。禀见臬台,回公事,见毕。答拜沈楚生,晤谈。拜鹿遂斋,长谈。到臬署监印。梁佐丞来谈。

二十二日(**12 月 26 日**)　癸丑,晴,大风,暖。到臬署监印。童嵩寿来拜,晤谈,为领度岁事。到府学东街买物。亥时剃头留须。

二十三日(**12 月 27 日**)　甲寅,晴,大风,冷。作致傅仲安信,并由源丰润汇银壹百三十六两。作致李子丹信,并源丰润汇奠仪八两,其信亦均交该票号寄。到臬署监印。到源丰润讲话。到臬署收呈十三张。

二十四日(**12 月 28 日**)　乙卯,晴,冷。抚台审案二起,前往抚署顺各犯供,伺候审案毕,到臬署禀销差。拜王越峰,未遇。到臬署监印。

二十五日(**12 月 29 日**)　丙辰,晴,冷,微风。到臬署监印。侯曼村来访,晤谈。

二十六日(**12 月 30 日**)　丁巳,晴,冷。到雅荷塘访宋静庵叙话。

二十七日(**12 月 31 日**)　戊午,晴,冷。九老会期,丁枚卿值月,在其公馆约饮,前去赴约。访陈桐巢,未晤。

二十八日(**1897 年 1 月 1 日**)　己未,晴,冷。午到臬署叙话。梁佐丞来访,谈。到鸿雪缘照相。到臬署收呈十二张。夜陈耀堂叙话,访罗有事。

二十九日(1月2日)　庚申,晴。卯刻剃头留须。陈桐巢来访,晤谈。

十二月初一日(1月3日)　辛酉,晴,暖。禀贺臬台毕,到各神位前行礼。禀贺藩台,见毕。回本署各神前行礼,众书差等禀贺。到臬署监印。

初二日(1月4日)　壬戌,晴,暖。到臬署监印。到卫边街订寿幛。夜到制台前。

初三日(1月5日)　癸亥,晴,暖。抚台堂期,禀见。到臬署监印。到臬署收呈七张。

初四日(1月6日)　甲子,晴,暖。到臬署监印。

初五日(1月7日)　乙丑,晴,暖。到臬署监印。到保甲局访桐巢。

初六日(1月8日)　丙寅,晴,暖。送钱子定赴陆丰县行。访王中之,未遇。访钟季瑜谈。魁臬台老太太寿,送幛、烛、炮,皆未收。

初七日(1月9日)　丁卯,晴,暖。王中之来访,晤谈。九老会期,张松泉值月,在竹安居约饮,前去赴约。

初八日(1月10日)　戊辰,阴,雨。到臬署收呈十二张。鹿遂斋在新同升约饮,请知客之意。

初九日(1月11日)　己巳,阴雨竟日。清晨赴光孝寺吊鹿老太太,在此作知客。午后到臬署预祝魁老太太,点寿烛,烧炮,行礼毕。回本署。

初十日(1月12日)　庚午,阴,微雨。清晨到臬署拜寿行礼。沈楚生招赘,前往道喜。徐用之娶儿妇,前去道喜。宋伯言来访,叙话。晚到用之处赴席。

十一日(1月13日)　辛未,阴雨竟日。到臬署监印。到彩元办添箱礼,送夏稚香嫁妹,未收。王礼臣今晨起程赴陆丰县,由靖海门搭惠州渡船前往。

十二日(1 月 14 日)　壬申，阴，大风，暖。到臬署监印。

十三日(1 月 15 日)　癸酉，阴，暖。到臬署监印。夏稚香嫁妹，前往道喜。到臬署收呈十张。

十四日(1 月 16 日)　甲戌，晴，微暖。到臬署监印，到大新街状元坊闲游买物。夜访陈桐巢闲谈。

十五日(1 月 17 日)　乙亥，阴，微雨，冷。到臬署行香，禀贺臬台，见毕。禀贺藩台，见毕。回本署臬行香，众书差等禀贺。到臬署监印。访鲁润斋叙话。到贤思街买桌子。

十六日(1 月 18 日)　丙子，晴，大风，冷。九老会期，张松泉值月，在竹安居约饮，前去赴约。

十七日(1 月 19 日)　丁丑，晴，冷。到南关。

十八日(1 月 20 日)　戊寅，晴，冷。到西关各街，点交各赌馆、票馆十九间。到臬署收呈十五张。

十九日(1 月 21 日)　己卯，晴，冷，夜大风。

二十日(1 月 22 日)　庚辰，冷。到藩、臬两处禀上衙门，见毕。与李、黄二武介道署缺喜。吴子敬来访，谈。

二十一日(1 月 23 日)　辛巳，晴，冷。到臬署伺候封印，禀贺，挡。回本署，穿朝服，出大堂，望阙行三跪九叩礼，拜印行三跪九叩礼。回二堂，更朝服，换补褂，坐大堂封印，众书差叩头禀贺毕。退堂，换便衣，到臬署监印。

二十二日(1 月 24 日)　壬午，晴，冷。到臬署监印。

二十三日(1 月 25 日)　癸未，晴，冷。到臬署监印。

二十四日(1 月 26 日)　甲申，晴，微暖。到臬监印。张子康来拜。

二十五日(1 月 27 日)　乙酉，晴，微暖。到臬署监印。到藩台前买物。到抚院前买锡烛一对，价三毫。

二十六日(1 月 28 日)　丙戌，阴，微雨，暖甚。到臬署领取公费。

二十七日(1 月 29 日)　丁亥,阴,微雨。夜访张云程叙话,交履历单。发致肇罗道吴贺年禀。

二十八日(1 月 30 日)　戊子,晴,暖。吴子敬来,有事叙话。夜访南海县黄子惠,有公事商办。访善风声叙话。

二十九日(1 月 31 日)　己丑,晴,暖。童君来取度岁银单。接东安县李慕白、平远县辛芝如、赤溪厅福兰亭、沙湾、茭塘各司拜年信。

三十日(2 月 1 日)　庚寅,晴,暖,晚微风,冷。到臬台、藩台禀辞岁,皆见。答拜谢炳麟、格幼溪,皆未晤。拜黄子惠,晤面叙事。到臬署回公事。夜祭祀祖先,率儿孙等拈香行礼,叩头辞年。众书差、家人等禀贺辞年。

光绪二十三年(1897年),岁次丁酉

卷　一

正月初一日(1897年2月2日)　辛卯,晴,暖。寅刻迎神接皂,祭祖先,拈香行礼毕。出门,到万寿宫,换朝服朝冠,随各宪行朝贺礼毕。督、抚、司、道到文、武庙、文昌行香,到广雅书局团拜。余到督、抚、藩、臬各处禀贺,皆见。运台、粮道,皆差人禀贺。回本署各神前并祖先前,均叩头行拜年礼。众书差、家人等均叩头禀贺。张瑶峰母舅来拜年,在祖先前行礼。

初二日(2月3日)　壬辰,晴。立春。到臬署禀贺见毕。拜三股老夫子,吴方城、章梦香皆晤,沈伯鸿未遇。到母舅公馆,登堂拜年,并与祖上叩头。是日来拜者。

初三日(2月4日)　癸巳,阴,雨,微冷。忌辰,未拜年。携桂孙闲步将军前,买鱼灯、莲花灯。

初四日(2月5日)　甲午,阴,雨,微冷。各处皆差人拜年。是日来拜者。

初五日(2月6日)　乙未,阴,雨,冷。到臬署禀上衙门,禀见。差片到各处拜年。

初六日(2月7日)　丙申,阴,雨,冷甚。肇罗道吴观察进省,驻行台,前去禀见贺年。

初七日(2月8日)　丁酉,阴,雨,冷甚。接顺德县严拜年信。

初八日(2月9日)　戊戌,阴,雨,冷甚。接通衢司济拜年信。

初九日(2月10日)　己亥,阴,微雨,冷甚。到西关拜南海左张子康、西关汛梁丽田,皆未遇。接王礼臣由陆丰县来信。

初十日(2月11日)　庚子,晴,暖。拜李世桂都司,晤谈。九老会周绍堂值月,买江天舫游花埭,前去赴约,早去晚归。到文报局稍坐,同齐委员谈。

十一日(2月12日)　辛丑,阴,微雨,稍冷。到臬署监印。

十二日(2月13日)　壬寅,阴,微雨,冷。到臬署监印。拜肇罗道吴,因腿疾敷药挡。到臬署,点春班书吏换班名。

十三日(2月14日)　癸卯,阴,冷,夜微雨。到臬署监印。携三儿、桂孙带家人游城隍庙、藩司前、双门底。

十四日(2月15日)　甲辰。到臬署监印。到西关十二间地方查封陈祖、钟才、李瑞、何芳,天来巷陈丙,庆云里梁远等娼寮,共六间。随拜西关汛梁丽田,未遇。候补县张丽轩约饮春酒,前去赴席。

十五日(2月16日)　乙巳,阴,微雨,冷。到臬署监印。到臬署关帝、土地、六毒神、东树神行礼,禀见贺臬台。随禀贺藩台,见毕。回本署关帝、土地、皂王、财神、祖先各神前行礼,众书差等禀贺上元。

十六日(2月17日)　丙午,阴,微雨,冷。西关汛梁丽田拜会,晤谈。列大宪在广雅书局团拜,演戏,前去稍观。

十七日(2月18日)　丁未,阴雨,冷甚。接王礼臣由陆丰来信。

十八日(2月19日)　戊申,阴雨,冷甚。接肇罗道吴拜年信(并璧本)。

十九日(2月20日)　己酉,早晴,晚阴雨,冷。辰刻穿朝服,出大堂,拜阙拜印,均行三跪九叩礼毕。回二堂,更衣,升大堂,开印,众书差叩头禀贺,退堂。随到臬署,伺候臬台开印,禀贺。随到抚院伺候开印,禀贺。多雨山委署理事同知,董元度委署南海县,前往道喜,皆未遇。

二十日(2月21日)　庚戌,阴雨,冷甚。刘松贵、石剑庭在臬署约饮春酒,前去赴席。到源丰润叙话。

二十一日(2 月 22 日)　辛亥,阴,微雨,冷。陈庆门拜会,晤谈。到藩署闲坐,谈。交老福兴信局,与王礼臣家寄洋银壹佰圆,与姚大女寄洋银十圆,并寄维垣等信一总封。到臬署监印。

二十二日(2 月 23 日)　壬子,阴雨,冷甚。邓雅如、俞信臣公约于肥水艇饮春酒,辞。到臬署监印。

二十三日(2 月 24 日)　癸丑,阴雨,冷。到臬署禀上衙门,见毕。抚台堂期,禀见。答拜陈庆门,晤谈。丁枚卿赴增城新任,前去道喜,未晤。到臬署监印。回本署少息。到臬署收呈六张。

二十四日(2 月 25 日)　甲寅,阴,微雨,冷。陈晓春、陈实甫在臬署约饮春酒,前去赴席,并在此监印。是日两司在督署审众围姓商人,为方功惠等受贿事。

二十五日(2 月 26 日)　乙卯,阴,大雨,冷。到臬署监印。在竹安居,约臬署签稿、传帖、用印诸家人饮春酒。是日两司府县候补道林、候补府陈武纯、王存善在督署审围姓商人并谭委员,将方功惠撤差听候查办,将谭从九发县看管。

二十六日(2 月 27 日)　丙辰,阴雨,冷。周绍堂娶侄妇,前去道喜。拜鹿遂斋。答拜陈桐巢、沈楚生,皆晤谈。拜多雨山未遇。

二十七日(2 月 28 日)　丁巳,阴,微冷。区老官来,议历俸六年期满验看甄别保荐事。鹿遂斋来拜,晤谈。访梁佐臣,晤谈,为托其转荐家人夏明于新任南海董仲容处。

二十八日(3 月 1 日)　戊午,阴,冷,微雨。九老会周绍堂值月,在伊署约饮,前去赴席。到臬署收呈□张。

二十九日(3 月 2 日)　己未,阴雨,冷。

二月初一日(3 月 3 日)　庚申,阴雨,冷。到臬署关帝、土地、六毒神、东树神各处行香,禀见臬台,并禀贺。禀见藩台,见毕。拜多与三太尊,未遇。回本署关帝、土地、皂王、财神、祖先各神前行礼,众书差等叩头禀贺。到臬署监印。周绍堂到谈,挡。

初二日(3 月 4 日)　辛酉,阴雨,冷。到臬署监印。宗济生拜会,未遇。到臬署科房内,代臬台祭土地,行一跪三叩礼。到藩署禀请验看,呈履历,见毕。(回本署祭土地。)

初三日(3月5日) 壬戌,晴阴无定,稍冷。寅刻到文昌宫,随列宪祭文昌毕。到臬台科房,代臬台祭文昌,行三跪九叩礼。回本署吃饭,到臬署监印。回本署少息。到臬署收呈四张。与张用宾道过知县班喜。

初四日(3月6日) 癸亥,阴,暖。康凤山、李春山二人在臬署内约饮春酒,前去赴约,并在此监印。九老会诸君在竹安居公钱丁枚卿行,前去作东道主。

初五日(3月7日) 甲子,晴,暖。到臬署监印。燕济同乡诸君子假八旗会馆团拜,多与三承办,共到六十人,共坐十一桌。

初六日(3月8日) 乙丑,晴,暖。署理事厅多与三、署南海县董仲容本日接印,前往道喜。送前琼州府鹿遂斋行,送赤西厅福兰亭行,答拜宗济生、王存武,拜英节甫,皆未遇。到臬署叙话。九老会期,王庚白值月,在竹安居约饮,前去赴约。

初七日(3月9日) 丙寅,晴,暖。到臬署叙话。到大新街闲观。

初八日(3月10日) 丁卯,阴,稍凉。寅刻到文庙,随列宪祭圣人,辰刻祭毕而归。到臬署收呈七张。

初九日(3月11日) 戊辰,阴,午后微雨,凉。寅刻到神祇坛,随列宪致祭毕,辰初回署。

初十日(3月12日) 己巳,阴雨,风,凉。藩台祭风神,前往供事,寅正往庙,辰正归署。

十一日(3月13日) 庚午,阴,冷,微风。到臬署监印。

十二日(3月14日) 辛未,阴,稍冷。丑正到文昌宫,随列宪祭文昌,卯正祭毕回署。午后到臬署监印。到藩台前买物。

十三日(3月15日) 壬辰,阴,稍冷。到臬署监印。答拜海关库厅唐盛松,未见。到臬署收呈四张。

十四日(3月16日)　癸酉,阴,暖。寅正赴天后宫,随列宪祭天后。午后到臬署监印。

十五日(3月17日)　甲戌,晴,暖。丑初到臬署,禀贺臬台,见毕。随到关帝庙,随列宪祭关帝毕。到藩台禀贺,见毕。到臬署各神位前行礼。回本署各神前并祖先前行礼,众书差等禀贺。午后到臬署监印。督宪上福字,差人禀贺。奉到顺直赈捐保举,在任候补通判饬知。到瑶峰舅公馆叙话。

十六日(3月18日)　乙亥,忽晴忽阴,暖。维燮赴刘先生学习,学洋文。

十七日(3月19日)　丙子,晴阴屡易,午后雷雨大阵,冷。臬台祭火神,前往伺候。张用宾、沈楚生先后拜会,皆见。九老会改是日,王庚白值月,在竹安居约饮,前去赴会。

十八日(3月20日)　丁丑,阴,早雨,冷。抚台堂期,禀见。到臬署禀上衙门,禀见。晚到臬署收呈九张。

十九日(3月21日)　戊寅,阴,暖。王凯平在臬署备席约饮。

二十日(3月22日)　己卯,阴,稍冷。早到西关访梁丽田,有事叙话。午间携内子、大孙到河南洲头嘴看东洋马戏,西刻归署。

二十一日(3月23日)　庚辰,阴,毛雨,暖。到臬署监印。到书芳街买洋式近视眼镜。陈厨子病故,赏银一圆。

二十二日(3月24日)　辛巳,晴。到臬署监印。访沈楚生,未遇。

二十三日(3月25日)　壬午,晴,暖。到臬署监印。访沈楚生谈,晤面,叙事。到臬署收呈十二张。接王礼臣信。

二十四日(3月26日)　癸未。到臬署监印。访张云程叙话。到藩台前各银号。张藩台五少爷娶亲,前往禀贺。

二十五日(3月27日)　甲申,晴,午后阴,大雨。到臬署监印。发覆王礼臣信,交坐省寄陆丰县。

二十六日(3月28日)　乙酉,早晴,午后阴雨,暖。抚台审案二起,前往顺各犯供,并伺候,到臬台禀销伺候审案差。答拜钟季瑜,晤谈。梁丽田来访,晤谈。九老会期,王庚白值月,在南关逸趣园约饮,前去赴约。穗生孙于廿日请谭祖藩为其种豆,豆出得甚好,忽于昨日周身发烧,今辰渐出红点,似乎出疹,午后忽呵一声,大动抽风,眼吊不言,叫而弗应,一刻气转,会渧即醒,赶请谭祖藩来诊视,开方服药,略见其效。

二十七日(3月29日)　丙戌,晴,午渐暖。

二十八日(3月30日)　丁亥,晴,暖。禀见藩台,并谢饬知劝办十八九年顺直赈捐保举通判在任候补。熊干庭来,与穗生看脉。到臬署收呈六张。

二十九日(3月31日)　戊子,晴阴风雨屡变,暖。接丁枚卿由增城来信。熊干庭来,与穗生看脉。陈桐巢来访,有事叙话。

三十日(4月1日)　己丑,早大风雨,午晴,冷。访梁丽田、李鹤琴,皆未遇。访张子康,晤谈。到臬署有事讲话。梁佐丞来访,谈。夜访陈桐巢谈。

三月初一日(4月2日)　庚寅,晴,暖。到臬署各神前行礼,禀贺臬台,见毕。到藩台禀贺,禀见。回本署各神位前、祖先前行礼,众书差等禀贺。午后到臬署监印。缓步东关永安坊等处查票馆。

初二日(4月3日)　辛卯,晴,晚阴,微雨,暖。到臬署监印。

初三日(4月4日)　壬辰,晴,稍冷。禀见臬台,回公事。赴抚辕验看,呈履历。到臬署监印。到瑶峰母舅公馆叙话。到臬署收呈六张。

初四日(4月5日)　癸巳,晴,暖。到臬监印。周绍堂来访,谈。

初五日(4月6日)　甲午,早阴,微雨,午后晴,暖。到臬署监印。携维桢、维燮到河南看马戏。高祖忌辰,陈供献,率儿等拈香行礼。

初六日(4月7日)　乙未,阴,晚微雨,稍凉。早到臬署叙话。九老会期,余值月,在竹安居备席约饮。

初七日(4月8日)　丙申,阴,夜微雨。到源丰润叙话。到张文记串朝珠。闲步西关各街观看。

初八日(4月9日)　丁酉,阴,午后雨。到臬署收呈十张。答拜新委署河泊所大使梅文圻,并道喜,未见。

初九日(4月10日)　戊戌,阴。

初十日(4月11日)　己亥,阴,早微雨。祭先农坛,寅刻前供事,臬台扶犁,余播种,五斗司捧箱,余大小官员各其事,事毕,辰正归来。

十一日(4月12日)　庚子,阴,湿热。到臬署监印。携维燮到南关一带闲观。

十二日(4月13日)　辛丑,晴,热。抚宪审案,前往抚署顺各犯供,并伺候审案毕,到臬台禀销伺候审案差。与王梧园、张松泉道署缺喜,皆未遇。到臬署监印。到藩司前买物。

十三日(4月14日)　壬寅,晴,热。直隶同乡假广雅书局团拜,共三十余人,酒席五桌,桐巢承办,余前往团拜赴席。到高第街宜安里许太史第屋估价。到臬署收呈五张。

十四日(4月15日)　癸卯,阴,微北风,凉。到臬署监印。到大新街张文记玉器铺。早访陈庆门谈。接子丹由京来信。

十五日(4月16日)　甲辰,阴,微雨,凉。到臬署各神位前行礼,禀贺臬台,见毕。禀见藩台,并禀贺。随答拜新署广州府经蒋,并答拜傅秉星,皆未遇。回本署关帝、土地、皂君、财神、祖先各神前行礼,众书差禀贺。午后到臬署监印。

十六日(4月17日)　乙巳,阴,大雨终日。

十七日(4月18日)　丙午,晴。九老会因雨改今日,在竹安居约饮,余值月。午闲步到太平门外买物。

十八日(4月19日)　丁未,晴,热。夜金鹿轩处同钟南山先生学观星。到臬署收呈。

十九日(4月20日)　戊申,晴,热甚。叔曾祖砺山公异辰,上供拈香,率儿等叩头行礼。携维燮儿到南关老龙桥看放气球。夜到金鹿轩处,同钟南山学观星。

二十日(4月21日)　己酉,晴,热。先曾祖雨时公异辰,上供拈香,率儿等叩头行礼。看瑶峰舅病。到西关长寿寺前花园闲观。访梁丽田,未遇。

二十一日(4月22日)　庚戌,晴,热。余寿辰,祭祖先,率儿等拈香行礼。儿等叩头拜寿,众家人及书差叩头禀祝。夜南山先生同鹿轩来观星,谈星学。监印。

二十二日(4月23日)　辛亥,晴,热。余生辰,儿等叩头拜生。陈桐巢来访,挡。夜鹿轩、南山来谈星学。到臬署监印。

二十三日(4月24日)　壬子,晴,热。到监印。访李鹤琴,因病未晤。访周绍堂谈。到臬署收呈。

二十四日(4月25日)　癸丑,晴。到臬署监印。

二十五日(4月26日)　甲寅,晴。到臬署监印。

二十六日(4月27日)　乙卯,晴,热。九老会期,余值月,在竹安居约饮。

二十七日(4月28日)　丙辰,阴,热,夜大雨。到源丰润叙话。到臬叙话。

二十八日(4月29日)　丁巳,晴,热,微风。到宝源银号兑换纹银。到臬署收呈□张。访陈桐巢,未遇。

二十九日(4月30日)　戊午,晴,热。探母舅病。访多与三谈。

三十日(5月1日)　己未。幼溪来访,晤谈。夜访金鹿轩谈。

四月初一日(5月2日)　庚申,晴。到臬署各神前行礼,禀贺臬台,见毕。拜番捕毕念萱,同其到番禺监内察看秋审犯人。到臬署监印。到源丰润票庄。到锦纶绣花店。

初二日(5月3日)　辛酉,晴,热。在本署备面席,请秋审供事各委员,奉札齐集之意也。到臬署监印。张云程同钟季瑜来谈。

初三日(5月4日)　壬戌。拜南捕周晓岚,同到南监内察看秋审犯人。到臬署收呈□张。访陈桐巢谈。

初四日(5月5日)　癸亥。办秋审,到抚署预备供事各员点心茶水,搜检各犯人,不准夹带片纸只字,事毕,到臬署禀谢臬台给秋审经费。到臬署监印。发寄王礼丞信,并布包一件,交坐省寄。

初五日(5月6日)　甲子,晴,热。到臬署监印。抚台审案(伺候)。

初六日(5月7日)　乙丑,晴,热。到东较场,随列宪祭常雩坛。九老会期,陈庆门值月,在竹安居约饮,前去赴约。

初七日(5月8日)　丙寅,晴阴无定,忽微雨数点。到母舅处探其病。夜大雨,接丁枚卿由增城任来信,托请教洋文熊星桥往增城教其子。

初八日(5月9日)　丁卯,阴,微雨。抚宪堂期,挡,未见。禀见藩、臬,皆见。访宋颖云谈。到臬署收呈。

初九日(5月10日)　戊辰。九老会诸君子假三君祠备席,补祝余寿,预祝宋华庭寿,前往赴席。

初十日(5月11日)　己巳,晴,微雨阵阵。作覆丁枚卿信,交熊星桥持赴增城丁馆。

十一日(5月12日)　庚午。到臬署监印。到状元坊锦纶叙话。午后微雨大阵。接田蕙亭处信。

十二日(5月13日)　辛未,阴雨。到臬署监印。夜访张云程谈。发寄王礼丞信,并洋铁匣一个,交坐省转。

十三日(5月14日)　壬申,晴,热甚。与宋华庭拜寿,挡。到东关三巩门、眼镜塘、洪恩桥、沙尾水汛各处估赌馆价值。拜东关汛官李老三,未晤。到臬署收呈十三张。午后到臬署监印。

十四日(5月15日)　癸酉,晴,热甚。到臬署监印。源丰润李蓉舫来拜,晤谈。

十五日(5月16日)　甲戌,晴,热。到臬署各神前行香,禀见贺臬台毕。禀见贺藩台。答拜新授琼州府施子谦,未遇。回本署行香,众书差等禀贺。到臬署监印。到河南各街估赌馆十七间。归拜李鹤琴。

十六日（**5 月 17 日**）　乙亥，晴，热甚。王庚白、张伯贤来访，晤谈。九老期，陈庆门值月，在福来居约饮，前去赴席。

十七日（**5 月 18 日**）　丙子。接熊星桥由城增幕中来信道谢。到靖海门福兴润信局斟酌信。到油栏门大街外国药房，买治汗斑药水一瓶。

十八日（**5 月 19 日**）　丁丑，阴，雨，热甚。到臬署收呈十三张。答拜王梧园，未遇。

十九日（**5 月 20 日**）　戊寅，晴，热。臬台委余会同保甲局委员陈桐巢、王桐绥查封西关城内各处摊馆。今晨同桐巢禀见臬台毕。拜王桐绥叙话。答拜蒋从九，未晤。西关汛梁丽田来访，晤面叙话。午后阴，雷雨交作。夜大风雨。

二十日（**5 月 21 日**）　己卯，晴，热。到西关六段清云里保甲分局，会同陈桐巢、王桐绥前往曹基、德兴桥封摊馆。到多宝大街三段保甲分局稍歇。又往上陈塘、三界庙、建安街、新填地、三角市、永隆里、迪隆里封摊馆。到新豆栏二段保甲分局稍坐。又到德兴街、靖远街、靖远后、源昌街、北帝庙前、琼花新街封摊馆。又到打石街封摊馆。到靖海门外一段保甲分局稍歇，由此归署。是日晚大风雨，稍凉。（访李鹤琴叙话，晤。）

二十一日（**5 月 22 日**）　庚辰，晴，热。到臬署监印。王桐绥拜会，晤谈。陈桐巢来署，会同前往新城濠畔街一段保甲分局稍坐，到竹栏门、温家巷封摊馆。进城拜会南海县董仲容，晤话，封县署前两班馆。到保甲总局，同桐巢商办清折等事。

二十二日（**5 月 23 日**）　辛巳，阴，微雨。早晨同桐巢、桐绥二人禀见臬台，呈手折禀复查封之事毕。归本署吃饭。午后到臬署监印。保甲委员贺公拜会，晤谈。接丁枚卿由增城任来信，并还洋银两大元。

二十三日(5月24日)　壬午,晴,午后大风,微雨。到臬监印。到保安修表。归署稍歇。到臬署收呈九张。

二十四日(5月25日)　癸未,晴,热,午后微雨大阵。到臬署监印。侯曼村来访,谈。沈鲁卿来,晤话。晚访沈叙话。

二十五日(5月26日)　甲申,晴,热甚。到臬署监印。访沈鲁卿有事叙话。

二十六日(5月27日)　乙酉,晴,热,午后阴雨,迅雷。河厅梅文圻娶儿妇,理事厅多与三移进衙门,前去道喜。运台英娶侄孙妇,广府司狱张接印,皆差帖道喜。府司张拜会,晤。前往西关打石街等处各摊馆十三间丈量估价。

二十七日(5月28日)　丙戌,晴,热。

二十八日(5月29日)　丁亥,晴,热。九老会改是日,陈庆门承办,在竹安居约饮,前去赴约。到臬署收呈。

二十九日(5月30日)　戊子,晴,热。访沈鲁卿,有事叙话。送张云程之子张义方行。到靖海门大马头各处。

五月初一日(5月31日)　己丑,晴,热甚。禀贺臬台,见毕。到臬署关帝、土地、六毒神、树神各处行礼。禀贺藩台,见毕。回本署各神前并祖先前行礼,众书差等禀贺。午后到臬署监印。

初二日(6月1日)　庚寅,晴,热甚,午间阴雨大阵。到臬署监印。接东安县李贺节信。到源丰润叙话。访周小岚。

初三日(6月2日)　辛卯,晴,热甚,午间阴雨大阵。到臬署监印。答拜客。到臬署收呈。沈鲁卿来访,有事叙话。

初四日(6月3日)　壬辰,晴,热甚。到臬署监印。沈鲁卿来,仍为揭封事。午后微雨,晚晴。

初五日(6月4日)　癸巳,晴,热,午后阴雨。早到臬台禀贺,挡。到藩台禀贺,见。回本署祭祀祖先,率儿等叩头。到臬署监印。众家人、书差等叩贺。

初六日(6月5日)　甲午,晴,热。携三儿维燮到西关十一甫地方,观看洋人电气影戏。

初七日(6月6日)　乙未,早阴雨,午后晴。九老会期改今日,陈香谷值月,在竹安居饮,前去赴会。夜访陈桐巢,有事叙话。保甲局带勇徐总爷来拜,晤话。

初八日(6月7日)　丙申,晴,热甚。早禀见藩、臬毕。抚台堂期,禀上衙门,挡。午后阴雨大阵。到瑶峰处探病,闻舅母在籍病故,并唁之。到臬署收呈十张。早到宋颖云处闲谈。

初九日(6月8日)　丁酉,阴雨,热。竟日无事。接顺德贺节信。

初十日(6月9日)　戊戌,晴,热甚。看母舅病,微渐痊。

十一日(6月10日)　己亥,晴,热甚。到臬署监印。新选开李章铭来拜。

十二日(6月11日)　庚子,晴,热甚。陈桐巢来,有事叙话。到臬署监印。到保甲总局访桐巢叙话。新选海康县徐仁杰来拜,挡。

十三日(6月12日)　辛丑,晴,热。禀见藩、臬。到抚台禀上衙门,挡。答拜徐仁杰、李章铭、志湘,皆未遇。到臬署监印。回本署稍息。到臬署收呈十七张。

十四日(6月13日)　壬寅,晴,热甚。到臬监印。陈桐巢、王济夫、毕念萱先后来拜,晤谈。到金刚庵,为母舅病占卦。李景骧太史来辞行,挡。

十五日(6月14日)　癸卯,晴,热甚。到臬署各神前行香,禀贺臬台。随禀贺藩台毕。回本署各神前行香,众书等禀贺。到臬署监印。善风声来访,晤谈。夜访桐巢,有事叙话。

十六日(6月15日)　甲辰,晴,热甚。同桐巢禀见臬台,呈手折销查赌匪差。答拜葆伯萱、王济夫,皆未遇。接崖州李平皆贺节信。

十七日(6月16日)　乙巳,晴,热,早微雨大阵。李鹤琴来拜,晤谈。九老会陈香谷值月,改今日在竹安居约饮,因午后阴雨,余未前往赴约。

十八日(6月17日) 丙午,晴,热甚。到臬署收呈九张。

十九日(6月18日) 丁未,阴,微雨,稍凉。探瑶峰舅病。

二十日(6月19日) 戊申,晴,热。访桐巢谈。答拜李振生,已回博罗,未遇。

二十一日(6月20日) 己酉,晴,热。到臬署监印。午雨,凉。

二十二日(6月21日) 庚戌,热,夜阴,大雨,凉。到臬署监印。接济仁舫由通衢司来信。李蓉舫来,未见。

二十三日(6月22日) 辛亥,晴,热甚,午微风雨,夜大雨,凉。到臬署监印。九老会众人与张松泉饯行,在广雅书局抗风轩。到臬署收呈十六张。

二十四日(6月23日) 壬子,晴,热甚,晚阴雨。到臬署监印。

二十五日(6月24日) 癸丑,晴,热甚,晚阴雨。到臬署监印。英国君主六十年践祚庆典,沙面洋人悬灯结彩,烧放烟火以庆贺,携维燮前往观看。

二十六日(6月25日) 甲寅,晴,热甚,夜阴雨。到保甲总局访桐巢谈。

二十七日(6月26日) 乙卯,晴,热甚,晚阴雨终夜。张子康来拜,晤谈。

二十八日(6月27日) 丙辰,早阴雨,已初晴,热甚。答拜格幼溪,已起程赴都。到大马站,驱逐关廷彪之家属。到臬署收呈八张。

二十九日(6月28日) 丁巳,阴,夜雨,凉甚。办公事。

三十日(6月29日) 戊午,晴,凉甚,微风。九老会期,陈香谷值月,改是日在逸趣园约饮,前去赴约。夜看瑶峰舅病。

六月初一日(6月30日) 己未,阴,微雨昼夜,凉。禀贺、见臬台。在臬署关帝、土地、六毒神、东树神前行香。禀贺藩台,见毕。回本署各神前行香,众书差等禀贺。午后到臬署监印。

初二日(7月1日) 庚申,晴,热甚。到臬署监印。午后微阴,雨。

初三日(7月2日)　辛酉,晴,热甚。禀见藩台、臬台毕。抚台堂期,禀见。午后到臬署监印。早到宋颖云处坐谈。晚到臬署收呈八张。

初四日(7月3日)　壬戌,晴,热甚。到臬署监印。张干臣来访,并代卸署钦州防城县如昔司巡检徐鉴灏借印,请领养廉银两事。

初五日(7月4日)　癸亥,晴,热甚,晚阴雨,微风。到臬署监印。看瑶峰舅病。访侯曼村、张云程,皆未遇。接姚大女由关来信。

初六日(7月5日)　甲子,晴,热甚,晚阴雨。九老会期,宋华庭值月,竹安居约饮,前去赴约。作致关上许仲良学书信,为办罗文事。寄姚大女等信,交邮政局寄。①

初七日(7月6日)　乙丑,早阴大雨,晚晴。看瑶峰舅病。

初八日(7月7日)　丙寅,晴,热。访邓雅如,代张干臣借印。夜看瑶峰病。收呈。

初九日(7月8日)　丁卯,晴。答拜张干臣,并交借印结文。访汪端甫谈。张公馆派人来请,余赶即前往,见舅已危极,当即与其张罗一切,至午正故。随往各木铺看买长生板,在康福买妥香沙板一付,价百壹十金。访宋华庭叙话。

初十日(7月9日)　戊辰,晴。访王庚白谈。到协成乾借银壹百三十两,以还寿木价。回本署,多雨山来访,晤叙。到张公馆,照料入殓一切之事。接贾兰溪由儋州来信。

十一日(7月10日)　己巳。时宋华庭来拜,未遇。到臬署监印。拜多雨山晤话。拜王梧园未遇。接丁枚卿由增城来信。

十二日(7月11日)　庚午,晴。毓固臣晤面,叙话。王梧园来访,晤话。到臬署监印。房映珍来拜,晤谈。丁枚卿差人由增城送桂露荔枝十枚。

十三日(7月12日)　辛未,晴。到臬署监印。毓固臣来访,谈。

---

①　按:本页夹有一张记账单,未录。

到臬署收呈。

十四日(7月13日) 壬申,晴。拜南海县度仲容,为奉臬宪委查关以钧积案。到臬署监印。夜访雨山谈。

十五日(7月14日) 癸酉,晴。到臬署各神位前行香,禀贺臬台,见毕。禀贺藩台,见毕。回本署各神前行礼,众书差禀贺。王庚白来访,晤。到臬署监印。

十六日(7月15日) 甲戌,晴。

十七日(7月16日) 乙亥,晴。

十八日(7月17日) 丙子,晴,热甚,夜微凉。到藩、臬两衙门禀见毕。拜李华甫、沈鲁卿,均未见。九老会改是日,宋华庭值月,在竹安居约饮,未到。在臬署收呈十张。

十九日(7月18日) 丁丑,晴,热甚,夜凉。到电报局,打电报寄上海张云程,询兰坪到沪否。沈鲁卿来回拜,晤谈。

二十日(7月19日) 戊寅,晴。李华甫来拜,未遇。访梁丽田晤谈。拜董仲容,为会查关以钧之案。

二十一日(7月20日) 己卯,晴。到臬署监印。梁丽田来访,晤。

二十二日(7月21日) 庚辰,晴。到臬署监印。

二十三日(7月22日) 辛巳,晴。到臬署监印。回本署有事。到臬署收呈。张兰坪抵粤,夜往唁之。

二十四日(7月23日) 壬午,晴,热甚。到臬署监印。

二十五日(7月24日) 癸未,晴,热甚。到臬署监印。到兰坪处叙话。

二十六日(7月25日) 甲申,晴,热。到万寿宫,随列宪行朝贺礼毕。回本署稍息。兰坪专丁送信,瑶翁之妾区氏吞金殉节自尽,闻之令人可佩,随即前去吊烈。就近访毓固臣叙话。

二十七日(7月26日) 乙酉,晴。访臬署章、沈二老夫子谈。新选开建县郭占熊同乡来拜,未遇。九老会期改是日,宋华庭值月,在一品升约饮，前去赴席。

二十八日（7月27日）　丙戌，晴。毓固臣来访，叙话。访郝述卿，晤。访曹志轩，为与张家出结领运费并报病故等事。答拜开建郭占熊，未遇。

二十九日（7月28日）　丁亥，晴。周绍堂来访，闲谈。到兰坪处叙事。

七月初一日（7月29日）　戊子，晴。到臬署各神前行香，禀贺臬台，见毕。禀贺藩台，见毕。回本署各神前拈香行礼，众书差禀贺。午后到臬署监印。夜雇妥家人冯贵跟维桢赴京应试。

初二日（7月30日）　己丑，晴。维桢赴京乡试，清晨搭汉口渡船往香港，余到泰安栈买船票二张，到汉口渡船上看维桢行。回本署，饭后到臬署监印。

初三日（7月31日）　庚寅，晴，热，午微阴，雨数点。清晨维燮搭船往香港，送维桢行。午后到臬署监印。到清秘阁看明拓本《不空和尚碑》。到翰宝林写挽联二对。回本署少息。拜五仙楼千总黄公，拜李鹤琴，拜陆丰县钱子定、贾聘九，皆未遇。到臬署收呈八张。

初四日（8月1日）　辛卯，晴。到臬署监印。

初五日（8月2日）　壬辰，晴。到藩、臬两处禀上衙门，皆见。联子振开吊，绪笠云开吊，前往两处吊之。到张公馆张罗开吊事。清晨维燮由港回署。

初六日（8月3日）　癸巳，阴，大风，雨阵阵，凉。张公馆开吊，在此招呼一切，早去晚归。

初七日（8月4日）　甲午。

初八日（8月5日）　乙未，晴，午后大雨，微凉。九老会改是日，陶仲甫值月，在如松馆约饮。新添王寿民，即日正是其寿辰，就便改成酒席，为其公祝，余前往作东道主。拜钱子定，晤叙。到臬署收呈。

初九日（8月6日）　丙申，晴。

初十日（8月7日）　丁酉。

十一日(8 月 8 日)　丁酉,晴,热。到臬署监印。①

十二日(8 月 9 日)　戊戌,晴,热。到臬署监印。访臬署章梦香老夫子谈。余受暑热,请熊干庭来看脉。晚服药。到臬署点书吏换班名。

十三日(8 月 10 日)　己亥,晴,热。到臬署监印。干庭来看脉。到臬署收呈十七张。夜服药。

十四日(8 月 11 日)　庚子,阴,微雨,夜大雨。到臬署监印。熊干庭来看脉,服药。

十五日(8 月 12 日)　辛丑,阴。臬署各神前行香,虽奉臬台委,因病不能去,请邓雅如代行。监印托臬台门政代行。

十六日(8 月 13 日)　壬寅,阴,凉。熊干庭来看脉,服药。

十七日(8 月 14 日)　癸卯,阴,凉。病渐愈。

十八日(8 月 15 日)　甲辰。访陈桐巢、葆伯萱,皆晤。到臬署收呈十七张。搭拜王寿民,未遇。

十九日(8 月 16 日)　乙巳,阴,凉。到臬署,访章老夫子谈,托其代为更改同乡为区烈妇请旌禀稿、事实、册结各稿。

二十日(8 月 17 日)　丙午,阴,热,夜稍凉。禀见臬台毕。禀见粮道。答拜傅燮和,拜西关汛赖锡之,皆未见。回本署。午后访张兰坪,坐谈。访南海县董仲容叙话。

二十一日(8 月 18 日)　丁未,阴,微雨,稍凉。到臬署监印。陈桐巢来访,未遇。在臬署章梦香老夫子处遇沈伯鸿老夫子,长谈。在抚院前古玩店买旧松石刻花佛头背坠记捻肉桂泥珠身朝珠一挂,价二两一钱。接维垣儿由营口来信,并营口海局月报单,信内云小引孙女偶染瘟疹,医药无效,于六月三十日死,闻之不胜悲惜也。

---

①　按:自本日起至二十七日,每日干支均误。二十七日行天头注:十一日应戊戌,至廿七日应甲寅。因其已有自注,正文不作修改。

二十二日(**8 月 19 日**)　戊申,晴,热,夜凉。到臬署监印。到藩署门签叙话。夜大雨。

二十三日(**8 月 20 日**)　己酉,晴,热。抚台堂期,禀上衙门,挡。拜李华甫、王桐绶、陶仲甫,皆晤。到臬署监印。拜王均甫广协都司,晤谈。到臬署收呈十三张。夜兰坪来谈。

二十四日(**8 月 21 日**)　庚戌,阴,微雨,午后大雨一阵,稍凉。西关汛赖锡之来回拜,晤话。陈照来访,有事谈。到臬署监印。与董仲容老太太拜寿,挡。拜华漱石、曹志轩、王心兰,皆晤,为与母舅之妾区氏办请旌事。拜刘子宽,晤谈。

二十五日(**8 月 22 日**)　辛亥,早晴晚阴,午后大雨。到臬署监印。

二十六日(**8 月 23 日**)　壬子,早晴,午后阴,大雨,凉。访郑访樵,未遇。访兰坪叙话。九老会期,陶仲甫值月,在竹安居约饮,前去赴约。

二十七日(**8 月 24 日**)　癸丑,早晴,午后阴,微雨。抚台审案三起,前往抚署顺各犯供,并禀知,伺候审案,到臬署禀销差。到素波巷答拜方守备,拜五仙楼黄千总,均未晤。

二十八日(**8 月 25 日**)　乙卯,晴,热,午后大雨。拜王桐绶叙话。到臬署收呈。

二十九日(**8 月 26 日**)　丙辰,晴,热,午后阴,微雨。赖锡之来晤。

三十日(**8 月 27 日**)　丁巳,晴,热。访西关汛赖锡之,晤话。拜梁丽田,未见。拜张子康晤谈。

八月初一日(**8 月 28 日**)　戊午。禀见臬台,到臬署各神前行香。回本署各神前行香,众书差等禀贺。午后到臬署监印。拜李世桂,未遇。

初二日(**8 月 29 日**)　己未,晴,热,夜凉。到臬署监印。夜访梁星堂观画。冯贵由京回粤,起盘川两元。

初三日(8月30日) 庚申,晴。到臬署监印。回本署办事。到臬署收呈廿二张。梁丽田来拜,晤谈。曹志轩来访,未遇。

初四日(8月31日) 辛酉,晴,热,早晚凉。到臬署监印。抚台审案一起,前往抚署顺各犯供,禀伺候审案,回臬销差。拜王桐绥,未遇。代烈妇区氏办请旌事,代约各同乡联名通禀,今日将禀督、抚、学、藩各禀册结投递。

初五日(9月1日) 壬戌,晴,热。到臬署监印。到高第街绸缎铺买物。到宜安里查赌馆。到清秘阁坐,看字画。

初六日(9月2日) 癸亥,晴,热甚。两主考、监临、监试、提调等入围,前往抚署观看。回本署。九老会毕少兰值月,在番捕署约饮,前去赴约。归,行至藩署前遇雨。清晨随列宪祭文昌。

初七日(9月3日) 甲子,晴,热,夜阴。经式古斋手买刘石庵字联一付,翁覃溪字联一付、梁山舟字联一付、金农隶字联一付、王梦楼字中堂一幅、张若澄画山水中堂一幅、王梦楼字横额一幅、梁山舟大寿字中堂一幅,皆真迹无疑,共价银捌拾两正。夜访王桐绥谈。

初八日(9月4日) 乙丑,晴,热甚。因维桢进场,祖先前设陈供献祭祀。到西关会梁丽田、赖锡之,皆晤。到臬署收呈廿二张。

初九日(9月5日) 丙寅,晴,热甚。到藩署,同王小云讲话。

初十日(9月6日) 丁卯,晴,热甚。祭孔夫子,随列宪致祭。梁丽田来访,有事叙话。到臬署叙事。

十一日(9月7日) 戊辰,晴,热甚。随臬台祭神祇坛。到臬署监印。拜五仙楼千总黄舜阶,拜李雨臣,皆晤话。

十二日(9月8日) 己巳,晴,热甚。随臬台祭龙王。答拜钟季瑜,未遇。到臬署监印。

十三日(9月9日) 庚午,晴,热甚。到臬署监印。访沈楚生未遇。到臬署收呈。

十四日(9月10日) 辛未,晴,热甚。到臬署监印。到藩署,为与区烈妇请旌事。

十五日（**9月11日**）　壬申，晴，热甚。到臬署禀贺臬台，见毕。到臬署各神庙前行香。回本署各神前行香，众书差禀贺。祭祖先，率儿等叩头行礼。到臬署监印。访章梦湘老夫子叙话。

十六日（**9月12日**）　癸酉，晴阴屡易，风雨微作，稍有凉意。九老会期，毕少兰值月，在应元宫约饮，并与周绍堂补祝寿辰，前去赴约。到西关拜梁丽田、赖锡之，皆未遇。访张兰坪叙话。

十七日（**9月13日**）　甲戌，阴，大雨，凉。

十八日（**9月14日**）　乙亥，晴，凉。母舅灵枢今晨下船，前去送灵。到东鬼基。午后到长禄巷估娼寮房价。到臬署收呈七张。赖锡之来拜，晤谈。

十九日（**9月15日**）　丙子，晴，稍热，早晚凉。到藩署，同王小云叙话。午后到臬署访张梦湘老夫子叙话。

二十日（**9月16日**）　丁丑，晴，早晚凉，午尚热。梁丽田来访，叙事。到臬署，送李春山行。

二十一日（**9月17日**）　戊寅，阴，微雨，稍凉。到臬署监印。

二十二日（**9月18日**）　己卯，晴，热。到臬署监印。

二十三日（**9月19日**）　庚辰，晴，热。到臬署监印。访南海县董仲容议公事。拜西关顺德水汛，未遇。兰坪来署，留晚饭。到臬署收呈八张。

二十四日（**9月20日**）　辛巳，晴，热甚，早晚凉。到臬署监印。魁臬台之内侄荣某兄弟二人携赵姓并妇人到臬署求借，未如奢愿，四人皆吞洋烟挟制，三男皆活，一妇而死，经南海验毕，将三人带县审办。

二十五日（**9月21日**）　壬午，晴。到臬署监印。访章梦香老夫子闲谈。

二十六日（**9月22日**）　癸未，晴。王子电来拜，晤谈。九老会毕少兰值月，在番捕署约饮，前去赴约。

二十七日(9月23日)　甲申,晴,热,早晚凉。携维燮来乘沙艇到白鹅潭承平火船上,送张兰坪扶柩回籍。作致王礼丞信,并枕箱等物,托龙大少爷寄博美。

二十八日(9月24日)　乙酉,晴。董仲容来拜,叙事。到臬署访沈伯鸿老夫子叙话。在臬署收呈十四张。

二十九日(9月25日)　丙戌,阴,微雨,稍凉。到臬署访吴方城、章梦香两老夫子谈。

九月初一日(9月26日)　丁亥,晴,午尚热。禀贺藩、臬,皆见。到臬署各神庙行香。张铭树观察委署高廉道,前去道喜。回本署各神前行香,众书差等禀贺。午后到臬署监印。

初二日(9月27日)　戊子,晴。王子电来托事,晤谈。到臬署监印。到多公馆闲谈。

初三日(9月28日)　己丑,晴。到臬署监印。与鲁润斋道回任喜。到臬署收呈。

初四日(9月29日)　庚寅,晴。李鹤琴拜会,晤。到臬署监印。

初五日(9月30日)　辛卯,晴。到多公馆叙话。到臬署监印。到清秘阁看画。

初六日(10月1日)　壬辰,晴。九老会期,周绍堂值月,在盐库厅署内约饮,前往赴约。

初七日(10月2日)　癸巳,晴。无事,静坐观书。

初八日(10月3日)　甲午,晴。禀见藩、臬毕。抚台堂期,禀见。与陈晓村道署番捕喜。与王凯平道回茭塘司任喜。到臬署收呈。

初九日(10月4日)　乙未,晴。到大新街、源昌街各处闲观买物。

初十日(10月5日)　丙申,阴,凉。到油栏门外紫冻艇,赴友人约饮。

十一日(10月6日)　丁酉,阴,微雨,凉。抚台审案,前往顺各犯供。到臬署监印。到书芳街买眼镜。

十二日(**10 月 7 日**)　戊戌,阴,微雨,凉。丑刻本省乡试发榜。到臬署监印。到藩署叙话。

十三日(**10 月 8 日**)　己亥,晴。禀见臬台,谢委例差。上粮道衙门,禀见毕。与周观察道署高廉道喜。到臬署监印。

十四日(**10 月 9 日**)　庚子,晴。闲坐无事,观书画。

十五日(**10 月 10 日**)　辛丑,晴。到臬署各神庙行香。禀贺藩、臬,皆见。回本署各神前行香,众书差等禀贺。午后到臬署监印。访梁丽田晤谈。

十六日(**10 月 11 日**)　壬寅,晴阴未定,微雨阵阵。九老会期,周绍堂值月,在竹安居,前去赴席。

十七日(**10 月 12 日**)　癸卯,晴,热甚。早到臬署叙话。午后到海珠拜客。

十八日(**10 月 13 日**)　甲辰,晴。与徐用之道喜,并送行,未晤。拜李鹤琴,晤。到臬署收呈。接维垣由营口来电报,云"维桢中举,桢已到上海"等语。

十九日(**10 月 14 日**)　乙巳,热。作致和顺长信,作王礼臣信。

二十日(**10 月 15 日**)　丙午,晴,热。

二十一日(**10 月 16 日**)　丁未,晴。到臬署监印。

二十二日(**10 月 17 日**)　戊申,晴。到臬署监印。

二十三日(**10 月 18 日**)　己酉,晴。到臬署监印。访章梦香长谈。在臬署收呈。

二十四日(**10 月 19 日**)　庚戌。禀见藩台。拜番禺县裴,未遇。拜南海县董,晤。回拜钟镜瑜,晤。格幼溪来,晤。到臬署监印。在三君祠公践徐用之行,前去作东。

二十五日(**10 月 20 日**)　辛亥,晴。到臬署监印。访王庚尧,交票银四十六金。

二十六日(**10 月 21 日**)　壬子,晴。九老会期,周绍堂在竹安约饮,前往。

二十七日(10月22日) 癸丑,晴。

二十八日(10月23日) 甲寅,晴。到臬署收呈。拜客数家。

二十九日(10月24日) 乙卯,晴。①

卷 二

十月初一日(10月26日) 晴。到臬署监印。

初二日(10月27日) 晴。到臬署监印。

初三日(10月28日) 晴。到臬署监印、收呈。

初四日(10月29日) 晴。到臬署监印。

初五日(10月30日) 晴。到臬署监印。到连新街访赵君。

初六日(10月31日) 晴。九老会期,王庚白值月,在竹安约饮。

初七日(11月1日) 晴。早访宋颖云,遇夏椎香、陶纳夫、吴吟秋,就便约同修竹居便酌。

初八日(11月2日)②

初九日(11月3日)

初十日(11月4日) 晴。太后万寿。寅正赴万寿宫,行朝贺礼。到各街谢客。

十一日(11月5日) 晴,热。到臬署监印。王凯平假臬署约饮,前去赴席。

十二日(11月6日) 晴,热。到臬署监印。晚又到臬署点书吏换班名。

十三日(11月7日) 晴,热。到臬署监印。谢客数家。到臬署

---

① 按:九月二十九日记后仍有空行,并无三十日日记,或为作者漏记。

② 整理者按:此日及后多日仅记日期,并无其他内容。

收呈。宋颖云来谈。

十四日（11 月 8 日）　晴，热。到臬署监印。

十五日（11 月 9 日）　晴，热。到臬署各神前行香，禀贺臬台。监印。拜客数十家。回本署行香。午后到天字马头，送藩台祭南海神。到日近亭保甲局，同项云阶、刘月樵谈。晚到荣理堂公馆，看王耕尧开物件票。

十六日（11 月 10 日）　晴，热。九老会期，王庚白值月，竹安居约饮，前去赴约。

十七日（11 月 11 日）　晴，热。

十八日（11 月 12 日）　晴，热。访梁丽田，晤谈。与张子康谢步。到臬署收呈。

十九日（11 月 13 日）　晴，热。维桢由京回，申初抵署。

二十日（11 月 14 日）　晴，热。祖先前陈供献，维桢拜祭叩头。

二十一日（11 月 15 日）　晴，热。到臬署监印。

二十二日（11 月 16 日）　早晴，热甚，午后阴，微雨，凉甚。梁丽田来访，谈。到臬署监印。魁臬台来道中举喜，挡，当亲身谢步缴帖。随拜陈桐巢、王存善，皆挡。

二十三日（11 月 17 日）　阴，大雨，凉。到臬署监印、收呈。

二十四日（11 月 18 日）　阴，凉。到臬署监印。

二十五日（11 月 19 日）　阴，凉。到臬署监印。

二十六日（11 月 20 日）　晴。九老会期，王耕白值月，备席约饮。

二十七日（11 月 21 日）　晴。

二十八日（11 月 22 日）　晴。到臬署收呈。

二十九日（11 月 23 日）　晴。

十一月初一日（11 月 24 日）　晴，凉。到臬署行香，禀贺臬台毕，禀贺藩台，均见。回本署行香，书差禀贺。到臬署监印。宋颖云约同夏稚香、陶纳夫，在心记栈小酌。王凯平来，求出结借印，为与其子捐官。

初二日(11月25日)　晴,冷。到臬署监印。访曹志轩谈。

初三日(11月26日)　晴,冷。禀见臬台、藩。到宋颖云吃点心。抚台堂期,禀见。到臬署监印。回本署少息。到臬署收呈。张云程、尚辛之先后来访,谈。

初四日(11月27日)　晴,冷。到臬署监印。到连新街赵公馆谈。

初五日(11月28日)　晴,冷。到臬署监印。

初六日(11月29日)　晴,冷,午微暖。早与陶仲甫道娶儿妇喜。午后到西关各处勘估票馆、摊馆。晚到仲甫处赴席。

初七日(11月30日)　晴。预办开贺事。陈桐巢、沈鲁卿先后来谈。

初八日(12月1日)　晴。预办开贺事。到臬署收呈。

初九日(12月2日)　晴,大风。预办贺事。

初十日(12月3日)　阴,微雨,夜大雨。备酒席、八音,开贺举人,共到道喜客百余人,收喜幛六十一张、喜联四付、发包、烛炮、酒腿、花红等物,早面席四桌,晚酒席三桌。

十一日(12月4日)　阴,微雨。早到旗街各家道谢。午后到臬署监印。到汉街各家道谢。

十二日(12月5日)　阴,早。到西关各家道谢。午后到臬署监印。到南关各家道谢。

十三日(12月6日)　晴。到臬署监印。到城内各处补行道谢。晚到臬署收呈。

十四日(12月7日)　晴。到河南各街并瑶头村勘估各摊票馆卅五间。在河南保甲局,沈鲁卿预备早饭,是日监印,未去。

十五日(12月8日)　晴。到臬署行香,禀贺臬台。回本行香。到臬署监印。九老会期,王耕尧当月,在伊公馆备席约饮,并祝陈庆门寿。

十六日(12月9日)　晴。

十七日(12月10日)　晴。

十八日(12月11日)　晴。在臬署,由大厨房备办酒席一桌,酬臬署签稿、传帖、用印诸人并乌润轩。

十九日(12月12日)

二十日(12月13日)　晴。禀见藩、臬毕。到西关访梁丽田叙话。与西关汛高厚慈道到任喜。

二十一日(12月14日)　阴,微雨。到臬署监印。

二十二日(12月15日)　阴。到臬署监印。

二十三日(12月16日)　到臬署监印。到西关访梁丽田叙话。到臬署收呈。

二十四日(12月17日)　微阴,雨。到臬署监印。沈鲁卿、金鹭轩、乌润轩先后谈。

二十五日(12月18日)　到臬署监印。

二十六日(12月19日)

二十七日(12月20日)

二十八日(12月21日)　到臬署收呈。

二十九日(12月22日)

三十日(12月23日)

十二月初一日(12月24日)　到臬署行香、禀贺,见毕。回本署行香,众书差禀贺。到臬署监印。

初二日(12月25日)　到臬署监印。

初三日(12月26日)　禀见藩、臬、道。抚台堂期,禀见。宋颖云约吃点心。到臬署监印。

初四日(12月27日)　到臬署监印。

初五日(12月28日)　到臬署监印。到连新街赵公馆叙话。

初六日(12月29日)　阴,雨。到臬署叙话。晚又到连新街叙事。

初七日(12月30日) 阴,雨。感冒风寒,请熊干庭看脉。药。

初八日(12月31日) 晴。到臬署收呈。

初九日(1898年1月1日) 晴,暖。预祝魁臬台老太太寿,烧炮燃烛。九老会公祝陈香谷寿,在竹安居约饮。

初十日(1月2日) 晴,暖。魁老太太寿辰,前去禀贺。南海县董仲容娶儿妇,孙铭仲娶弟妇,李达久接藩经印,前往三处道喜。

十一日(1月3日) 到臬署监印。

十二日(1月4日) 到臬署监印。

十三日(1月5日) 到臬署监印、收呈。

十四日(1月6日) 到臬署监印。

十五日(1月7日) 到臬署行香,禀贺臬台毕。禀贺藩台。回本署行香。到臬署监印。夜三更诗家里刘宅失火,烧去厨房,吓阖署人等惊惶之至。

十六日(1月8日)

十七日(1月9日)

十八日(1月10日) 到臬署收呈。

十九日(1月11日) 九老会期,余当月,在西关双英斋约饮,就近到十八甫街闲观。

二十日(1月12日) 到抚台、臬台各处伺候封印毕。回本署,拜阙、谢恩、拜印、封印,众书差等叩贺。访梁丽田叙话。访西关汛高厚慈叙话。

二十一日(1月13日) 晴。到臬署监印。到连新街。

二十二日(1月14日) 晴。到臬署监印。访鲁润斋、李鹤琴,皆晤谈。访沈鲁卿未遇。夜二更后四牌楼鸾章花轿铺失火,烧去后楼,又吓阖署人等惊慌之至。

二十三日(1月15日) 到臬署监印。访吴吟秋谈。接王礼臣由陆丰县来信,并寄洋银壹百廿元。夜祭皂君。

二十四日(1月16日) 到臬署监印。

二十五日(1月17日)　到臬署监印。

二十六日(1月18日)

二十七日(1月19日)

二十八日(1月20日)

二十九日(1月21日)　三十日到各宪衙门辞岁,皆挡。祭祖先,率儿等叩头辞。众书差、家人等叩头辞岁。儿孙等叩头辞岁。①

---

①　按:原文三十日另起一行,二十九日只记日不记事,而本年十二月无三十日,当为作者误记,今移正。

光绪二十七年(1901年),岁次辛丑

正月初一日(1901年2月19日) 戊辰,阴,微雨,渐暖。卯初二刻迎神接皂,祭祖先,叩头行礼。赴万寿宫,随列宪行朝贺礼毕。到督、抚、藩、臬、道各署禀贺,皆见。回本署,到关帝、土地、皂王行香,祖先前叩头拜年,众书差、家人等叩头拜年。

初二日(2月20日) 己巳,阴雨昼夜,渐暖。到观音山龙王庙伺候臬台行香,随到旗街各家拜年。饭后到汉街各家拜年。

初三日(2月21日) 庚午,阴,微雨昼夜。忌辰,未出门拜年。

初四日(2月22日) 辛未,早阴,午晴。禀见陶制军,呈履历。午后到南关各家拜年。是日八旗奉直会馆团拜,未去。

初五日(2月23日) 壬申,晴,渐暖。

初六日(2月24日) 癸酉,晴,渐暖。李雨臣别驾便衣来谈。

初七日(2月25日) 甲戌,晴,渐暖。

初八日(2月26日) 乙亥,晴,渐暖。拜李雨臣,未遇。

初九日(2月27日) 丙子,晴,暖。

初十日(2月28日) 丁丑,晴,暖。朱鉴常巡检来拜,晤,托与伊亲荐馆第。

十一日(3月1日) 戊寅,晴,暖。到臬署监印。于瑞麟巡检、周绍棠盐库大使先后来拜谈,皆见。访姚舜卿大令,荐刑名馆,未允。

十二日(3月2日) 己卯,晴,暖。到臬署监印,点臬署书吏换班名。答拜于、周二君,皆未遇。

十三日(3月3日) 庚辰,晴,暖。到臬监印。李雨臣便衣来谈。

十四日（3月4日）　辛巳，晴，暖。到臬署监印。郭榕轩少尉便衣来拜，并托代觅直隶同乡官，为与故都宁司张凤墀领运费出结事。

十五日（3月5日）　壬午，晴，暖。上元节，穿花衣，到臬行香，禀贺，并监印。回本署行香，众书差等叩头禀贺。午后访李雨臣闲谈。

十六日（3月6日）　癸未，晴，暖。奉臬台委，往广智义学、广孝义学开学。

十七日（3月7日）　甲申，晴，暖。买舟往花埭广善义学，观看该学房屋修补如何，借以作花埭之游。并到黄大仙庙看，该庙香火极盛，参神者极多。

十八日（3月8日）　乙酉，晴，暖。访张云程，询福兰亭前捐知府衔现在能否移奖，查明已过三年，不合例矣。

十九日（3月9日）　丙戌，晴，暖。出大堂，望阙，行九叩首礼谢恩，行九叩礼拜印毕。更朝服，升坐大堂，开印。众书差等叩头禀贺。随到臬署伺候，禀贺。再到抚署伺候，禀贺。访多与三，回复福之衔已过三年不能移奖。

二十日（3月10日）　丁亥，晴，稍暖。督宪堂期，挡。藩、臬两处，禀上衙门，皆见。傅贰尹淦来拜会。吊王蓬三夫人。

二十一日（3月11日）　戊子，晴，微暖。到臬署监印。拜毓固臣，未见。拜沈子林醯尹，晤谈。送邵子香署坎白场行，未见。

二十二日（3月12日）　己丑，晴，稍暖。到臬署监印。申刻备酒席，请姚骏卿（辞不到）、曹志轩、张鹤舫三大令，秦煦堂连州直州牧，李雨臣、刘荫南两通守，王槐生州牧（辞未到），金鹭轩醯尹，赵联绥贰尹，尚辛之、王萼楼两少尉。

二十三日（3月13日）　庚寅，阴雨，稍冷。禀见臬台，见。就便监印，晚收呈。

二十四日（3月14日）　辛卯，阴雨，稍冷。到臬监印。

二十五日（3月15日）　壬辰，阴雨，稍冷。到臬署监印。禀见琼州府刘尚伦太尊,未遇。

二十六日(**3月16日**) 癸巳,阴雨,稍冷。拜钟景瑜大令,晤谈。禀见刘尚伦太尊,见。晚尚辛之备席,请刘尚伦、恩惠亭太尊、李象臣直州牧(号星若)、裕心泉司马、曹志轩、李雨臣并余七人。

二十七日(**3月17日**) 甲午,阴,微雨,渐暖。协成乾票号程泰川约谷埠阿胜艇,五更饮罢而归。

二十八日(**3月18日**) 乙未,阴雨,稍暖。到臬署收呈。

二十九日(**3月19日**) 丙申,渐晴,稍暖。

二月初一日(**3月20日**) 丁酉,晴。清晨赴文庙,随列宪祭丁毕。到臬署行香、禀贺、监印。随到刘太尊公馆禀贺,挡。回本署行香,众书差等禀贺。午后臬台差人请,看小厨房因塌欲修相宜否,余答本日倒而本日修无不宜也。姚舜卿来辞行,晤谈。

初二日(**3月21日**) 戊戌,晴,稍暖。祭神祇、社稷两坛,清晨随抚、臬两宪祭社稷坛毕。到臬署福德祠祭土地,又科房祭土地。送姚舜卿行,未见。英节甫、李雨臣通守前后来谈。到臬署监印。

初三日(**3月22日**) 己亥,阴雨,稍暖。清晨,随列宪赴文昌庙,祭文昌毕。到臬署科房祭文昌。在臬署监印、收呈。

初四日(**3月23日**) 庚子,晴,北风,稍凉。到臬署监印。送琼州府刘太尊行。回拜英节甫通守并高心斋大令,皆未见。

初五日(**3月24日**) 辛丑,晴,暖。到臬署监印。访多与三太尊谈。

初六日(**3月25日**) 壬寅,晴,暖。访李雨臣闲谈。先高祖忌辰,祭祀上供,叩头行礼。

初七日(**3月26日**) 癸卯,晴,暖。访沈子林谈,并观看端砚。送邵子香行,晤。到拱北楼上买《筹饷事例》。夜锦隆老板来,清还账目。

初八日(**3月27日**) 甲辰,晴,暖。李雨臣来谈。李春山由苏州来拜会,据云魁文农方伯于去岁冬月初六日作古,闻之令人酸鼻。

到臬署收呈。

初九日(3月28日)　乙巳,阴雨,雷电交作。清晨随列宪祭关圣帝君。午后到已故都宁司张凤墀公馆,为其家属请领运费代求同乡官李雨臣出结事。到金衢会馆回拜李春山,未遇。

初十日(3月29日)　丙午,阴。随列宪祭火神。李雨臣约吃便饭。

十一日(3月30日)　丁未,晴阴忽易。同乡十人在秦煦堂公馆,公饯李华甫太尊署嘉应州行,余前去作东道。早到臬署监印。

十二日(3月31日)　戊申,晴,暖。到臬署监印。访华棣之叙话。张子猷来道谢,因余函托博罗陈桐巢大令禀留连署沙湾司一年,晤谈许久。

十三日(4月1日)　己酉,晴,暖。到臬署监印、收呈。

十四日(4月2日)　庚戌,阴雨。到臬署监印。

十五日(4月3日)　辛亥,晴,暖。到臬署行香、禀贺、监印。回本署行香,众书差等禀贺。王槐生拜会,持销查案差红白禀借印。李雨臣出结借印,为已故都宁张凤墀家属请领运费事。

十六日(4月4日)　壬子,晴,暖。到多宝斋看字画。访李达久藩参军谈,伊约伊同宗二公到陆经楼吃茶点心。作家书,并致大女书,交邮政局寄关。

十七日(4月5日)　癸丑,阴,早大雨数点。

十八日(4月6日)　甲寅,阴雨昼夜。到臬署收呈。

十九日(4月7日)　乙卯,阴雨昼夜。

二十日(4月8日)　丙辰,阴雨昼夜。禀见臬台毕。访李雨臣闲谈。

二十一日(4月9日)　丁巳,阴雨昼夜。到臬署监印。到广仁、广贤、广忠各义学查看。作致平远县辛芝如大令信,交坐省寄。

二十二日(4月10日)　戊午,阴雨昼夜。到臬署监印。答拜李春山,晤。

二十三日(4月11日)　己未,阴雨。抚台堂期,禀见。并禀见藩、臬。到臬署监印、收呈。李春山来叙话。

二十四日(4月12日)　庚申,阴雨昼夜。到臬署监印。星学钟南山来谈。

二十五日(4月13日)　辛酉,晴阴屡易。禀见粮道。与乌小亭道署电白事喜,答拜王槐生,皆未遇。

二十六日(4月14日)　壬戌,晴,湿热。访伍慎之,查湖北赈捐保案,路遇王中之、延仲平,约余到乐园吃茶。

二十七日(4月15日)　癸亥,早阴,大雨,午后晴。卯正赴先农坛,随列宪祭祀,并行耕耤礼,臬台躬耕,余播种,五斗口司捧箱,大小各官皆有事执。

二十八日(4月16日)　甲子,忽晴忽雨。收呈。李雨臣来,稍谈。

二十九日(4月17日)　乙丑,忽晴忽雨。曹志轩大令来,稍谈。

三十日(4月18日)　丙寅,阴雨,湿气渐重。钟景瑜大令来谈。到荣昌客栈,访看相算命之高瘫子。

三月初一日(4月19日)　丁卯,阴,微雨。到臬署行香,禀贺臬台,见。即便监印。回本署行香,众差役等叩头禀贺。

初二日(4月20日)　戊辰,阴,大雨。到臬署监印。访李禹臣叙话。

初三日(4月21日)　己巳,阴雨。到臬署监印。作家书,并寄大女信。到臬署收呈。访曹志轩,托伊子寄家书,伊子回乐亭。

初四日(4月22日)　庚午,阴雨。到臬署监印。

初五日(4月23日)　辛未,阴雨大阵,晴,微风。到臬署监印。访多与三闲谈。

初六日(4月24日)　壬申,晴,微风。晾棉夹衣服。李雨臣来谈。

初七日(4月25日)　癸酉,半阴晴,暖。闲步学台衙门花园游观。接陈桐巢由博署来信。

初八日（**4月26日**）　甲戌，阴，雨。禀见藩、臬、道毕。拜客。到臬署收呈。

初九日（**4月27日**）　乙亥，阴，微雨。都宁司巡检张凤墀已故，伊家属请余题主并赞主。是日陈照、何璿两廉捕先后来托事。

初十日（**4月28日**）　丙子，阴，微风。作复陈桐巢信，交来使寄回博罗。启善司马来拜，晤谈。

十一日（**4月29日**）　丁丑，晴阴无定。到臬监印。

十二日（**4月30日**）　戊寅，晴阴无定。到臬监印。

十三日（**5月1日**）　己卯，晴阴无定。到臬监印、收呈。

十四日（**5月2日**）　庚辰，早微阴，午晴。到臬署监印。

十五日（**5月3日**）　辛巳，晴阴无定，夜雨。到臬署行香、禀贺、监印。回本署行香，众差禀贺。闲步小市、濠畔各街闲观。

十六日（**5月4日**）　壬午，阴，微雨。马小山直州牧约余及同寅诸人在大北门直街北帝庙公祭魁文农方伯，至经价、祭席、香烛、火镪皆小山自备。

十七日（**5月5日**）　癸未，早晴，午后阴雨。郭荣斋来拜，晤谈。

十八日（**5月6日**）　甲申，阴雨。禀见藩、臬、道毕。拜客数家。奉藩台札，开升补陵水县知县缺，奏折抚台会同制台于正月二十日拜发等由。收呈三张。

十九日（**5月7日**）　乙酉，阴，雨。王槐生解饷赴陕西，来辞行，晤。

二十日（**5月8日**）　丙戌，阴，夜大雨。李雨臣来谈。访多与三太尊叙话。

二十一日（**5月9日**）　丁亥，昼微雨，夜大雨。到臬署监印。到志成信票号，有事叙话。

二十二日（**5月10日**）　戊子，阴晴无定，微雨大阵，大风，凉甚。到臬监印。余生日，祭祖先，叩头行礼。书差、家人等叩贺。候补从九徐镛求助,给银七钱二分。

二十三日(5 月 11 日)　己丑,阴雨,凉。到臬署监印。送王槐生赴陕西解饷行,晤谈。到臬署收呈。接家书,信局寄。

二十四日(5 月 12 日)　庚寅,阴雨。到臬署监印。

二十五日(5 月 13 日)　辛卯,半晴半阴。到臬署监印。

二十六日(5 月 14 日)　壬辰,半晴半阴,午后微雨小阵。

二十七日(5 月 15 日)　癸巳,晴,微风。接署定安县姚骏卿来信。晚阴,微雨。

二十八日(5 月 16 日)　甲午,晴,午后阴雨小阵。到臬署叙话。

二十九日(5 月 17 日)　乙未,晴,午后阴,微雨。张鹤舫大令来闲谈。李雨臣来访,晤叙。

四月初一日(5 月 18 日)　丙申,晴,暖,晚微雨,微阴。到臬署行香、禀贺、监印。备面席,请秋审供事各委员小酌,此系奉臬宪札委齐集各员之意。

初二日(5 月 19 日)　丁酉,晴,暖甚。到臬署监印。

初三日(5 月 20 日)　戊戌,晴,暖甚。到臬署监印。到南、番两县监内搜查秋审各犯。收呈。

初四日(5 月 21 日)　己亥,晴,热,夜热甚。抚台会同制台及四司道勘秋审人犯,余前往搜捡各犯,并预备各委员茶水点心,事毕到臬署禀谢秋审经费,并销供事差。就便监印。是日晾皮衣服。

初五日(5 月 22 日)　庚子,晴,热。到臬署监印。吊臬署刑席章月亭老夫子。拜秦旭堂,晤。拜杨自明、安荫甲两大令,皆未遇。是日晾皮衣。接家书,信局来。

初六日(5 月 23 日)　辛丑,晴。作家书。

初七日(5 月 24 日)　壬寅,晴,热。交由政局寄家书。到锦隆布店买物。

初八日(5 月 25 日)　癸卯,晴,热。禀见藩、臬、粮道各宪毕。拜客。收呈。臬宪交下马义方指苏燕禀一件。

初九日(5月26日)　甲辰,晴,热。审讯臬署门役马义方被苏燕用脚踢伤肾囊一案。

初十日(5月27日)　乙巳,晴,热。到臬将所讯之案情回明臬台,并将堂判并供结呈阅。

十一日(5月28日)　丙午,晴,热。到臬署监印。

十二日(5月29日)　丁未,晴,热。到臬署监印。

十三日(5月30日)　戊申,晴,热。到臬署监印、收呈。

十四日(5月31日)　己酉,晴,热。到臬署监印。奉顺直善后赈捐总局札委,劝办捐务。

十五日(6月1日)　庚戌,晴,热。到臬署行香、禀贺、禀见、监印。回本署行香,书差禀贺。访谌选谋劝捐,晤。李雨臣亦晤。访多与三,未遇。到志成信、协成乾、新泰厚各银号叙话。

十六日(6月2日)　辛亥,晴,热。访多与三长谈。

十七日(6月3日)　壬子,晴,热。访李雨臣,托其吹嘘捐事。访王耕尧,未遇。

十八日(6月4日)　癸丑,晴,热。禀上臬、道两衙门,皆见。到盐务公所访毓固臣,见。到督辕访陈、张二巡捕,皆见。访钟季愉,未遇。

十九日(6月5日)　甲寅,晴,热。早到臬署叙话。在孚通街遇周晓岚于照文楼字画店,同伊到濠畔街各字画店闲观。庚辰夏余在都门经龚子厚醵尹书折扇一柄,丁酉夏被陶纳夫藩照窃去,今见在该街字画店出售,用二毫购回,可见物各有主也。

二十日(6月6日)　乙卯,阴,夜大雨,凉。藩署书吏冯姓来,为与济仁舫请领俸银事。接辛芝如信。

二十一日(6月7日)　丙辰,阴,微雨。到臬署监印。访周绍棠,未遇。钟季愉来拜,晤谈。

二十二日(6月8日)　丁巳,晴,热。到臬署监印。访周绍棠,劝伊侄捐。晚访多与三长谈。

二十三日(6月9日)　戊午,晴,热。禀上藩、臬两衙门,皆见。施鼎文司马、陈宗凤明府先后来拜,皆晤谈。收呈。

二十四日(6月10日)　己未,晴,热。到臬署监印。到学台前荣华客栈访廖小陶算命。曹志轩来谈。

二十五日(6月11日)　庚申,晴,热。抚台审案,前去顺供,并伺候。到臬署禀销差,并监印。

二十六日(6月12日)　阴,燥热,辛酉。

二十七日(6月13日)　壬戌。

二十八日(6月14日)　癸亥,阴,微雨。收呈。

二十九日(6月15日)　甲子,阴,大雨。

五月初一日(6月16日)　乙丑,阴。早到臬署行香、禀贺、监印。到各街拜客。回本行香,书差禀贺。午后访王庚尧、施鼎文,皆见。走陶街,遇大雨。

初二日(6月17日)　丙寅,阴雨,晴风无定。到臬署监印。

初三日(6月18日)　丁卯,晴阴无定。到臬署监印。微雨。收呈。

初四日(6月19日)　戊辰,晴阴无定。到臬署监印。余受感冒,请熊干庭看脉,服药。

初五日(6月20日)　己巳,晴阴无定,忽雨忽风,热甚。到臬署禀贺,挡。监印。回本署上供祭祖先,叩头行礼,书差禀贺,家人等叩头拜节。

初六日(6月21日)　庚午,晴阴无定,微雨阵阵。

初七日(6月22日)　辛未,晴阴风雨,一日屡易。金鹭轩来,查捐府经、县丞、盐知各项银数。是日夏至。

初八日(6月23日)　壬申,晴阴风雨,一日屡易。禀上藩、臬两衙门,皆见。答拜客。收呈。

初九日(6月24日)　癸酉,晴,热。访李达久,未遇。到双门上街买潮扇、单绢团扇各一柄。李雨臣来谈。夜傅柄熙来谈。

初十日(6月25日) 甲戌,晴。

十一日(6月26日) 乙亥,晴,热。到臬署监印。

十二日(6月27日) 丙子,晴,热。到臬署监印。番左杨桐孙来,查捐县丞、巡检捐数。

十三日(6月28日) 丁丑,晴,热。到臬署科房祭关帝,并监印。回本署祭关帝。答拜杨桐孙,晤谈。秦煦堂来访,未遇。廖小陶来署,详细推算八字。晚收呈。

十四日(6月29日) 戊寅,晴,热。到臬署监印。

十五日(6月30日) 己卯,晴,热。到臬署行香、禀贺、监印。回本署行香,众差禀贺。志成信武元明、协成乾程阶平公约谷埠新娣艇饮,四更饮罢而归。

十六日(7月1日) 庚辰,晴,热。闲步小市街各金店坐。

十七日(7月2日) 辛巳,晴,热。作致辛芝如信,交坐省寄。平远县傅柄熙来谈。

十八日(7月3日) 壬午,阴,大雨昼夜,微凉。作致署龙川县王子随大令(名会中)信,为与济仁舫请领俸银事。

十九日(7月4日) 癸未,阴,细雨。苏燕踢伤马义方之案,已于十七日保辜限满,伤已全愈,当堂具结完案。致龙川县王信一件,并藩台札文一角,及济英堂领一张,交惠州府坐省寄龙川县投交。

二十日(7月5日) 甲申,阴。到臬署,回明臬台苏燕踢伤马义方已具结完案。访张云程谈。李禹臣来谈。

二十一日(7月6日) 乙酉,早阴,微雨大阵,午后晴。到臬署监印。访沈子林谈。

二十二日(7月7日) 丙戌,晴。毕少兰来叙话。到臬署监印。访华棣之谈。午后大雨阵阵。

二十三日(7月8日) 丁亥,忽晴忽阴,忽大雨。到臬署监印。访毕少兰叙话。到志成信、协成乾、新泰厚各银号有事。收呈。接沈瑞忠由徐闻来电,为领俸银事。

二十四日(7月9日)　戊子,忽晴、忽阴、忽雨、忽凉。到臬署监印。

二十五日(7月10日)　己丑,忽晴、忽阴、忽雨、忽凉。到臬署监印。夜访傅柄熙(字辰生)谈。项慎斋来查捐。

二十六日(7月11日)　庚寅,忽晴、忽阴、忽雨、忽凉。

二十七日(7月12日)　辛卯,忽晴、忽阴、忽雨、忽凉。夜傅辰生来谈,借《算学初阶》二本。沈子林、范东风先后来。

二十八日(7月13日)　壬辰,清晨阴雨,午晴。访张干臣谈。收呈。夜李洪先同张鸿宾来,有事叙话。

二十九日(7月14日)　癸巳,忽晴、忽阴、忽雨、忽风。范东峰来叙话。

三十日(7月15日)　甲午,晴阴风雨,一日数易。访辰生谈,遇雨。

六月初一日(7月16日)　乙未,晴阴风雨,一日屡易。到臬行香、禀贺、监印。回本署行香,书差禀贺。答拜客。与荣礼堂道署缺喜。到志成信叙话。访禹臣谈。

初二日(7月17日)　丙申,晴阴风雨,一日屡易。到臬署监印。

初三日(7月18日)　丁酉,晴阴风雨,一日屡易。到臬署监印。访多与三叙话。收呈。

初四日(7月19日)　戊戌,晴。到臬署监印。陈桐巢、王凯平先后来谈。

初五日(7月20日)　己亥,晴,热。到臬署监印。到小市街南盛打物。到志成信叙话。到百川通取辛芝如捐项九百两。到新泰厚答拜宋君,并取银单。午后辰生来署,同伊到督署访张干臣谈。辰生约余到桃园饮茶吃点心。

初六日(7月21日)　庚子,晴,热。李禹臣来谈。访多与三叙话。

初七日(7月22日)　辛丑,晴,热甚。余与同乡多与三、富文甫、恩惠亭、李华甫四太尊,英雀龄、忠久山两参戎,在光孝寺备经,供纸扎,公祭前署广东藩台魁文农方伯。是日共到附祭满汉同乡以及同寅诸人五六十位。

初八日(7月23日)　壬寅,晴,热甚。访多与三,核捐数。

初九日(7月24日)　癸卯,晴,热甚。作复平远县辛芝如信,为与其子捐官事,交作省寄去。

初十日(7月25日)　甲辰,晴,热甚,午后微风。

十一日(7月26日)　乙巳,阴,微雨数点。到臬署监印。接家书,得悉胞弟子谦逝世,惊闻之下,不禁悲哀至极。宋颖云来谈。到靖海门外电报局,拟往关打电,乃线断不通,未打而归。

十二日(7月27日)　丙午,晴阴无定,微雨。作家书,由邮政局寄关。到臬署监印。

十三日(7月28日)　丁未,晴阴无定,微雨阵阵。到臬署监印。晚收呈。

十四日(7月29日)　戊申,晴,热。到臬署监印。

十五日(7月30日)　己酉,晴,热。到臬署行香,禀贺,挡。监印。回本署行香,众差等禀贺。午后到东关莲池庵讲经价。拜客。看周晓岚病,挡,未见。到小市街南盛。

十六日(7月31日)　庚戌,晴阴无定,雨两大阵,热甚。

十七日(8月1日)　辛亥,晴,热甚。在省城东门莲池庵致祭胞弟子谦,设牌位,摆供菜,延僧念经送库,命小女阿苏穿素服,事毕。申刻返署,家人王升、柳升因在该庙讹索和尚钱,当即逐出。

十八日(8月2日)　壬子,晴,热甚。访辰生,荐家人靳福。收呈。

十九日(8月3日)　癸丑,晴,热甚,微风,夜热极,寒暑针行至九十六度。

二十日(8月4日)　甲寅,晴阴无定,热甚。

二十一日(8月5日)　乙卯,阴,微雨,夜大雨。寒暑针至八十四度。到臬署监印。

二十二日(8月6日)　丙辰,晴,热。到臬署监印。

二十三日(8月7日)　丁巳,晴,热。到臬署监印。

二十四日(8月8日)　戊午,立秋,晴,热。关帝诞辰。辰刻将军、抚台等前往八旗奉直会馆祭关帝,余亦前去随班行礼。到臬署监印。午后到志成信访武源明叙话。

二十五日(8月9日)　己未,晴,热甚。到臬署监印。夜访禹臣谈。

二十六日(8月10日)　庚申,早晴晚阴。秦煦堂来访谈。

二十七日(8月11日)　辛酉,阴,夜大雨。

二十八日(8月12日)　壬戌,晴阴无定,微雨。李禹臣来访,谈。收呈。

二十九日(8月13日)　癸亥,阴,微雨。访沈子林谈。

七月初一日(8月14日)　甲子,阴,大雨,凉甚。到臬署行香、禀贺、监印。回本署行香,书差等禀贺。

初二日(8月15日)　乙丑,阴雨,凉。到臬署监印。

初三日(8月16日)　丙寅,阴,微雨。禀见藩、臬毕。回本署,吉昌别驾拜会。晚到臬署收呈。回拜吉别驾。

初四日(8月17日)　丁卯,阴,微雨。到臬署监印。晚到多宝斋。

初五日(8月18日)　戊辰,阴,微雨。到臬署监印。

初六日(8月19日)　己巳,晴,阴,微雨阵阵,热。陈□来拜,并查捐。访与三太尊谈。叶阿九来坐。

初七日(8月20日)　庚午,晴,热。到清秘阁字画店闲看,买翁覃溪八言大对、王梦楼手札册页,共银廿两。

初八日(8月21日)　辛未,晴阴无定,热。禀见臬台毕。搭拜陈桐巢、王耕白,皆晤谈。到莲池庵为维桢念经、烧纸扎、奠酹。晚收呈。

初九日(8 月 22 日)　壬申,晴,热,微风。闲步永清门外仓前街,看所封私造枪炮铁店之屋。到臬署叙话。到多宝斋买成亲王对(十六元)。夜又到臬署叙话。

初十日(8 月 23 日)　癸酉,晴,热。到志成信银号开单。到臬署,代务本堂上揭封荣泰和铁铺房屋禀。

十一日(8 月 24 日)　甲戌,晴,热极。到臬署监印。

十二日(8 月 25 日)　乙亥,晴,热极。到臬署监印。下午到臬署点书吏换班名。

十三日(8 月 26 日)　丙子,晴,热甚。到臬署监印。访保甲局徐桂山叙话。

十四日(8 月 27 日)　丁丑,晴,热甚。到臬署监印。蔡文泉来拜,晤谈。

十五日(8 月 28 日)　戊寅,晴,热,晚阴,微雨。到臬署行香、禀贺、监印。回本署行香,众书差等禀贺。午后又到臬署叙话。访张鹤舫、曹志轩,皆晤。访朱殿香、蔡文泉、秦旭堂,皆未遇。

十六日(8 月 29 日)　己卯,晴,热。访吴吟秋谈,同伊访邹小亭看字画。周竹舲来拜,晤谈,为辛芝如之子捐功名事。

十七日(8 月 30 日)　庚辰,晴,热。访李雨臣谈。回拜陈照,并两次回拜周竹舲,皆未遇。

十八日(8 月 31 日)　辛巳,晴,热。禀见藩、臬毕。拜客。周竹舲来,晤谈。本家辰生弟来谈,约伊到□□茶园吃点心吃茶。收呈一张。

十九日(9 月 1 日)　壬午,晴,热。陈照来谈。

二十日(9 月 2 日)　癸未,阴,大雨。邹小亭来拜,晤谈。

二十一日(9 月 3 日)　甲申,晴,热。到臬署监印。夜辰生来谈。

二十二日(9 月 4 日)　乙酉,晴,热。到臬署监印。沈仲孚(名瑞忠)来拜,晤谈,为其俸银事。到清秘阁看字画。

二十三日(9月5日)　丙戌,阴,雨。禀见藩、臬、道,皆见。回拜客。午后到协成乾答武长源。到志成信叙话。到臬署收呈。

二十四日(9月6日)　丁亥,晴,热。到臬署监印。到广府送订封。

二十五日(9月7日)　戊子,晴,热。到臬署监印。沈瑞忠(字仲孚)来取伊两次署理遂溪左俸银四十□□,当即亲笔写收单一纸,并交冯槐卿保信一封,即将银付讫。

二十六日(9月8日)　己丑,晴,热。抚台审案一起,前往抚署顺犯人供,并禀知伺候审案,到臬署禀销差。在华棣之捕巡房遇李蓬三(东莞人,己卯举人,户部候补郎中,政捐道台候选)现办沙田公司,前在京都与其相谤也。午后李春山来叙话。接家信,并王礼臣信。

二十七日(9月9日)　庚寅,晴,热。到臬署审偷窃传帖房银物等项犯人冯亚九,并臬署把衙、头仪门、更夫人等。午后仍到臬署复讯,该犯冯亚九供认不讳,原赃如数起获,当即发县照例惩办,将把衙、更夫责释。

二十八日(9月10日)　辛卯,晴,热。拜李蓬三,晤谈。到志成信叙话。到臬署收呈,作家书。交邮政局寄。

二十九日(9月11日)　壬辰,晴,热。赵紫封来谈。闲步增沙杨馆,少坐叙话。随到仓前街看房屋。

三十日(9月12日)　癸巳,晴,热。两次访多与三太尊,有事叙话。

八月初一日(9月13日)　甲午,晴,热。到臬署行香、禀贺、监印。回本署行香,书差等禀贺。午后到志成信叙话。

初二日(9月14日)　乙未。到臬监印。多与三约吃便饭。

初三日(9月15日)　丙申。到臬监印。清晨到文昌庙,随列宪祭文昌。到臬署科房祭文昌。晚又到臬署收呈。

初四日(9月16日)　丁酉。到文庙,随列宪祭孔子。到臬署监印。

初五日(9月17日)　戊戌。到臬署监印。随列宪祭社稷坛。杨桐孙来,为冯成骧捐知县,同伊到多公馆上兑。到志成信开银单,该号留吃饭。

初六日(9月18日)　己亥。多与三到伊公馆,帮核顺直善后赈捐。

初七日(9月19日)　庚子。到多公馆核捐。晚到臬署叙话。

初八日(9月20日)　辛丑,晴,热。丑刻到贡院,帮臬台散试卷,晚酉正归来。

初九日(9月21日)　壬寅,晴,热。到多公馆核捐。杨桐孙来本署叙话,同伊到捐局改冯成骧部照。

初十日(9月22日)　癸卯,晴,热。到多公馆核捐。

十一日(9月23日)　甲辰,晴,热甚。丑刻到贡院,帮臬台散二场试卷,酉初归来。

十二日(9月24日)　乙巳,晴,热甚。到臬署监印。到三多里张公馆叙话。访马小山、李达久、张干臣,均为劝捐。到多公馆核捐。

十三日(9月25日)　丙午,晴,热。随臬台祭火神。陶朴臣夫人开吊,往吊之。到臬署监印。到多公馆核捐。到臬署收呈。

十四日(9月26日)　丁未,晴,热。午后大雨如注。丑初,随臬台祭龙王。丑正到贡院,帮臬台散三场试卷,申正归来。

十五日(9月27日)　戊申,晴,热。到臬署监印、行香、禀,挡。与周朴道拜寿,挡。到多公馆核捐,并核兑文册。

十六日(9月28日)　己酉,晴,热。到多公馆核捐。

十七日(9月29日)　庚戌,晴,热。到多公馆核捐。

十八日(9月30日)　辛亥,晴,热甚。吊陆老太太。到捐局讲话。到辰生处。俞夔附来拜,叙话,并交俞静斋信,为索升补陵水部费。到与三处核捐。到臬署收呈。回拜俞夔附,误拜俞旦。

十九日(10月1日)　壬子,晴,热。俞旦拜会,晤谈,始知昨日拜错。到多公馆核捐。杨桐孙来取冯君部照。到臬署收呈。夜访俞夔附,托其函复静斋,送费壹百大元,催其速发部文。

二十日(10月2日) 癸丑,晴,早晚凉,午热。到皂署叙话。钱仲仁来,为义学事。答拜俞旦,未晤。访陈桐巢,为与其侄捐功名事。到志成信,交武源明部照,并开银单。访杨桐孙,交银单。拜叶恭驯,未遇。到多公馆核捐。

二十一日(10月3日) 甲寅,晴。叶恭驯来,晤谈。到多公馆核捐。夜到江公馆,为捐事。到皂署监印。

二十二日(10月4日) 乙卯,晴。李洪先来,送张益泉股票,并监生实收,托寄京请奖。张鹤舫、江季楼先后来访,皆晤。到皂署叙话。到多公馆核捐。

二十三日(10月5日) 丙辰。在本署核算捐项。到多公馆核捐。到皂监印。李雨臣、杨桐孙先后来叙话。晚到皂署收呈。

二十四日(10月6日) 丁巳。到皂署监印。到多公馆核捐。陈桐巢来交捐款,侯曼村来借印,均晤谈。

二十五日(10月7日) 戊午。到皂署监印。接维垣来信。到多公馆核捐。

二十六日(10月8日) 己未。到多公馆核捐。到邮政分局,代寄多与三致京乾泰金店信,内并股票实收。

二十七日(10月9日) 庚申。到多公馆核捐,二更后归。作复家书,交邮局寄关。

二十八日(10月10日) 辛酉。到多公馆核捐。到皂署收呈。

二十九日(10月11日) 壬戌。到多公馆核捐。接维垣信。

九月初一日(10月12日) 癸亥。到皂署行香、禀贺、监印。回本署行香。午后两次皂署请叙话。到捐局同赵纯卿讲话。

初二日(10月13日) 甲子。到皂署监印。到多公馆核捐。

初三日(10月14日) 乙丑。到皂署监印。华达卿点主。晚到皂署收呈。

初四日(10月15日) 丙寅。到皂署收呈。到多公馆核捐。晚访吉樵孙叙话。午后海洪大令拜会,晤。

初五日(10月16日) 丁卯,微阴,大风。到臬署监印。王耕尧来借银,未允。王中之同吉樵孙同来,为与承懋捐盐巡检事。

初六日(10月17日) 戊辰。访李雨臣,答拜王中之,均晤。到多处核捐。

初七日(10月18日) 己巳。本家辰生来访,谈。到多公馆核捐。

初八日(10月19日) 庚午。发查各州县监羁文信。到臬署收呈。

初九日(10月20日) 辛未。到多公馆核捐,在此吃饭,三更后归。

初十日(10月21日) 壬申。到多公馆核捐,在此吃饭,二更后归。

十一日(10月22日) 癸酉。到臬署核捐。王中之约吃便饭,饭后,同中之、樵孙步到多公馆,看与三病。

十二日(10月23日) 甲戌。到臬署监印。访李雨臣谈。访毕少兰叙话。夜雨臣同桐巢来,长谈。余同伊二人到抚院前看榜,未发而归。

十三日(10月24日) 乙亥。到臬署监印。到抚院前看榜。武源明来访,谈。到多处改部照内错字。

十四日(10月25日) 丙子。到臬署监印。到捐局令书办办各捐生行本籍札文。同赵纯卿谈。到盐厘局访本家辰生谈。

十五日(10月26日) 丁丑。到臬行香、禀贺、监印。回本署行香。到多公馆核捐。

十六日(10月27日) 戊寅,晴,热。到多公馆帮同核兑文册。辰生约在义华居便酌。是日月食,夜到臬署救护,随班行礼。

十七日(10月28日) 己卯,晴,热。新科举人在抚院簪花。到多公馆核捐,与三喘病甚重。

十八日(**10 月 29 日**) 庚辰,晴,热。到多公馆核捐。晚到臬署收呈。

十九日(**10 月 30 日**) 辛巳,晴,热。到多公馆核捐。毕少兰为捐事。

二十日(**10 月 31 日**) 壬午,晴,热。到多公馆核捐。少兰来,与其子捐盐巡检,先交洋元一百八十两。

二十一日(**11 月 1 日**) 癸未。到臬署监印。到多公馆核捐。沈子林来谈。

二十二日(**11 月 2 日**) 甲申。到臬署监印。到多公馆核捐。

二十三日(**11 月 3 日**) 乙酉。到臬署监印。禀上藩、臬、道,皆见。抚台堂期,禀安。到多公馆核捐。晚到臬署收呈。

二十四日(**11 月 4 日**) 丙戌。到臬署监印。到多公馆核捐。

二十五日(**11 月 5 日**) 丁亥。到臬署监印。到多公馆核捐。

二十六日(**11 月 6 日**) 戊子。到多公馆核捐。

二十七日(**11 月 7 日**) 己丑。到多公馆核捐。

二十八日(**11 月 8 日**) 庚寅。禀见抚、藩、臬、道,皆见。到多公馆核捐。晚到臬署收呈。

二十九日(**11 月 9 日**) 辛卯。到多公馆核捐。

三十日(**11 月 10 日**) 壬辰。到多公馆核捐。

十月初一日(**11 月 11 日**) 癸巳。到臬署监印、行香、禀贺。是日日食,申初一刻食甚,随臬台救护、行礼。

初二日(**11 月 12 日**) 甲午。到臬署监印。到多公馆核捐。

初三日(**11 月 13 日**) 乙未。到臬署监印。禀见藩、臬,皆见。到多公馆核捐。晚到臬署收呈。

初四日(**11 月 14 日**) 丙申。到臬署监印。到多公馆核捐。

初五日(**11 月 15 日**) 丁酉。到臬署监印。到多公馆核捐。

初六日(**11 月 16 日**) 戊戌。到多公馆核捐。

初七日(**11 月 17 日**) 己亥。到多公馆核捐。

初八日(11 月 18 日)　庚子。禀上藩、臬，皆见。到多公馆核捐。

初九日(11 月 19 日)　辛丑。到多公馆核捐。

初十日(11 月 20 日)　壬寅。到多公馆核捐。

十一日(11 月 21 日)　癸卯。到臬署监印。到多公馆核捐。

十二日(11 月 22 日)　甲辰。到臬署监印。到多公馆核捐。

十三日(11 月 23 日)　乙巳。禀上藩、臬，皆见。到臬署监印。到协成乾交现银银单。到百川通取辛芝如所交捐款五百两。到臬署收呈。

十四日(11 月 24 日)　丙午。到臬署监印。到多公馆核捐。熊干庭来看脉，服药。夜访毓固臣长谈。

十五日(11 月 25 日)　丁未。到臬署行香、禀贺、监印。王中之来叙话。夜访李雨臣，送伊子捐巡检部照。

十六日(11 月 26 日)　戊申。熊干庭来看脉。徐上田来叙话。拜秦旭堂，晤谈。拜曹志轩、帖慎之，皆未遇。到多处核捐。

十七日(11 月 27 日)　己酉。闲暇，核兑自己经手所劝之捐项。

十八日(11 月 28 日)　庚戌，阴，微雨，晚大风。禀上藩、臬两衙门，皆见。晚到臬署收呈。

十九日(11 月 29 日)　辛亥，阴，微雨。到多公馆核捐。

二十日(11 月 30 日)　壬子，阴，微雨。早访雨臣叙话。午后到多处。

二十一日(12 月 1 日)　癸丑，阴，微雨。到臬监印。到靖海门外公益行内兴合盛回拜徐上田，并与多太尊买鹿茸，送交多处。

二十二日(12 月 2 日)　甲寅。访李雨臣谈。到臬监印。

二十三日(12 月 3 日)　乙卯。到西关查义学。到臬署监印。回拜大井头都司罗笙。到臬署收呈。夜到多三看病。

二十四日(12 月 4 日)　丙辰。到臬署监印。志成信、协成乾公请于谷埠阿胜艇饮，四更后归。

二十五日(12月5日)　丁巳,晴。回拜凤仪臣,晤谈。到多公馆核捐。到枭监印。

二十六日(12月6日)　戊午。回拜沈子林,与曹志轩道署永安县喜,均未遇。到多公馆核捐。张鹤舫约饮于一品升。

二十七日(12月7日)　己未。到枭署叙话。到协成乾,与捐局拨兑捐款。到志成信开银单。夜到多公馆叙话。

二十八日(12月8日)　庚申。禀上藩、枭、道各衙门,皆见。到枭收呈。

二十九日(12月9日)　辛酉。李雨臣来谈。宋颖云来拜,晤话。何少如来取与维城、维燮捐衔翎银七百四十二两九钱。到多处核捐。

三十日(12月10日)　壬戌。尚辛之代王中之交承懋捐款,并领取部监各照共四张。回拜梁鉴川,晤。到多处核捐。李雨臣来,说帮王槐生银廿两。

十一月初一日(12月11日)　癸亥,晴,暖。到枭署行香、禀贺、监印。回本署行香。辰生来谈。到多公馆核兑文册。

初二日(12月12日)　甲子,晴,暖。到枭署监印。到锦隆买物。看王中之病。访毓固臣叙话。陈述之约饮于新同升。

初三日(12月13日)　乙丑,晴,暖。禀上枭台,见毕。监印。拜客。晚收呈。夜到各街查夜,三更出,五更归。到各段卡房坐谈。

初四日(12月14日)　丙寅,晴,暖。到枭署监印,并禀销查夜差。访李雨臣,交齐笏臣借字,收齐笏臣还银二百两。到永安号照银单。访陈桐巢谈。到多公馆核捐。

初五日(12月15日)　丁卯,晴,暖。到枭监印。到协成乾交银单三张,共银三百廿两。接辛芝如信并银百元,当交陈大节。

初六日(12月16日)　戊辰,晴,暖。朱殿香娶儿妇,沈星桥之女入赘本家弟辰生,前往三家道喜,在辰生处吃早面。晚陈桐巢约饮于新同升。

初七日(12月17日)　己巳,晴,暖。陈桐巢来谈。赵纯卿来,同伊到多公馆核兑账目。

初八日(12月18日)　庚午,晴,暖。禀上臬台,见毕。回本署,接穗生来信。夜晚志少臣来访,谈。到臬署收呈。

初九日(12月19日)　辛未,阴雨,暖。作家书,邮寄关。崇良(乙酉举人,新选曲江,字璟齐)来拜,晤谈。到多公馆。

初十日(12月20日)　壬申,阴雨,暖。曹志轩约饮于一品升。

十一日(12月21日)　癸酉,阴雨,暖。到臬监印。辰生来叙话,道谢。答客,皆遇,惟崇璟齐晤谈。到多公馆。

十二日(12月22日)　甲戌,晴,暖。冬至,寅初赴万寿宫,随班行礼。禀贺各宪,皆挡。祭祖先,叩头。到臬署监印。

十三日(12月23日)　乙亥,晴,暖。到臬署监印、收呈。夜到各街巡查,到各段卡房坐。三更后始归。

十四日(12月24日)　丙子,晴,暖。到臬署监印。作致辛芝如信,并部监各执照五张,交梁鉴川寄平远。到多公馆。

十五日(12月25日)　丁丑,晴,暖。到臬署监印、行香、禀贺。答拜客。送曹志轩行,未遇。回本署行香。

十六日(12月26日)　戊寅,晴,暖、晚大风。

十七日(12月27日)　己卯,晴,冷。抚台审案,前去顺供,伺候毕,到臬台禀销伺候审案差。

十八日(12月28日)　庚辰,阴,冷。到多公馆。到臬署收呈。

十九日(12月29日)　辛巳,阴,冷,微雨。与沈子林道署盐库厅喜,晤。

二十日(12月30日)　壬午,晴,早晚凉,午尚暖。

二十一日(12月31日)　癸未,晴,早晚冷,午暖。到臬署监印。访陶如山,交同乡请领度岁名条。到三多里张公馆叙话。

二十二日(1902年1月1日)　甲申,晴,早晚冷,午尚暖。到臬署监印。

二十三日(1月2日) 乙酉,晴,早晚冷,午尚暖。禀上臬台,见。闲步天平横街看相。到同乐吃点心,遇邱品三,同三友亦在此吃,余代会账。到臬署收呈。

二十四日(1月3日) 丙戌,晴,暖。到臬监印。看毓固臣病。到多公馆。夜访赵纯卿于捐局,长谈。

二十五日(1月4日) 丁亥,晴,暖。到臬署监印。辰生、崇璟齐先后来谈。

二十六日(1月5日) 戊子,晴,暖。到多公馆。

二十七日(1月6日) 己丑,晴,暖。

二十八日(1月7日) 庚寅,晴,暖。禀上抚、藩、臬各衙门,皆见。到臬署收呈。到多公馆。

二十九日(1月8日) 辛卯,晴,暖。与三约吃便饭。多寄京葛立三信,托余代交邮寄。①

十二月初一日(1月10日) 壬辰,晴,暖。到臬署行香、禀贺、监印。拜富文甫,未遇。答拜孙铭仲,晤谈。到捐局访纯卿,与李铁舫拜寿,与沈子林道喜,皆未见。回本署行香。与三约挑解捐局幕友李桂生讹索与三之事,在此吃晚饭。

初二日(1月11日) 癸巳,晴,暖甚。到臬署监印。访俞夔附,商酌与京俞静斋打电事。到多处核兑文册,留吃晚饭。

初三日(1月12日) 甲午,晴,暖甚。禀上臬、粮,皆见。到臬署监印。访杨桐孙,晤。访叶恭驯,晤其父。收呈。查夜,到各卡房坐。

初四日(1月13日) 乙未,晴,暖甚。到臬监印,并销查夜差。

初五日(1月14日) 丙申,晴,暖甚。到臬署监印。到志成信

---

① 按:本页夹一纸条,内容如下:按察司经历司傅大老爷二十七年大计考语。考语:办事细心,克尽厥职,操守谨,才具稳,年力壮,政事达。又按:本年十一月原有三十日,日记原阙,当是作者漏记。

闲谈。

初六日(1月15日) 丁酉,晴,暖甚。李春山来叙话。到多公馆。

初七日(1月16日) 戊戌,晴,暖甚。叶恭驯之父回拜,晤谈。潮阳左丁幼翁来拜,晤。到多处,托其函致京中乾泰金店,代办维城免保举银两之事。

初八日(1月17日) 己亥,晴,暖甚。到新豆阑查义学。到邮政总局交多致乾泰金店信,内并与三部照一张、维城监照二张、知县部照一张,均挂号,守取收条。到臬收呈。①

初十日(1月19日) 庚子,晴,暖甚。家人王升因赌输净吞烟,当即用阿魏咸盐煮水服下即吐。

十一日(1月20日) 辛丑,晴,暖甚。李春山来叙话。到臬署监印。到多公馆。是日逐出王升。

十二日(1月21日) 壬寅,晴,暖甚。到臬署监印。夜到捐局叙话。

十三日(1月22日) 癸卯,晴,暖甚。禀上臬、道,皆见。到多公馆。与宝子和道入赘喜。午后到捐局。晚到臬署收呈。二更后查夜,到各段卡房坐,四更后归。

十四日(1月23日) 甲辰,晴,暖甚。到臬署监印。访崇璟齐叙话。到多公馆。夜到捐局。

十五日(1月24日) 乙巳,晴,暖甚。到臬署行香、禀贺、监印。回本署行香。到捐局改写保案。

十六日(1月25日) 丙午,晴,暖甚。多与三约吃早面。宝子和约晚饭。

十七日(1月26日) 丁未,晴,暖。到各街买物。

十八日(1月27日) 戊申,阴,大风,凉。俞夔附、李春山、侯曼

① 按:初九日原阙,未记。

村、家辰生先后来谈。到臬署收呈。

十九日(1月28日) 己酉,晴,暖。前往臬署伺候封印。回本署封印,两班差送牌二对、伞一把、金猪包发,全收,赏该差等酒席银伍大元,另赏抬工四毫。

二十日(1月29日) 庚戌,微阴,暖。前往藩司前买物。

二十一日(1月30日) 辛亥,微阴,暖。到臬署监印。访沈子林,托荐人。拜蒋啸渔,访辰生,均见。

二十二日(1月31日) 壬子,晴,暖。到臬署监印。访春山未遇。午后春山来叙话。访俞夔附叙话。李雨臣来谈。

二十三日(2月1日) 癸丑,阴,大风,微冷。到臬署监印。徐上田来叙话。到多公馆核兑文册。夜祭祀皂神。

二十四日(2月2日) 甲寅,阴,大风,凉甚。到臬监印。侯曼村借印领薪水。

二十五日(2月3日) 乙卯,阴,微雨,似凝结冰雪样,冷甚。到臬署监印。

二十六日(2月4日) 丙辰,早阴晚晴,微冷。禀上臬台,见。午到街上看迎春,遇郝述卿、忠厚臣,约到同乐喝茶。

二十七日(2月5日) 丁巳,晴,微冷。到禀贺新春,挡。到高第街买物。查夜。

二十八日(2月6日) 戊午,晴,微冷。陶如山来拜,交各度岁银单。到多处,与周长华填照,当即送交武源明转交。

二十九日(2月7日) 己未,晴,微冷。到臬台辞岁,挡。忙年事。二更后,与祖先叩头辞岁,众书差、家人等登堂叩头辞岁。

光绪二十八年(1902年),岁次壬寅

正月初一日(1902年2月8日) 壬戌,丑刻阴,微雨小阵,寅初晴。寅正迎神接皂,祖先前叩头。赴万寿宫,随列宪行朝贺礼毕。到督、抚、藩、臬、道禀贺,皆见,惟督宪挡。回本署,到关帝、土地、皂王各神前行香,到祖先前叩头,众书差、家人等叩头拜年。

初二日(2月9日) 癸亥,暖,晴。到观音山龙王庙伺候臬台行香毕。到汉街各家拜年。午后到旗街各家拜年。除多与三太尊见外,余皆挡。

初三日(2月10日) 甲子,晴,暖。忌辰,未拜年。李雨臣便衣来拜,晤谈。

初四日(2月11日) 乙丑,晴,暖。到西关各家拜年。陈桐巢来拜年,登堂晤见。欧永泉来讲话。

初五日(2月12日) 丙寅,晴,暖。到南关各家拜年。

初六日(2月13日) 丁卯,晴,暖。郭榕斋来讲话。

初七日(2月14日) 戊辰,晴,暖。到三多里张公馆拜年。

初八日(2月15日) 己巳,晴,暖。到八旗奉直会馆团拜。到叶第拜年。

初九日(2月16日) 庚午,晴,暖。访多与三叙话。

初十日(2月17日) 辛未,晴,暖。番禺钱朴如大令为其三子娶亲,道喜,并拜客。

十一日(2月18日) 壬申,晴,暖。到臬监印。到与三叙话。取毓荫臣履历,为与其办坐选按司狱缴文凭事。

十二日(2月19日) 癸酉,晴,暖。到臬署监印。晚到臬署点

书吏换班名。访李雨臣谈。

十三日(**2月20日**)　甲戌,晴,暖,晚大风,夜微雨,稍凉。到臬署监印。查夜,到各段卡房稍歇,三更出,五更归。

十四日(**2月21日**)　乙亥,晴,暖。到臬署监印。到与三处叙话。夜陈桐巢来谈。

十五日(**2月22日**)　丙子,晴,暖。到臬署行香、禀贺、监印。回本署行香,书差等禀贺。代多与三作致葛立山信。夜到南关看烟火。

十六日(**2月23日**)　丁丑,晴,暖。到广智义学开学。又作致葛立山信。

十七日(**2月24日**)　戊寅,晴,暖。到邮政总局,寄多与三致葛立山信,内有三儿维燮监照二张、通判照一张,为托葛君取结。到公益行同徐上田叙话。到源丰润代与三查账。晚志成信、协成乾两票号约饮于谷埠阿胜艇。

十八日(**2月25日**)　己卯,晴,暖。到臬台回事,备席,约崇憬齐、沈宝卿、沈子林、王中之、毓固臣、郝述卿、家辰生弟均到,约张干臣、帖慎之皆辞。

十九日(**2月26日**)　庚辰,晴,暖。辰初拜阙、拜印、升堂、开印,书差叩贺。随上臬台、抚台各处,伺候开印,禀贺。作家书。

二十日(**2月27日**)　辛巳,晴,暖。到多与三处叙话。沈宝卿约饮于贵联升。由邮政局寄家信。

二十一日(**2月28日**)　壬午,晴,暖。到臬署监印。到多宝斋买钱楷字横披一张、钱泳隶书横披一张。

二十二日(**3月1日**)　癸未,晴,暖。到臬署监印。毓荫臣来拜,晤。

二十三日(**3月2日**)　甲申,晴,暖。到臬署监印。午后到志成信叙话。到臬署收呈。崇璟齐假尚辛之公馆约饮,前去赴席。

二十四日(**3月3日**)　乙酉,晴,暖,夜阴,大风。到臬署监印。

晾皮衣裳。同毓森号荫臣到桌署。夜访与三叙话。

二十五日(3月4日) 丙戌,阴,大风。到桌署监印。午后到大新街万顺来玉器店以及各玉器店看佛头背坠。

二十六日(3月5日) 丁亥,阴雨,稍凉。毓荫臣来拜,晤谈。

二十七日(3月6日) 戊子,阴,稍凉。抚台审案,前往顺各犯供,并禀知,伺候审案毕,到桌销伺候差。答拜客数处。

二十八日(3月7日) 己丑,晴,稍凉。禀见桌台、粮道。抚台堂期,禀见。到桌署收呈。

二十九日(3月8日) 庚寅,微阴,夜雨大阵,稍凉。到志成信叙话。

三十日(3月9日) 辛卯,微阴,稍凉。早访郝述卿,求运署饷差。午后访与三,取其倅缴凭费。

二月初一日(3月10日) 壬辰,阴,微雨,稍凉。到桌署行香、禀贺、监印。与秦煦堂、许仁律、陶如山、徐樵云诸位道署缺喜,只见煦堂,余皆未见。回本署各神前行香。众差禀贺。

初二日(3月11日) 癸巳,晴,暖。到桌署土地及科房土地行香。回本署土地行香。与郭子熙到署缺喜,与崇璟齐送行,与华棣之拜寿。到志成信叙话。

初三日(3月12日) 甲午,晴,暖。到文昌庙,随列宪祭文昌毕。到桌署祭文昌,并监印。答拜陈桐巢,未遇。与王中之道署缺喜。到桌署收呈。

初四日(3月13日) 乙未,晴,暖。到桌署监印。访陈桐巢,晤谈。余同童培卿、陈露孙、叶友云、金寿康买紫冻艇,与华棣之祝寿,与崇璟齐、志少臣钱行,五更饮罢而归。

初五日(3月14日) 丙申,晴,暖。到桌署监印。到顺直捐局叙话、查案。到府学东街清秘阁。

初六日(3月15日) 丁酉,晴,暖。寅刻到文庙,随列宪丁祭。午后到多与三处叙话。

初七日(3月16日)　戊戌,晴,暖。卯刻到社稷坛,随列宪祭祀。

初八日(3月17日)　己亥,晴,暖。寅刻到关帝庙,随列宪祭关帝。到河南广孝义学查学,并买洋式行床一架、椅子二张。到臬署收呈。

初九日(3月18日)　庚子,晴,暖。到协成乾与多与三拨兑捐款。

初十日(3月19日)　辛丑,晴,暖。装好衣箱八只,派人送到志成信银号寄存。夜闲步藩台前买物。

十一日(3月20日)　壬寅,阴,微风。到臬署监印。

十二日(3月21日)　癸卯,阴,微风。到臬署监印。

十三日(3月22日)　甲辰,阴,夜雨。随臬台祭龙王。到臬署监印。张少康之弟娶亲,前往道喜。答拜朱殿香、王槐生,皆遇,不见。访多与三交捐款。到臬署收呈。夜访毓固臣谈。

十四日(3月23日)　乙巳,阴雨。到臬署监印。到志成信叙话。

十五日(3月24日)　丙午,阴,早微雨,午后大雷雨,稍凉。寅正到文昌庙,随列宪祭文昌。到臬署行香、监印、禀贺。回本署行香,众书差禀贺。王槐生、武源明先后来谈。秦煦堂约饮,前去赴约。

十六日(3月25日)　丁未,阴,微雨,凉。复穿棉衣。

十七日(3月26日)　戊申,阴,微雨,雷。往志成信银号送首饰等物箱一个,寄存该号。

十八日(3月27日)　己酉,早阴午晴。卯初到风神庙,随臬台祭祀。沈宝卿来拜,晤谈。

十九日(3月28日)　庚戌,阴。孙铭仲来拜,晤谈。同乡恩惠亭太守、额克亭司马、王槐生刺史、李雨臣别驾、陈桐巢明府、凤仪臣蹉尹、尚辛之、王小泉二尹、张云庭少尉会同余,公饯秦煦堂,在按经署备酒席聚饮,余承办。

二十日(3月29日)　辛亥,阴,稍凉。到善后局,同叶又云、何少如、尚辛之、李绌雯、席聘侯诸人谈。

二十一日(3月30日)　壬子,阴,凉。到臬署监印。调署新会参将张辅臣、署广粮通判方怡、署罗定州熊方柏、新禀到许莹章各处道喜。到多与三处叙话。拜童培卿,晤谈。

二十二日(3月31日)　癸丑,阴雨竟日,凉。到臬署监印。本家辰生弟来谈。

二十三日(4月1日)　甲寅,晴阴无定。到臬署监印,并禀见臬台。随禀见藩台。抚台堂期,禀见。是日奉到饬知准升陵水县知县。武源明、范东峰先后来谈。到臬署收呈。

二十四日(4月2日)　乙卯,晴,暖。到臬署监印。禀见臬台,并禀谢饬知。与秦煦堂送行,晤谈。访沈宝卿晤谈。晚到多与三处叙话。

二十五日(4月3日)　丙辰,晴。随臬台祭火神,到臬署监印。

二十六日(4月4日)　丁巳,晴,凉。到多与三处核兑捐册公文,在此吃晚饭。奉藩札委解京饷差。

二十七日(4月5日)　戊午,晴。柳云鹄来访,谈。

二十八日(4月6日)　己未。清明,祭祖先,叩头。访郝述卿谈。遇王中之,约吃便饭。晚到臬署收呈。夜周晓岚买莲花舫约饮。

二十九日(4月7日)　庚申,晴,暖。答拜柳云谷、华棣之,皆未遇。源丰润、协同庆、天顺祥、义善源公约饮于阿胜艇,饮罢三更后归。陈桐巢、何少如先后来访,谈。郝述卿来访,晤叙。

三月初一日(4月8日)　辛酉,晴,暖。到臬署行香、禀贺、监印。答拜陈组云,晤。与唐仙舫道署碣石通判喜,未遇。回本署行香。钟景瑜、沈子林先后来道喜,皆晤。李雨臣来访,晤谈。晚在阿胜艇备酒席,约富文甫、周晓岚、王中之、武源明、武长源、王晋叔、周□□、车□□、赵,皆到。

初二日(4月9日)　壬戌,晴,暖,微风。到臬署监印。接家书。

初三日(**4 月 10 日**)　癸亥,阴、雨、风、雷、冷。祭先农坛,行耕耤礼,臬台躬耕,余播种,五斗口司捧箱。到臬署收呈。沈宝卿、徐小初、华棣之、潘子骥四人公请余与李达久、邵□□、汪端甫、钱衡斋,在潘子骥处,乃饯行之意也。

初四日(**4 月 11 日**)　甲子,阴、冷,微雨。到臬台监印。答拜陈桐巢,未遇。答拜李雨臣,晤谈。作家书。

初五日(**4 月 12 日**)　乙丑,阴、雨、冷。到臬署监印。奉藩台札委搭解刑部饭食银二千两。由邮政局寄家书。俞夑附来道喜,晤谈。

初六日(**4 月 13 日**)　丙寅,晴,微凉。熊干庭来谈,约到万合舫小酌,同座只杜小波(名芳,番禺茂才)一人,乃与余饯行之意,杜君赠诗以送行。

初七日(**4 月 14 日**)　丁卯,晴、暖。钟景瑜道喜,晤谈。遣人往藩库厅沈宝卿处,送桌椅、书箱、纱橱等物寄存。

初八日(**4 月 15 日**)　戊辰,晴、暖。禀见藩、臬、道。答拜客,并与署广府龚及署藩经吴道接印喜,均未遇。访多与三谈。到臬署收呈。并拜客。

初九日(**4 月 16 日**)　己巳,晴、暖。陈组云拜会,晤谈。约同柳云鹄、陈组云,同往藩台谢委解饷差,见毕。新泰厚约饮于新同升,前去赴约。奉臬台札委赴兵部请领勘合六十道带回应用。①

初十日(**4 月 17 日**)　庚午,阴,雨大阵。

十一日(**4 月 18 日**)　辛未,晴。到臬署监印。到志成信叙话。

十二日(**4 月 19 日**)　壬申,晴。到臬署监印。禀见藩台,见毕。访沈宝卿叙话。任正之来道喜,晤。

十三日(**4 月 20 日**)　癸酉。到臬署监印。访多与三叙话。到臬署收呈。访王槐生,未遇。

---

　①　按:本页夹一纸条,内容如下:藩司考语:办试俸期满,老成谙练,任事朴诚。臬司考语:年富才明,堪以升用。

十四日(4月21日)　甲戌,晴,午间阴雨大阵。到臬署监印,并具领抚台发下兵部咨文一角赴京投递,请领勘合六十道。访周晓岚谈,并求其书画扇。

十五日(4月22日)　乙亥,晴。到臬署行香、禀贺、监印。答拜任正之,与新委署广府龚太尊并新委署藩经胡道源道道喜,皆未遇。答拜凤仪臣、英节甫,皆晤谈。答拜王凯平,未遇。访多与山谈。

十六日(4月23日)　丙子,晴,夜阴雨,大雷。拜李春山,晤谈。

十七日(4月24日)　丁丑,阴,午后晴,热。到志成信坐谈。到大新街闲观买物。

十八日(4月25日)　戊寅,晴,热。到臬署收呈。志成信、协成乾公请于裕记水榭,大德恒请于阿胜水榭,前往赴席,五更后返,均与余饯行。

十九日(4月26日)　己卯,晴,热。熊干庭来谈。到臬署稍叙话。

二十日(4月27日)　庚辰,晴,热。臬署齐捷臣、王友竹、徐寿臣公饯于贵联升,多与三在该公馆饯行,均前去扰之。

二十一日(4月28日)　辛巳,晴。到臬署监印。陈桐巢来谈。

二十二日(4月29日)　壬午,晴,热。遣家人送印于毕少兰,差人到各衙门禀知本日交印。余寿辰,供菜供桃面,上香叩头。陶朴臣饯行于谷埠裕记水榭,四更后归。

二十三日(4月30日)　癸未,晴,热。收什东西,搬东西。

二十四日(5月1日)　甲申,晴,夜大雨,阴,雷。收什东西,搬东西。禀见庄海关,谢委并禀辞,见毕。到库上兑饷。

二十五日(5月2日)　乙酉,晴,热。子初移住于新城珠光北约。禀见臬台,见。

二十六日(5月3日)　丙戌,晴,热。到藩库兑饷。到东升栈稍坐。送沈子林添箱礼,收荷包一对。访邓雅如,未遇。访柳云鹄叙话。遇李雨臣,谈。访沈宝卿。投藩署文领,请领廉俸。投臬署文领,请领公费。

二十七日(**5月4日**)　丁亥,晴,热甚。与沈子林道喜。与毓荫臣道喜。同多与三谈,并与其核兑捐册等事。访李雨臣未遇。到臬署坐,叙话。夜访熊干庭谈,并与其闲步大马头。

二十八日(**5月5日**)　戊子,晴,热。到大德恒、志成信、协成乾各号,有事叙话。访李雨臣谈。访商衍瀛字云亭,为解运库饷事。访陈组云,交解藩库饷盘费银单。

二十九日(**5月6日**)　己丑,晴,热,阴雨两大阵。到志成信吃早饭。到东升坐。王槐生在公馆备席饯行,富文甫太尊同众七首领假广府经署备席饯行,先赴王公馆饮,未候终席,即赴府经署饮,席罢而归。

三十日(**5月7日**)　庚寅,晴,热,午后阴雨。到盐务公所谈。禀见国运台,谢委解京饷差,见毕。拜柳云鹄,交藩库解饷盘川银单。

四月初一日(**5月8日**)　辛卯,阴,大雨,稍凉。王凯平假阿胜水榭备席,为余饯行,前往赴约,四更而归。

初二日(**5月9日**)　壬辰,早晴午阴,细雨,稍凉。到臬署叙话。访沈宝卿,交领廉俸堂领,托其代领。

初三日(**5月10日**)　癸巳,早晴午阴,大雨如注,雷电交作。到各处辞行,只晤钱仲仁、张干臣、陈小村、华棣之、王中之、张云程,余皆未遇。李雨臣在贵联升为余饯行,前去赴约,冒大雨而归。

初四日(**5月11日**)　甲午,晴,凉。到大新街及归德门一带买物。午后到房捐总局访邓雅如,有事商,并晤魏绍唐,托其到龙川县任时,向前任王子随斟酌济英领俸银两。到藩台前买物。张云程送礼,只点心、鱼松、熏鱼、壁火腿。

初五日(**5月12日**)　乙未,阴,微雨,凉甚。到各处辞行,只晤李雨臣、忠厚臣、英节甫、多与三,余皆挡。张干臣、陈小村公饯于贵联升。

初六日(**5月13日**)　丙申,晴,午后阴,微雨,凉。到臬署叙话。

到节署访干臣谈。到善后局访叶又云，未遇。

初七日(5月14日)　丁酉，晴阴无定，微雨，稍凉。访李春山叙话。到多宝斋还账。多与三备便酌，与余钱行，前去赴约。

初八日(5月15日)　戊戌，阴雨。张寿鹏(名晋基，增城主簿张瀚之子)托代办核准事。到督署访裴、钱两县叙话。访本家辰生叙话。

初九日(5月16日)　己亥，晴，热。到多公馆。访毓荫臣借印。到运署投解饷禀结领各件，并到运库兑饷六万五千四百两。到善后局访叶又云，求写匾字。到东升客寓稍坐。毕少兰、毓荫臣公饯余行于新同升，前去赴席。

初十日(5月17日)　庚子，晴，热。到臬台禀辞，见。到粮道禀辞，因看卷未见。在臬署吃早饭。午后到藩台领汇单十二张，计银十三万两，并禀辞，见毕。拜客数处。

十一日(5月18日)　辛丑，晴，热。到盐务公所访固臣谈。拜陈述之辞行，晤。到志成信、协成乾两处稍坐。

十二日(5月19日)　壬寅，晴阴屡易，雷雨交作，热。未出门，收什行礼。

十三日(5月20日)　癸卯，早阴，微雨，午晴，热甚。缓步高第街，买雷州葛袍料。到志成信吃晚饭。饭后到泰安栈定船。到公益栈内合成兴访徐上田，未遇。是日早赵纯卿假钱局约饮钱行。

十四日(5月21日)　甲辰，晴，热。到叶志雅及阿九处辞行。午后到臬署并沈宝卿、多与三各处辞行。约商云亭到志成信分解费川资，并在该号清理事务及托武源明到海关代请护照。到协成乾清理账目。归来收什行礼。

十五日(5月22日)　乙巳，晴，热。到盐务公所访毓固臣，交解运库饷。柳云鹄之得项，计志成信银单一纸。武源明来送行，并交护照各件。雇艇运行李，四钟买舟登泰顺轮船，夜十一钟开行。

十六日(5月23日)　丙午，晴，热甚。八钟到香港停泊，访船上货、上水、上煤。

十七日(5月24日)　丁未,晴,热。酉初由港开行。

十八日(5月25日)　戊申,阴雨,微凉。

十九日(5月26日)　己酉,晴阴忽易。路经福建界,凉甚,复衣棉夹。

二十日(5月27日)　庚戌,阴,微雨,凉甚。申刻暂时泊吴松口外,因雾大故耳。

二十一日(5月28日)　辛亥,阴,微雨,凉甚。午刻行到吴松口稍停,候洋医来验病。(系洋医到船,不分男女皆验,不问有无病,渠看谁不合,即许将谁带去乱治,并用硫磺将船糊熏。此乃上海道蔡和甫所酿者也。此番未带人,将船所带之水果俱持去。)四钟到沪,寓泰安栈。夜到亦新堂沐浴。

《中国近现代稀见史料丛刊》已出书目

第一辑

莫友芝日记　　　　　　　　　徐兆玮杂著七种
汪荣宝日记　　　　　　　　　白雨斋诗话
翁曾翰日记　　　　　　　　　俞樾函札辑证
邓华熙日记　　　　　　　　　清民两代金石书画史
贺葆真日记　　　　　　　　　扶桑十旬记（外三种）

第二辑

翁斌孙日记　　　　　　　　　　翁同爵家书系年考
张佩纶日记　　　　　　　　　　张祥河奏折
吴兔床日记　　　　　　　　　　爱日精庐文稿
赵元成日记（外一种）　　　　　沈信卿先生文集
1934—1935中缅边界调查日记　　联语粹编
十八国游历日记　　　　　　　　近代珍稀集句诗文集
潘德舆家书与日记（外四种）

第三辑

孟宪彝日记　　　　　　　　　　　吴大澂书信四种
潘道根日记　　　　　　　　　　　赵尊岳集
蟫庐日记（外五种）　　　　　　　贺培新集
壬癸避难日志　辛卯年日记　　　　珠泉草庐师友录　珠泉草庐文录
嘉业堂藏书日记抄　　　　　　　　校辑民权素诗话廿一种

第四辑

江瀚日记　　　　　　　　　　王承传日记
英轺日记两种　　　　　　　　唐烜日记
胡嗣瑗日记　　　　　　　　　王锺霖日记（外一种）
王振声日记　　　　　　　　　翁同龢家书诠释
黄秉义日记　　　　　　　　　甲午日本汉诗选录
粟奉之日记　　　　　　　　　达亭老人遗稿

第八辑

徐敦仁日记　　　　　　　　　　　谭正璧日记
王际华日记　　　　　　　　　　　近代女性日记五种(外一种)
英和日记　　　　　　　　　　　　阎敬铭友朋书札
使蜀日记　勉喜斋主人日记　浮海日记　海昌俞氏家集
翁曾纯日记　瀚如氏日记(外二种)　师竹庐随笔
朱鄂生日记　　　　　　　　　　　邵祖平文集